Für die Mädchen mit den buntgefärbten Träumen
und der Sehnsucht im Herzen. Das nächste Abenteuer ist nur einen
Wimpernschlag entfernt ... ❤

NADINE WILMSCHEN

Find my Girl

ROMANCE EDITION

Find my Girl

Nadine Wilmschen

8700 Leoben, Austria

1. Auflage

Covergestaltung: © Nadine Kapp
Titelabbildung: © Summer loveee © KatyaZork
Lektorat: Stefanie Lasthaus
Korrektorat: Romance Edition

Printed in Germany

ISBN-Taschenbuch: 978-3-903278-88-2
ISBN-EPUB: 978-3-903278-89-9

www.romance-edition.com

1. Kapitel

This is true love
you think this happens all the time?
William Goldman – The Princess Bride

Es gab nur wenige Dinge, für die ich mitten in der Nacht meine Wohnung verlassen würde. Schlaf war heilig, Schokolade jedoch ein kleines bisschen mehr.

Als ich den Supermarkt auf der State Street betrat, war es bereits kurz nach zehn und der Laden fast menschenleer. Zielstrebig steuerte ich den langen Gang mit den Süßigkeiten an.

Ich warf ein halbes Dutzend Schokoriegel in den Einkaufskorb. Dazu ein Päckchen kandierte Nüsse, Gummibärchen und Lakritz für Grace. Nachdem ich meine Beute bezahlt hatte, machte ich mich wieder auf den Heimweg. Obwohl es schon Oktober war, reichte mein dünner Parka aus. Die Temperaturen lagen noch weit über Null.

Gegenüber dem Supermarkt befand sich ein kleiner Park, der im Sommer oft von Studenten belagert wurde. Jetzt war niemand außer mir hier. Auch wenn ich wusste, dass es unvernünftig war, setzte ich mich auf eine Holzbank am Eingang und zog einen Schokoriegel aus der Tasche. Es gab Momente, in denen das Leben es gut mit einem meinte. Diese Lektion hatte ich in den vergangenen zwei Jahren gelernt. Jeder Tag bestand aus unzähligen Momenten. Die meisten waren neutral und wenig erinnerungswürdig. Besonders schmerzhafte trug man nach Jahren noch mit sich herum. Doch es waren die glücklichen, guten Momente, an die man sich erinnern musste. Die man nicht vergessen durfte. Dieser war einer davon. Auch wenn ich lediglich nachts auf einer Parkbank saß und viel zu viel Schokolade in mich hineinstopfte, war dieser Moment ein Symbol für all die Dinge, die sich in meinem Leben zum Positiven verändert hatten. Niemand konnte mir verbieten, durch die Straßen zu spazieren, niemanden ging es etwas an, wenn mir von all den Süßigkeiten schlecht wurde. Nur ich war für meine Entscheidungen verantwortlich – ein berauschender und befreiender Gedanke, denn es war nicht immer so gewesen.

Ich schloss meine Finger um das kleine silberne Kreuz an meiner Halskette. Es war die letzte Verbindung zu meiner Kindheit und einem vollkommen anderen Leben. Mit einer fanatisch gläubigen Großmutter aufzuwachsen, die einen vor der Welt versteckte, hatte mich zu einer Atheistin gemacht. Nach ihrem Tod war es leicht gewesen, mich von allem zu trennen, was sie mir vererbt hatte. Die Möbel, das Auto und auch das schreckliche Haus, in dem ich wie eine Gefangene gelebt hatte, waren längst verkauft. Nur das Kreuz war als Erinnerung an eine Zeit geblieben, in der es keine Schokolade, keine nächtlichen Spaziergänge und keine normale Kindheit gegeben hatte. Es diente als Symbol für die positiven Veränderungen in meinem Leben. Um die nicht zu vergessen, trug ich weiterhin den Anhänger.

Mein Handy vibrierte in meiner Tasche und durchbrach meine Gedanken. Ich kramte es hervor und sah eine neue Nachricht.

Emily: *Die Einladung steht noch, Annie. Sag schon* Ja.

Seit sie zu Josh nach Philadelphia gezogen war, trafen wir uns viel zu selten. Mit Emily hatte ich einen der beiden Menschen verloren, die nicht die Nase rümpften, wenn ich keine Lust auf eine Verbindungsparty, irgendwelche Dates oder unverbindlichen Sex hatte. Vor allem der Gedanke an Dates und Sex jagte mir Angst ein. Mit zwanzig keinerlei Erfahrung zu haben, war im besten Fall ungewöhnlich. Im schlimmsten machte es mich zu einem Freak. Und wer wollte schon mit einem Freak ausgehen, der noch nie geküsst worden war?

Seufzend zog ich die Beine an und schlang die Arme um meine Knie. Emily hatte Josh, Grace hatte Noah, und ich ... Ich hatte Schokolade. Immerhin. Theatralisch schob ich mir ein weiteres Stück davon in den Mund.

Mehr als einmal hatte ich mir eine Strategie überlegt, um meinem Freak-Status zu entfliehen. Doch in der Theorie hörten sich die Lösungen immer so viel besser an als in der Praxis.

– *Einfach jemanden ansprechen?* Unmöglich, wenn man schrecklich schüchtern war.
– *Sich von Grace und Emily verkuppeln lassen?* Keine gute Idee, wenn beide zielsicher die Typen aussuchten, die ich selbst wenig anziehend fand.
– *Eine Dating-App ausprobieren?* Nach dem dritten Foto männlicher Genitalien in einer Stunde hatte ich sie wieder gelöscht.
– *Über gemeinsame Interessen jemanden kennenlernen?* Nicht sehr wahrscheinlich, wenn ich meine Nase am liebsten in Fachbücher steckte.

Ich knabberte an einem weiteren Stück Schokolade, bevor ich Emily antwortete. Natürlich würde ich zu ihr, Josh und Lilly nach Philadelphia fliegen, um den Geburtstag der Kleinen zu feiern. Grace und Noah würden sicherlich auch kommen. Ebenso Ben, sodass ich das Wochenende nicht allein mit zwei Paaren und einem kleinen Mädchen verbringen musste.

Ein Hupen ließ mich hochschrecken. Auf der gegenüberliegenden Straßenseite rangierte ein Truck am Hintereingang des Supermarktes. Nachdem er noch zweimal vor- und zurückgefahren war, stellte der Fahrer den Motor ab und sprang aus dem Führerhaus. Es dauerte nicht lange, bevor sich ein Rolltor öffnete und ein riesiger Kerl heraustrat. Auch wenn der Hintereingang nur schwach beleuchtet war, erkannte ich ihn. Ich hätte ihn überall erkannt – vermutlich sogar im Stockdunkeln mit verbundenen Augen. In den letzten Monaten hatte ich ihn nicht oft gesehen. Ein paar Mal aus der Ferne, einmal in der Mensa. Meistens war seine Freundin bei ihm gewesen. Und auch wenn ich kein solches Mädchen sein wollte, konnte ich nicht verhindern, dass mein Herz bei seinem Anblick stets schneller schlug.

Bei unserer ersten Begegnung hatte Adam Baker sehr deutlich gezeigt, wie unhöflich er war. Reflexartig hatte er mich vor einem Sturz bewahrt, um mich danach anzufahren.

Er war kein netter Typ, er hatte eine Freundin, und doch tauchte sein Gesicht in meinen Gedanken auf, wenn ich mir meinen ersten Kuss ausmalte. Dass ich ihn anziehend fand, obwohl wir abgesehen von seiner Beleidigung damals keinen Kontakt gehabt hatten, war ein eindeutiges Zeichen für meine fehlende Erfahrung mit Männern: Ich mochte den Erstbesten, dem ich in die Arme stolperte. Ich beobachtete, wie Adam und der Fahrer den Transporter ausluden. Sie schoben Rollwagen und trugen so große Kisten, dass ich unweigerlich an seinen Unfall denken musste. Seit er sich vor einigen Monaten während eines Spiels eine Nackenverletzung zugezogen hatte, war seine Football-Karriere beendet. Von Grace wusste ich, wie unmissverständlich die Ärzte ihm klargemacht hatten, dass er Lähmungen riskierte, sollte er noch einmal für die *Bucks* antreten.

Langsam stand ich auf, sammelte meine Sachen zusammen und überquerte die Straße.

Normalerweise war ich kein besonders neugieriger Mensch, doch es war Monate her, seit ich Adam das letzte Mal über den Weg gelaufen war. Lange vor seinem Unfall. Ein Blick, um mich zu vergewissern, dass er okay war, konnte kein Verbrechen sein.

Kaum hatte ich die andere Straßenseite erreicht und den Truck umrundet, bemerkte er mich. »Der Eingang ist auf der anderen Seite.« Seine Stimme hallte durch die Nacht und ließ mich zusammenzucken. Wieder war er ungehobelt und laut. »Hier hinten gibt es nichts zu sehen.« Er stand etwa zehn Meter entfernt, schob sich einige Strähnen aus der Stirn und machte ein grimmiges Gesicht. Sein Anblick sowie sein schroffer Ton verschlugen mir die Sprache. Er trug das dunkle Haar jetzt kürzer, und seine leicht abstehenden Ohren lugten hervor. Ich mochte sein Haar, es war neben seinen entzückenden Ohren das Erste, was mich angezogen hatte.

Adam war nicht klassisch schön. Dafür war seine Nase einen Tick zu groß, seine Lippen ein wenig zu voll und seine Wangenknochen zu hoch. All diese Attribute wirkten allein für sich nicht sehr attraktiv, doch in Kombination machten sie ihn zu dem attraktivsten Mann, den ich je gesehen hatte. Die kleinen Makel wurden zu einem perfekten Ganzen, auch wenn das objektiv keinerlei Sinn ergab. Dass er nach wie vor den Körperbau eines Footballers hatte und sein Training sehr offenkundig nicht vernachlässigte, tat sein Übriges. Ich stand stocksteif vor ihm, starrte ihn an und bekam kein Wort heraus.

»Das ist hier der Lieferanteneingang.« Er zog eine Augenbraue nach oben. Während ich mich an jedes Detail unserer ersten Begegnung erinnerte, hatte er keine Ahnung, wer ich war. »Hast du mich verstanden?«

Seine ungehobelte Frage holte mich aus meiner Adam-Baker-Trance. Ich wich zurück, bis ich gegen eine Mülltonne stieß und ins Schwanken geriet. Als ich mein Gleichgewicht wiederfand und aufschaute, hatte er sich bereits umgedreht und mich stehen lassen.

»Da bist du ja.« Kaum hatte ich die Wohnungstür hinter mir geschlossen, tauchte Grace im Flur auf. »Langsam habe ich mir Sorgen gemacht.« Aus dem angrenzenden Zimmer hörte ich den Fernseher, vor dem sie oft abends einschlief.

»Ich war doch nur kurz im Supermarkt.«

»Kurz?« Sie musterte mich wie eine strenge Mutter. »Zwei Stunden lang.«

»Ich habe die Zeit vergessen.« Um sie zu besänftigen, fischte ich die Lakritztüte aus der Tasche und hielt sie ihr vor die Nase. »Die sind für dich.«

Ehe ich mich versah, hatte sie die Packung geöffnet und sich eine Handvoll Lakritze in den Mund gesteckt. »Wenn es eine Sache gibt, für die ich Noah verlassen würde, dann wäre es dieses Zeug hier.«

Ich glaubte ihr kein Wort. »Als würdest du das jemals tun.« Grace und Noah waren mein heimliches Vorbild, wenn es um Beziehungen ging. Selbst wenn sich die beiden stritten – was gar nicht so selten vorkam –, musste man nie befürchten, eine Meinungsverschiedenheit würde sie auseinanderbringen. Grace war manchmal schrecklich wütend auf Noah, doch spätestens am nächsten Tag vertrugen sie sich wieder. Weil sie zusammengehörten und die Welt ohne den anderen nur halb so bunt war. Genau so malte ich mir eine Beziehung mit einem Menschen aus, den ich ebenso liebte wie er mich.

»Auf Netflix gibt es seit heute eine neue Teenie-Komödie. Wollen wir uns die gemeinsam ansehen?« Grace klapperte mit Geschirr in der Küche, während ich meine Schuhe und Jacke verstaute.

»Gerne.« Seit ich das Zimmer von Emily übernommen hatte und Grace' Mitbewohnerin geworden war, wurde ich von ihr fast wöchentlich in die hohe Kunst der Trash-Filme eingeführt. Sie liebte die schlechten Netflix-Eigenproduktionen mit einer Innbrunst, die ihresgleichen suchte.

Im Wohnzimmer drückte sie mir eine Tasse Tee in die Hand und breitete eine farbenfrohe Wolldecke über uns aus, die noch von Emily stammte – nicht besonders hübsch, doch unglaublich weich. »Hast du morgen keine Vorlesungen?«

»Die ersten beiden fallen aus. Ich kann bis elf schlafen, wenn ich will.« Grace stopfte sich weitere Lakritze in den Mund und kuschelte sich in die Polster. »Wenn du allerdings lieber ins Bett gehen willst, gucken wir den Film einfach morgen.«

»Das ist schon okay.« Ich war viel zu aufgekratzt und wusste, dass ich in absehbarer Zeit keine Ruhe finden würde. »Vielleicht schwänze ich morgen mein Tutorium in den ersten beiden Stunden.«

Grace nahm mir die Fernbedienung aus der Hand, stoppte den Film und schaute mich mit gerunzelter Stirn an. »Ist das hier so eine Nummer wie bei *Men in Black*?«

»Ich habe keine Ahnung, wovon du sprichst.« Dass ich mit den meisten Anspielungen auf moderne Popkultur nichts anfangen konnte, vergaß sie manchmal. Durch sie hatte ich zum Beispiel gelernt, dass *Game of Thrones* kein Brettspiel war und es sich bei den *Backstreet Boys* nicht um eine Straßengang handelte.

»In *Men in Black* übernehmen Außerirdische die Körper von Menschen, die sich dann seltsam verhalten.«

Ich war mir nicht sicher, was Grace damit sagen wollte. »Und wieso erinnert dich das an mich?«

»Weil du noch nie eine Veranstaltung geschwänzt hast. Wir wohnen seit sechs Monaten zusammen, und du hast bisher nicht einmal verschlafen.« Vorsichtig nahm sie einen großen Schluck Tee und betrachtete mich über den Rand ihrer Tasse erwartungsvoll. »Also. Was ist passiert?«

Mit ihr darüber zu reden, war sicherlich eine gute Idee. Offen über Dinge zu sprechen, konnte enorm helfen. Das hatte ich während meiner Zeit an der *Ohio State* gelernt. Seit Grace und Emily in mein Leben getreten waren, wurde ich immer besser darin, nicht alles nur mit mir selbst auszumachen. »Ich habe Adam gesehen.«

»Welchen Adam?«

»Baker.«

Grace' Gesicht war nach wie vor ein einziges Fragezeichen. »Den Quarterback?«

»Das ist er nicht mehr.«

»Ich weiß.« Sie seufzte unzufrieden. »Aber wir sprechen schon von demselben Kerl? Der Typ mit der Verletzung? Hannahs Bruder?«

»Ja, *der* Adam.« Für dieses Gespräch brauchte ich mehr Zucker. Unter dem durchdringenden Blick meiner Mitbewohnerin schnappte ich mir einen weiteren Riegel.

»Wieso habe ich das Gefühl, irgendetwas verpasst zu haben?« Bevor ich protestieren konnte, stibitzte sie sich ein Stück Schokolade. »Woher kennst du Adam Baker? Durch Hannah?«

»Ich kenne ihn nicht. Vor ein paar Monaten bin ich ihm im *Buddha's Kitchen* begegnet, als ich Emily von der Arbeit abholen wollte. Er war recht unhöflich zu mir.«

»Und deswegen willst du morgen schwänzen?« Grace wirkte, als würde ihr Kopf gleich explodieren.

»Natürlich nicht.« Sie so verzweifelt zu erleben, war auf eine perfide Art lustig. Normalerweise war ihr verwirrter und gleichzeitig genervter Gesichtsausdruck einzig für Noah bestimmt. »Er war vorhin wieder ziemlich unhöflich zu mir.«

»Ich verstehe kein Wort.« Grace ließ sich noch tiefer in die Kissen sinken. »Wo hast du ihn getroffen?«

»Im Supermarkt.«

»Und er war erneut unfreundlich zu dir, weil er dich nicht leiden kann?« Auf Grace war Verlass. Die Empörung war ihr deutlich anzusehen.

»Nein, er weiß nicht mal, wer ich bin.« Es war noch immer frustrierend, dass ich anscheinend bei unserer ersten Begegnung keinerlei Eindruck hinterlassen hatte.

Sie nahm ihre Brille ab und rieb sich über die Augen. »Warum ist es wichtig, ob dieser Typ dich kennt oder nett zu dir ist?«

Meine Ehrlichkeit war eine Eigenschaft, auf die ich stolz war. Neben all den Dingen, von denen ich nichts verstand, lag es in meiner Hand, ein Mensch zu sein, der sich nicht hinter Notlügen oder bequemen Unwahrheiten versteckte. Auch wenn die Wahrheit dumm und naiv klang, war sie doch die richtige Wahl. »Ich mag ihn.«

Grace sah mich an, als wäre mir ein zweiter Kopf gewachsen. »Aber ich dachte ...?« Sie stockte. »Was hat er vorhin zu dir gesagt?«

»Mehr oder weniger, dass ich verschwinden soll.«

»Warum zum Teufel magst du so jemanden?«

»Keine Ahnung.« Ich wusste es selbst nicht genau. »Psychologisch gibt es dafür verschiedene Erklärungen. Man mag jemanden, wenn man ständig in seiner Nähe ist; man jemanden sucht, der einen ergänzt; weil man ihn attraktiv findet oder wenn man sich ähnlich ist. Das sind die häufigsten Erklärungsmodelle.«

»Brauchen wir Alkohol für dieses Gespräch?«

Lachend schüttelte ich den Kopf. »Tun wir nicht. Ich laufe ihm selten über den Weg, also können wir ausschließen, dass er seine Anziehung aufgrund von häufiger Nähe auf mich ausübt. Und ob er mich ergänzen würde, ist schwer zu beurteilen, wenn ich noch nie wirklich ein Wort mit ihm gewechselt habe.«

»Da er ein unfreundlicher Typ zu sein scheint, ist er dir ganz sicher auch nicht ähnlich.« Grace hatte verstanden, worauf ich hinauswollte.

»Also bleibt nur, dass ich ihn attraktiv finde und deswegen Dinge auf ihn projiziere, für die es keine reale Grundlage gibt.« Psychologie öffnete mir einen Blick auf die Welt, die mir so lange fremd gewesen war. Genau deswegen hatte ich dieses Studienfach gewählt.

»Du bist in Adam Baker verliebt?«

Vielleicht hatte Grace doch noch nicht verstanden. »Ich fühle mich zu ihm hingezogen, weil er gut aussieht. Das ist ein Unterschied.«

»Also ist es etwas ... Sexuelles?« Sie sah mich mit riesigen Augen an.

Der Fortpflanzungstrieb war einer unserer ältesten Instinkte und half, die Art zu erhalten. Doch wenn man keinerlei Erfahrung damit hatte, war es schwierig, ein neutrales Gesicht aufzusetzen, wenn es um Sex ging. »Du meinst, ob ich mit Adam Baker schlafen möchte?«

Bei meiner Frage wurden Grace' Augen noch größer, falls das überhaupt möglich war. »Willst du?«

»Nein.« Und das war die reine Wahrheit. Allein die Vorstellung jagte mir eine Heidenangst ein. »Aber mein Körper will. Manchmal.« Meine Hormone waren eindeutig mutiger als ich.

»Mir ist das zu hoch.« Sie schüttelte ungläubig den Kopf. »Also findest du Baker heiß und möchtest mit ihm ins Bett. Aber weil er ein ungehobelter Kerl ist, sprichst du ihn nicht an?«

»Ich spreche ihn nicht an, weil ich vor Nervosität sterben würde.« Allein die Vorstellung war absurd. »Und weil es lediglich körperliche Anziehung ist.«

»Für manche genügt das. Du musst ihn ja nicht direkt heiraten.« Grace zuckte mit den Schultern, als wären unverbindliche One-Night-Stands keine große Sache. »Bei Emily und Josh war es anfangs auch nicht mehr.«

Dieser Satz entlockte mir ein Lachen. »Wir wissen beide, wie falsch das ist.« Auch wenn die Geschichte von Em und Josh kompliziert war und die Beziehung der beiden zwischenzeitlich nur eine Affäre gewesen war, wussten wir beide, dass sie schon immer über alle Maßen ineinander verliebt gewesen waren.

»Okay, okay. Das war vielleicht ein blödes Beispiel.«

»Dir ist klar, dass ich noch keinen Sex hatte, oder?« Ausgesprochen hatte ich es bisher nie so direkt, doch ich war immer davon ausgegangen, Emily und auch Grace wussten, wie es um mein Liebesleben stand. Es war nicht existent. Ich war enthaltsamer als der Papst.

Grace rückte näher und legte ihren Kopf an meine Schulter. »Ja, aber vielleicht willst du das irgendwann ändern.«

»Aber doch nicht mit Adam Baker.« Er hatte mich zweimal dumm angefahren, da wollte ich sicherlich nicht mein erstes Mal mit ihm erleben.

»Das ist vernünftig. Es sollte jemand sein, den du liebst.«

Was Grace beschrieb, war die Idealvorstellung. In der Realität war ich jedoch eine zwanzigjährige Jungfrau, die irgendwann ihrem ersten Freund erklären musste, warum sie keine Ahnung von zwischenmenschlicher Intimität hatte. »Und wenn ich niemanden finde, der mich liebt?« Meine Stimme war nur noch ein Flüstern. Der Gedanke an solch ein Leben war beängstigend. Ich wollte Liebe erleben. Wollte wissen, wie sie sich anfühlte. Nur für einen Tag. Einen einzigen.

Und weil Grace eben Grace war, und somit fast immer das Richtige sagte, zog sie mich in ihre Arme und flüsterte mir ins Ohr, dass sie mich lieb hatte. Und weil ich eben ich war, erwiderte ich ihre Umarmung und vergoss stumme Tränen. Offen gezeigte Zuneigung überwältigte mich immer noch.

Nach einer gefühlten Ewigkeit lösten wir uns voneinander. Wortlos reichte sie mir ein Taschentuch, mit dem ich die Reste meiner verlaufenen Wimperntusche notdürftig beseitigte. »Danke.«

»Du weißt, wie großartig du bist, oder?«

Obwohl mir nach wie vor zum Heulen zumute war, entlockte sie mir damit ein ungläubiges Schnauben – und schnauben war definitiv besser als weinen. »Du bist meine Freundin. Was sollst du auch sonst sagen?«

»Du glaubst also, ich lüge dich an?« Sie kräuselte die Nase, wie immer, wenn sie unzufrieden war.

»Das habe ich nicht behauptet.«

»Doch, hast du. Aber ich vergebe dir.« Lächelnd stupste sie gegen meinen Oberarm, legte den Kopf schief und musterte mich eine Weile. »Du wirst jemanden finden, der sieht, wie wundervoll du bist. Und mit dem wirst du so viel Sex haben, dass ich mir Ohrstöpsel kaufen muss.«

Beschämt schlug ich mir die Hände vor das Gesicht. »Bis das passiert, wohnen wir bestimmt nicht mehr zusammen.«

»Ich könnte James fragen, ob ...«

»Auf gar keinen Fall!« Grace hatte bereits in der Vergangenheit versucht, mich mit diesem Kerl aus einem ihrer Seminare zu verkuppeln. Einmal hatten wir gemeinsam in der Mensa zu Mittag gegessen, doch es war sehr offensichtlich, dass James überhaupt nicht zu mir passte. »Er ist wirklich nicht mein Typ, Grace.«

»Und wer ist dein Typ?«

Ich zog eine Grimasse.

Sie schüttelte ungläubig den Kopf. »Ich kann nicht versuchen, dich mit jemandem zu verkuppeln, der fies zu dir ist.«

»Das sollst du auch nicht.« Und schon gar nicht mit Adam Baker. Welch eine lächerliche Vorstellung. »Außerdem hat er eine Freundin.«

»Wie kommst du darauf?«

Bei der Erinnerung an unser erstes Aufeinandertreffen wurde mir warm. Es war mir heute noch unangenehm, wie ungeschickt ich ihn angerempelt hatte. »Ich habe die beiden zusammen gesehen. Und sie ist wirklich wunderschön.«

Entrüstet funkelte Grace mich an. »Das bist du auch.«

»Jetzt sind wir wieder bei den Dingen, die du denken musst, weil du mich magst.«

»Ich werde nicht zulassen, dass du dir Quatsch einredest.« Ihr bestimmender Tonfall passte zu ihrem ernsten Gesichtsausdruck. »Du bist unglaublich hübsch, auch wenn du das nicht glauben willst.«

Alles, was sie sagte, machte sie zu einer verdammt guten Freundin. Auch wenn sie nicht sonderlich objektiv war. »Je mehr Zeit man mit jemandem verbringt, desto attraktiver findet man ihn. Das ist wissenschaftlich erwiesen.«

»Joanna Martin, ich habe Augen im Kopf. Wissenschaft hin oder her.«

»Ich weiß, dass ich okay aussehe.« Als sie prompt protestieren wollte, hob ich die Hand. »Ich bin nicht Quasimodo, aber auch nicht Miss America. Und das ist in Ordnung so.« Das war es wirklich. Es gab Tage, an denen ich mich nicht besonders leiden konnte, doch dieses Gefühl kannte wohl jeder. Meistens fand ich mich gut, so wie ich war. »Ich bin durchschnittlich.«

»Das bist du nicht!« Grace hatte ihre Brille wieder aufgesetzt und die Lippen fest aufeinandergepresst.

»Ich bin sogar ziemlich genau eine Durchschnittsamerikanerin.« Jedenfalls wenn ich einer demografischen Studie glaubte.

Grace seufzte laut. »Du hast dazu was gelesen, habe ich recht?«

Es zu leugnen, wäre zwecklos, also zuckte ich lediglich mit den Schultern. »Die Durchschnittsamerikanerin ist im Alter von zwanzig Jahren einen Meter dreiundsechzig groß, hat längeres, dunkles Haar, braune Augen und wiegt etwa fünfundsechzig Kilogramm.« Jedes dieser Merkmale traf fast exakt auf mich zu. »Ich bin nur sechs Zentimeter größer. Ansonsten sitzt die absolute Durchschnittsamerikanerin vor dir.«

»Diese dumme Studie hat aber ein entscheidendes Detail vergessen. Das da«, sie tippte mir mit dem Finger gegen die Brust, »ist ganz außergewöhnlich. Du hast das größte Herz der Welt, wie der Igel in unserem Badezimmer eindrucksvoll beweist.«

Monty! Den musste ich gleich noch füttern. »Wenn er kräftig genug ist, setze ich ihn im *Beekman Park* aus.«

»Mich stört der Igel nicht, auch wenn ich mich jeden Morgen im Halbschlaf zu Tode erschrecke.«

Ich hatte Monty vor zwei Wochen halb verhungert von der Straße aufgelesen. Mittlerweile war er wieder etwas zu Kräften gekommen und fühlte sich in seinem provisorischen Gehege in unserem Bad sichtlich wohl.

»Dieser Igel ist einer der unzähligen Beweise dafür, wie besonders du bist.«

»Weil ich halbtote Tiere anschleppe?« Wenig überzeugt von ihrer Theorie biss ich in meinen Schokoriegel. »Das hätte jeder getan.«

»Eben nicht.« Grace rieb sich mit den Fingerspitzen über die Schläfen. Entweder hatte sie Kopfschmerzen oder ich trieb sie zur Verzweiflung. »Du hast zwei Abende damit verbracht, ihm ein Häuschen zu basteln.«

»Irgendwo muss er doch schlafen.«

Lachend schüttelte sie den Kopf. »Genau das meine ich.«

»Igel-Häuser werden aber nicht verhindern, dass ich als alte Jungfer ende.« Manchmal nervte ich mich selbst mit diesen Gedanken. Doch ich hatte Angst. Davor, nie einen Freund zu haben. Aber genauso viel Angst hatte ich vor diesen ersten Erfahrungen mit Männern. Ich war ein hoffnungsloser Fall. »Statt einer verrückten Katzenfrau werde ich einfach eine verrückte Igelfrau.«

»Keine Katzen, keine Igel und keine anderen Tiere.« Grace schnappte sich unsere leeren Tassen und ging in die Küche. »James ist kein Thema mehr, das habe ich kapiert, aber wenn du auf Footballer stehst, kann ich dir sicher einen vorstellen.«

Da ihr Freund Noah lange für die *Bucks* gespielt hatte, bevor er in die NFL gewechselt war, kannte Grace das komplette Football-Team der Uni. »Es geht mir nicht um *irgendeinen* Footballer.«

»Ach nein?« Sie kam mit frischem Tee zurück und stellte meine Tasse vor mir ab. »Es sind also nicht die Muskeln?« Bei ihrer Frage wackelte sie mit den Augenbrauen.

»Zu viele Muskeln erschrecken mich eher.« Diese großen, trainierten Kerle, die ihre komplette Zeit im Fitnessstudio verbrachten, waren nie mein Typ gewesen. Bis ich Adam Baker über den Weg gelaufen war. Er verkörperte alles, was ich nicht an Männern mochte – und doch fühlte ich mich schrecklich zu ihm hingezogen.

»Ich verstehe nicht, warum du auf Baker stehst.«

Da waren wir schon zu zweit. »Mir ist es auch ein Rätsel.«

»Vielleicht solltest du dem auf den Grund gehen.« Sie hatte sich aufgesetzt und funkelte mich erwartungsvoll an. »Wenn du ihn magst, spricht doch nichts dagegen, wenn du versuchst, ihn kennenzulernen. Außer vielleicht die Tatsache, dass er kein netter Mensch zu sein scheint.«

»Ich soll ihn einfach ansprechen?« Bei dieser Vorstellung lief mir ein unangenehmer Schauer über den Rücken. »Das kann ich nicht.«

»Frag ihn einfach, ob er einen Kaffee mit dir trinkt.«

»Und dann?« Mit viel Fantasie war es möglich, mir vorzustellen, wie ich ihn fragte. Doch was danach passierte, war wie ein dichter Nebel. Undurchsichtig und beängstigend.

»Wenn er nein sagt, werden wir uns mit Schokolade vollstopfen und ihn verfluchen.« Als würde sie ihre Worte bekräftigen wollen, nahm sie den letzten Riegel vom Tisch, wickelte ihn aus, brach ihn in der Mitte durch und hielt mir eine Hälfte hin. »Und wenn er ja sagt, erfreust du dich im besten Fall an all diesen prachtvollen Muskeln.«

Als würde das jemals passieren. »Du hast seine Freundin vergessen.«

»Weißt du sicher, dass die beiden noch zusammen sind?«

»Nein, ich habe sie vor Monaten gesehen, aber ...«

»Sehr gut.« Überaus enthusiastisch fiel Grace mir ins Wort. »Dann haben wir einen Deal.«

»Einen Deal?« Auch wenn der Zucker mein Denkvermögen vielleicht beeinflusste, war ich mir sicher, keinem zugestimmt zu haben.

»Haben wir. Ich frage Hannah, ob er Single ist. Und wenn er in keiner Beziehung ist, sprichst du ihn an.«

Hannah war in den letzten Monaten zu einer Freundin geworden. Ich mochte sie, auch wenn sie für sehr introvertierte Menschen wie mich beängstigend extrovertiert war. Ich war stolz auf mich, bis jetzt nicht ausgenutzt zu haben, dass sie Adams Schwester war. Sie auszuhorchen, nur um mehr über ihn zu erfahren, wäre kein feiner Zug. Wenn Grace das aber tat und ich zufällig im selben Raum wäre ...

2. Kapitel

Zwei Abende später stand ich wieder mitten in der Nacht im Supermarkt. Nur mit sehr viel Selbstbetrug hatte ich es geschafft, mir einzureden, dass mein Ausflug nichts mit der Hoffnung zu tun hatte, Adam noch einmal über den Weg zu laufen. Aber die Chance bestand, immerhin schien er hier einen Nebenjob zu haben. Vielleicht schaffte ich es dieses Mal, ein paar Worte herauszubringen. Unverfänglich, eloquent, selbstbewusst. All das konnte ich in meiner Vorstellung sein, die zumeist mit der Realität wenig gemeinsam hatte.

Nachdem ich genug Schokolade für die nächsten Tage in meinen Einkaufskorb gelegt hatte, machte ich mich auf den Weg zu den Frühstücksflocken. Wir hatten zuhause nur noch das furchtbar gesunde Müsli, das Grace so gern mochte. Ich konnte dem Zeug nichts abgewinnen. Zwei große Schachteln Puffins wanderten in meinen Korb. Der niedliche, bunte Comicvogel auf der Packung verfehlte seine Wirkung nicht. Ich kaufte meistens diese Sorte.

Nach einem kurzen Abstecher zu den Getränken steuerte ich zielsicher die Kühltruhen mit dem Eis an. Dass ich meine Essgewohnheiten früher oder später überdenken musste, war mir durchaus klar. Doch *später* klang so viel besser als *früher*.

Als ich vergeblich versuchte, mich zwischen Strawberry Cheesecake und Cookie Dough zu entscheiden, bemerkte ich ihn. Adam füllte keine zehn Meter von mir entfernt eine der großen Kühltruhen mit Crushed Ice auf. Er trug ein enges blaues T-Shirt mit dem Logo des *West Side Supermarkts* auf der Brust und eine schwarze Jeans, die schon bessere Tage gesehen hatte. Sie war verwaschen, und über ein Knie zog sich ein langer Riss, der nicht wirkte, als wäre er vom Hersteller beabsichtigt.

Es war nicht richtig, ihn anzustarren, doch wieder einmal fiel ich zuverlässig unter den Adam-Baker-Bann. Sobald er in meiner Nähe war, gab es nur noch ihn.

Die Plastiksäcke mit dem Eis wogen bestimmt nicht wenig. Und doch wuchtete er einen nach dem anderen in die Kühltruhe, als wären sie federleicht. Nur sein angespannter Bizeps ließ erahnen, wie anstrengend diese Arbeit war.

Ich hatte noch nie einen Porno gesehen, doch der hätte auch nicht erotischer sein können als dieser Anblick. Gebannt beobachtete ich das Spiel seiner Muskeln. Am liebsten wäre ich mit den Fingern jede einzelne Erhebung langsam nachgefahren.

»Du schon wieder.«

Zum zweiten Mal innerhalb weniger Tage erwischte mich Adam dabei, wie ich ihn anstarrte. Vor Schreck glitt mir der Einkaufskorb aus der Hand und schlug mit einem dumpfen Geräusch auf dem Boden auf.

»Vorgestern warst du am Hintereingang.« Aus seinem Mund klang es wie eine Anklage und Verurteilung zugleich. Immerhin hatte er mich wiedererkannt. Ob das in diesem Zusammenhang gut oder schlecht war, wollte ich lieber nicht wissen. »Kannst du sprechen?«

Oh Gott, er hielt mich für stumm. Wenn er mich aber so durchdringend aus diesen tiefbraunen Augen ansah, brachte ich kein Wort heraus. Immerhin schaffte ich es, den Kopf zu schütteln. Adam hatte den letzten Sack in der Kühltruhe verstaut und kam langsam auf mich zu. Wenige Schritte vor mir blieb er stehen, und mir wurde erneut bewusst, wie groß er war. Groß, trainiert und mit diesem durchdringenden Blick durchaus furchteinflößend. Doch aus einem unerfindlichen Grund hatte ich keine Angst vor ihm. Er mochte unfreundlich sein, aber ich wusste, dass er mir nichts tun würde. Bei ihm war lediglich mein Stolz in Gefahr.

»Ist das ein dummer Zufall oder stalkst du mich?« Aus der Nähe bemerkte ich die Schatten unter seinen Augen. Es machte den Eindruck, als hätte er seit hundert Jahren keine Nacht mehr durchgeschlafen. »Wenn das irgendein Football-Mist ist, bist du bei mir falsch.«

Meine Hände waren schweißnass, und ich musste mich dreimal räuspern, doch am Ende schaffte ich es, einen unschuldigen Satz hervorzubringen. »Welcher Football-Mist?«

»Ich spiele nicht mehr. Falls das also eine Groupie-Nummer werden soll, kannst du dir die Mühe sparen.« Adams Stimme war völlig emotionslos. Kalt und unnahbar.

»Du denkst, ich bin ein Groupie?«

»Bist du keines?« Er verschränkte die Arme vor der Brust und ließ seinen Blick langsam von meinem Gesicht tiefer wandern.

»Natürlich nicht!« Entrüstet funkelte ich ihn an. Dass ich vor zwei Tagen noch mit Grace über Adam und über *Sex mit Adam* philosophiert hatte, war niemals ernst gemeint gewesen. Wir kannten uns ja nicht einmal.

»Schade eigentlich.« Die emotionslose Miene war einem selbstgefälligen Grinsen gewichen. »Vor einigen Monaten hätte ich dein Angebot vielleicht angenommen.«

»Es gibt kein Angebot.« Wieder einmal führte sich dieser Kerl unmöglich auf.

»Also war das alles nur Zufall? Würde ich dir glauben, wenn du nicht am Lieferanteneingang rumgehangen hättest.« Er fuhr sich mit beiden Händen über das Gesicht, während er gähnte. »Aber ich spiele nicht mehr, Kleine. Du musst dir einen anderen suchen.«

Fassungslos starrte ich ihn an. Er meinte diesen Unsinn tatsächlich ernst. Adam hielt sich für ein so großes Geschenk an die Frauenwelt, dass es nur einen Grund geben konnte, aus dem wir uns in so kurzer Zeit zweimal begegnet waren.

»Weil du niedlich bist, gebe ich dir einen Tipp.« Das selbstgefällige Grinsen war zurück. »Lass die Finger von Spencer und Cortez. Für die beiden bist du eindeutig zu unschuldig.«

Wenn man es genau nahm, war ich für jeden Kerl auf diesem Planeten zu unschuldig, doch das musste Adam Baker nicht wissen. »Wer sagt das?«

»Ich.«

»Und wie kommst du darauf?«

»Sieht man dir an.« Unglaubliche Arroganz triefte aus jeder Silbe. »Oder willst du behaupten, auf mehr als einen Typen gleichzeitig zu stehen? Dreier sind die Spezialität von Spencer.

Cortez ist eher dafür bekannt, dass er seiner Freundin gerne zuguckt, während sie mit einem anderen ...«

»Okay, okay, ich habe es verstanden.« Mein Gesicht fühlte sich mit einem Mal unglaublich warm an. Mit Sicherheit war ich knallrot angelaufen.

»Was meinst du? Lieber Spencer oder Cortez?«

»Ich weiß, was du versuchst.«

Adam lehnte sich mit der Schulter an das Regal rechts von ihm. »Was versuche ich denn?«

»Du versteckst dich hinter dieser Arroganz.« Es war so offensichtlich. »Und damit fühlst du dich über alle anderen erhaben.«

Lange Augenblicke betrachtete er mich einfach nur wortlos. Immerhin hatte meine Erläuterung das Grinsen aus seinem Gesicht gewischt.

»Und jetzt werde ich gehen.« Was auch immer mich in diesen Supermarkt geführt hatte, war nicht mehr als eine fixe und sehr, sehr dumme Idee gewesen. Adam mochte der hübscheste Typ sein, den ich jemals gesehen hatte, doch er war verkorkst – und zwei verkorkste Menschen konnten gemeinsam nur ein riesengroßes Desaster ergeben.

Ich hob meinen Korb auf, als er den Griff umfasste und mir meine Einkäufe abnahm. »Wer bist du?«

»Jemand, dessen Eis du gerade geklaut hast.«

Adam betrachtete den Inhalt meines Einkaufskorbs, und innerhalb von Sekundenbruchteilen zeichnete sich Abscheu auf seinem Gesicht ab. »Willst du diesen ganzen Müll etwa essen?«

»Wäre das Zeug sonst da drin?« Ich streckte die Hand aus, doch er ignorierte meine Aufforderung.

»Hast du vor, mit vierzig an einem Herzinfarkt zu sterben?«

In meinen kühnsten Träumen hatte ich mir unser erstes Gespräch nicht *so* ausgemalt. »Selbst wenn, wäre das meine Sache.«

»Natürlich.« Er stellte den Korb auf dem Boden ab und schob ihn mit dem Fuß außerhalb meiner Reichweite. »Ist nur spannend, Freuds Triebtheorie mal live zu erleben.«

Ich wusste, worauf er hinauswollte. Sigmund Freud und seine

Theorie des Destruktionstriebes, der angeblich dafür verantwortlich war, wenn sich Menschen selbst zerstörten. »Sagte der Typ mit einer NPS.«

»Autsch, das tat weh.« Zum ersten Mal wirkte das angedeutete Lächeln auf Adams Gesicht echt. »Eine narzisstische Persönlichkeitsstörung? Wirklich?«

Möglichst gleichgültig zuckte ich mit den Schultern. »Erscheint mir passend.«

»Ich bin Adam.« Er streckte die Hand aus und sah mich erwartungsvoll an.

»Annie.« Als ich mit meinen Fingern seine berührte, erwartetet ich einen Stromstoß, ein Glockenklingen oder wenigstens einen tiefen, intensiven Blick – doch nichts davon passierte. Er schüttelte kurz meine eiskalte Hand, und einen halben Atemzug später war der Moment auch schon vorbei.

»Psychologie?« Adams Frage holte mich aus meinen Stromstoß- und Glocken-Träumen zurück in die Wirklichkeit.

»Zweites Semester.« Das wenig ruhmreiche halbe Jahr *Business Management* ließ ich unerwähnt. Wie ich auf die Idee gekommen war, dass mir ein Wirtschaftsstudium Spaß machen würde, konnte ich mir heute nicht mehr erklären.

»Beeindruckend.«

»Meine Studienwahl?« So außergewöhnlich war das nun wirklich nicht.

»Nein.« Er schob sich vereinzelte, wilde Locken hinter die Ohren, wodurch ich einen Blick auf diesen hinreißend abstehenden Schönheitsfehler erhaschen konnte. Ich wusste noch immer nicht, warum mich dieser kleine Makel so unglaublich anzog. Ohren waren mir vor Adam herzlich egal gewesen. »Es ist erstaunlich, dass du erst im zweiten Semester bist und die Triebtheorie kennst.«

»Ich lese viel.«

»Passt zu dir.« Er verschränkte erneut die Arme vor der Brust, doch dieses Mal wirkte die Pose nicht mehr feindselig. Dafür sorgte das Lächeln auf seinem Gesicht. Mir stockte bei diesem Anblick kurz der Atem. Ein schlecht gelaunter Adam war attraktiv, ein freundlicher Adam war verdammt gefährlich. Die vollen Lippen gepaart mit diesem warmen Ausdruck in seinen Augen ließen mich an Dinge denken, von denen ich nichts verstand. Mein Körper wollte ihn nackt sehen, mein Kopf hatte jedoch keine Ahnung, was er mit einem nackten Adam anfangen sollte.

»Hat es dir die Sprache verschlagen?«

Ich brauchte einen Moment, um mich daran zu erinnern, was er zuletzt gesagt hatte. »Wieso passt es zu mir, dass ich viel lese?« Eine rhetorische Frage. Natürlich wusste ich, dass ich wie der Typ *brave Studentin* aussah. Wie eins der Mädchen, die ihre Abende zuhause verbrachten, um zu lernen, und hin und wieder im Supermarkt unerreichbare Typen stalkten.

»Du wirkst nicht wie eine Partygängerin.«

Seine Argumentation war nicht sehr schlüssig. »Eben hast du mich noch für ein Football-Groupie gehalten.«

Er zuckte mit den Schultern. »Das eine schließt das andere nicht aus.«

»Und wie viele Mädchen kennst du, die ständig lernen und gleichzeitig Footballer aufreißen?«

»Eins oder null. Hängt von dir ab.« Adam zog sein Handy aus der Tasche, drückte auf dem Display herum und hielt es mir hin. »Du kannst mir deine echte Nummer geben oder eine falsche. Oder du sagst mir, dass ich mich zum Teufel scheren soll. Das liegt ganz bei dir.«

Passierte das wirklich? Adam Baker wollte meine Nummer? Meine! Die Situation war so absurd, dass ich einfach nur perplex zwischen ihm und seinem Telefon hin und her schaute. So lange, bis Adam die Hand sinken ließ.

»Okay, ich habe es verstanden.« Er wollte das Handy gerade wieder in seine Hosentasche stecken, als ich meine Sprache wiederfand.

»Aber du hast eine Freundin.«

Sichtlich überrascht hielt er in der Bewegung inne. »Wie kommst du darauf?«

»Ich habe euch gesehen.« *An dem Abend, an den du dich nicht erinnern kannst, weil ich keinerlei Eindruck hinterlassen habe.*

Von seinem Lächeln war nichts mehr übrig. Mit ihm war auch der freundliche Adam verschwunden. Der Typ, der sein Handy in die Tasche seiner Jeans stopfte, war eindeutig die unhöfliche, wenig nette Version. »Und ich dachte, ich hätte mich geirrt.« Er machte den Eindruck, als hätte ich seinen Hund überfahren oder Schlimmeres.

»Womit geirrt?«

Er hob meinen Korb auf und hielt ihn mir hin. »Ich habe dir fast geglaubt, dass wir uns durch Zufall zweimal über den Weg gelaufen sind.« Als ich ihm die Einkäufe nicht abnahm, stellte er sie vor mir auf dem Boden ab. »Aber du weißt ganz genau, wer ich bin.«

Natürlich tat ich das. Doch damit war ich nicht allein. »Du hast Football gespielt, die halbe Uni kennt dich.«

»Und genau darum geht es, nicht wahr?«

»Selbstverständlich nicht.« In all meinen dummen Tagträumen mit Adam Baker in der Hauptrolle war unser allererstes richtiges Gespräch nie in einen Streit ausgeartet.

»Dann beantworte mir eine Frage.« Seine Stimme klang dumpf und tonlos. »War es Zufall oder nicht?«

Insgeheim wusste ich, dass er es merken würde, wenn ich log. Und ich wollte auch gar nicht lügen. Ich war kein Groupie, daran änderte auch die Tatsache nichts, dass ich gehofft hatte, ihn zu treffen. »Nein, es war kein Zufall.«

Er schnaubte leise. »Dann solltest du beim nächsten Mal deine Hausaufgaben besser machen. Ich bin kein aktiver Spieler mehr.« Kopfschüttelnd trat er einen Schritt zurück. »Wie gesagt, wenn du Footballer vögeln willst, bist du bei mir falsch.« Mit diesen Worten ließ er mich stehen.

Mit klopfendem Herzen sah ich ihm hinterher, als er am Ende des Gangs abbog und aus meinem Sichtfeld verschwand.

Adam Baker, der einzige Typ, den ich in den vergangenen zwei Semestern anziehend gefunden hatte, hielt mich für ein Groupie. Wäre es nicht so lächerlich, hätte ich die Absurdität dieser Situation amüsant finden können. Er lag mit seinen komischen Anschuldigungen absolut daneben.

Ich wusste, dass ich entrüstet sein sollte, doch als ich langsam zu den Kassen schlich, beschäftigte mich ein ganz anderer Gedanke: Er hatte meine Nummer haben wollen, doch ich hatte diese Chance komplett in den Sand gesetzt. Es wäre klug, ihn einfach zu vergessen. Er war unhöflich und dazu auch noch vergeben. Sein Beziehungsstatus schien ihn jedoch nicht gestört zu haben. Welcher Mann machte so etwas? Das war moralisch verwerflich. Und mit so einem Typen wollte ich rein gar nichts zu tun haben – egal wie schön sein Lächeln war.

Meine Strategie, mir Adam aus dem Kopf zu schlagen, ging zwei Wochen erstaunlich gut auf. Immer wenn ich an unser Gespräch dachte, schlich sich das Bild seiner Freundin vor mein geistiges Auge. Die weißblonde Schönheit sorgte zielsicher dafür, dass ich weniger enttäuscht, dafür aber wütender war. Dass er dennoch so dreist gewesen war, mich nach meiner Nummer zu fragen, hatte ich nicht einmal Grace erzählt. Ihr davon zu berichten, hätte nur zu einem ellenlangen Monolog über Adams schlechten Charakter geführt. Und wenn sich Grace einmal in Rage redete, war sie nur schwer zu stoppen. Mir stundenlang anzuhören, was für ein Mistkerl er war, klang nicht sehr verlockend.

»Hannah kommt gleich vorbei.« Grace stand im Türrahmen meines Zimmers und band sich die Haare zu einem Pferdeschwanz. »Magst du mit uns essen? Ich habe Nudeln gemacht.«

»Danke, aber ich habe keinen Hunger.« Auch wenn Hannah keine Schuld am Verhalten ihres Bruders trug, wollte ich nicht den ganzen Abend damit verbringen, in ihrem Gesicht nach Ähnlichkeiten mit Adam zu suchen.

»Kekse sind keine vollwertige Mahlzeit.« Sie deutete auf die leere Packung neben mir auf dem Bett. »Vielleicht können wir Hannah ein bisschen ausquetschen.«

»Hast du sie deswegen eingeladen?« Grace traute ich solch einen Plan durchaus zu.

»Nein, habe ich nicht.« Als sie meinen skeptischen Blick sah, hob sie die Hand zum Schwur. »Wirklich nicht. Wir sind uns heute in der Mensa über den Weg gelaufen und haben festgestellt, dass wir schon viel zu lange keine Zeit mehr miteinander verbracht haben. Das ist alles.«

»Und du versprichst mir ...«

»Keine dummen Bemerkungen. Ehrenwort.«

Und daran hielt sie sich. Eine Stunde später waren die Nudeln vernichtet und vor jeder von uns stand ein Glas Rotwein. Ich hatte an meinem nur genippt, weil er furchtbar trocken war und ich ihn nicht herunterbekam. Grace und Hannah saßen auf der Couch, ich auf dem Sitzkissen neben dem Fernseher. Dieses kuschelige Teil war mein liebster Platz in der ganzen Wohnung.

»... und dann hat er gefragt, ob er mich seinen Eltern vorstellen darf.« Hannah war mitten in einer Geschichte über den letzten Kerl, den sie eine Weile gedatet hatte. »Dabei war das zwischen uns von Anfang an nur Spaß.«

»Mochtest du ihn nicht?« Grace, die stets romantische Verfechterin wahrer Liebe, sah Hannah mit großen Augen an. »Wenn ihr doch immerhin fest zusammen wart.«

»Wir waren nicht *zusammen*.« Hannah verzog das Gesicht, als wäre allein die Vorstellung unsinnig. »Wir hatten guten Sex, sonst nichts. Dylan war einverstanden, dass es nicht mehr ist.«

»Hat Emily auch mal gesagt.« Ich erinnerte mich zu gut an ihre Beteuerungen. Sie hatte sich lange sehr erfolglos einzureden versucht, keine Gefühle für Josh zu haben. »Und jetzt wohnen die beiden in Philadelphia und ziehen gemeinsam ein Kind auf.«

»Ich kann euch versichern, dass es bei Dylan und mir anders ist.« Sie strich sich eine dunkle Locke aus dem Gesicht, deren Farbe exakt der von Adams Haar entsprach.

»Das heißt, du hast ihn abserviert?« Grace' Frage war so naiv, dass sie von mir hätte stammen können.

»Natürlich. Auf solche Komplikationen habe ich keine Lust.«

»Das könnte ich nicht.« Ich ließ mich nach hinten sinken, bis ich eine bequeme Position gefunden hatte.

»Was könntest du nicht?« Hannah wandte sich mir zu. »Jemanden abservieren?«

Das vermutlich auch, ich hatte allerdings etwas anderes

gemeint. »Sex. Ohne Gefühle.« Körperliche Liebe von emotionaler zu trennen, erschien mir unvorstellbar. Natürlich wusste ich, dass viele Menschen damit kein Problem hatten – doch ich klammerte mich an die romantische Variante. In meiner Vorstellung zog er sich nach dem Sex nicht an und verschwand. Jedenfalls nicht beim ersten Mal. Vielleicht würde ich irgendwann, mit mehr Erfahrung, anders darüber denken.

Hannah zuckte mit den Schultern. »Nach dem College werden wir Jobs, Verpflichtungen und eine furchtbar ernste Zukunft haben. Da will ich jetzt so viel Spaß wie möglich mitnehmen.«

Es war fast ironisch, dass ich hoffte, die ernsten Jahre hinter mir gelassen zu haben. Alles, was vor mir lag, sollte neu, aufregend und spektakulär werden. Jeden Tag ein bisschen mehr. Ganz langsam, wie es sich für einen Angsthasen gehörte.

»Mein Leben wird niemals ernst sein.« Grace nippte an ihrem Weinglas und hatte dabei diesen verträumten Gesichtsausdruck, der mir wohlbekannt war. »Noah und ich werden uns vermutlich mit achtzig noch gegenseitig zur Weißglut treiben.«

»Es hat aber nicht jede so viel Glück wie du und angelt sich so einen Typen.«

Damit lag Hannah verdammt richtig. Grace hatte bei der großen Boyfriend-Lotterie den Hauptgewinn erwischt. Nicht jedes Mädchen war mit einem NFL-Spieler zusammen, der es vergötterte und keine Augen für andere Frauen hatte.

»Ich bin mit den Dylans dieser Welt zufrieden.« Hannah klang so überzeugt, dass ich keine Sekunde an ihren Worten zweifelte. »Wenn man morgens einfach gehen kann, ohne ein schlechtes Gewissen zu haben, ist das ein ziemlich gutes Gefühl.«

»Hast du das wirklich nie? Ein schlechtes Gewissen?«

Sie schüttelte den Kopf. »Warum sollte ich?«

»Na ja, wenn du doch weißt, dass der Typ dich mag. So wie dieser Dylan.«

»Das ist sein Problem.« Sie drehte sich ein Stückchen, um mich direkt anzusehen. »Wenn vorher beiden klar ist, auf was sie sich einlassen, ist das sehr befreiend. Dylan und ich waren uns einig. Jetzt sind wir das nicht mehr, also beenden wir die Sache.«

Es war beeindruckend, wie emotionslos sie über den Kerl sprechen konnte, mit dem sie regelmäßig geschlafen hatte. »Und du hast dich nie in jemanden verliebt?« Unzählige Studien hatten nachgewiesen, wie körperliche Nähe oft zu tieferen Gefühlen führte.

»Nope. Der Romantiker in unserer Familie ist Adam.«

Grace und ich verschluckten uns bei dieser Aussage gleichzeitig an unserem Wein. Während ich noch hustete, hatte sie sich jedoch bereits wieder gefangen und warf mir einen entschuldigenden Blick zu, bevor sie die Steilvorlage von Hannah nutzte. »Ist er noch mit seiner Freundin zusammen?«

»Chloe?« Hanna verdrehte die Augen. »Was das mit Chloe ist, weiß niemand so genau. Er selbst wohl am wenigsten.«

Mit gespitzten Ohren hing ich an ihren Lippen.

»Wenn es eine Frau auf dieser Welt gibt, von der er die Finger lassen sollte, ist es Chloe Taylor. Aber auf mich hört er nicht.« Sie seufzte theatralisch, während sie sich Wein nachschenkte.

»Was stimmt mit dieser Chloe nicht?« Grace sprach aus, wozu ich nicht mutig genug war. So viel dazu, dass jeder Tag meines Lebens aufregender und spektakulärer sein sollte als der vorherige. Ich saß mit hochrotem Gesicht auf einem Sitzsack und hörte verschüchtert der Schwester des Typen zu, den ich interessant fand. Den ich mochte. Der mein ... Was-auch-immer sein könnte. So recht wusste ich selbst nicht, wie ich Adam einordnen sollte. Am besten gar nicht. Er passte in keine meiner *Schubladen*. Eine Metapher, die Sigmund Freud durchaus gefallen hätte.

»Chloe Taylor ist das personifizierte Grauen.« Als Hannah unsere fragenden Gesichter bemerkte, fuhr sie fort. »Er mag sie. Er mag sie wirklich. Und das nutzt sie seit Monaten aus.«

Ich sank noch tiefer in den Sitzsack und biss mir auf die Unterlippe. Adam mochte Chloe. Das war keine neue Information. Immerhin war sie seine Freundin. Oder so etwas in der Art.

»Was genau tut sie?«

Bei Grace' Frage schnaubte Hannah leise. »Alle paar Wochen vögelt sie ihn, danach wird er wieder ignoriert. Sie weiß genau, wie verliebt dieser Idiot in sie ist. Deswegen kann sie diese Nummer wieder und wieder und wieder bei ihm abziehen.«

Ich war unsicher, wer mir in diesem Augenblick mehr leidtat: Adam, der sich von Chloe an der Nase herumführen ließ, oder ich, weil sich mein Herz plötzlich furchtbar schwer anfühlte.

»Deswegen war es mir unter anderem so wichtig, Dylan nichts vorzumachen. Wenn ich mit ihm geschlafen habe, war ihm klar, dass es nicht aus Liebe passierte.«

»Adam denkt, dass Chloe ihn liebt?« Bis jetzt war ich nur stumme Zuhörerin gewesen, doch es gab Dinge, die ich wissen wollte. Die ich hören musste, um mit dem Kapitel Adam Baker – das genau genommen nicht einmal begonnen hatte – abschließen zu können.

»Er wünscht es sich, denke ich.« Hannah nippte an ihrem Glas und sah erst Grace, dann mich nachdenklich an. »Das ist gerade keine einfache Zeit für ihn. Jemanden wie Chloe kann er momentan wirklich nicht gebrauchen.«

»Der Unfall?« In Grace' Stimme war das Mitgefühl deutlich zu hören. Der Unfall musste schrecklich gewesen sein. Ich hatte mir die Aufzeichnungen des besagten Spiels nie angesehen.

Hannah nickte. »Ja, das hat ihn mitgenommen. Dass er nicht mehr spielen kann, ist hart für ihn. Aus mehreren Gründen.«

Auch wenn ich nicht neugierig erscheinen wollte, musste ich nachhaken. »Welche Gründe?«

»Wie viel Zeit habt ihr?« Das schiefe Lächeln auf Hannahs Gesicht wirkte alles andere als fröhlich. »Adam ist eine Enttäuschung für unsere Eltern, auch wenn das absoluter Blödsinn ist. Aber wer *nur* Sportpsychologie und kein richtiges Medizinstudium absolviert, ist in den Augen unseres Vaters ein Versager. Deshalb hat er von Anfang an mein Studium finanziert und Adams nicht.« Sie leerte ihr Weinglas, bevor sie fortfuhr. »Und da er jetzt kein Football mehr spielt ...«

»... hat er auch kein Stipendium mehr.« Grace sprach aus, was uns allen klar war. »Kann er sein Studium zu Ende bringen?«

Die *Ohio State* war eine Universität der mittleren Preisklasse. Nicht exorbitant teuer wie eine der Ivy League Unis, doch nicht so billig wie ein schnödes Community College. Im letzten Jahr hatte ich rund 45.000 Dollar für zwei Semester ausgegeben. Ohne finanzielle Unterstützung oder ein Stipendium war dieser Betrag kaum aufzubringen.

»Nur wenn ein Wunder passiert.« Die gute Laune war gänzlich aus Hannahs Stimme verschwunden. »Er ist bei mir eingezogen, um die Miete zu sparen. Zusätzlich arbeitet er fast jede Nacht, damit er sich die nächsten Semester an der *State University* in Cincinnati leisten kann.«

»Er geht nach Cincinnati?« Meine Stimme überschlug sich bei dieser Frage, und ich brauchte keinen Spiegel, um zu erkennen, dass man mir mein Entsetzen ansah.

»Ja.« Falls sich Hannah über meinen kleinen Gefühlsausbruch wunderte, ließ sie es sich nicht anmerken. »Da kosten ihn die letzten Semester nur die Hälfte.«

»Was ist mit einem Studienkredit?« Grace warf das Offensichtliche ein. Viele Studenten finanzierten sich auf diese Weise.

Hannah schüttelte sacht den Kopf. »Dafür sind seine Noten zu schlecht. Football war ihm immer wichtiger, das fällt ihm jetzt auf die Füße.«

Es gab so viele Informationen, die ich verarbeiten musste. Adam studierte Sportpsychologie. Das erklärte, warum er wusste, was die Triebtheorie war, und es verstanden hatte, als ich ihm eine NPS an den Kopf geworfen hatte. Dass seine Noten so schlecht waren, wunderte mich nicht. Wenn er sein Studium ernstnehmen würde, wäre er mir garantiert in einer meiner Vorlesungen oder Seminare begegnet. Ein Großteil der Kurse für Psychologie und Sportpsychologie war identisch. Doch gesehen hatte ich ihn nie. Was nur bedeuten konnte, dass er in den letzten zwei Semestern keine Veranstaltungen besucht hatte. Wenn er wirklich nach Cincinnati ging, würde ich ihn auch zukünftig nicht treffen – und das wühlte mich mehr auf, als es das bei einem Typen, den ich überhaupt nicht kannte, der Fall sein sollte.

3. Kapitel

Es dauerte drei Wochen, bis mir Adam das nächste Mal über den Weg lief. Drei Wochen, in denen ich in einem anderen Supermarkt einkaufte und mir erfolgreich einredete, dass mich diese Cincinnati-Sache nicht interessieren sollte.

Die Herbstsonne stand strahlend am Himmel, weshalb ich draußen an einem der großen Holztische vor der östlichen Mensa sitzen und zu Mittag essen konnte. Vor mir lag ein furchtbar langweiliger Wälzer über emotionale Störungen bei Kindern. In einigen Wochen musste ich eine Hausarbeit über das Thema schreiben, also sollte ich das Buch zumindest gelesen haben. Anstatt mich meiner Lektüre zu widmen, stocherte ich jedoch in meinem Salat und beobachtete das Treiben um mich herum.

Die meisten Studenten hetzten in die Mensa, nur wenige saßen wie ich in der Sonne und genossen das schöne Wetter. An einem Tisch etwa zehn Meter von mir entfernt traf sich eine Gruppe Footballer. Einige der Jungs waren im vergangenen Semester neu ins Team gekommen. Ihre Namen wusste ich nicht. Doch ich entdeckte auch Drew, Coleman und Tom, die in eine angeregte Unterhaltung vertieft waren.

Seufzend wandte ich mich ab und las einen weiteren Abschnitt in meinem Buch. Als ich einige Minuten später den Blick hob, war Coleman verschwunden. Auf seinem Platz saß niemand Geringeres als Adam Baker und starrte mich über die Köpfe der anderen hinweg an. Dabei blinzelte er nicht einmal. Unter seinen Augen lagen wie bei unserer letzten Begegnung tiefe Schatten, sein Haar war völlig verwuschelt und sein Pullover verknittert. Adams ganze Erscheinung erweckte den Eindruck, als wäre er gerade erst aus dem Bett gestiegen.

Vielleicht stimmte das sogar. Immerhin wusste ich von Hannah, dass er regelmäßig nachts arbeitete.

Das alles erklärte aber nicht, warum er mich weiterhin beobachtete. Mir wurde abwechselnd heiß und kalt. Heiß, weil er seine Wirkung auf mich nach wie vor nicht verloren hatte, und kalt, weil ihm augenscheinlich nicht gefiel, was er sah. Auf seiner Stirn zeichneten sich tiefe Falten ab, und seine normalerweise vollen Lippen waren zu einem Strich aufeinandergepresst.

Ich wollte auf keinen Fall zuerst den Blickkontakt unterbrechen, doch nach endlos scheinenden Sekunden wusste ich, dass ich dieses Duell niemals gewinnen würde. Konfrontationen waren nicht meine Stärke. Früher nicht und heute noch viel weniger. Mein kleiner Sieg war ein gemurmeltes *Idiot*, bevor ich meine Aufmerksamkeit wieder meinem Buch schenkte. Oder es jedenfalls versuchte. Ich starrte auf die Buchstaben, dennoch ging mir Adams durchdringender Blick nicht aus dem Kopf. Was hatte er erwartet? Dass ich ihn vor allen Menschen anfallen würde? Vielleicht glaubte er, dass ich ihm aufgelauert hatte. Aber das wäre albern. Wir waren uns seit Wochen nicht begegnet. Wenn ich eine Stalkerin wäre, dann die schlechteste der Welt. Aber es spielte keine Rolle, was er sich zusammenreimte. Er mochte mich nicht, war unfreundlich, hatte eine Freundin und würde bald nach Cincinnati gehen. Das waren vier sehr gute und vernünftige Gründe, warum ich mir Adam Baker aus dem Kopf schlagen sollte. Doch selbst die hinderten mich nicht daran, nach einigen Minuten möglichst unauffällig erneut seinen Tisch zu beobachten. Die Footballer waren noch da, Adam war noch da und ... Chloe Taylor war dazugekommen. Sie saß auf Adams Schoß und fuchtelte mit den Händen in der Luft herum, als würde sie die faszinierendste Geschichte der Welt erzählen. Zumindest hingen alle an ihren Lippen. Adam hatte seine Arme um ihre Taille geschlungen und hielt sie fest an sich gedrückt.

So sah es also aus, wenn er in ein Mädchen verliebt war. Trotz meiner vier vernünftigen Gründe war ich eifersüchtig und gleichzeitig vollkommen gefangen von diesem Bild. Er hatte ausschließlich Augen für Chloe. Eben noch völlig fertig und müde, waren seine Wangen jetzt leicht gerötet. Die Jungs lachten, doch Adam blieb ernst. Er betrachtete sie wie ein Mann, der ihr die Sterne vom Himmel holen würde, wenn sie es nur zuließe.

Wow. Das war härter als gedacht. Es gab keine rationalen Erklärungen dafür, doch die irrationalen reichten aus, um ein dumpfes Gefühl von meinem Magen durch meinen Körper zu schicken. Ganz kurz erlaubte ich mir den Gedanken daran, wie es sich anfühlen würde, von ihm in den Armen gehalten zu werden. Wie es wäre, wenn er mich so wie Chloe ansehen würde. Absurde Wunschvorstellungen. So absurd, dass ich über mich selbst den Kopf schüttelte und mich zwang, dieses verdammte Buch weiterzulesen. Adam mit seiner Freundin – oder was auch immer sie für ihn war – zu beobachten, tat mir nicht gut.

Dieser Anblick sollte genug sein, um mich zukünftig nicht mehr in Tagträumen zu verlieren, in denen er die Hauptrolle spielte. Es gab den einen Menschen in seinem Leben. Darüber sollte ich mich freuen, auch wenn mir Hannahs Worte nicht aus dem Kopf gehen wollten. Chloe benutzte Adam. Das war allerdings nicht mein Problem. Er war erwachsen und würde schon wissen, was er tat.

Ich hatte zwei weitere Absätze gelesen, als mich lautes Lachen aus meiner hart erkämpften Konzentration riss. Chloe Taylor saß nicht mehr auf Adams Schoß. Sie hatte den Platz gewechselt und hockte neben einem der neuen Spieler, der seinen Arm um ihre Schulter gelegt hatte. Die beiden wirkten sehr vertraut. Zu vertraut, wenn man bedachte, dass Adam keine zwei Meter von ihnen entfernt ein mürrisches Gesicht machte. Langsam begriff ich, warum Hannah Chloe nicht leiden konnte. Selbst wenn sie nichts für Adam empfand, war dieses Spiel einfach grausam. Ein Blinder erkannte, dass ihn ihr Verhalten nicht kalt ließ. Für einen Sekundenbruchteil trafen sich unsere Blicke, bevor er rasch wegschaute, sein Handy aus der Tasche zog und wild darauf herumtippte.

Chloe schien nicht zu interessieren, wie es ihm ging. Ihre ganze Aufmerksamkeit galt diesem Typen, der ein verdammt mieser Teamkamerad war. Sich vor den Augen eines Mitspielers an seine Affäre, Freundin oder Was-auch-immer heranzuwerfen, zeugte nicht von einem guten Charakter. Andererseits war Adam kein Teil der Mannschaft mehr. Grausam war dieses Verhalten dennoch.

Ich wusste, ich sollte mich um meinen Kram kümmern und Adam und Chloe ignorieren. Doch es gelang mir nicht. Immer wieder warf ich verstohlene Blicke hinüber. Je mehr Zeit verstrich, desto resignierter sah Adam aus. Das Handy hatte er weggelegt, stattdessen trommelte er mit den Fingerspitzen rhythmisch auf die Tischplatte. Chloe ignorierte ihn immer noch. Sie genoss es sichtlich, die Aufmerksamkeit aller Jungs auf sich zu ziehen. Sie legte den Kopf schief, lachte und strich sich die Haare in dieser typischen Flirt-Geste aus dem Gesicht. Ich hatte noch nie ein Wort mit ihr gewechselt, doch das musste ich auch nicht, um zu wissen, dass Chloe Taylor und ich keine Freunde werden würden. Auch wenn Adam mein Mitleid nicht verdient hatte und sicherlich auch nicht haben wollte, wäre ich am liebsten rübermarschiert und hätte ihr gesagt, was ich von diesem lächerlichen Schauspiel hielt. Um solch einen Auftritt mit Würde hinzulegen, fehlte mir allerdings der Mut. Und vermutlich auch die soziale Kompetenz. Mehrere Menschen auf einem Haufen machten mich immer noch nervös.

Also blieb mir nur, mich zu fragen, warum er sich so behandeln ließ. Adam war vielleicht nicht so überirdisch schön wie Emilys Freund Josh, dennoch war ich mir sicher, dass er sich über weibliche Zuwendung nicht beklagen konnte. Vielleicht hatte Hannah recht: Er liebte Chloe und ertrug deswegen ihre Spielchen. Wenn das Liebe sein sollte, wusste ich nicht mehr so recht, ob ich sie erleben wollte. Nein, das war eine dicke fette Lüge. Natürlich wollte ich. Nur einmal. Und wenn es irgendwann in die Brüche ging, war das auch okay. So stand es immerhin auf meiner Liste.

Ich suchte in meiner Tasche nach meinem Notizbuch, zog es heraus und schlug die erste Seite auf. Hier hatte ich all die Dinge notiert, die ich tun wollte. Manche waren profan und alltäglich, andere aufregend und beängstigend.

Die Liste war stattliche sechs Seiten lang. Auf der vierten stand es schwarz auf weiß:

- *mich verlieben*
- *mir das Herz brechen lassen*

Als ich diese beiden Punkte aufgeschrieben hatte, war ich der festen Überzeugung gewesen, dass zu einer großen Liebe auch großer Schmerz gehörte. Wie sonst konnte man die Liebe wertschätzen, wenn man sie nicht wenigstens einmal verloren hatte? Doch das waren alles Wunschvorstellungen eines unerfahrenen Mädchens gewesen. Zwei Jahre später hatte ich so viele Dinge getan, die ich zuvor für unerreichbar gehalten hatte. Ich war aus diesem schrecklichen Haus ausgezogen und hatte es verkauft. Ich ging auf die Uni und war in meine eigene kleine Wohnung gezogen, die ich mir mit Grace teilte. Ich war nicht mehr allein. Es gab Freunde in meinem Leben. Diese Punkte hatte ich fein säuberlich abgehakt. Alles andere würde mit der Zeit kommen. Die Katze, die ich adoptieren wollte. Der Horrorfilm, den ich mich nicht anzusehen traute. Die Schneeballschlacht, die ich ausfechten würde. Das waren gute Ziele, für die es sich lohnte, jeden Morgen aufzustehen.

Der ganze Kram auf Seite vier, der sich um Liebe drehte, würde irgendwann passieren. Oder eben nicht. Solange ich niemanden in mein Herz ließ, würde mir wenigstens Adams Schicksal erspart bleiben. Direkt daneben zu sitzen, wenn der Mensch, den ich liebte, der ganzen Welt zeigte, dass ich ihm gleichgültig war, musste schrecklich sein.

Ich schaute von meiner Liste auf und fand den gegenüberliegenden Tisch verwaist vor. Die Footballer waren verschwunden und mit ihnen auch Chloe und Adam. Vielleicht konnte ich mich jetzt auf mein Buch konzentrieren.

»Hier bist du.« Hannah wehte, wie es nur Hannah konnte, aus dem Nichts an meinen Tisch und setzte sich mir gegenüber. »Grace und ich haben dich gesucht.«

»Ist etwas passiert?« Sie sah für einen Montag viel zu fröhlich aus.

»Achtundneunzig Prozent in meinem Biologie-Test. Das ist

passiert.« Sie zog einen Zettel aus der Tasche und schob ihn mir zu. »Und ich war mir so sicher, durchgefallen zu sein.«

Mit hochgezogener Braue warf ich ihr einen möglichst spöttischen Blick zu. »Sagen die Streber nicht immer, dass sie durchfallen? Nur um hinterher die Besten des Jahrgangs zu sein?«

»Nein, wirklich.« Hannah grinste breit über das ganze Gesicht. »Ich hatte keine Zeit zu lernen und riesige Angst vor dem Test.«

»Keine Zeit?«

Sie verdrehte lachend die Augen. »Du weißt schon.«

Das tat ich nicht. Doch ich konnte mir ausmalen, dass es vermutlich mit irgendeinem Kerl zusammenhing, der sie vom Lernen abgehalten hatte. »Achtundneunzig Prozent sind beeindruckend.« Meine eigenen Noten waren nicht schlecht, doch ein glattes A+ erhielt ich nicht oft. »Ein Schritt näher zur Med School.«

»Hoffentlich. Chemie bricht mir irgendwann das Genick.« Sie steckte ihren Test wieder ein und holte ein eingeschweißtes Sandwich aus ihrer Schultertasche. »Willst du ein Stück?«

»Danke, ich habe schon gegessen.« Was nicht ganz der Wahrheit entsprach. In meinem Salat hatte ich mehr oder weniger nur herumgestochert. Beim Anblick von Adam und Chloe war mir der Appetit vergangen.

Hannah hatte das halbe Sandwich in wenigen Augenblicken vernichtet. »Ich sterbe vor Hunger.« Aus ihrer Tasche zog sie eine Wasserflasche, die sie zwischen uns auf den Tisch stellte. »Im nächsten Leben werde ich lernen zu kochen.«

»Im nächsten erst?« Lächelnd betrachtete ich sie dabei, wie sie die zweite Hälfte ihres Mittagessens aus der Plastikverpackung befreite. »Du könntest es auch in diesem noch lernen.«

»Bei meinem letzten Versuch, Nudeln zu machen, sind sie mir angebrannt. Das sagt wohl alles.«

Ich war keine besonders gute Köchin, aber es reichte, um nicht zu verhungern. »Wie können einem Nudeln anbrennen? Meinst du die Sauce?«

»Nein, nein.« Lachend schüttelte sie den Kopf. »Wir sprechen von den Nudeln, die man einfach nur in Wasser werfen muss. Blöd nur, wenn man viel zu wenig Wasser nimmt und auch noch den Topf auf dem Herd vergisst.«

»Autsch.« So etwas war mir zum Glück noch nie passiert.

»Die Wohnung hat drei Tage nach verkohltem Essen gerochen. Adam war begeistert.«

Bei der Erwähnung seines Namens dachte ich unweigerlich wieder an ihn und Chloe. Was nicht gut war. Ich hatte zwar vor, mir das Herz brechen zu lassen, doch nicht von einem Typen, der mit einer anderen zusammen war.

»Es war aber auch im Grunde seine Schuld.« Hannah nahm einen großen Schluck aus der Flasche. »Er ist so viel geschickter am Herd als ich, also könnte er den Küchendienst doch einfach immer übernehmen.«

»Adam kocht?«

»Hm. Sogar ziemlich gut. Hauptsächlich gesundes Zeug, aber das meiste davon kann man essen.« Was sie von diesem *gesunden Zeug* hielt, bewies sie, indem sie einen Schokoriegel aus der Tasche zog, ihn in zwei Hälften brach und mir eine entgegenhielt.

Ein Sandwich konnte ich mit Leichtigkeit ablehnen, bei Schokolade versagte meine Willenskraft. »Danke.«

»Lass dir niemals einen seiner Frühstücks-Smoothies andrehen.« Sie verzog angewidert das Gesicht. »Die sind wirklich ekelhaft und schmecken nach Gras.«

Die Chance, dass Adam mir Frühstück machte, war als nicht existent einzustufen. Also würde ich nicht in die Verlegenheit kommen, einen seiner Smoothies abzulehnen. »Werde ich mir merken.« Ich biss ein Stück von meinem halben Schokoriegel ab und versuchte, mir nicht vorzustellen, wie Adam frühmorgens, vielleicht noch ein wenig verschlafen, in der Küche stand und Frühstück zubereitete. Mir hatte außer Grace noch nie jemand etwas zu Essen gemacht, der nicht dafür bezahlt wurde. Im Haus meiner Großmutter war die Köchin für die Mahlzeiten zuständig gewesen. Und an der *Ohio State* sorgte ich selbst für mich – bis ich Grace und ihren Backwahn kennengelernt hatte. Es war nicht ungewöhnlich, dass sie mitten in der Nacht in der Küche stand, um Kekse und Muffins zu zaubern. Sie behauptete, es würde sie beruhigen. Da ich Nutznießerin ihres Hobbys war, beschwerte ich mich nicht darüber. Niemand backte so gute Muffins wie Grace.

»Was ist das?« Hannah riss mich aus meinen Tagträumen.

Fragend sah ich sie an.

»Das da.« Sie tippte auf mein Notizbuch, das immer noch aufgeschlagen auf dem Tisch lag.

»Eine To-do-Liste. Mit Sachen, die ich tun möchte.«

»So was wie mit Haien schwimmen? Das würde definitiv auf meiner Liste stehen.«

Ich bezweifelte keine Sekunde, wie viel Spaß Hannah bei einer so gefährlichen Aktivität hätte. Sie wirkte wie jemand, der Nervenkitzel suchte und brauchte. Meine eigene Risikobereitschaft ging so weit, irgendwann mal mit jemandem Händchen halten zu wollen.

»Darf ich gucken?«

Erst zögerte ich, doch es gab keinen Grund, mich zu verstecken. Diese Liste war ein wichtiger Teil meiner Vergangenheit und hoffentlich ein noch viel größerer meiner Zukunft. Hannah war eine Freundin. Sie würde mich niemals auslachen. Ich schob ihr das Notizbuch zu, und sie begann augenblicklich zu lesen.

»Du willst Karaoke singen?«

»Auf jeden Fall.« Das war eine der ersten Eintragungen.

»Kannst du gut singen?«

»Nein. Überhaupt nicht.« Allein bei der Vorstellung, mich auf eine Bühne zu stellen, brach mir der kalte Schweiß aus. Doch genau deswegen musste ich das irgendwann tun. »Ich will mir beweisen, dass ich keine Angst habe.«

Hannah runzelte die Stirn, als sie mich lange Sekunden anschaute. »Angst ist normal, oder? Es kommt nur darauf an, wie man mit ihr umgeht. Ob man sich von ihr zurückhalten lässt oder nicht.«

»Stimmt.« Sie hatte vollkommen recht. »Und ich will wissen,

ob ich stärker als meine Angst bin.«

»Du könntest auch mit mir zum Haitauchen.«

»Es geht darum, über den eigenen Schatten zu springen. Ich bin nicht lebensmüde.« Haie waren mir nicht geheuer. Ich wollte keinem Raubtier, das zehnmal so schnell schwimmen konnte wie ich, im offenen Meer begegnen. Karaoke war im schlimmsten Fall furchtbar peinlich, aber immerhin würden mir alle Gliedmaßen erhalten bleiben.

Hannah blätterte weiter und las Seite für Seite. Als sie fertig war, sah sie mich mit großen Augen und ernstem Gesichtsausdruck an. »Warum hast du all das nie getan?«

»Das ist eine lange Geschichte. Soll ich es kurz machen?«

»So lang oder kurz, wie du möchtest.« Zu meiner großen Erleichterung fand ich kein Mitleid in ihrem Blick. Da war nichts außer ehrlichem Interesse.

»Dann die kurze Variante.« Ich straffte die Schultern für einen Teil von mir, den ich bis jetzt nur sehr wenigen Menschen offenbart hatte. Emily und Grace wussten davon. Sonst niemand. »Meine Eltern sind bei einem Unfall gestorben, als ich zwei war. Deswegen bin ich bei meiner Großmutter aufgewachsen. Sie war«, ich brauchte einen Moment, um die richtigen Worte zu finden, »sehr streng gläubig. Sie hat mir alles vorenthalten, was in ihren Augen den Charakter verdarb. Ich hatte nie Kontakt zu Gleichaltrigen, war auf keiner öffentlichen Schule und habe vorletztes Jahr zum ersten Mal einen Fernseher gesehen.«

Hannahs Augen schienen bei jedem meiner Worte größer zu werden. »Das ist abgefuckt«, platzte es aus ihr heraus, als ich fertig war. »Warum hat sie dir das angetan?«

»Sie dachte, sie würde mich beschützen.« Ich zweifelte nicht daran, dass meine Großmutter es auf ihre ganz eigene, kranke Weise gut gemeint hatte.

»Beschützen? Vor einer öffentlichen Schule?« Hannah schnaubte leise. »Unser Schulsystem mag schon bessere Zeiten gesehen haben, aber wenn man eine Highschool besucht, nimmt der Teufel nicht direkt von einem Besitz.«

»Sie hat es richtig machen wollen.« Ich verspürte wie immer

bei dem Thema den irrationalen Drang, sie zu verteidigen. Psychologisch war das nicht außergewöhnlich. Sie hatte sich schließlich mein Leben lang auf ihre Art um mich gekümmert. Wenn ich diese Fürsorge schlechtredete, würde das gleichzeitig bedeuten, dass meine Großmutter mich nie geliebt hatte. Und wer wollte das schon vor sich selbst oder anderen zugeben? In der Theorie wusste ich, warum ich reflexartig Dinge entschuldigte, für die es keine Entschuldigung gab. Doch das änderte nichts daran, wie ich reagierte, sobald es um meine Großmutter ging.

»Gib mir mal deinen Stift bitte.«

Misstrauisch reichte ich ihr meinen Kugelschreiber. »Wozu brauchst du den?«

»Für Ergänzungen.«

»Was für ... *Ergänzungen?*« Leider konnte ich nicht erkennen, was sie schrieb. Ich sah lediglich, welche Seite sie bearbeitete. »Oh, nein.« Seufzend schlug ich die Hände vor das Gesicht.

Hannah lachte leise, ließ sich jedoch von mir nicht abhalten, meiner Liste Zeile um Zeile hinzuzufügen. »Du hast die wichtigsten Sachen vergessen.«

»Habe ich das?«

»Jap.« Sie betrachtete sichtlich zufrieden ihr Werk und gab mir den Stift zurück. »Da fehlten wirklich essenzielle Dinge.«

»Hey, ihr zwei.« Grace suchte sich genau diesen Augenblick aus, um zu uns zu stoßen. Sie setzte sich neben Hannah und damit mir gegenüber.

Ich murmelte ein verschämtes *Hallo*, während Hannah sie kurz umarmte.

»Warum bist du rot wie ein Hummer?« Grace musterte erst mich, dann Hannah.

»Ich habe Annies Sex-Liste auf den neuesten Stand gebracht.«

Stöhnend ließ ich den Kopf sinken und schlug mit der Stirn mehrmals gegen die Tischplatte.

»Du hast eine Sex-Liste?« In Grace' Stimme lag so viel Überraschung, dass ich beleidigt sein müsste. Ja, ich hatte eine Sex-Liste. Auf der offensichtlich wichtige Dinge fehlten, weil sie von einer Jungfrau erstellt worden war.

Als ich den Blick hob, sah ich, wie Hannah Grace mein Notizbuch zuschob. »Ab hier habe ich etwas eingefügt.«

»Hm.« Grace las mit konzentrierter Miene. »Oh, das ist wichtig.« Sie nahm den Kugelschreiber und unterstrich einen von Hannahs Punkten. »Das hier auch.«

Als beide zufrieden waren, lag ein identisches Grinsen auf ihren Gesichtern, was mir ein wenig Angst einjagte. »Will ich wissen, was da steht?«

»Gar nicht so viel.« Hannah nahm das Notizbuch und gab es mir zurück. »Aber du kannst keinen Blowjob aufschreiben und das Gegenstück vergessen.«

»Vollkommen richtig.« Grace nickte. »Das ist keine Einbahnstraße. Der Kerl soll nicht auf falsche Gedanken kommen.«

»Ihr meint ...« Gott, ich wollte cool und selbstbewusst über diese Dinge reden. Es gelang mir jedoch nicht.

»Wenn du es bei ihm tust, sollte er das auch bei dir. Ganz einfach.« Auf Hannahs Worte folgte ein erneutes *Vollkommen richtig* von Grace.

Es gab einen Grund, aus dem ich lediglich den Blowjob aufgeschrieben hatte. Ich hatte mehr gedankliche Energie in diesen Teil der Liste gesteckt, als notwendig gewesen wäre. »Die Vorstellung ist nicht sehr ... Ich denke nicht, dass ich diese Sache mögen werde.«

»Glaub mir«, Grace legte ihre Hand auf meine und tätschelte mich, als würde sie mich beruhigen wollen, »es wird dir gefallen.«

»Wenn er weiß, was er tut, solltest du es versuchen.« Hannahs Zwinkern sagte mir alles, was ich wissen musste. Ich war anscheinend die Einzige an diesem Tisch, die nicht auf Oralsex stand. Oder es jedenfalls in ihrer Vorstellung nicht tat.

Mutiger als ich es mir zugetraut hätte, riskierte ich einen zweiten Blick auf die Liste. »Einen Porno ansehen?« Das war jedoch nicht das Schockierendste an diesem Punkt. Sie hatte geschrieben, dass ich diese Erfahrung mit jemandem zusammen machen sollte.

»Jap. Es ist wichtig, den Unterschied zu kennen. Und wenn du das mit jemandem teilen kannst, umso besser.« Hannah schien sehr überzeugt von dem, was sie notiert hatte.

»Welchen Unterschied?«

»Zwischen Sex und Liebe.« Sie zuckte bei ihrer Antwort mit den Schultern, als wäre meine Frage die dümmste der Welt.

»Und das soll ich aus einem Porno lernen?« Ich war nicht sicher, ob dieser Punkt wissenschaftlicher Betrachtung standhalten würde. »Das sind doch Schauspieler.« Oder so etwas in der Art.

»Natürlich ist das alles nicht ganz echt, aber richtigen Sex haben sie trotzdem.«

Grace war dieses Mal auf meiner Seite. »Aus einem Porno lernt sie wirklich nicht viel.«

Und da gab es noch diesen Zusatz, der mir die Röte ins Gesicht schießen ließ. »Ich glaube auch nicht, dass ich mit jemandem gemeinsam einen Porno angucken will. Wer ist damit überhaupt gemeint? Ihr?«

Lachend schüttelte Hannah den Kopf. »Das ist zwar eine nette Idee und wir würden das sicher machen, aber ich dachte eher an einen Mann.«

Das hatte ich befürchtet. »Auf keinen Fall.« Wer wusste schon, wie ich auf so einen Film reagierte? Vielleicht implodierte ich vor Scham? Oder mir würde schlecht werden.

»Es kann ganz nett sein.« Hannah versuchte, ihr Grinsen zu unterdrücken. Das gelang ihr jedoch nicht einmal ansatzweise. »Mit dem richtigen Partner.«

Diese Porno-Diskussion wollte ich auf gar keinen Fall weiterführen. Also widmete ich mich dem nächsten Punkt. Viel schlimmer konnte es nicht werden. »Auf einem Küchentisch?« Die Vorstellung von Sex in einem Bett war aufregend und beängstigend genug. Neben dem Küchentisch standen auch noch *Dusche* und *Auto*.

»Nicht auf unserem Tisch!« Grace nahm den Kugelschreiber und strich diesen Punkt energisch durch. »Da frühstücke ich jeden Morgen.«

»Das hatte ich auch nicht vor.« Mein leiser Protest ging unter, da Hannah und Grace bereits eine angeregte Unterhaltung über die Vor- und Nachteile von Küchentischen führten.

Erst nach einigen Minuten bemerkten sie, dass ich zur stummen Zuhörerin geworden war. »Wir können dir nicht mit den Sexdingen helfen, aber dafür mit anderen Punkten.« Hannah blätterte in meinem Notizbuch zwei Seiten nach vorn und tippte auf den ersten Eintrag auf Seite zwei. »Was hältst du davon, wenn wir uns heute betrinken und ich dir die Haare färbe? So kannst du direkt zwei Dinge abhaken.«

Diese Kombination klang nicht vertrauenserweckend. »Du denkst, es ist eine gute Idee, wenn wir uns betrunken an meinen Haaren zu schaffen machen?« Ich mochte meine Haare. Sie waren lang, dicht, leicht gewellt. Seit ich denken konnte, trug ich sie immer gleich.

»Wir widmen uns erst deinen Haaren, dann dem Alkohol.« Hannah beugte sich nach links, um mich von der Seite begutachten zu können. »Darf ich sie auch schneiden?«

»Kannst du das denn?« Meine Frisur verändern zu wollen, war eine Sache. Sie mir von Hannah ruinieren zu lassen, eine ganz andere.

»In der Highschool habe das bei all meinen Freundinnen gemacht.« Sie ahmte mit ihrem Zeige- und Ringfinger eine Scherenbewegung nach. »Keine Ahnung, warum, aber ich bin ganz gut darin. Und für die Farbe sehen wir uns einfach vorher ein Tutorial auf YouTube an.«

»Blond würde dir bestimmt hervorragend stehen.«

War Grace verrückt geworden? Blond? »Ich sehe mich eher ...« Keine Ahnung, was genau ich mir vorstellte. Aber es war sicherlich kein Blond.

»Vielleicht verpassen wir dir Highlights. Das könnte ganz hübsch werden.« Hannah klang wesentlich kompetenter als Grace, wenn es um Frisuren ging. Möglicherweise war es gar nicht so falsch, mich in ihre Hände zu begeben.

»Highlights gefallen mir.« Im schlimmsten Fall würde ein professioneller Friseur bestimmt noch etwas retten können. Solange ich verhinderte, dass mir die beiden betrunken eine Glatze rasierten, war ich auf der sicheren Seite.

»Also abgemacht?« Hannah streckte eine Hand aus, woraufhin Grace und ich nacheinander einschlugen. Ich würde mich betrinken und mir die Haare schneiden lassen. Die Sache war beängstigend, aber sie versprach auch, eins der kleinen Abenteuer zu werden, die ich in meinem Notizbuch aufgelistet hatte.

4. Kapitel

Kurz vor acht stand ich vor Hannahs Wohnung, die etwas abseits des Campus lag. Grace war noch bei einer Lerngruppe und würde nachkommen. Ich bereute, nicht auf sie gehört und den Bus genommen zu haben. Stattdessen war ich gelaufen, weil ich die Entfernung auf Google Maps vollkommen falsch eingeschätzt hatte. Mir war nach meinem unfreiwillig langen Fußmarsch eiskalt, weshalb ich mit zitternden Fingern auf die Klingel drückte.

Lange Sekunden passierte nichts, bis ich endlich Schritte auf der anderen Seite der Tür hörte, bevor sie schwungvoll aufgerissen wurde. Bei dem Anblick vor mir stockte mir der Atem und mein Herz schlug so heftig, dass mein Puls raste.

»Du.« Diese eine Silbe klang aus Adam Bakers Mund anklagend und entsetzt zugleich.

Hannah hatte gesagt, dass er nicht zuhause wäre und wir die Wohnung für uns hätten. Sonst hätte ich mich gar nicht darauf eingelassen, mir in ihrer Wohnung die Haare schneiden zu lassen. Doch sie hatte sich ganz offensichtlich geirrt. Adam war zuhause und musterte mich mit gerunzelter Stirn und zusammengepressten Lippen.

Stumm starrte ich ihn an. Er trug eine dunkle Jeans und ein enges, weißes T-Shirt mit dem Logo des Supermarktes auf der Brust. Doch es war nicht sein Bizeps, der mir den Atem verschlug. Sein Haar sah aus, als wäre er unzählige Male mit den Händen hindurchgefahren. Die langen Strähnen waren so sehr in Unordnung gebracht, dass ich zum ersten Mal freie Sicht auf seine Ohren hatte. In diesem Moment wurden mir schlagartig drei Dinge klar:

1. Adam Baker war wirklich der schönste Mann, dem ich jemals begegnet war.
2. Ich würde niemals jemanden daten können, der keine abstehenden Ohren besaß.
3. Sein Gesichtsausdruck war eindeutig. Er hasste mich.

»Woher hast du diese Adresse?«

Bei seinem harschen Ton glitt mir vor Schreck meine Tasche von der Schulter und landete vor meinen Füßen.

»Ich habe dir gesagt, dass ich nicht mehr spiele.« Kopfschüttelnd rieb er sich über die Augen.

Er dachte immer noch, ich wäre ein Groupie. Ein sehr verzweifeltes Groupie, das sogar so weit ging, ihm zuhause aufzulauern.

»Such dir einen anderen, okay? Ich habe keine Zeit für diesen Kram.« Er hob meine Tasche auf und hielt sie mir hin. »Wenn wir uns nie mehr wiedersehen, wäre das in Ordnung für mich.«

Manche Dinge machten mich sprachlos. Sehr laute Menschen. Viele Menschen auf einem Haufen. Menschen, die besonders traurig oder besonders fröhlich waren. Oft wusste ich nicht, wie ich auf ihre Emotionen reagieren sollte. Dieses Mal war es pure, ungefilterte Feindseligkeit, die mir den Hals zuschnürte. Eine Feindseligkeit, wie sie mir in all meinen Monaten an der *Ohio State* noch nicht begegnet war.

Als ich ihm die Tasche nicht abnahm, ließ er seine Hand wieder sinken. »Geh nach Hause. Du bist sicher ein nettes Mädchen, aber ich habe kein Interesse.«

Mit einem Mal wurde er zur Seite geschoben, und Hannah drängte sich an ihm vorbei. »Da bist du ja endlich.« Lachend fiel sie mir um den Hals. »Sollen wir schon ohne Grace anfangen?«

»*Anfangen*?« Adam sah zwischen seiner Schwester und mir hin und her. »Ihr kennt euch?«

»Hast du mir nicht zugehört?« Hannah nahm ihm meine Tasche aus der Hand und seufzte leise. »Ich habe dir doch erzählt, dass Grace und Annie heute Abend vorbeikommen.«

»Und das ist ...«

»Ganz offensichtlich nicht Grace.« Sie rollte mit den Augen, als sie nach meiner Hand griff und mich an einem sichtlich irritierten Adam vorbei in die Wohnung zog. »Annie, das ist mein manchmal sehr merkwürdiger Bruder Adam.« Das Wort *merkwürdig* sprach sie langsam aus und betonte jede Silbe. »Adam, das ist Annie.«

Bevor ich etwas sagen konnte, kam er mir zuvor. »Wir kennen

uns.«

Hannah hielt in ihrer Bewegung inne. »Ihr kennt euch? Woher?«

»Aus dem Supermarkt.«

Was so nicht ganz korrekt war, doch berichtigen wollte ich ihn nicht. Unsere erste Begegnung vor Monaten würde ich sicher nicht zur Sprache bringen.

»Hast du mal eins seiner Spiele gesehen, Annie?« Vielleicht bildete ich es mir nur ein, doch bei der Erwähnung seines ehemaligen Status als Footballer huschte ein Schatten über Adams Gesicht. Einen Wimpernschlag später war er jedoch wieder verschwunden.

Ich war ein paar Mal bei den Spielen der *Bucks* gewesen, doch hatte ihn nie auf dem Feld erlebt. Daran hätte ich mich garantiert erinnert.

»Gott, Hannah.« Dieses Mal war sein unfreundlicher Ton nicht für mich, sondern für seine Schwester bestimmt. »In der letzten Saison habe ich genau drei Spiele gemacht. Und davon eins nur zur Hälfte.« Den zweiten Satz sprach er so leise aus, dass ich ihn kaum verstand.

Hannah wischte seinen Einwand mit einer Handbewegung beiseite und erzählte, was für ein großartiger Quarterback er gewesen war, während sich Adam mit jeder Sekunde unwohler zu fühlen schien. Er hatte die Finger so sehr ineinander verkrampft, dass die Knöchel weiß hervortraten. Im Gegensatz dazu waren die Spitzen seiner Ohren feuerrot. Alles in mir schrie danach, seine Hand in meine zu nehmen und ihm zu versichern, dass alles wieder gut werden würde. Adam sah in diesem Augenblick so verloren aus wie ein kleines Kind, dem man gerade mitgeteilt hatte, dass es den Weihnachtsmann nicht gab.

Es war unhöflich, Hannah einfach ins Wort zu fallen, doch ich konnte nicht mehr mitansehen, wie sie es mit jedem Satz schlimmer machte. »Wollten wir nicht anfangen?«

»Ja, natürlich. Wir schneiden am besten schon mal dein Haar, und wenn Grace hier ist, müssen wir es nur noch färben. Ich hole die Schere, du kannst deine Jacke aufhängen. Wir treffen uns im Wohnzimmer, zweite Tür links.« Voller Enthusiasmus eilte sie in die Wohnung und ließ mich mit Adam zurück. Die plötzliche Stille war so laut, dass sie mir in den Ohren dröhnte. Er wusste genau, dass mir soeben seine verletzlichste Seite offenbart worden war – und uns beiden war klar, wie wenig ihm das gefiel.

Wortlos schob er sich an mir vorbei, um keine zehn Sekunden später mit einer dicken Jacke und einem Schal in der Hand zurückzukommen. Er schenkte mir einen kurzen Blick, bevor er die Treppe nach unten ging und aus meinem Sichtfeld verschwand.

Jedes Mal, wenn ich Adam Baker traf, endete es in einem Fiasko. Ihn dennoch zu mögen, war völlig absurd. Er war nicht einmal nett zu mir. Dennoch verschlug mir sein Anblick stets den Atem. Mein Verstand hatte kapiert, dass er mich nicht leiden konnte, mein dummes Herz würde das auch noch. Irgendwann. Vielleicht.

»Das ist toll!« Ich saß auf einem Küchenstuhl in Hannahs Wohnzimmer, während Grace mich mehrmals umrundete und mir versicherte, dass ihr meine neue Frisur gefiel. »Jetzt hat es viel mehr Volumen und sieht moderner aus.«

Hannah hatte meine fast hüftlangen Strähnen gekürzt, bis sie mir nur noch eine Handbreit über die Schultern fielen. Zum ersten Mal, seit ich denken konnte, reichten sie mir nicht bis zur Taille. Immer wieder fuhr ich mit der Hand hindurch. Auch wenn es ungewohnt war, fühlte es sich großartig an. Mit jedem Zentimeter war ein unsichtbarer Ballast von mir abgefallen. Ich konnte mein Haar tragen, wie auch immer ich wollte. Niemand würde mir jemals wieder vorschreiben, wie ich auszusehen hatte. Grinsend nahm ich einen großen Schluck aus meinem Weinglas.

»Ich würde für deine Haarstruktur töten.« Grace setzte sich im Schneidersitz auf den Boden und spielte an ihrem Zopf herum. »Das hier ist einfach nur traurig. Was haltet ihr davon, wenn ich sie mir auch färbe? Rot vielleicht.« Seufzend nippte sie an ihrem eigenen Wein.

»So ein Quatsch.« Hannah hatte ein Tablet aus ihrem Zimmer geholt, aber Grace' letzte Bemerkung noch mitbekommen. »Ich liebe dein Blond.«

»Es ist langweilig.«

»Das ist es nicht.« Wenn sie so einen Blödsinn über sich selbst sagte, musste ich einfach protestieren. »Mit der dunklen Brille siehst du aus wie ...«, mir wollte kein passender Vergleich einfallen, »... wie eine ...«

»Wie eine sexy Bibliothekarin.« Breit grinsend beendete Hannah meinen Satz. »Kein Wunder, dass Noah Himmel und Hölle für dich in Bewegung gesetzt hat.«

Es passierte, was immer passierte, wenn jemand Noah erwähnte: Grace lächelte verliebt und selig. Diesen Effekt hatte allein ihr Freund auf sie. »Hat er das getan?« Sie prostete sich selbst zu. »Das hat er wohl. Gott sei Dank.«

Noah und Grace waren wie Feuer und Wasser, wenn man sie nicht kannte. Blickte man hinter die Fassade, wurde einem jedoch bewusst, wie ähnlich sie tickten. Wenn ich eine ideale Beziehung benennen müsste, wäre es die meiner Mitbewohnerin und ihres Footballers.

»Die Farbe.« Hannah hielt mir das Tablet unter die Nase, auf dem sie ein Pinterest Board aufgerufen hatte. »Was hältst du davon?«

Unzählige Optionen waren vor mir ausgebreitet – und ich hatte keine Ahnung, wofür ich mich entscheiden sollte. Blonde Strähnen? Rote? Schwarze? Nein, kein Schwarz.

»Was hältst du davon?« Hannah tippe auf das Foto einer hübschen Brünetten. »Karamellfarbene Highlights. Genau so eine Farbe habe ich sogar noch da.«

»Oh, das ist toll.« Grace nickte enthusiastisch. »Was sagst du, Annie?«

Mein altes Ich hätte Tage gebraucht, um sich zu entscheiden. Mein neues war leicht beschwipst und zum ersten Mal in seinem Leben spontan. »Karamell klingt wunderbar.«

Drei Stunden später stand ich in Hannahs kleinem Badezimmer und betrachtete mein Spiegelbild. Ich sah anders aus. Ganz anders. Hannah hatte feine Strähnen aufgehellt und später in einem hellen Braun gefärbt. Danach hatten sie und Grace eine halbe Ewigkeit damit verbracht, mir wirre Locken zu zaubern.

Es war hübsch. So hübsch, dass ich mich ungläubig anstarrte und immer wieder hin- und herdrehte. Die beiden hatten ein kleines Wunder vollbracht. Auch wenn das hier kein Märchen und ich nicht Cinderella war, fühlte ich mich in diesem Moment wie eine Prinzessin. Eine Prinzessin, die Pyjamahose und ein Top trug, doch selbst das änderte nichts daran, dass ich mich schön fühlte. Zum ersten Mal in meinem Leben.

Zurück im Wohnzimmer fiel ich zuerst Grace um den Hals, danach Hannah. »Danke. Danke. Danke.« Der Alkohol sorgte dafür, dass ich noch emotionaler als üblich reagierte. Mit dem Handrücken wischte ich mir über die Augen, bevor ich mich neben Grace auf die Couch fallen ließ. Ich zog die Knie an und schlang schniefend die Arme darum.

»Die Frisur ist so toll geworden.« Grace lehnte ihren Kopf gegen meine Schulter, während Hannah mir mein Weinglas reichte.

»Wir sollten Emily das Ergebnis zeigen.« Grace holte ihr Handy aus der Tasche und tippte darauf herum. »Sie wollte ein Foto haben, aber ich weiß etwas Besseres.«

Keine fünf Sekunden später erschien Emilys Gesicht auf dem Display. Sie wirkte furchtbar verschlafen. »Grace? Ist etwas passiert?«

»Nichts Schlimmes, wir wollten dir nur etwas zeigen.« Grace richtete die Frontkamera auf mich, und ich winkte Emily, die soeben ausgiebig gähnte. Als sie mich sah, schien ihre Müdigkeit wie weggeblasen. »Wow. Die Haare sind phänomenal.« Sie setzte sich auf, und nun erkannten wir, dass sie schon im Bett gelegen hatte. »Das ist alles Hannahs Werk?«

Ich drehte das Telefon, damit Emily auch Hannah sehen konnte. »Ist es.«

»An dir ist eine Künstlerin verloren gegangen.«

Hannah lachte kopfschüttelnd. »Die Künstlerin von uns bist

eindeutig du.«

Plötzlich schob sich ein zweites Gesicht ins Bild: Josh, der sich an Emily kuschelte. »Es ist zwei Uhr morgens.«

»Tut uns leid.« Unsere Entschuldigung erklang im Chor, was Josh dazu brachte, sich lachend zurück aufs Kopfkissen fallen zu lassen.

»Schläft er etwa nackt?« Hannah rückte näher ans Handy und bestaunte Joshs Oberkörper. Grace war in der Küche verschwunden, um neuen Wein zu holen.

»Wir haben hier diese neue Regel.« Emily kicherte und Josh legte sich stöhnend den Arm über die Augen. »Im Haus darf er keine Klamotten tragen. Wäre doch schade, diesen Körper zu verstecken.«

»Glaubt ihr kein Wort. Sie lügt.« Seine Stimme verriet eindeutig, dass er ihr nicht böse war. »Ich habe Shorts an, und wenn es sein muss, werde ich sie euch zeigen.«

Emily betrachtete ihn mit hochgezogener Augenbraue. »Das würdest du tun, ja?«

»Wenn du mich dazu zwingst.«

Auch wenn sich Josh bestimmt nicht verstecken musste, wollte ich nicht noch mehr nackte Haut präsentiert bekommen. »Wird nicht nötig sein. Wir glauben dir, Josh.«

»Tun wir nicht.« Hannah widersprach mir vehement. »Natürlich möchten wir seine Shorts sehen.«

Emily blies sich lachend eine Locke aus der Stirn. »Ich befürchte, das würde ihm zu sehr gefallen. Das lassen wir lieber.«

»Hast du gerade angedeutet, dass ich eine exhibitionistische Ader habe?« Josh schlang so plötzlich von hinten die Arme um sie, dass sie Mühe hatte, ihr Smartphone nicht fallen zu lassen.

»Hast du die etwa nicht?«

Er nahm ihr das Telefon aus der Hand und hielt es so, dass nur noch er im Bild war. »Ich werde ihr beweisen müssen, dass ich mich nur für sie ausziehe.« Dabei zwinkerte er uns zu, was Hannah laut lachen und mich zuverlässig knallrot werden ließ. »Du siehst wunderschön aus, Annie.« Im nächsten Moment wurde das Display schwarz. Josh hatte aufgelegt.

»Oh, ist die Verbindung unterbrochen?« Grace stellte die Weinflasche vor uns auf dem Couchtisch ab. »Soll ich noch mal anrufen?«

»Das würde ich lieber nicht tun.« Hannah verzog das Gesicht zu einer schiefen Grimasse. »Könnte sein, dass du die beiden störst.«

»Wobei?«

»Sie üben vermutlich gerade für das zweite Kind.« Hannah griff nach der Flasche und füllte unsere Gläser bis zum Rand auf. »Und wenn wir schon selbst keinen Sex haben, sollten wir wenigstens betrunken sein.«

Ein guter Vorsatz. Immerhin galt es, auch noch einen zweiten Punkt auf meiner Liste abzuhaken. Die Sache mit der neuen Frisur war ein voller Erfolg, das mit dem Alkohol definitiv noch ausbaufähig.

Grace schlief längst neben Hannah in deren Bett, als ich immer noch im Wohnzimmer saß und gebannt auf den Fernseher starrte. Ich war viel zu aufgedreht, um Ruhe finden zu können.

In der einen Hand hielt ich die Fernbedienung, in der anderen einen riesigen Ball aus unzähligen Taschentüchern. Dieser Film war so unglaublich traurig und schön zugleich. Schniefend tupfte ich mir über die Augen. In den letzten Stunden hatte ich nur noch an meinem Wein genippt, was sehr vernünftig war, wenn man am nächsten Morgen früh in einem Vorlesungssaal sitzen musste. Doch Unvernunft war mein neues Motto. In der Vergangenheit hatte ich lange genug alle Regeln befolgt. Es war an der Zeit, nur noch Dinge zu tun, die ich tun wollte. Und in dieser Nacht wollte ich angetrunken und weinend vor Hannahs Fernseher sitzen und Cary Grant dabei beobachten, wie er sich hoffentlich am Ende für die richtige Frau entschied.

Plötzlich wurde das Licht angeschaltet und beleuchtete meinen kleinen, dunklen Kokon aus Tränen und Schwarz-Weiß-Filmen. Adam stand im Türrahmen, die Wangen von der Kälte gerötet.

Vorhin hatte ich keinen Ton herausgebracht, doch dank des Alkohols war ich mutiger. »Hi.« Das war nicht viel, aber immerhin eine adäquate Begrüßung.

Wortlos zog er seine Jacke aus und warf sie über den Stuhl, auf dem mir Hannah vor Stunden die Haare geschnitten hatte. Ich beobachtete jede seiner Bewegungen. Er mochte mich vielleicht langweilig und einfältig finden, doch das hinderte mich nicht daran, seinen Anblick zu genießen. Nachdem er sich auch die Chucks von den Füßen gestreift hatte, konnte ich ein Kichern nicht unterdrücken. Wer hätte gedacht, dass Adam Baker bunt geringelte Socken trug.

»Die waren ein Geschenk von Hannah.« Er räusperte sich leise. »Sie sagt, ich habe zu viele schwarze Klamotten.«

Die Feindseligkeit in seiner Stimme war einer Müdigkeit gewichen, die in jeder Silbe mitschwang. Er hörte sich schrecklich erschöpft an.

»Sie sind hübsch.«

Bei meiner Bemerkung huschte ein Lächeln über seine Lippen. »Nein, sind sie nicht, aber es macht Hannah glücklich, wenn ich sie trage.«

Er zog komische Socken an, um seiner Schwester eine Freude zu machen. Adam Baker konnte kein schlechter Mensch sein. Nur mit Mühe unterdrückte ich ein Seufzen, das jede Hauptdarstellerin eines Jane-Austen-Romans vor Neid erblassen lassen würde. Wenn er solche Sachen sagte, war es schwierig, mich an die vergangenen Gemeinheiten zu erinnern.

»Darf ich?« Er zeigte auf den Platz neben mir.

»Natürlich.« Ich rückte nach links an das andere Ende der Couch. »Das ist deine Wohnung.«

»Hannahs Wohnung.« Er setzte sich, und augenblicklich kam ich mir winzig vor. Auch wenn ich nicht besonders klein war, fühlte ich mich neben ihm fast zierlich. »*Holiday*?« Ich folgte seinem Blick, der zum Fernseher gewandert war. »Den habe ich ewig nicht gesehen.«

»Ich kenne ihn nicht.« Und dank Adams Ankunft hatte ich

fünf Minuten verpasst. Doch das war okay. Solange wir uns nicht angifteten, war das besser als jeder Film.

»Du kennst *Holiday* nicht?«

»Nein«.

»Das ist ein Klassiker.«

Schulterzuckend schlang ich die Wolldecke enger um mich, die mir Hannah vorhin gegeben hatte.

»Was ist mit *Der unsichtbare Dritte*? Cary Grants bester Film. Den kennst du aber, oder?«

Es war schräg, sich mit Adam über Filme zu unterhalten, von denen ich noch nie gehört hatte. Schräg und wunderbar. Wenn er mich nicht wütend anfunkelte, war er so viel anziehender. »Sagt mir nichts.«

»Was?« Er wirkte nicht mehr müde, sondern vielmehr entsetzt über meine Antwort. »Wie kann man *Der unsichtbare Dritte* nicht kennen? Bist du auf einem anderen Planeten aufgewachsen?«

Seine Bemerkung sollte lustig sein, das wusste ich, doch er kam der Wahrheit näher, als mir lieb war. Ich war ohne Fernseher aufgewachsen, denn Fernsehen war *Teufelszeug*, genauso wie Radio, das Internet und alles, was normale Menschen taten, um sich die Zeit zu vertreiben. »So was in der Art.«

So unsensibel, wie er bei unseren vorherigen Treffen gewesen war, so aufmerksam war er jetzt. Auch wenn ich versuchte, mich hinter einem Lächeln zu verstecken, konnte ich ihm nichts vormachen. »Es tut mir leid, wenn ich ...« Adam stockte. »Ich weiß nicht, was ich Falsches gesagt habe, aber es tut mir leid.«

»Es ist okay.« Mein Fake-Lächeln fühlte sich wie auf mein Gesicht gemalt an. Jeden Tag erinnerten mich hunderte von Dingen daran, dass ich nicht normal war. Dass mit mir etwas nicht stimmte. Ich ein Freak war. Eine Frau, die noch nie geküsst worden war, keine Ahnung von Onlineshopping hatte und eine Liste mit trivialen Dingen führte, die sie tun wollte – wenn sie eines Tages mutig genug wäre. Ich konnte mir die Haare noch ein Dutzend Mal schneiden, es änderte nichts daran, wer oder was ich war.

Adam räusperte sich leise, und ich zwang mich, ihn anzusehen. Er hatte den Kopf zur Seite geneigt und musterte mich sichtlich verwirrt. Wenn er mich mit seinen braunen Augen nicht abschätzig taxierte, waren sie warm und sanft und wunderbar. Zum zweiten Mal innerhalb weniger Stunden verspürte ich den Wunsch, ihn zu berühren. Mit den Fingerspitzen über seine Wangen zu streichen, sie in sein Haar gleiten zu lassen und mich zu versichern, dass es genauso weich war, wie es aussah. Adam Baker stand für alles, was ich wollte und niemals haben würde. Er war ein Punkt auf einer endlos erscheinenden Liste von Dingen, die unerreichbar waren.

Um meine Hände zu beschäftigen, griff ich nach meinem Glas. Es war immer noch viel zu leer.

»Warum sitzt du allein hier? Wo ist Hannah?«

Seine Frage ließ mich hochschrecken. Natürlich war ich mir die ganze Zeit bewusst gewesen, zu bewusst, dass Adam neben mir saß. Doch seine Stimme brachte mich dennoch aus der Fassung. Sie klang so liebevoll, am liebsten wäre ich in Tränen ausgebrochen. Ich murmelte, dass Hannah und Grace bereits schliefen, bevor er wortlos aufstand und im Flur verschwand.

Das hatte ich großartig hingekriegt. Unser erstes zivilisiertes Gespräch, und er ergriff die Flucht, weil ich meine Emotionen nicht unter Kontrolle hatte. Ich brauchte keinen Spiegel, um zu wissen, wie ich aussah, wenn er in der Nähe war – wie eine Mischung aus angeschossenem Reh und verliebtem Hundewelpen.

Cary Grant turnte akrobatisch über den Bildschirm, als Adam zurückkam. In der einen Hand eine Weinflasche, in der anderen ein Glas.

Er schraubte in aller Ruhe die Flasche auf, schenkte zuerst mir, dann sich selbst von dem billigen Weißwein ein, den Grace mitgebracht hatte. »Gleich kommt die beste Szene.« Man hätte uns fast für alte Freunde halten können. »Jetzt.« Er nickte in Richtung des Fernsehers, und ich verfolgte, wie Cary Grant Katherine Hepburn erklärte, dass er keine Ahnung davon hatte, was der Sinn des Lebens war, er es aber herausfinden würde. Katherine verliebte sich im Film in diesem Augenblick in ihn, und ich mich mit ihr. Adam hatte recht, es war die beste Szene.

Erst als er mir ein frisches Taschentuch reichte, bemerkte ich, wie mir stumme Tränen über die Wangen rollten. Die Aufregung der letzten Stunden, Adam, der Film ... in Kombination war das alles zu viel für einen Abend und doch nicht genug.

»Hat Hannah das gemacht?«

Fragend sah ich ihn an. »Was?«

»Deine Haare.« Er wirkte fast schüchtern und gar nicht mehr wie der grummelige, schlecht gelaunte Kerl, der die ganze Welt zu hassen schien. »Es steht dir.«

Sekunden verstrichen, bis ich ein leises *Danke* hervorbrachte. Mit vielen Dingen hatte ich gerechnet, aber nicht mit einem Kompliment.

Die letzte halbe Stunde des Films befand ich mich in einer Art Schwebezustand. Auf der einen Seite fühlte ich mich beflügelt, auf der anderen komplett angespannt, weil Adam mir so nah war. Es war lächerlich und zeigte nur wieder einmal, wie wenig ich vom Leben wusste. Natürlich war ich vorher schon mit Männern allein gewesen. Mit Josh hatte ich früher manchmal in der Mensa gegessen, mit Noahs Bruder Ben lernte ich regelmäßig für unsere gemeinsamen Kurse und mit Aidan, der im Buchladen gegenüber des Campus arbeitete, konnte ich ganz fantastisch über Literatur fachsimpeln. Doch das hier war etwas anderes. Für mich jedenfalls. Dass Adam ebenfalls abwechselnd heiß und kalt wurde, weil er neben mir saß, konnte ich mit Sicherheit ausschließen. Aus dem Augenwinkel beobachtete ich, wie er den Film verfolgte. Er machte einen vollkommen gelassenen Eindruck – das absolute Gegenteil von mir.

Als der Abspann über den Bildschirm flackerte, setzte er sich auf und bewegte den Kopf langsam von einer Seite auf die andere, wie es Menschen taten, die verspannt waren. In seinen Bewegungen lag eine Präzision, die ich so noch nie gesehen hatte.

Natürlich war ich nicht halb so subtil, wie ich es gerne gewesen wäre, und ihm blieb nicht verborgen, dass ich ihn beobachtete. »Ich muss manchmal die Muskeln lockern, weil ...« Er stockte.

Es musste etwas mit seinem Unfall zu tun haben. Mit der Verletzung, die ihn gezwungen hatte, Football aufzugeben. Er wirkte genauso verloren wie vor einigen Stunden, als Hannah mir von seinen sportlichen Erfolgen vorgeschwärmt hatte. Sein Anblick zerriss mir das Herz, sodass ich es irgendwie besser machen wollte. »Ich habe immer total verkrampfte Schultern, wenn ich mich zu lange nicht bewege.« Das war nicht gelogen, doch wussten wir beide, dass es keinerlei Parallelen zu Adams Verletzung gab. Ich war nur ein untrainierter Bücherwurm, der stundenlang lernte. Er war hingegen ein ehemaliger Spitzensportler, den eine fürchterliche Verletzung in die Knie gezwungen hatte. »Das kann ganz schön wehtun, einmal war ich deswegen sogar beim Arzt. Es ist wichtig, die Muskeln regelmäßig zu lockern.« Ich plapperte absoluten Blödsinn. Doch er verfehlte sein Ziel nicht. Die wütende Traurigkeit, die ich eben noch bei Adam gesehen hatte, war einem angedeuteten Lächeln gewichen.

»Ja, Bewegung ist wichtig für die Muskeln.« Als müsste er es mir noch einmal demonstrieren, drehte er den Kopf von rechts nach links. »Dein Arzt hat recht.« Kaum war er mit seinen Übungen fertig, gähnte er leise. Die Ringe unter seinen Augen waren so prominent wie bei unseren letzten Begegnungen.

»Wenn du ins Bett gehen willst ...« Was redete ich da? Indem ich ihm anbot, dass er ruhig schlafen gehen konnte, implizierte ich damit, er würde meinetwegen aufbleiben. Was absoluter Quatsch war, wie ich nur zu gut wusste. Ich biss mir auf die Unterlippe, bevor ich mich noch lächerlicher machte. Was auch immer er tat, es hatte sicherlich nichts mit mir zu tun.

»Schon okay, ich bin immer müde.« Wie zur Bestätigung gähnte er erneut. »Irgendwann fällt es mir vielleicht leichter, nachts zu arbeiten.«

»Machst du das schon lange?« Auch wenn ich den Wein kaum noch spürte, schenkte mir der Alkohol Mut, um so etwas wie eine Unterhaltung mit ihm zu führen.

»Die Arbeit im Supermarkt?« Er drehte sich halb zu mir um,

sodass er mich direkt anschauen konnte. »Seit sechs Monaten.«

»Es ist so unfair, dass sie dir direkt das Stipendium gestrichen haben.« Der Unfall war doch nicht seine Schuld gewesen. »Dich einfach so fallen zu lassen, ist schäbig.« Auch wenn ich die *Ohio State* für viele Dinge liebte, machte mich ihr Umgang mit Adam unfassbar wütend.

»Weißt du das von Hannah?« Adam sah nicht böse aus, auch wenn er vielleicht jedes Recht dazu gehabt hätte, wenn seine Schwester seinen privaten Kram mit Fremden besprach.

Ich nickte. »Aber mehr hat sie nicht gesagt. Nur das mit dem Stipendium.«

Er zuckte mit den Schultern, als wäre es keine große Sache. »Das ist kein Geheimnis.«

»Die Verantwortlichen sollten sich schämen.« Der Wein machte mich nicht nur mutiger, er sorgte auch dafür, dass ich meinen Gefühlen freien Lauf ließ. »Erst darfst du für das Team spielen, damit sie sich mit den Fernsehgeldern, den Trikots und dem ganzen Kram eine goldene Nase verdienen, dann wirst du einfach im Stich gelassen. Das ist nicht in Ordnung.« Meine Decke war mir bei meiner hitzigen, kleinen Ansprache von den Schultern gerutscht. Energisch schlang ich sie erneut um mich. »Es sollte ein Programm für Verletzte geben. Nein, es *müsste* ein Programm für Sportler wie dich geben.«

Nachdem ich mir Luft gemacht hatte, strich ich ein paar kurze Locken zur Seite, die mir in die Stirn gefallen waren. An die neue Frisur würde ich mich gewöhnen müssen.

Adam beobachtete jede meiner Bewegungen ganz genau. Unter normalen Umständen wäre es mir schrecklich unangenehm gewesen, wenn mich jemand so intensiv betrachtete. Doch auch dabei half der Wein. Jetzt war es mir egal. Die wirren Haare, die verheulten Augen, keinerlei Make-up. Er wollte mich sowieso nicht, also war es auch nicht wichtig, ob ihm mein Anblick gefiel. »Es gibt so ein Programm für ehemalige Sportler.«

»Was?« Ruckartig wandte ich mich zu ihm um. »Wieso arbeitest du dann nachts in einem Supermarkt?«

Er zögerte. »Weil ich dafür ein Teil des Teams hätte bleiben müssen.«

Ich verstand kein Wort. »Was bedeutet das?«

»Das bedeutet«, in seiner Stimme schwang Verbitterung mit, »dass du weiterhin verpflichtet bist, deinen Beitrag zu leisten, damit du das Stipendium nicht verlierst.« Er fuhr sich mit beiden Händen über das Gesicht und wirkte dabei so viel jünger als er es war. »Du kannst dem Team beim Training helfen oder dem Coach mit seinem Papierkram. Sie haben mir sogar angeboten, der Assistent des *fucking* Maskottchens zu werden.«

»Brutus hat einen Assistenten?«

Adam schnaubte leise. »Anscheinend.«

Ich angelte nach der Weinflache und füllte unsere Gläser auf. »Wie können sie annehmen, dass du dich auf so etwas einlässt?« Kopfschüttelnd reichte ich ihm sein Glas, bevor ich einen kleinen Schluck von meinem nahm. »Das ist unethisch.«

»Unethisch?« Adam klang fast verwundert. »Du denkst nicht, ich hätte zusagen sollen?«

»Auf keinen Fall.« Das wäre aus so vielen Gründen falsch gewesen. »Wie naiv ist es, zu glauben, dass es für dich okay ist, am Spielfeldrand zu stehen und die Tasche des Maskottchens zu tragen?«

»Hannah meint, abzulehnen war falsch.« Er nippte ebenfalls an seinem Weißwein, der mittlerweile Zimmertemperatur hatte und dadurch noch billiger schmeckte. »Der Papierkram des Coaches hätte mich nicht umgebracht.«

»Aber glücklich gemacht, hätte er dich sicher auch nicht.«

Diese Bemerkung entlockte ihm ein Lächeln. »Wirklich glücklich macht mich auch der Job im Supermarkt nicht.«

»Im Supermarkt bist du aber nicht Zeuge, wie deine Freunde das tun, was du liebst.« Zum ersten Mal, seit er sich neben mich gesetzt hatte, sah ich ihm in die Augen. »Du musst nicht jeden Tag an der Seitenlinie stehen und dich deswegen schlecht fühlen.« Vielleicht hatten Adam und ich doch mehr gemeinsam, als ich zuerst angenommen hatte. Wir beide wünschten uns Dinge, die wir nicht haben konnten. Beide standen wir abseits des eigentlichen Spielfeldes – seins war einhundertzwanzig Yards lang, meins bestand aus unzähligen Kleinigkeiten, die mich immer wieder daran erinnerten, dass ich nicht dazugehörte.

»Es wäre klüger gewesen.« Aus seinem Mund klang dieser simple Satz wie eine Entschuldigung. Dabei gab es nichts, wofür er sich entschuldigen musste.

»Klug heißt nicht, dass es auch richtig ist.« Ich hatte in meinem Leben so viele kluge Dinge getan, die alle verdammt falsch gewesen waren. »Manchmal muss man vielleicht das tun, was weniger schmerzt.«

Adam stützte das Kinn in der Handfläche ab und betrachtete mich lange. Ich musste ein schräges Bild abgeben. Neue Frisur, uralte Decke um die Schultern gelegt. Feurige Reden und doch so viel Angst. Angetrunkener Verstand, viel zu schnell schlagendes Herz.

»Es tut mir leid.«

Seine Entschuldigung ließ mich aufschrecken. Damit hatte ich nicht gerechnet. »Es tut dir leid?«

»Was ich gesagt habe.« Er zupfte links von ihm an dem Bezug der Couch herum. Man hätte den Eindruck gewinnen können, er wäre nervös. »Vorhin im Flur. Und im Supermarkt.« Entschuldigungen waren nicht sein Ding. Man musste kein Hellseher sein, um zu erkennen, wie er sich bemühte, die richtigen Worte zu finden. »Du bist Hannahs Freundin und kein Groupie.«

»Vielleicht bin ich Hannahs Freundin, *weil* ich ein Groupie bin.« Es war unter normalen Umständen nicht meine Art, jemanden aufzuziehen. Doch an dieser Nacht war gar nichts normal. Adam Baker saß neben mir und sagte nette Dinge. Vielleicht würde ich gleich aufwachen und hätte alles nur geträumt. Doch bis dahin wollte ich so viel Spaß wie möglich haben. »Vielleicht ist das alles mein teuflischer Plan, um an Footballer ranzukommen.«

»Wäre das nicht ein bisschen viel Aufwand?« Lachend zwinkerte er mir zu. »Die Hälfte des Teams würde sich nicht lange bitten lassen.«

»Vielleicht will ich die aber nicht.« Erst als ich es ausgesprochen hatte, wurde mir bewusst, wie zweideutig diese Bemerkung klang. Emily wäre stolz auf mich.

»Und mich willst du?« Obwohl er seine Frage nicht ernst meinen konnte und mich nur mit meinen eigenen Waffen schlagen wollte, verfehlte sie ihre Wirkung nicht. Meine Wangen fühlten sich plötzlich sehr warm an.

Statt ihm eine Antwort zu geben, trank ich einen großen Schluck und wünschte mich ans andere Ende des Landes.

Ein Gentleman hätte die Sache auf sich beruhen lassen, doch Adam war augenscheinlich keiner. »Das ist sehr schmeichelhaft.« Er verschränkte die Hände im Nacken und grinste sehr selbstzufrieden. So gelöst hatte ich ihn zuvor noch nie erlebt. »Ich weiß, wie anstrengend meine Schwester sein kann. Dass du diese Bürde auf dich nimmst, nur um mich kennenzulernen ...«

Weil ich mir nicht anders zu helfen wusste, stupste ich ihm peinlich berührt mit dem Zeigefinger gegen den Arm. Kaum hatte ich Adam berührt, hielt er in seinem Monolog inne. Sein Blick senkte sich auf meine Hand. So schnell wie ich nur konnte, zog ich meine Finger zurück und vergrub sie unter der Decke. Fiel das schon unter sexuelle Belästigung? Oh Gott. Es war nur sein Arm gewesen, doch natürlich war auch der ohne sein Einverständnis tabu. Ich konnte nicht einfach irgendwelche Menschen anfassen, nur weil ich mich vollkommen sinn- und würdelos zu ihnen hingezogen fühlte.

Seufzend ließ ich mich nach hinten sinken und schlüpfte unter die Decke. Wieder einmal hatte ich bewiesen, wie sozial inkompetent ich war.

»Annie?« Adams Stimme war in meiner schützenden Höhle leider noch deutlich zu verstehen. »Versteckst du dich aus einem bestimmten Grund?« Ich spürte, wie er näher an mich heranrückte. »Das ist die alte Wolldecke unserer Grandma, kein Tarnumhang.«

»Geh weg.« Großartig, jetzt hörte ich mich wie ein trotziges Kleinkind an.

Immerhin fand Adam die ganze Sache lustig. Das verriet

jedenfalls sein Lachen. »Was kann ich tun, damit du wieder rauskommst?«

»Ins Bett gehen.«

»Und dich hier alleine sitzen lassen? Ich glaube nicht.« Er zupfte leicht an der Decke, doch ich hielt dem Angriff auf meine Verteidigung stand. So schnell würde ich nicht aufgeben. »Habe ich etwas Falsches gesagt?«

»Nein.«

»Okay, gut. Dann könntest du mich ja vielleicht ansehen?«

Warum gab er sich solche Mühe mit mir? Ich war nur die schräge Freundin seiner Schwester, die ihn ganz offensichtlich anziehend fand. Vielleicht gehörte er zu den Menschen, die es brauchten, sich in der Bewunderung anderer zu sonnen. »NPS.«

»Was?« Er klang verwundert und, was noch schlimmer war, viel zu nah. »Jetzt bin ich plötzlich wieder ein Narzisst?«

Vorsichtig ließ ich die Decke ein Stück sinken. Adam hatte einen völlig verdutzten Gesichtsausdruck, der unter anderen Umständen furchtbar niedlich gewesen wäre. »Bist du einer?« Unzählige wirre Strähnen versperrten mir die Sicht. Ich sah garantiert wie eine Vogelscheuche aus.

»Wirke ich so?«

»Ich weiß nicht.«

»Du bist das seltsamste Mädchen, das mir jemals begegnet ist.«

Frustriert schob ich mir die Haare aus dem Gesicht. »Danke für das freundliche Kompliment.« Dass ich nicht wie andere war, wusste ich selbst. Vermutlich hätten normale Frauen die Situation ausgenutzt und sich ihm an den Hals geworfen. Ich versteckte mich stattdessen, weil ich mich wie ein Fisch fühlte, den man an Land geworfen hatte.

»Das war ernst gemeint.« Adam streckte die Hand aus, doch bevor er mich berührte, stoppte er.

Erst da merkte ich, dass ich die Luft angehalten hatte. Mein Herz schmerzte, weil ich mir so sehr wünschte, ein anderes Mädchen zu sein. Ein Mädchen, das wusste, was man sagte. Was man tat. Was man dachte.

»Seltsam ist nicht negativ, Annie.« Er musste an meiner Mimik erkannt haben, dass ich ihm kein Wort glaubte. »Seltsam ist ziemlich großartig.«

»Natürlich.« Ich war kein sarkastischer Mensch, doch in diesem Moment war Sarkasmus meine einzige Waffe, nachdem ich meine Deckenhöhle verloren hatte. »Wer möchte nicht *seltsam* sein?«

»Ich bin es auch.« Er sagte das mit einer so großen Gelassenheit, dass ich es ihm fast abgenommen hätte.

»Du bist nur mürrisch.«

»Ja, das bin ich auch.« Adams Augen funkelten und verrieten, wie viel Spaß er an dieser Unterhaltung hatte. »Soll ich dir etwas Skurriles über mich erzählen, damit du dich besser fühlst?«

Hätte mir jemand gestern gesagt, dass ich solch eine schräge Unterhaltung mit Adam führen würde, hätte ich diese Person ausgelacht. »Ich höre.«

Erneut traf mich die volle Wucht seines Lächelns. Wenn er lächelte, verwandelte sich sein Gesicht von *attraktiv* zu *atemberaubend*. Wie sollte ich jemals einen anderen Kerl anziehend finden, wenn mich Adam auf diese Art ansah?

»Als Kind hatte ich einen imaginären Freund. Meine Eltern waren nicht sehr begeistert und dachten, dass mit mir etwas nicht stimmt.«

Das wollte er mir als skurril verkaufen? »Wir wissen beide, dass imaginäre Freunde ein Indikator dafür sind, wie fantasievolle Kinder versuchen, ihre Gefühle zu regulieren.«

»Wissen wir das?« Er verzog das Gesicht zu einer spielerischen Grimasse, die mich tonlos seufzen ließ. Selbst das war niedlich.

»Tun wir, Mister Sportpsychologe.«

»Wer hat mich verraten? Hannah?«

Ich nickte. »Du schuldest mir trotzdem noch eine seltsame Sache aus deinem Leben.«

»Okay.« Er lehnte sich in den Polstern zurück und runzelte die Stirn. »Das ist schwierig. Du sollst nicht direkt schreiend davonlaufen.«

Wenn er nur wüsste, dass ich das sowieso nicht vorhatte. Diese gemeinsame Nacht auf der Couch seiner Schwester war wie eine Auszeit von der Wirklichkeit, in der gutaussehende Ex-Sportler meinen Namen nicht kannten.

»Ich weiß etwas, aber du darfst niemandem davon erzählen.« Er sah mich ernst an. »Du musst es schwören.«

Niemals würde ich ein Geheimnis ausplaudern, auch wenn ich mir sehr sicher war, dass Adam seine tiefsten Abgründe keiner nahezu Fremden offenbaren würde. »Ich schwöre.« Um meine Worte zu bekräftigen, legte ich mir feierlich die Hand aufs Herz.

»Okay, ich vertraue dir.« Er ließ sich Zeit und trank einen Schluck Wein, bevor er weitersprach. »Seit meinem achten Lebensjahr sammle ich Baseballkarten.«

»Baseball?« Das war vielleicht kein dunkles Geheimnis, aber dennoch überraschend. »Warum Baseball?« Immerhin war er selbst Footballer gewesen.

»Mein Großvater hat Baseball geliebt, und als ich klein war, habe ich stundenlang mit ihm seine Karten sortiert.« Adam zuckte leicht mit den Schultern, als würde er damit die Emotionen überspielen können, die sich deutlich auf seinem Gesicht abzeichneten. »Kurz bevor er gestorben ist, hat er mir seine Sammlung geschenkt. Und seitdem führe ich sie fort.«

»Ich werde dieses Geheimnis mit ins Grab nehmen.« Mir Adam als kleinen Jungen vorzustellen, der seinen Großvater schrecklich vermisste, ließ mich schwer schlucken. Der Alkohol sorgte dafür, dass ich noch viel gefühlsbetonter als üblich reagierte. »Selbst unter Folter werde ich es niemandem verraten.«

»Ich hoffe, es kommt nicht so weit.« Adam strich sich über die Augen und unterdrückte dabei sehr offensichtlich ein Gähnen.

»Du solltest ins Bett gehen.« Nichts hätte ich lieber getan, als noch hundert Jahre mit ihm auf dieser Couch zu sitzen und zu reden. Er musste jedoch bestimmt früh aufstehen, und ich wollte ihn nicht um den wenigen Schlaf bringen, den er bekam.

»Was ist mit dir?«

»Ich kann noch nicht schlafen.« Auch wenn ich todmüde sein

sollte, war ich hellwach und aufgekratzt. Die letzte Stunde mit Adam hatte so viel Adrenalin freigesetzt, dass ich vermutlich einen Monat am Stück kein Auge zutun würde. »Wenn es dich nicht stört, bleibe ich hier sitzen und gucke mir noch irgendeinen Film an. Ich bin auch ganz leise.«

»Allein?«

»Hm.« Für Menschen meines Alters war es ungewöhnlich, doch ich war gut darin, allein zu sein. Immerhin hatte ich es jahrelang unfreiwillig geübt.

Adam trank langsam seinen restlichen Wein, bevor er das leere Glas abstellte. Dabei sah er mich ununterbrochen an. »Warum das alles?«

»Warum was?«

Er zeigte auf mein Haar, das mir in wilden Locken über die Schultern fiel. »Es steht dir, aber warum die äußerliche Veränderung?«

»Wirst du mir jetzt erklären, dass ich damit irgendeinen Kontrollverlust kompensieren will?« Das war ein veraltetes psychologisches Bild, das mittlerweile wissenschaftlich überholt war. Nicht jede Typveränderung war das Ergebnis von innerem Chaos, das ins Gleichgewicht gebracht werden musste.

Er lachte leise, und das melodische Geräusch sandte einen Schauer über meinen Rücken. »Sollte ich beleidigt sein, dass du mir nicht mehr zutraust?«

»Warum hast du dann gefragt?« Ich genoss dieses Gespräch viel zu sehr. Es war so einfach und natürlich. Fast so, als würden wir uns schon ewig kennen.

»Weil ich neugierig bin.«

Er war neugierig? Vielleicht hatte ich doch zu viel getrunken und bildete mir das alles nur ein. »Auf die Geschichte meiner Haare? Ist das ein Fetisch?«

Bei dieser Frage lachte er laut auf, und ich gab mir innerlich selbst ein High five. Ich konnte vielleicht nicht flirten, aber immerhin war ich lustig.

»Kein Fetisch.« Grinsend verschränkte er die Arme vor der Brust. »Aber warum diese spontane Veränderung?«

»Wer sagt, dass sie spontan war?«

»Wenn du es dir länger überlegt hättest, wärst du zu einem Profi gegangen.«

Es war leicht, ihn zu unterschätzen. Adam war dieser muskelbepackte Ex-Sportler mit dunkler Aura und unfreundlichem Gehabe. Dass er ein guter Beobachter war, traute man ihm auf den ersten Blick nicht zu. Doch er hatte recht. Mehr oder weniger jedenfalls. »Der Zeitpunkt war spontan, der Wunsch nicht.«

»Wie lange wolltest du das schon machen?«

Bei seiner Frage schlang ich mir die Decke enger um den Körper. Doch ich konnte mich auch damit nicht vor der Zuneigung schützen, die mit jedem Augenblick in seiner Gegenwart wuchs. Bis zum heutigen Abend hatte ich Adam Baker nur schrecklich attraktiv gefunden. Mit ihm zu reden, zu scherzen und einfach nur Zeit in seiner Nähe zu verbringen, sorgte dafür, dass ich ihn wirklich mochte. Die klitzekleinen Einblicke, die er mir auf den Menschen unter der Hülle gewährte, waren faszinierend und beängstigend zugleich. Ihn aus der Ferne anzuhimmeln und mir in wirren Tagträumen vorzustellen, mit ihm zusammen zu sein, war sicher. Sicher, weil es sowieso niemals dazu kommen würde. Neben ihm zu sitzen und ihn kennenzulernen, war gefährlich. Mit jeder Minute auf dieser Couch wuchs das ungute Gefühl in mir, jemanden gefunden zu haben, den ich wirklich gernhaben könnte.

»Annie?« Seine tiefe Stimme, die durch die Müdigkeit noch sanfter klang, holte mich zurück in die Wirklichkeit.

»Entschuldigung.« Ich hatte seine Frage noch nicht beantwortet. *Wie lange wünschte ich mir schon, meine Haare abzuschneiden?* »Schon immer.«

»Immer?«

»Hm.« Ich nickte »Schon immer.«

»Warum hast du es dann nicht einfach getan?« Die Verwunderung war ihm deutlich anzusehen. »Angst, dass es dir doch nicht gefällt?«

Angst war Teil der Geschichte. Allerdings nicht so, wie sich Adam das ausmalte. Es war mir nicht wichtig, dass ich mich eventuell nicht mehr hübsch fand. Mein Gespräch mit Grace vor einigen Tagen hatte sich genau darum gedreht. Ich war Durchschnitt – daran änderte auch meine Frisur nichts. Ein paar Zentimeter mehr oder weniger verwandelten mich nicht in die Ballkönigin.

»Du musst nicht darüber reden.« Adam lehnte sich ein Stück zurück und gab mir mehr Raum. Diese neue Distanz, mochte sie auch noch so klein sein, fühlte sich verdammt falsch an. »Wir haben alle Geheimnisse, das ist okay.« Er schob sich einige Strähnen hinter das Ohr, um sie im nächsten Moment wieder so zu drapieren, dass sie seinen vermeintlichen Schönheitsfehler vor mir verbargen. Diese Geste hatte ich schon mehrmals an ihm beobachtet, und jedes Mal wollte ich ihm am liebsten versichern, dass er sich nicht vor mir verstecken musste. Genauso wenig wie ich selbst das tun sollte. »Ich habe eine Liste. Meine Haare abzuschneiden, steht darauf.«

»Eine Wunschliste?«

»Nicht ganz.« Wünsche waren Teil des Plans, doch für die meisten Dinge brauchte ich kein Glück oder gar eine gute Fee. »Es sind eher Sachen, für die ich ein bisschen Mut benötige.«

Lange Sekunden hielt ich den Atem an, während ich darauf wartete, wie er reagieren würde. Auch wenn ich es in schöne Worte gekleidet hatte, war ich feige. Wer war schon zu ängstlich, um zum Friseur zu gehen?

»Hast du viele Dinge aufgeschrieben?« Es lag nichts außer ehrlichem Interesse in seinem Blick.

»Ein paar.« Das war eine Untertreibung, aber ich wollte ihn nicht direkt mit meinem gesamten Ballast erschlagen und verschrecken.

»Willst du darüber reden oder soll ich lieber nicht nachfragen?« Wieder fuhr er sich durch das Haar und entlockte mir damit ein zaghaftes Lächeln. »Es ist okay, wenn du nein sagst, wir kennen uns kaum.«

Doch ich wollte ihm davon erzählen. Ich wollte ihm alles erzählen, weil ich spürte, dass er mich verstehen würde. »Ich bin anders. Seltsam. Wie du gesagt hast.«

Bei dieser Bemerkung verdunkelte sich der Ausdruck in seinen Augen. »Das war nicht böse gemeint.«

»Das weiß ich.« Mittlerweile glaube ich ihm, dass *seltsam* in seiner Welt nichts Schlechtes war. Doch es stimmte. Ich war seltsam. In jeglicher Hinsicht. »Ich hatte keine normale Kindheit und muss einiges nachholen.« Das war die extrem gekürzte Zusammenfassung meiner Vergangenheit. Und doch traf sie den Kern der Sache. Ich hatte keine Ahnung vom Leben und kämpfte jeden Tag darum, es zu erobern.

»So etwas wie dir die Haare zu schneiden?« Er streckte sich aus und lag mittlerweile mehr auf der Couch, als dass er saß. Es war verlockend, sich vorzustellen, wie es wäre, jeden Abend Zeit mit ihm zu verbringen und zu reden. »Haare schneiden, einen Jahrmarkt besuchen, Horrorfilme gucken, eine Wand knallpink streichen ... solche Dinge.« Den Teil meiner Liste, der sich mit dem anderen Geschlecht befasste, ließ ich aus. Ich würde lieber sterben, als Adam zu verraten, was seine Schwester für mich aufgeschrieben hatte. Wir konnten über pinke Wände reden, aber nicht über Sex. So weit waren wir noch lange nicht und würden es auch niemals sein. Diese Nacht war wie eine Insel, bevor uns der Alltag wieder überrollte. Ein Alltag, in dem ich die schüchterne Jungfrau und er der unfreundliche Ex-Footballer war, die nichts verband. Und doch existierte da ein kleiner Teil in mir, der sich nichts mehr wünschte, als meine Liste mit ihm zusammen abarbeiten zu können.

5. Kapitel

Gähnend rappelte ich mich auf und schlang mir die Decke um den Körper. Mit langsamen Schritten folgte ich den Stimmen, die aus der Küche kamen. Adam war irgendwann in der Nacht ins Bett gegangen, als er kaum mehr die Augen hatte aufhalten können. Eingeschlafen war ich gefühlt erst Stunden später, nachdem ich jedes Wort unserer Unterhaltung mehrfach analysiert hatte.

»Dornröschen ist wach.« Hannah klang so fröhlich und aufgedreht, dass ich mich am liebsten wieder auf die Couch verzogen hätte. Für so viel gute Laune war ich noch viel zu müde. »Wir haben Frühstück gemacht.«

Wir waren sie und Grace, die an dem kleinen Tisch in der Ecke des Raums saß und Müsli löffelte. »Hast du Kopfweh?« Sie hielt mir ein Glas mit Wasser entgegen. »Viel Flüssigkeit hilft.«

»Ich habe keinen Kater.« Dafür hatte ich nicht genug getrunken. In meinen Deckenkokon eingewickelt, setzte ich mich Grace gegenüber.

»Eier oder Müsli, du hast die Wahl.« Hannah stand am Herd und zeigte mit dem Kochlöffel auf die Pfanne vor sich. »Mit Liebe zubereitet.«

Skeptisch versuchte ich, aus meiner Position einen Blick auf das Rührei zu erhaschen. »Ich dachte, du kannst nicht kochen.«

»Kann ich auch nicht.« Sie zuckte mit den Schultern. »Aber Eier sind nicht so schwierig.«

»Glaub ihr kein Wort.« Grace nahm einen großen Schluck von ihrem Kaffee. »Adam hat die Eier gemacht, Hannah passt nur auf, dass sie nicht anbrennen.«

»Hey.« Sie warf einen Spülschwamm in Grace' Richtung, der sie nur knapp verfehlte. »Petzen mag niemand.«

Mir war es herzlich egal, wer die Eier zubereitet hatte. Nicht egal war mir hingegen, dass die Chance bestand, Adam über den Weg zu laufen. Es wäre clever gewesen, wenigstens einen kurzen

Abstecher ins Bad zu machen, um das Chaos auf meinem Kopf zu bändigen. »Ich werde mich eben umziehen.« Mich zu kämmen, zu waschen und die Schlafklamotten loszuwerden, war eine wunderbare Idee. Vielleicht würde ich mich dann mehr wie ein Mensch fühlen.

»Du kannst gern Adams Bad benutzen.« Bei diesen Worten wackelte Hannah wenig subtil mit den Augenbrauen. »Er duscht gerade und vergisst meistens, die Tür abzuschließen.«

Ich warf Grace einen flehenden Blick zu. Hannah wusste nicht, dass ich mir in wirren Tagträumen ausmalte, wie ihr Bruder nackt aussah. Das hoffte ich jedenfalls.

Wie es sich für eine gute Freundin gehörte, rettete sie mich. »Wir frühstücken erst mal, bevor wir uns umziehen. Möchtest du auch Müsli, Annie?«

Dankbar nickte ich. »Und Kaffee. Ich brauche mindestens einen Liter Kaffee.«

»Da kann ich helfen.« Hannah stellte einen dampfenden Becher vor mir ab. »Du kannst ihn beruhigt trinken, den hat auch Adam gemacht.«

Vorsichtig nahm ich einen kleinen Schluck. Der Kaffee war furchtbar heiß, aber auch furchtbar gut. Eine weitere Sache, die auf die Adam-Baker-Positivliste wandern würde – die nach gestern sowieso ungesunde Ausmaße angenommen hatte. Während Grace und Hannah frühstückten und sich unterhielten, versuchte ich, mich an jedes Detail der vergangenen Nacht zu erinnern. Es war so unglaublich leicht gewesen, mich ihm zu öffnen. Ich hatte ihm Dinge erzählt, die ich normalerweise vor der ganzen Welt versteckte. Einfach so. Weil ich mir sicher war, ihm vertrauen zu können.

Unter der mürrischen, schlecht gelaunten Fassade steckte ein Mensch, den ich mochte. Den ich wirklich gern hatte, auch wenn wir uns kaum kannten. Vielleicht konnten wir Freunde werden. Was das mit meinem Herzen anstellen würde, wollte ich lieber nicht genau analysieren. Ich war auf dem besten Weg, mich in einen Kerl zu verlieben, der eine Freundin hatte. Klug wäre es gewesen, so viel Abstand wie möglich zu ihm zu halten und mir jemanden zu suchen, bei dem wenigstens die Chance bestand, er könne meine Gefühle erwidern. Gedankenverloren nippte ich am Kaffee und stellte mir vor, wie es wäre, wenn Adam mir jeden Tag Frühstück machte.

»Willst du auch was?« Bei Hannahs Frage hob ich den Blick. Adam stand im Türrahmen und sah alles andere als glücklich aus. Er trug dieselbe schwarze Jeans mit den Löchern an den Knien, wie bei unserer zweiten Begegnung im Supermarkt, und dazu einen schwarzen Pullover. Mit seiner düsteren Miene wirkte er, als müsste er zu seiner Hinrichtung spazieren.

Er schüttelte den Kopf, trat an den Kühlschrank und holte einen dieser Shaker heraus, in denen Sportler irgendwelche Pulver mit Wasser anmischten. Der Inhalt seines Bechers war giftgrün und machte keinen ansprechenden Eindruck.

Seufzend verzog Hannah das Gesicht. »Er kann so gut kochen und trinkt trotzdem jeden Morgen so einen Mist.«

Wenn es Adam störte, dass seine Schwester über sein Frühstück lästerte, ließ er es sich nicht anmerken. Er schraubte in aller Ruhe einen Deckel auf seinen Shaker, ohne uns auch nur anzusehen.

Auch wenn es unsinnig war, versuchte ich, mich auf meinem Stuhl so klein wie möglich zu machen. Natürlich hatte er mich in all meiner verwuschelten Pracht bereits bemerkt, doch anscheinend war es ihm lieber, so zu tun, als wäre ich nicht anwesend.

»Heute bin ich erst spät wieder da. Nicht vor zwölf.« Mit diesen Worten verschwand er genauso lautlos, wie er aufgetaucht war. Kurz darauf hörten wir, wie die Haustür ins Schloss fiel.

Mir war der Appetit gründlich vergangen. Auch der Kaffee schmeckte plötzlich bitter.

Hatte ich erwartet, dass er mir seine unendliche Liebe erklärte? Dass er mir um den Hals fiel und mir versicherte, nicht mehr ohne mich leben zu können? Natürlich nicht. Doch ich hatte nicht geglaubt, von ihm völlig ignoriert zu werden. Der freundliche, offene, herzliche Typ der vergangenen Nacht war verschwunden, dafür war der unfreundliche, distanzierte Adam zurück.

Vielleicht hatte ich das alles auch nur geträumt. Doch konnte ich mich im Traum so sehr zu jemandem hingezogen fühlen, dass seine plötzliche Abneigung mir den Hals zuschnürte? Ich hatte nichts von Adam erwartet. Nichts außer ein wenig Freundlichkeit, auch in Gegenwart anderer Personen. Aber selbst dafür war ich anscheinend nicht gut genug. »Ich gehe mich umziehen.« Ohne auf eine Antwort von Hannah oder Grace zu warten, stürzte ich aus der Küche und in das Bad. Eiskaltes Wasser im Gesicht half gegen die Müdigkeit, das dumpfe Gefühl in meinem Magen wurde ich jedoch nicht los. Vermutlich hatte ich in meiner verzweifelten Suche nach menschlicher Nähe zu viel in diese winzige Episode hineininterpretiert. Was mir unglaublich viel bedeutet hatte, war für ihn nur ein belangloser Zeitvertreib gewesen.

»Und wie machen wir jetzt weiter?«

Ich sah von meinen Notizen auf, in denen ich lustlos herumgemalt hatte. Die Ereignisse vor einigen Tagen – Adams deutliche Abneigung – hatte ich immer noch nicht verdaut. »Womit machen wir weiter?«

»Mit deiner Liste natürlich.« Hannah schob sich ein Stück Müsliriegel in den Mund und kaute genüsslich. Wir hockten auf der großen Treppe, die zur Bibliothek führte, und warteten auf Grace.

An die dumme Liste hatte ich den ganzen Tag noch keinen Gedanken verschwendet. Vielmehr war ich damit beschäftigt gewesen, mir einzureden, wie egal mir Adam Baker und seine Gefühlsschwankungen waren.

»Wir sollten unbedingt den nächsten Punkt in Angriff nehmen, findest du nicht?« Sie zupfte an einer Strähne, die sich aus meinem Zopf gelöst hatte. »Das hier war ein phänomenaler Erfolg.«

War es, da musste ich ihr recht geben. Meine neue Frisur liebte ich nach wie vor.

»Hast du dir schon jemanden ausgesucht?«

»Ausgesucht?« Ich warf Hannah einen skeptischen Blick zu. »Wofür?«

»Für die Sachen, bei denen wir dir nicht helfen können natürlich.« Sie stupste mich mit dem Ellenbogen an. »Ich mag dich wirklich gern, aber Sex haben möchte ich mit dir nicht.«

»Das beruht auf Gegenseitigkeit.« Ich war zu müde, um geistreich zu kontern. Sie war so übersprudelnd enthusiastisch. Typisch Hannah. Manchmal war ihre Persönlichkeit so einehmend, dass man neben ihr verschwand, weil sie einen mühelos überstrahlte.

»Dann sind wir uns also einig.« Sie hielt mir ein Stück ihres Müsliriegels hin, das ich kopfschüttelnd ablehnte. »Worauf stehst du? Auf welche Typen?«

Wäre die Situation nicht so absurd, hätte ich gelacht. *Auf deinen Bruder* wäre wohl keine adäquate Antwort. »Keine Ahnung.« Eine Lüge und irgendwie auch die Wahrheit. Bis jetzt war es mir nur einmal passiert, dass mich jemand aus dem Nichts umgehauen hatte.

»Du musst doch wissen, was oder wen du heiß findest. Magst du irgendeinen Schauspieler?« Sie beobachtete jede meiner Regungen, als könnte sie darin die Antwort finden. »Ryan Gosling?« Sie zog ihr Handy aus der Tasche, googelte kurz und hielt mir ein Bild unter die Nase.

Wortlos schüttelte ich den Kopf. Natürlich war dieser Ryan attraktiv, aber die Gedanken in meinem Kopf drehten sich alle um einen anderen.

»Hm.« Hannah zeigte mir das Display erneut. »Was ist mit ihm?«

»Hübsch.«

Sie schnaubte leise. »Liam Hemsworth ist nicht nur *hübsch*. Für ihn könnte ich schwach werden und mir das mit einer langfristigen Beziehung noch einmal überlegen.«

»Vielleicht sollte er das wissen.«

»Sehr witzig.« Ein drittes Mal hatte sie ein Foto aufgerufen. »Was sagst du zu ihm?«

»Nett, aber ein bisschen alt, oder?« Ich hatte keine Ahnung, wie der Kerl hieß, war mir aber sicher, ihn schon einmal in einem Film gesehen zu haben. »Wer ist das?«

Hannah schlug sich in einer theatralischen Geste die Hand aufs Herz. »Das ist der Vater meiner zukünftigen Kinder. Erzähl mir nicht, du hast noch nie von Henry Cavill gehört.«

»Das Gesicht kommt mir bekannt vor.«

»Bei Henry ist es nicht nur das Gesicht.« Sie hauchte einen Kuss auf das Display. »Der Typ ist perfekt. Wir müssen uns unbedingt *Man of Steel* zusammen angucken, dann wirst du mich verstehen.«

»Ja, vielleicht.« Keiner dieser Männer interessierte mich auch nur im Entferntesten.

»Du musst mir schon etwas geben, womit ich arbeiten kann.« Hannah schob die Unterlippe nach vorn, und fast hätte ich ihr das Schmollen abgenommen. »Also, wie soll er sein? Eher groß? Älter als du? Was ist mit der Haarfarbe? Hobbys?«

»Klein, blond, nicht zu durchtrainiert.« In wenigen Worten hatte ich das exakte Gegenteil ihres Bruders beschrieben. »Der akademische Typ.«

»Klingt nicht sehr aufregend.«

Damit hatte sie ins Schwarze getroffen. Ich bildete mir ein, nicht oberflächlich zu sein; wenn der Kerl ein gutes Herz hatte, war es völlig egal, wie er aussah. Dennoch, wenn es rein um die Optik ging, war *klein und blond* nicht meine Idealvorstellung. Ich wollte groß und dunkelhaarig, mit warmen braunen Augen und einer einzelnen Sommersprosse auf der Nasenspitze, die man nur erkannte, wenn man ganz genau hinschaute.

»Matthew Snyder!« Aus Hannahs Mund klang der Name, als wäre dieser Typ der nächste Messias. »Im letzten Semester hatten wir einen Kurs zusammen. Er ist das exakte Abbild deines *Mister Right*.«

»Gut für ihn.« Oder auch nicht. Je nachdem, wie man die Sache betrachtete.

»Du könntest ihn fragen.«

Entsetzt dachte ich an den Anfang unseres Gesprächs zurück. »Ich soll diesem Kerl, den ich nicht einmal kenne, einfach so vorschlagen, Sex mit mir zu haben?«

»Natürlich nicht. Aber du könntest ihn um ein Date bitten.«

Das war vollkommen absurd. »Ich kann doch nicht einfach so einen Fremden ansprechen.« Ganz abgesehen davon, dass ich überhaupt kein Date mit diesem Matthew wollte.

»Warum nicht?«

Wow. Nichts in ihrem Blick verriet, dass sie sich gerade einen Spaß mit mir erlaubte. »Weil ich so was nicht kann.«

»Sagt wer?« Sie legte den Kopf schräg und runzelte die Stirn. »Ich habe das mehr als einmal gemacht.«

»Du bist aber auch du, und ich bin ... Ich bin einfach nur ich.« Vermutlich würde ich eher spontan in Flammen aufgehen, als mit diesem Matthew oder irgendeinem anderen Kerl aus heiterem Himmel ein Gespräch anzufangen. Auch wenn ich kaum Erfahrung mit zwischenmenschlichen Beziehungen hatte, war ich mir recht sicher, dass es anders ablaufen sollte und Verzweiflung eine schlechte Motivation war.

»Unterhalte dich einfach mit ihm. Zu einer Verabredung kommt es im besten Fall ganz von selbst.«

Ein Date haben stand tatsächlich relativ weit oben auf meiner Liste. Frustriert vergrub ich das Gesicht in den Händen. Vielleicht hatte Hannah recht. Wenn ich auf *Prince Charming* wartete, war ich mit Fünfzig noch ungeküsst. Nicht zu vergessen, dass der Typ, den ich letzte Nacht noch für *Prince Charming* gehalten hatte, heute nicht mehr wusste, wer ich war.

»Willst du üben?«

»Üben?« Manchmal war es mir ein Rätsel, was in ihrem Kopf vor sich ging. »Was soll ich üben?«

»Dates.«

»Jetzt soll ich diesen Matthew darum bitten, mein Übungs-Date zu sein?« Das war fast noch erbärmlicher, als ihn einfach so anzusprechen.

»Natürlich nicht. Mit Matthew gehst du aus, wenn du dich

sicher fühlst.« Dass er eventuell keine Lust hatte, sich mit mir zu treffen, schien Hannah nicht in den Sinn zu kommen. »Du übst mit jemandem, der nicht dein Typ ist.«

Jeder ihrer Einfälle war schrecklicher als der zuvor. »Das halte ich für keine gute Idee.«

Doch wie so oft schenkte sie meinem Einwand keinerlei Beachtung. »Ich könnte Dylan fragen.«

Hustend verschluckte ich mich bei der simplen Tätigkeit des Atmens. »Auf gar keinen Fall.« Ich würde sicher nicht mit Hannahs Ex-was-auch-immer ausgehen.

»Wenn es ein Problem ist, dass ich mal etwas mit ihm laufen hatte, kann ich dich beruhigen. Das wäre total okay für mich.« Sie meinte das wirklich ernst. »Und er ist ein guter Kerl. Ehrlich.«

Am liebsten hätte ich ihr erzählt, wie gerne ich ihren Bruder hatte, und sie damit gestoppt. Doch auch wenn ich Hannah mochte ... sie war so schrecklich impulsiv, dass sie sich garantiert verplappern würde. Meine Zuneigung für Adam war mir schon unangenehm genug. Er hatte eine Freundin und keinerlei Interesse an mir. Ich musste mich nicht noch lächerlicher machen.

»Wenn du möchtest, frage ich Dylan für dich.«

»Ich habe nein gesagt.«

Meine Stimme klang ungewohnt scharf, weshalb Hannah mitten in ihrer Bewegung innehielt. »Das war nicht böse gemeint.«

»Das weiß ich.« Entschuldigend legte ich ihr die Hand auf den Unterarm. »Aber ich möchte wirklich kein Date mit diesem Dylan.«

»Ich dachte, es könnte helfen.« Sie legte ihre Hand auf meine und drückte meine Finger leicht. »Tut mir leid.«

»Schon okay.« Und das war es auch. Es war okay. Weil Hannah keine schlechten Absichten verfolgte. In ihrer Welt marschierte man einfach drauf los und nahm sich, was man wollte. Dates, Freunde, leidenschaftliche Küsse, erste Male ... all das war ihre Realität voller Möglichkeiten. Meine sah anders aus. In meiner Wirklichkeit hatte ich ständig Angst. Angst, etwas Falsches zu sagen, zu tun oder sogar zu denken.

»Was hältst du von einer Versöhnungs-Pizza? Die geht auf mich.« Sie stieß mit der Schulter freundschaftlich gegen meine. »Dabei könnten wir uns einen Film mit Henry Cavill vornehmen und ich stelle ihn dir standesgemäß vor.«

»Klingt gut.« Pizza war immer eine hervorragende Idee.

»Kann ich zu euch kommen? Chloe ist heute bei uns, und wenn ich ihr nicht begegnen muss, ist das ein zusätzlicher Bonus.«

Adam traf sich heute also mit Chloe. Mit einer Frau, die ihn schlecht behandelte und nicht zu schätzen wusste. Und ich saß wie ein Häufchen Elend neben seiner Schwester und redete über *Übungs-Dates*, die kein normaler Mensch mit zwanzig brauchte. Erste Dates hatte man als Teenager, nicht auf dem College. »Wie lange geht das mit Chloe schon?«

»Ähm. Lass mich kurz überlegen.«

Vielleicht brauchte ich genau das. Ein Eimer kaltes Wasser in Form von Adams Freundin, der mir dabei half, ihn mir aus dem Kopf zu schlagen.

»Über ein Jahr auf jeden Fall. Als das anfing, hat er noch gespielt.«

»Und sie war schon immer so mies zu ihm?«

»Hm.« Hannah verzog angewidert das Gesicht. »Es ist bestimmt nicht gut für mein Karma, aber ich wünsche ihr wirklich die Pest an den Hals.«

»Warum sucht er sich nicht eine andere?« Eine dumme Frage, schließlich hatte Hannah sie mir und Grace schon einmal beantwortet.

»Er liebt sie. Auch wenn ich nicht verstehe, warum er das tut.«

Damit bestätigte sie mir, was ich bereits wusste. Adam wollte Chloe. Und das war okay. Irgendwie. Wir kannten uns ja nicht einmal richtig. Zwei gemeinsame Stunden auf einer Couch und ein alter Schwarz-Weiß-Film änderten daran nichts. »Dieser Matthew, was ist das für ein Typ?«

Hannahs Augen wurden riesengroß. »Hast du es dir anders überlegt?«

Hatte ich das? Nein. Und vielleicht war genau das die richtige Taktik. Nicht denken, einfach nur machen. Keinen Kerl anhimmeln, wenn er unerreichbar war, und stattdessen die Möglichkeiten nutzen, die sich einem boten.

Matthew Snyder sah exakt so aus, wie Hannah ihn beschrieben hatte. Kurzes blondes Haar, dunkle Brille und etwa so groß wie ich. Ganz genau konnte ich das nicht sagen, weil er saß und in einem Buch blätterte. Neben ihm stand ein leeres Tablett, was bedeutete, dass ich nicht mehr viel Zeit hatte. Wenn ich ihn ansprechen wollte, musste ich mich beeilen.

Seit zehn Minuten beobachtete ich ihn aus sicherer Entfernung und war mit jeder Sekunde überzeugter davon, dass er absolut nicht mein Typ war. Objektiv gab es wenig an ihm auszusetzen. Einzig die Tatsache, dass er nicht ein gewisser Ex-Footballer war, sprach gegen ihn.

Seit dem Morgen in Hannahs Küche war ich Adam genau einmal über den Weg gelaufen. Ich hatte das Sekretariat der Psychologischen Fakultät verlassen, als er auf dem Flur stand – mit einem Typen, den ich in irgendeinem meiner Kurse schon einmal gesehen hatte.

Adam hatte mich nicht bemerkt, worüber ich nach der unerfreulichen Begegnung beim Frühstück froh war. Mir noch einmal von ihm demonstrieren zu lassen, dass wir keine Freunde waren, klang nach noch mehr Liebeskummer. Also hatte ich mich umgedreht und war so schnell aus dem Gebäude geflüchtet, wie ich konnte.

Zum mindestens zehnten Mal schob ich mir nervös eine imaginäre Haarsträhne aus der Stirn. Hannah hatte gesagt, Matthew wäre ein netter Kerl. Selbst wenn er nicht mit mir ausgehen würde, was konnte schon passieren?

Ich straffte die Schultern und versuchte mir meine Panik nicht anmerken zu lassen, als ich mich ihm vorstellte und meine irrsinnige Idee vortrug.

»Du willst *was*?« Er rückte seine Brille auf der Nase zurecht und musterte mich über den Rand hinweg. Dass sein Blick dabei an meinen Brüsten hängen blieb, versuchte ich zu ignorieren.

Meine Hände fühlten sich schweißnass an, und mein klägliches Selbstbewusstsein war schon vor Minuten in sich zusammengefallen. Ich saß Matthew gegenüber und bemühte mich, ein Lächeln zustande zu bringen. »Willst du vielleicht mal einen Kaffee mit mir trinken?«

»Warum?«

Oh Gott. Was hatte ich mir nur dabei gedacht? Jemanden einfach so nach einer Verabredung zu fragen, mochte bei anderen funktionieren, bei mir tat es das ganz offensichtlich nicht. »Weil Hannah meinte, du ...«

»Hannah? Hannah Baker?«

»Ja, genau. Sie ...«

»Hannah hat von mir gesprochen?«

»Sie meinte, du würdest vielleicht Interesse an einem Date haben.« Mittlerweile betete ich dafür, Matthew würde einfach nein sagen und mich stehen lassen. Er war unaufmerksam und fand mich genauso uninteressant wie ich ihn. Doch ich hatte mir selbst versprochen, es zu versuchen. *Mal etwas wagen. Den Stier bei den Hörnern packen. Keine Angst vor dem eigenen Schatten haben.* In meinem Kopf hatte der Plan noch ausgezeichnet geklungen.

»Ich soll mit *dir* ausgehen? Nicht mit Hannah?«

Zähneknirschend nickte ich. Vielleicht war ich kein Hauptgewinn, doch er musste nicht zum wiederholten Mal so tun, als hätte er mich nicht richtig verstanden. »Ja, mit mir.«

Als wäre die Unterhaltung noch nicht schlimm genug, wurde mir im nächsten Moment eindrücklich vor Augen geführt, warum es keine gute Idee gewesen war, Matthew mitten in der Mensa anzusprechen. Niemand anderes als Adam Baker trat durch die Eingangstür keine zehn Meter von uns entfernt. Zu meiner Erleichterung war er damit beschäftigt, auf sein Handy zu starren und hatte mich noch nicht gesehen.

»Wie war dein Name noch mal?«

Dafür, dass Hannah behauptet hatte, dieser Typ wäre nett, würde ich sie vierteilen. »Annie.«

»Okay, Annie.« Aus seinem Mund klang mein Name, als würde er mit einem kleinen Kind reden. »Und warum hat Hannah behauptet, ich würde mit dir ausgehen wollen?«

»Das hat sie nicht.« Aus dem Augenwinkel beobachtete ich, wie sich Adam ein Sandwich nahm und an der Kasse einreihte. »Sie meinte nur, es wäre eine gute Idee, wenn ich dich frage.« Eine so gute Idee, dass ich ihr dafür die Freundschaft kündigen wollte.

Matthew schien über meine Worte nachzudenken, während ich mich erneut nach Adam umschaute. Mittlerweile hatte er sein Sandwich bezahlt und steuerte einen Tisch ganz in unserer Nähe an. Ich musste hier weg. Mein bisschen Mut hatte ich bereits aufgebraucht. »Du kannst es dir ja überlegen und Hannah Bescheid geben.« Hastig stand ich auf und warf dabei fast den unbequemen Plastikstuhl um, auf dem ich gesessen hatte.

»Nein, nein, ich habe schon darüber nachgedacht.« Er zog sein Handy aus der Tasche und hielt es mir hin. »Gib mir einfach deine Nummer.«

Ob es verwerflich war, ihm eine falsche zu geben? Natürlich war es das. Immerhin hatte ich ihn angesprochen und nicht umgekehrt.

Ich zwang mich dazu, mich nicht noch einmal nach Adam umzudrehen. Das hier hatte nichts mit ihm zu tun, und wenn er mitbekam, wie ich jemandem meine Nummer gab, war es halt so. Mit zitternden Händen nahm ich das Telefon entgegen und stockte. Mein eigenes Modell konnte ich mittlerweile halbwegs bedienen, doch dieses Ding machte einen viel komplizierteren Eindruck. Hilflos straffte ich die Schultern. Matthew zu erklären, warum ich von Technik keine Ahnung hatte und mit den meisten Geräten überfordert war, die für andere zum Alltag gehörten, war das Letzte, was ich in diesem Moment tun wollte. Es hatte Monate gedauert, bis ich mich an mein Laptop gewöhnt hatte. Monate voller Selbstzweifel. Wenn ich nicht einmal eine einfache Hausarbeit auf dem Ding schreiben konnte, sollte ich dann überhaupt studieren?

Matthew klopfte ungeduldig mit den Fingerspitzen auf die

Tischplatte. »Ich muss dann langsam zu meinem nächsten Kurs.« Er wirkte genervt und begann, seine Sachen zusammenzupacken.

Mit den Fingern fuhr ich über das Display, um seine Kontakte zu finden, als plötzlich Musik erklang und mir das Gerät vor Schreck aus der Hand glitt. Es schlug zuerst an der Tischkante auf, bevor es zu Boden fiel.

»Fuck.« Matthew war schneller aufgesprungen, als ich reagieren konnte. Laut fluchend hob er das Smartphone auf. »Kannst du nicht aufpassen?« Mit dem Ärmel seines Pullovers wischte er mehrmals über die Vorder- und Rückseite. »Verdammter Mist.« Er hielt mir das Telefon unter die Nase, und ich bemerkte den großen Kratzer, der sich einmal quer über das Display zog. »Es ist keine vier Wochen alt.«

Meine Kehle war wie zugeschnürt. Einmal war ich mutig gewesen. Nur ein einziges Mal – dann endete die ganze Sache ausgerechnet in solch einer Katastrophe. »Den Schaden bezahle ich dir natürlich.«

Schnaubend nahm er seinen Rucksack und warf ihn sich über die Schulter. »Es reicht, wenn du mir einfach nie wieder zu nahe kommst.« Er war immer noch so unangenehm laut, dass uns die Studenten an den umliegenden Tischen bereits neugierig beobachteten. »Und du kannst Hannah ausrichten, dass ich kein Interesse an Mauerblümchen habe.«

Seine Worte trafen mich wie eine Ohrfeige. Nicht nur, weil sie jeder im Umkreis hören konnte, sondern auch, weil er recht hatte. Ich war Hannahs Mauerblümchen-Freundin, die Hilfe brauchte, um jemanden dazu zu bringen, mit ihr einen Kaffee zu trinken. Und selbst dann bekam ich es nicht hin.

In der Vergangenheit war ich immer stolz darauf gewesen, nicht zu weinen, auch wenn ich das oft liebend gern getan hätte. Matthew war mir völlig egal, und mein Ego würde die öffentliche Bloßstellung ebenfalls verkraften. Doch mit seiner Abfuhr wurde mir wieder deutlich vor Augen geführt, dass ich nicht wie alle anderen war. Ich konnte nicht einmal meine verdammte Telefonnummer in ein Handy speichern. Hastig griff ich nach meinem Mantel und stürzte aus der Mensa ins Freie.

Eiskalte Herbstluft schlug mir entgegen, und ich nahm zwei tiefe Atemzüge, um mich zu beruhigen. Neben dem Eingang wurde ein Blumenbeet durch eine kleine Mauer eingefasst. Kraftlos ließ ich mich darauf sinken und vergrub das Gesicht in den Händen.

Warum hatte ich nicht auf mein Bauchgefühl gehört? Es hatte mir von Anfang an gesagt, dass diese Sache schiefgehen würde.

Nur weil Adam eine Freundin hatte, war das kein Grund, wildfremde Typen nach Dates zu fragen, die weder sie noch ich wollten.

Mit tränenverschleiertem Blick suchte ich in meinem Rucksack nach einem Taschentuch. Weinen war kein Zeichen von Schwäche, wie ich in einer Vorlesung gelernt hatte. Es baute Stress ab und sorgte für die Ausschüttung irgendwelcher Hormone, deren Name mir nicht einfallen wollte. Wenn ich zwei Wochen am Stück heulte, wäre ich emotional vermutlich wieder im Gleichgewicht.

6. Kapitel

Ein Taschentuch erschien in meinem Gesichtsfeld, und ohne hinzusehen wusste ich, wem die dazugehörige Hand gehörte. Es passte zu diesem furchtbaren Tag, dass Adam mir gefolgt war. Er setzte sich wortlos neben mich und sagte nichts, während ich minutenlang leise vor mich hin schniefte und die Tränen nur langsam versiegten.

»Danke«, murmelte ich mit gesenktem Blick und kratzigem Hals.

»Nicht dafür.« Er reichte mir eine Wasserflasche. Ich nahm sie mit zitternden Fingern, peinlich darauf bedacht, ihn nicht zu berühren.

Mit kleinen Schlucken beruhigte ich meine vom Weinen angeschlagenen Stimmbänder. Dass ausgerechnet Adam dieses Debakel mitbekommen hatte, war an Ironie nicht zu überbieten.

»Soll ich Hannah Bescheid geben?« Er klang so sanft und liebevoll. Nur mit größter Mühe konnte ich verhindern, erneut in Tränen auszubrechen.

Doch gleichzeitig machte mich sein plötzliches Mitgefühl unglaublich wütend. »Lass mich einfach in Ruhe.«

»Ich soll dich weinend hier sitzen lassen?« Er klang deutlich irritiert. »Das werde ich bestimmt nicht.«

»Tu einfach so, als würdest du mich nicht kennen.« Sollte er doch spüren, wie sehr er mich verletzt hatte. Angeblich war es gesund, seine Gefühle nicht in sich hineinzufressen.

Adam stand ruckartig auf. Im ersten Moment dachte ich, er würde tun, was ich von ihm verlangt hatte. Stattdessen ging er vor mir in die Hocke. »Annie.« Unsere Gesichter waren jetzt auf einer Höhe, und ich bildete mir ein, seinen Atem auf meiner Haut spüren zu können. Mein Herz schlug automatisch schneller, wie es das immer in seiner Gegenwart tat. »Es tut mir leid, okay?«

Ich schnaubte leise. Seine Entschuldigung konnte er sich sparen.

»Du weißt, wie Hannah ist. Damit wollte ich verhindern, dass sie sich irgendeinen Blödsinn zusammenreimt.« Er fuhr sich mit dieser nervösen Geste durch das Haar, die ich schon so oft an ihm beobachtet hatte. »Sobald ich mit einer Frau mehr als zwei Sätze wechsle, versucht sie, mich zu verkuppeln.«

Und es wäre natürlich schrecklich, ausgerechnet mit mir, dem *Freak*, verkuppelt zu werden.

»Sie sollte das zwischen uns nicht kaputt machen.« Er griff nach meinen Händen und nahm sie in seine. Obwohl mir klar war, wie falsch das war, konnte ich mich nicht dagegen wehren. Am liebsten hätte ich ihn nie wieder losgelassen.

Zum ersten Mal, seit er neben mir aufgetaucht war, sah ich ihn direkt an. Ein zaghaftes Lächeln zierte seine Lippen, und sein Blick hatte seinen üblichen Zynismus verloren. Es war wieder wie in jener Nacht. Das hier war nicht mehr der Typ, der die ganze Welt hasste. Vor mir saß der Adam, mit dem ich stundenlang über Cary-Grant-Filme diskutieren konnte, ohne dass uns langweilig wurde.

»Jekyll und Hyde.«

»Was?«

Natürlich verstand er nicht, was ich damit meinte. »Du bist gerade nicht mehr Mister Hyde.«

»Denkst du so von mir?«

Dass er immer noch meine Hände hielt, brachte mich völlig aus der Fassung. Seine Haut war so warm, als könnte ihm die Kälte rein gar nichts anhaben.

»Annie?«

Wie sonst auch in Adams Nähe stand ich unter seinem Bann. Kopfschüttelnd versuchte ich, in die Wirklichkeit zurückzufinden. In eine Wirklichkeit, in der ich weinend vor der Mensa saß und er mich tröstete. »Bei unseren ersten Begegnungen warst du immer Mister Hyde. Jetzt bist du Doctor Jekyll.«

Ein Schatten huschte über sein Gesicht. »Glaub mir bitte, das in der Küche tut mir schrecklich leid. Und was ich dir im Supermarkt unterstellt habe ...«

»Wir haben uns vorher schon einmal getroffen.« Er erinnerte sich nicht daran, doch mein dummes Herz hatte sich bereits viele Monate vor unserer Begegnung im Supermarkt eingebildet, zu ihm zu gehören.

»Wo?« Die Verwunderung in seinem Blick ließ Mister Hyde vollends verschwinden und verlieh ihm etwas Jungenhaftes. »In einer Vorlesung?«

»Im *Buddha's Kitchen*.« In dem kleinen Sushi-Restaurant hatte Emily gejobbt, bevor sie zu Josh nach Philadelphia gezogen war.

»Da war ich nur einmal. Ich hasse Sushi.« Er verzog leicht angewidert das Gesicht.

Meine erste Vermutung war also richtig gewesen. Adam hatte nur Chloe zuliebe im *Buddha's Kitchen* gegessen. Wie es ein guter, verliebter Freund für seine Freundin tat. »Ich bin gestolpert, und du hast mich aufgefangen.« Auch daran würde er sich vermutlich nicht erinnern. Genauso wenig wie an seine harschen Worte, mit denen er mich angefahren hatte.

»Das warst *du*?« Er entzog mir seine rechte Hand und fuhr sich über die Schläfe, als hätte er furchtbare Kopfschmerzen. »Was ich gesagt habe, weiß ich nicht mehr genau, aber es war nicht besonders nett, oder?«

»Mister Hyde halt.« In Robert Louis Stevensons Roman war Hyde der aufbrausende, ungezügelte Teil von Doctor Jekylls Persönlichkeit.

»Langsam könnte man glauben, du meinst das ernst.«

Verständnislos sah ich ihn an. »Was genau?«

»Die Sache mit der Persönlichkeitsstörung. Das ist jetzt schon die zweite, die du mir unterstellst.« Adams Grinsen war so breit, es erhellte sein komplettes Gesicht. »Dabei habe ich mir immer eingebildet, ganz gesund zu sein.«

»Das dachte Doctor Jekyll auch.«

»Oh, Annie.« Er fuhr mit den Fingerspitzen über meine Wange, was mich augenblicklich die Luft anhalten ließ. »Glaubst du mir, wenn ich dir sage, dass es mir leidtut?«

Ohne ausreichend Sauerstoff war es schwierig, zu sprechen. Also zuckte ich mit den Schultern, ohne Adams auch nur eine

Millisekunde aus den Augen zu lassen. *Du gehörst zu mir* schoss es mir immer wieder durch den Kopf. Jede Begegnung in den vergangenen Wochen hatte mich nur darin bestärkt, zu glauben, dass er und ich mehr gemeinsam hatten als auf den ersten Blick angenommen.

Er massierte kurz seine Schläfe, bevor er seine Hand wieder sinken ließ. »Das war damals kein guter Abend für mich. Wenn ich das an dir ausgelassen habe, tut es mir wirklich sehr leid.«

»Chloe?« Eine Frage, deren Antwort ich bereits kannte. Ich konnte sie an Adams Mimik ablesen.

Er nickte. »Manchmal ist es schwierig zwischen uns.«

Ich dachte an die Dinge, die Hannah mir erzählt hatte. Dass Chloe ihn immer wieder von sich stieß, um am Ende doch in seinem Bett zu landen. Und er all das nur mitmachte, weil er sie so sehr liebte. Es gab nur eine Sache, die ich in dieser Situation tun konnte. »Entschuldigung angenommen.«

Adam streckte mir fast schon feierlich die Hand entgegen. »Freunde?«

Ich wollte nicht seine platonische Freundin sein, doch da mehr nicht möglich war, nahm ich, was ich kriegen konnte. Mit aller Kraft zwang ich mich zu einem Lächeln. »Freunde.«

»Also, *Freund* ...«, das zweite Wort betonte er mit Nachdruck, »erzählst du mir, was in der Mensa passiert ist?«

»Nur über meine Leiche.«

Bei meiner Erwiderung lachte er leise, schüttelte den Kopf und setzte sich wieder neben mich auf die niedrige Mauer. »Wer war der Typ?« Dass ich ihm nicht davon erzählen wollte, ignorierte er gekonnt.

»Niemand.«

»Hm.« Adam streckte die Beine aus und wippte mit den Fußspitzen in einem imaginären Takt hin und her. »Wenn das stimmen würde, hättest du nicht seinetwegen geweint.«

»Habe ich nicht.« Geweint hatte ich aus tausend Gründen, Matthew Snyder war keiner davon.

Wie erwartet glaubte er mir nicht. »Es sah aber so aus.« Er seufzte leise, bevor er sich halb zu mir umdrehte. »Du musst nicht darüber reden, wenn du nicht möchtest. Ich will dich nicht bedrängen.«

Ihn anzulügen, wäre einfach – die Wahrheit hingegen so viel komplizierter. Dass er am Ende der Katalysator für meine Entscheidung gewesen war, Matthew anzusprechen, würde ich niemals zugeben. Doch vielleicht konnte ich Adam ansatzweise verständlich machen, warum ich mich von Wildfremden während des Mittagessens lautstark anfahren ließ. Einen Teil der Wahrheit kannte er sowieso schon. »Es ist ein Punkt auf der Liste.«

»Dieser komische Vogel aus der Mensa ist ein Punkt auf deiner Liste?« Adams Entsetzen zauberte mir ein Lächeln auf die Lippen. Es war gut, ihn auf meiner Seite zu wissen.

»Nicht er speziell.«

»Dann war das so eine Art Mutprobe?« Er klang ungläubig. »Ist das auf Hannahs Mist gewachsen?«

»Ja. Nein.« Um Zeit zu gewinnen, nahm ich einen Schluck aus der Wasserflasche. »Matthew war ihr Vorschlag, aber überhaupt jemanden anzusprechen, war meine Idee.«

Adam nahm mir die Flasche aus der Hand und setzte sie sich, ohne zu zögern, an den Mund. Dass wir uns das Getränk teilten, schien ihn nicht im Geringsten zu stören. Ich konnte nicht verhindern, mir vorzustellen, wie es wäre, wenn sich unsere Lippen berührten. Ohne den Umweg über eine Wasserflasche. Es war hoffnungslos. Sobald es um Adam ging, wurde ich zu einem kichernden, irrationalen Teenager. Zum Glück gelang es mir meistens, diese Seite vor ihm zu verbergen.

»Wolltest du einfach einen Typen ansprechen oder ging es dabei um mehr?«

»Mehr?«

»Na ja«, er schnalzte leise mit der Zunge, »es gibt viele Gründe, aus denen Frauen auf Männer zugehen.«

Was auch immer er sich zusammenreimte, vielleicht sollte ich die Sache geraderücken. »Ich habe ihn nach einem Date gefragt. Kaffee. Kein großes Ding.«

»Das steht auf deiner Liste? Mit jemandem einen Kaffee trinken gehen?«

Wie armselig das war, wusste ich selbst. Doch jetzt konnte ich keinen Rückzieher mehr machen. »Jap. Das steht auf meiner Liste.«

Energisch gab er mir die Flasche zurück. »Das ist zwar kein Kaffee, aber es zählt auch, oder?«

Mein Herz hüpfte mit jedem seiner Worte ein bisschen heftiger. Wie konnte Chloe Taylor nicht wertschätzen, dass sie einen außergewöhnlichen Menschen an ihrer Seite hatte? Welch ein Monster musste sie sein, um ihm immer wieder wehzutun? Einem Kerl, der sich in eisiger Kälte ein Wasser mit mir teilte, um damit die Katastrophe in der Mensa wiedergutzumachen?

»Falls auch ein Abendessen auf deiner Liste steht, hätte ich noch einen Müsliriegel in der Tasche.« Er zog besagten Riegel hervor und ließ ihn unsicher von einer Hand in die andere wandern. »Aber vielleicht ist es dafür noch ein wenig früh.«

Er war hinreißend. Alles an ihm. Zuerst hatte ich ihn nur attraktiv gefunden, doch je mehr Facetten ich kennenlernte, desto tiefer steckte ich in Schwierigkeiten. Wie sollte ich mit den Matthew Snyders dieser Welt ausgehen, wenn jemand wie Adam Baker existierte?

Ich straffte die Schultern und versuchte, mich an meinen Plan zu erinnern. Ein Plan, an dem Adam nicht beteiligt war. »Bald starte ich einen neuen Versuch.« So recht glauben konnte ich meinen eigenen Worten nicht. Doch sie mussten gesagt werden. Es war wichtig, dass sie Gestalt annahmen und nicht nur in meinem Kopf existierten, wo ich sie jederzeit ignorieren konnte.

Adam drehte sich halb zu mir um und kam mir dabei so nah, dass sich unsere Knie berührten. »Du willst einen anderen Kerl ansprechen?«

»Hm.« Ich nickte. Um meine Aussage zu bestätigen und mir selbst Mut zu machen. »Bis einer ja sagt. Wie viele männliche Studenten hat die *Ohio State*?« Ich fand meinen Witz gar nicht so übel, doch Adam verzog keine Miene.

»Müssten ungefähr dreißigtausend sein.«

»Dann stehen meine Chancen statistisch gesehen gar nicht so

schlecht.«

Auch dieser Satz entlockte ihm nicht einmal ein müdes Lächeln. »Gibt es keine Alternativen?«

Fragend schaute ich ihn an. »Was für Alternativen?«

Er steckte den Müsliriegel wieder weg und vergrub die Hände in den Taschen seiner Jacke. »Du könntest warten, bis du jemanden kennenlernst, den du magst.«

Das hatte ich längst getan. Dieser jemand saß vor mir, sah mich aus warmen, braunen Augen an und versuchte, mich davon zu überzeugen, wie dumm die Idee war, wahllos männliche Studenten nach Kaffee-Dates zu fragen. »Und dann?« Meine Erwiderung klang trotzig.

»Dann gehst du mit ihm aus und wartest ab, was passiert.«

Bei ihm hörte es sich so einfach an. Doch ich hatte lange genug darauf gewartet, dass mein Leben endlich begann. Ich hatte die Möglichkeit, alles zu tun, was ich wollte. Stattdessen saß ich herum und bemitleidete mich selbst, weil ich den einen, den ich wollte, nicht haben konnte. »Das ist keine Option.«

»Annie.« Er sprach meinen Namen so sanft aus, dass mir ein Schauer über den Rücken lief. »Macht es einen Unterschied, ob du die Punkte auf der Liste jetzt abhakst oder in ein paar Wochen?«

Ein paar weitere Wochen voller Herzschmerz und Sehnsucht nach jemandem, der mich nicht wollte. Vielleicht war es an der Zeit, nicht mehr darauf zu hoffen, dass mir Dinge passierten, sondern sie aus eigenem Antrieb passieren zu lassen. »Vielleicht spreche ich jemanden an, den ich mögen kann. Viele Beziehungen beginnen so. Einer muss den ersten Schritt machen.«

»Ich halte das für keine gute Idee.« Aus dem Augenwinkel erkannte ich, wie er die Stirn runzelte. »Wer weiß, an welche Typen du dabei gerätst.«

War ich eben noch traurig gewesen, machte mich diese Aussage wütend. Warum bildete sich jeder ein, zu wissen, was richtig für mich wäre und was nicht? »Ich bin bereits erwachsen.«

»Das ist mir klar, aber heute war es dieser Typ in der Mensa, der einfach nur unfreundlich zu dir gewesen ist. Was passiert, wenn der nächste die Lage ausnutzt?« Sein Blick verdunkelte sich. »Ich liebe Hannah, aber ich traue ihrem Männergeschmack nicht.«

»Welche *Lage* sollte er denn ausnutzen?« Auch wenn ich Adam wirklich, wirklich gernhatte, in diesem Moment wollte ich ihn erwürgen. Er behandelte mich wie alle anderen.

»Dass du keine Erfahrungen mit Männern hast.« Aus seinem Mund klang der Satz fast bedeutungslos. Einfach dahingesagt, als würde er nicht eine meiner größten Ängste erklären. »Und das ist okay, Annie. Es gibt Schlimmeres.«

Mein Lachen war heiser und unecht. Dass ich ausgerechnet mit ihm diese Unterhaltung führte, war absurd. »Würdest du mit einer Frau ausgehen, die völlig ahnungslos ist? Die nicht mal die Hand eines Typen gehalten hat, obwohl sie bereits zwanzig Jahre alt ist?« Ich wandte meinen Blick von ihm ab, weil sonst jedes weitere Wort noch mehr schmerzen würde. »Natürlich nicht. Warum sollte es dann irgendein anderer tun?«

»Glaubst du wirklich, das würde mich stören?« Adam griff nach meinen Schultern und drehte mich sanft zu sich um. Mir blieb nichts anderes übrig, als ihn anzusehen. »Glaubst du das?«

Trotzig reckte ich das Kinn nach vorn. »Warum sollte ich das nicht tun? Wir kennen uns doch gar nicht.« Das war theoretisch beinahe richtig. Adam und ich kannten uns kaum – und trotzdem hatte es sich vom ersten Augenblick an anders angefühlt.

»Wenn es für einen Mann wichtig ist, wie viel Erfahrung du hast, ist er nicht der Richtige.« Seine Hände lagen noch immer auf meinen Schultern, und es wirkte nicht so, als würde er mich loslassen wollen.

»Vielleicht bin ich nicht auf der Suche nach dem Richtigen.« Den hatte ich längst gefunden. »Vielleicht suche ich den Falschen.«

Adam holte zweimal tief Luft, bevor er mir antwortete. »Du kannst tun und lassen, was du möchtest. Das hat niemand außer dir zu entscheiden, aber bist du sicher, dass du das wirklich willst? Irgendwelche Kerle ansprechen, die dir egal sind, in der Hoffnung, dass dir einer von denen dabei hilft, deine Liste abzuarbeiten?«

»Ich bin Demokratin und damit für die sexuelle Selbstbestimmung der Frau.«

Meine Antwort war so schräg, dass sie ein Lächeln auf Adams Lippen zauberte. »Dafür bin ich auch, und wenn du mir sagst, dass du genau das möchtest, erwähne ich dieses Thema nie wieder.«

Ohne darüber nachzudenken, legte ich meine Hand auf seine. »Kennst du dich mit Märchen aus?«

Die Überraschung stand ihm ins Gesicht geschrieben. »Ein wenig?«

»Ich will nicht mehr Dornröschen sein.« Mein Schlaf hatte nicht hundert Jahre gedauert, doch zwanzig Jahre waren mehr als genug. »Als ich diese Liste geschrieben habe, wusste ich nicht, ob ich auch nur einen Punkt davon jemals erleben werde. Sie war mein Rettungsanker, wenn ich am liebsten durchgedreht wäre. Ich habe sie angelegt, als ich zwölf Jahre alt war. Damals habe ich mir geschworen, eines Tages mutig genug zu sein. Und jetzt ... jetzt ist *eines Tages*.«

Lange Augenblicke sagte er kein Wort, und als er meine Schultern losließ, war ich mir sicher, dieses Thema wäre beendet. Doch Adam ließ nicht locker. »Muss es denn unbedingt irgendein Kerl sein, den du nicht einmal kennst?«

»Dafür hat man ja die Dates. Um sich kennenzulernen.«

Mit jedem meiner Worte verdunkelte sich sein Blick. Er war auf dem besten Weg, wieder von Doctor Jekyll zu Mister Hyde zu werden. »Und wer ist der nächste Kandidat?«

»Das weiß ich noch nicht.«

»Hm.« Er brummte diese eine Silbe mit zusammengepressten Lippen. »Ich könnte dir jemanden vorstellen. Trevor ist nett, du würdest ihn mögen.«

Ich wollte keinen Trevor. Und noch weniger wollte ich mir irgendwelche Typen von Adam vermitteln lassen. »Und er würde mit mir ausgehen?«

»Ganz sicher.« Adam nickte. »Trevor ist in Ordnung, wir sind schon lange befreundet.«

Wie war ich nur in diese Situation geraten? »Deswegen würde der nette Trevor dir auch nichts abschlagen und sich mit mir treffen, um dir einen Gefallen zu tun. Ich verzichte.« Ein Mitleids-Date brauchte ich wirklich nicht.

»Warum zum Teufel bist du so unvernünftig?«

Ich verschränkte die Arme vor der Brust. Das universelle, psychologische Zeichen für Abwehr. »Unvernünftig, weil ich deine Hilfe nicht annehme?« Es war schlimm genug, überhaupt mit Adam über all das zu reden. Aber dass er sich auch noch aktiv daran beteiligte, mir ein Date zu suchen, überschritt sämtliche Grenzen. »Es war wirklich nett von dir, dass du mir nach diesem Desaster«, ich nickte in Richtung der Eingangstür der Mensa, »nachgekommen bist.« Langsam rappelte ich mich auf, klopfte mir imaginären Staub von der Jeans und straffte die Schultern. »Danke.« Mein Lächeln war schrecklich unecht, doch mehr brachte ich nicht zustande. Ich wollte nur noch nach Hause, Grace mein Leid klagen oder mich mit Eiscreme vollstopfen. Im besten Fall beides gleichzeitig.

Als ich meine Tasche aufhob und sie mir über die Schulter hängte, hatte Adam immer noch keinen Ton gesagt. Er beobachtete jede meiner Bewegungen, ohne sich zu rühren.

»Ich ... muss dann los.« Ihm zum Abschied meine Hand entgegenzustrecken, erschien mir zu formell. Aber er war auch nicht eine Freundin, die ich einfach so umarmen würde. Nervös trat ich von einem Fuß auf den anderen.

Plötzlich sah er auf und mir direkt in die Augen. Er blinzelte nicht einmal. »Geh mit mir aus, Annie.«

»Was?« Ich musste mich verhört haben.

»Ich habe dich gefragt, ob du mit mir ausgehst.«

Eigentlich war es mehr ein Befehl und weniger eine Frage gewesen, doch mit dieser Banalität wollte ich mich nicht aufhalten. Ich war vielmehr damit beschäftigt, vor Schreck die Luft anzuhalten und Adam anzustarren.

»Annie?« Er stupste mir gegen den Unterarm und holte mich so aus meiner Trance. »Sag etwas dazu.«

»Warum willst du das tun?« Ich war nicht so dumm, zu glauben, er würde plötzlich mehr in mir sehen. Und doch war da diese trügerische Hoffnung, die mir bittersüße Dinge ins Ohr flüsterte.

»Damit du an deiner Liste arbeiten kannst. Dann musst du nicht irgendwelche Fremden bitten.«

»Deiner Freundin wird das bestimmt nicht gefallen.« Ich sollte einfach ablehnen. Diesen Vorschlag nicht einmal in Erwägung ziehen. Stattdessen erinnerte ich Adam daran, dass es ein Mädchen gab, mit dem er zusammen war. Ein Mädchen, das er laut seiner Schwester liebte.

Seine erste Reaktion war ein gleichgültiges Schulterzucken. »Für Chloe ist es okay, wenn ich mich mit Freunden treffe.«

Freunde. Richtig. Wir waren Freunde. Und sein Angebot war rein freundschaftlich. »Du weißt überhaupt nicht, was auf dieser Liste steht.« Ich dachte an all die Dinge, die Hannah aufgeschrieben hatte und die man nicht mit einem platonischen Freund tun konnte. Ich setzte mich wieder neben Adam, weil es albern war, die ganze Zeit nervös vor ihm hin und her zu wippen.

»Ich weiß, dass du dich mit jemandem auf einen Kaffee treffen möchtest. Und vermutlich lag ich auch mit dem Abendessen richtig.« Adam verschränkte die Finger ineinander und neigte den Kopf leicht zur Seite. »Die Hand eines anderen halten steht auch darauf, oder?«

»Ja.« Es abzustreiten, ergab nicht viel Sinn. Aber ich musste ihm diese fixe Idee ausreden. Dringend. »Damit wäre deine Freundin aber sicher nicht einverstanden.« Mein Herz schlug mir bis zum Hals. Was hätte ich darum gegeben, mit ihm durch die Nacht zu spazieren, dabei seine Hand zu halten und einfach nur zu reden. Über Filme oder Psychologie. Vielleicht auch nur darüber, wie unser Tag gewesen war.

Erneut zuckte er mit den Schultern. »Das wäre mein Problem, nicht deins, oder?«

»Ich weiß das Angebot zu schätzen. Wirklich.« Und das war nicht mal eine Lüge. Die letzten Minuten hatten mir wieder einmal bestätigt, warum ich Adam mochte. Weil unter all der schlecht gelaunten Fassade ein gutes Herz schlug.

»Warum nimmst du es dann nicht an?«

Frustriert vergrub ich das Gesicht in den Händen. »Weil du eine Freundin hast, wir uns kaum kennen und du sechs Nächte in der Woche arbeitest.«

»Dates sind dazu da, einander kennenzulernen. Das hast du selbst gesagt.« Wie er meine Worte gegen mich verwendete, schien ihm zu gefallen. Die Selbstzufriedenheit in seiner Stimme war nicht zu überhören. »Und wie du schon richtig festgestellt hast, ich arbeite sechs Nächte in der Woche. Nicht sieben. Einen Abend habe ich frei.«

»Und den willst du mit *mir* verbringen?« Er konnte die ganze Sache nicht durchdacht haben. Wie sollte er so Zeit für Chloe finden?

»Jap.«

»Du könntest diese eine Nacht auch dazu nutzen, mal mehr als drei Stunden zu schlafen.« Er sah immer so schrecklich müde aus, ich hätte ihn am liebsten für zwei Wochen am Stück ins Bett gesteckt.

»Schlaf wird überbewertet.«

»Wenn man ein Vampir ist, dann stimmt das sicher.« Seine Unvernunft regte mich auf. »Zu wenig Schlaf macht auf Dauer krank.«

»Es sind nur noch ein paar Monate, die überstehe ich schon.«

»Monate?«

»Annie, meine Arbeitszeiten waren nicht das Thema.«

»Du findest es unvernünftig, wenn ich irgendwelche Kerle anspreche, ich finde es unvernünftig, wenn du dich mit diesem Job kaputt machst.«

»Wie gesagt, das ist meine Sache.«

»Und es ist meine, wenn ich dir mit meinen Problemen die wenige Freizeit stehle, die du hast.« Dieses Angebot konnte ich niemals annehmen, egal wie verlockend es klang.

Mit entschlossenem Gesichtsausdruck straffte Adam die Schultern und drückte den Rücken durch. Fast so, als würde er sich auf einen Kampf vorbereiten. »Du hast recht, wir kennen uns kaum, aber trotzdem will ich nicht, dass dir etwas passiert.«

»Das hatten wir schon. Ich kann auf mich aufpassen.«

»Wie?« Dieses Wort war kurz, klang jedoch wie eine Anklage.

»Wie ich auf mich aufpasse?«

Er nickte, und selbst das wirkte anklagend.

»Ich werde mich nicht nachts mit irgendwelchen Typen in dunklen Gassen treffen.« Dieses Gespräch war völlig absurd.

»Immerhin. Und weiter?« Ein wenig fühlte ich mich wie in einer dieser Krimiserien, in denen die mutmaßlichen Verbrecher in spärlich möblierten Verhörzimmern von zwei finster dreinschauenden Polizisten ausgequetscht wurden.

»Ich sage Hannah, mit wem ich mich treffe.« Es war nicht so, dass ich nicht bereits darüber nachgedacht hatte, wie ein Date ablaufen könnte.

»Ausgerechnet.«

»Was ist daran auszusetzen?«

Adam fuhr sich mit beiden Händen durch das Haar, bevor er sie im Nacken verschränkte. Dass bei dieser Bewegung sein Pulli ein Stück nach oben rutschte und einen schmalen Streifen Haut oberhalb des Bundes seiner Jeans offenbarte, versuchte ich zu ignorieren. Wirklich erfolgreich war ich damit nicht. Auch wenn er nicht mehr Teil des Footballteams war, musste er immer noch regelmäßig Sport treiben. Ansonsten wäre dieser Anblick nicht zu erklären.

»Annie?«

Ertappt blickte ich auf. »Ja?«

»Hast du mir zugehört?«

Meine Wangen wurden warm und garantiert auch knallrot. »Ich war in Gedanken.« Dass sich diese um seinen Trainingszustand drehten, behielt ich tunlichst für mich.

»Ist schon okay, das war vielleicht auch alles etwas viel heute.« Er rückte ein Stück näher und stieß mit seiner Schulter sanft gegen meine. »Ich habe gesagt, dass Hannah wirklich nicht besonders zuverlässig ist.«

Wenn das seine Argumente waren, musste er sich etwas Besseres einfallen lassen.

»Lass dir von mir helfen, Annie.«

»Du hast einen freien Abend pro Woche.« Ich würde es noch zehnmal wiederholen, wenn er dadurch erkannte, wie absurd es wäre, sein Angebot anzunehmen.

»So ganz stimmt das nicht.« Adam biss sich auf die Unterlippe und senkte den Blick. »Ich habe zusätzliche Schichten übernommen, es ist eigentlich eher ein freier Abend pro Monat.«

Entsetzt schnappte ich nach Luft. »Bist du wahnsinnig?« Eine rhetorische Frage. Natürlich war er das.

»Wir könnten mittags zusammen essen. Oder Kaffee trinken. Zwischen den Vorlesungen.« Er bewegte seinen Kopf langsam hin und her, um seine Nackenmuskulatur zu lockern. Genauso wie ich es schon einmal beobachtet hatte. Mitten in der Bewegung zuckte er zusammen. Adam hatte ganz offensichtlich Schmerzen.

»Wie schlimm war deine Verletzung?«

Er hielt inne, sah mich jedoch nicht an. »Das war nicht unser Thema.«

Unglaublich! Er war absolut unglaublich. »Ich habe dir von meiner Liste erzählt, dann können wir auch über deine Verletzung sprechen.«

»Ist das so eine Art abgefuckter Basar der Schicksalsschläge? Bei wem lief es beschissener?« Sein Schnauben klang trostlos und resigniert. »Danke, ich verzichte.«

»Gut, dann erzähl mir keine Einzelheiten. Beantworte mir nur eine Frage. Was würde dein Arzt dazu sagen, wenn er wüsste, dass du nachts achtzig Pfund schwere Säcke mit Eis durch die Gegend schleppst?« Das Gewicht hatte ich nur geraten, da Adam jedoch nicht protestierte, lag ich damit vermutlich nicht falsch.

»Annie, es ist nicht so, als hätte ich mir den Scheiß ausgesucht.« In seiner Stimme lag die Enttäuschung über sein Football-Aus, die Erschöpfung der vergangenen Monate und unglaublich viel Schmerz. In diesem Moment hatte ich die vermutlich einmalige Gelegenheit, einen Blick auf all die Dinge zu erhaschen, die Adam zu einem Zyniker gemacht hatten. Zu Mister Hyde.

»Wirf deinen Job hin.«

»Was?« Ruckartig drehte er sich zu mir um. »Ich kann den Job nicht aufgeben.«

»Doch, kannst du.« Das war Irrsinn, doch ich musste ihn einfach überzeugen. »Geh stattdessen mit mir aus. Natürlich nicht jeden Abend, aber bis wir die ersten Punkte auf der Liste abgearbeitet haben vielleicht ein- oder zweimal in der Woche. Dann hast du genug Zeit, um dich auszuruhen, und bist nicht jeden Tag völlig übermüdet. Bis zum Ende des Semesters, wenn du nach Cincinnati gehst.« Dass mir Hannah auch das verraten hatte, ignorierte er.

»Und wovon bezahle ich Cincinnati dann?« Ein Lächeln deutete sich auf seinen Lippen an. »Es ist lieb, wenn du dir so viele Gedanken machst, aber ich brauche das Geld. Ich kann den Job nicht hinwerfen und mir auch so schnell keinen anderen suchen. Tagsüber versuche ich, irgendwie meine Noten zu verbessern.« Sein Gesichtsausdruck ließ erahnen, wie erfolglos er damit war. »Arbeiten kann ich nur nachts, und der Stundenlohn ist besser als bei den meisten anderen Jobs.«

»Das meine ich nicht.« Mein Herz überschlug sich, als ich bei meinen nächsten Worten all meinen Mut zusammennahm. »Ich bezahle dich.«

»Was?« Sein Lächeln wich purem Entsetzen. »Du willst mich bezahlen, damit ich mit dir ausgehe?«

»Ja.« Meine Stimme klang fester, als ich mir selbst zugetraut hätte. »Du gibst den Job auf und hilfst mir mit meiner Liste. Dafür bezahle ich dir das, was du im Supermarkt verdienst.« Niemals hätte ich mir träumen lassen, einem Mann solch ein Angebot zu unterbreiten. Doch das hier war Adam. Adam, der seine Gesundheit riskierte, weil er glaubte, keine anderen Optionen zu haben. Ich hätte ihm das Geld auch ohne Gegenleistung angeboten, doch ich war mir zu einhundert Prozent sicher, dass er es vehement abgelehnt hätte.

»Du willst mich dafür bezahlen, damit wir beide ...« Er zeigte auf mich, danach auf sich selbst. »Ich bin kein Gigolo, Annie.

Oder wie auch immer man männliche Prostituierte nennt.«

Oh Gott. »So habe ich das doch nicht gemeint.« Es fiel mir schwer, nicht einfach davonzulaufen. Natürlich verstand er mein Angebot falsch. Weil ich mich vollkommen falsch ausgedrückt hatte. »Nur die Sachen, die man mit Freunden macht.«

»Kaffee trinken? Zu Abend essen?« Adam zählte die Dinge auf, von denen er wusste, dass sie auf meiner Liste standen.

»Genau. Und vielleicht einen Horrorfilm ansehen.« Das hatte ich mit Grace und Hannah tun wollen, doch wir waren nie dazu gekommen.

Er griff nach der Wasserflasche, hielt sie mit zwei Fingern fest und ließ sie hin und her baumeln. »Ich würde jederzeit einen Horrorfilm mit dir schauen, auch ohne dafür bezahlt zu werden.«

»Und deswegen biete ich es dir an. Du hast recht. Wenn ich einfach jemanden anspreche, weiß ich vorher nicht, an wen ich gerate.« Das war sein Argument gewesen, gegen diese Logik konnte er sich nicht wehren.

»Clever.« Adam stellte die Flasche auf den Boden und zwinkerte mir zu. »Du versuchst, mich mit meinen eigenen Waffen zu schlagen.«

»Dann ist dir ja klar, dass du keine Chance hast.« So lässig wie möglich zuckte ich mit den Schultern, um den Sturm in meinem Inneren zu überspielen.

»Aber nicht, wenn es offensichtlich ist, dass du mich manipulieren willst.«

Auch wenn das ganze Thema unangenehm war, fühlte sich diese Unterhaltung nicht seltsam an. Im Gegenteil. Dieser ganze Irrsinn ließ mich breit grinsen. »Ich würde es nicht Manipulation nennen.«

»Ach, nein?« Adams Lächeln war mindestens genauso ausgeprägt wie meines. »Wie würdest du es denn dann nennen, wenn du mir androhst, dich an Wildfremde zu wenden, sollte ich dein Angebot ablehnen?«

»*Drohen* ist so ein hässliches Wort.« Mit dem Ringfinger tippte ich mir gegen die Lippen, um zu suggerieren, dass ich über meine Worte nachdenken musste. »Ich würde es eher als einen Motivationsschub bezeichnen.«

Adam lachte so laut auf, dass sich einige Studenten in der Nähe nach uns umdrehten. »Du klingst wie ein Mafia-Pate.«

»Bin ich auch so überzeugend wie einer?« Hoffnungsvoll sah ich ihn an. Wollte ich Adam bezahlen, damit er mit mir ausging? Natürlich nicht. Am liebsten wäre mir, er würde in plötzlicher Liebe zu mir entbrennen und aus freien Stücken Zeit mit mir verbringen. Doch da das nicht passieren würde, wollte ich die Gelegenheit nutzen, sein Leben ein wenig leichter zu machen. Seines und meines.

»Das geht einfach nicht, Annie.«

»Warum nicht?« Es gab zwei Millionen gute Gründe, doch ich wollte sie aus seinem Mund hören, um einen nach dem anderen zu entkräften.

»Ich könnte niemals Geld von dir annehmen.«

Entschlossen verschränkte ich die Arme vor der Brust und funkelte ihn an. »Warum nicht? Von dem Besitzer des *West Side Supermarkts* kannst du dich doch auch bezahlen lassen.«

»Das ist etwas anderes.«

»Ist es das?« Wenn ich wollte, konnte ich genauso stur sein wie er. »Weil ich eine Frau bin?«

Seufzend rieb er sich mit der Hand über die Augen. Ich verbuchte diese Geste als Erfolg. Wenn ich ihn weiter bearbeitete, hatte ich seinen Widerstand bald zermürbt. »Dein Geschlecht ist mir herzlich egal.«

Autsch. Dieser Satz wirkte wie eine kalte Dusche. Dennoch versuchte ich, mir nicht anmerken zu lassen, dass seine Worte mich wieder einmal daran erinnerten, wie wenig anziehend er mich fand.

»Annie, ich kann mich nicht von dir für etwas bezahlen lassen, das ich dir auch völlig umsonst anbieten würde. Wenn du einen Kaffee trinken willst, dann tun wir das. Jetzt direkt?« Er zog sein Handy aus der Tasche und sah auf das Display. »Ich habe noch zwei Stunden bis zu meiner nächsten Vorlesung. Wenn du Zeit hast, trinke ich drei Liter Kaffee mit dir.«

»Ich werde trotzdem morgen losziehen und jemand anderen suchen.« Was ich hier tat, konnte man fast schon Erpressung nennen. Doch damit Adam seine Verletzung nicht jede Nacht schlimmer machte, würde ich alle Register ziehen – auch wenn ich mir nicht sicher war, ob dies die beste oder schlechteste Idee meines Lebens war. Mit jedem Lächeln, mit jedem Wort, mit jeder kleinen Geste verliebte ich mich ein wenig mehr in ihn. »Es ist deine Entscheidung.«

Das Funkeln in seinem Blick verriet mir, dass meine Worte ihn nicht unberührt ließen.

Niemals hatte ich Menschen mit Absicht provoziert. Ich war dazu erzogen worden, leise zu sein. Dezent. Immer im Hintergrund zu bleiben. Wie ein gut dressierter Schoßhund. Doch das alles wollte ich nicht mehr. Nie wieder. »Wenn du dich darauf einlässt, hat das Vorteile für uns beide. Wenn du das nicht tust, lasse ich Hannah jemanden aussuchen.«

Er sagte nichts und starrte mich nur aus zusammengekniffenen Augen an, die viel dunkler als üblich wirkten.

»Du musst dir auch keine Sorgen machen, woher ich das Geld habe, um mir unser Arrangement leisten zu können.« Adam war der erste Mensch, dem ich mich nach Emily und Grace offenbarte. »Meine Großmutter hat mir nach ihrem Tod einiges hinterlassen..«

»Du bist bei ihr aufgewachsen. Und sie ist der Grund dafür, dass du jetzt all diese Dinge nachholen musst.« Eine schlichte Aussage, der ich nichts entgegensetzen konnte.

Also nickte ich lediglich.

Adam griff nach seinem Rucksack, zog einen Block und einen Stift hervor. Er war Linkshänder, wie mir erst jetzt auffiel. Mit schnellen Bewegungen schrieb er etwas auf, riss ein Stück der Seite ab und hielt es mir hin. »Das ist meine Nummer. Bevor du etwas Durchgeknalltes tust, sagst du mir das bitte.« Er reichte mir Block und Stift. »Gibst du mir auch deine? Ich melde mich bei dir, wenn ich darüber nachgedacht habe. Hier und jetzt kann ich das nicht entscheiden.«

Vielleicht war es nur Zufall, dass er mir nicht sein Handy entgegenstreckte, um meine Daten einzuspeichern. Vielleicht wollte er mich aber auch nicht an das Desaster in der Mensa mit Matthew Snyder erinnern.

Nachdem ich meine Nummer aufgeschrieben hatte, verstaute er den Block wieder und betrachtete mich mit ernstem Gesichtsausdruck. »Ich weiß, warum du das tust, Annie.«

Ich wollte protestieren, schließlich konnte er sich meine wahren Motive nicht zusammengereimt haben, doch er brachte mich mit einem todtraurigen Lächeln dazu, meine Erwiderung herunterzuschlucken.

»Das macht dich zu einem fantastischen Menschen, der es nicht nötig hat, irgendwen dafür zu bezahlen, Zeit mit ihm zu verbringen.« Adam stand auf, schulterte seinen Rucksack und sah mich lange Sekunden einfach nur an. »Ich melde mich in den nächsten Tagen bei dir.« Mit diesen Worten ließ er mich stehen, ohne sich noch einmal nach mir umzudrehen. In Gedanken versunken beobachtete ich, wie er die Treppen zur Bibliothek hinaufstieg und hinter der schweren Holztür verschwand. Erst nachdem er schon lange nicht mehr zu sehen war, beruhigte sich mein Herzschlag.

7. Kapitel

»Du solltest für deine Freunde niemals Dinge tun, die du nicht tun willst.« Grace redete seit zehn Minuten im Coffeeshop des Campus auf mich ein und gestikulierte dabei wild mit den Händen. »Hannah und ich sind manchmal schwer zu stoppen, das ist mir klar.« Sie neigte den Kopf zur Seite und sah mich aus großen Augen an. »Wenn wir etwas getan haben, das du nicht wolltest, hättest du es gesagt, oder?«

Ich hatte in den letzten beiden Nächten kaum geschlafen, weil ich damit beschäftigt gewesen war, ohne Pause auf mein Handy zu starren und fühlte mich dementsprechend wie gerädert. Adam hatte sich nicht gemeldet. Was wohl bedeutete, dass er mein Angebot nicht annehmen wollte.

»Annie?« Grace stupste mich an und lächelte mir aufmunternd zu. »Du kannst wirklich mit mir darüber reden.«

Wenn ich ehrlich war, wusste ich nicht, wovon sie sprach. Bereits kurz nach Beginn ihres Monologs hatte ich abgeschaltet. »Worüber genau?«

»Na, das mit deinen Haaren. Und die Sex-Sachen auf deiner Liste. Damit haben wir vielleicht, eventuell eine Grenze überschritten.«

Ich nahm einen Schluck von meinem Cappuccino. »Es war mein Wunsch, mir die Haare schneiden zu lassen, und ich mag meine neue Frisur. Sehr.« Wie zur Bestätigung schob ich mir ein paar Strähnen aus der Stirn, die sich wild lockten. Das war ein willkommener Nebeneffekt der kürzeren Haare. Sie machten, was sie wollten. Manche Strähnen waren gelockt, andere nur leicht gewellt, wieder andere fast glatt. Es war ein vollkommenes Chaos. Ich liebte es.

»Okay, das beruhigt mich.« Grace stieß die Luft aus und griff nach ihrem Kaffeebecher. »Aber die anderen Sachen ... Wenn dir das zu viel ist, kannst du uns jederzeit stoppen.«

»Was auch immer Hannah auf meine Liste schreibt, spielt

keine Rolle. Ich werde nicht losziehen und den nächstbesten Typen fragen, ob ich ihm einen Blowjob geben darf. Sollte ich das tun, dann nur, weil ich selbst es möchte. *Ich*. Und sonst niemand.«

Zwei Studentinnen, die in diesem Augenblick unseren Tisch passierten, blickten sich lachend um. Eine von beiden hielt mir eine ausgestreckte Faust hin. »Frauenpower. Nieder mit dem Patriarchat!«

Lachend und auch ein wenig peinlich berührt, stieß ich mit meiner Faust gegen ihre. In diesem Moment fühlte ich mich fast cool.

»Siehst du.« Ich grinste Grace breit an, als wir wieder unter uns waren. »Wenn das so weitergeht, bin ich bald Mitglied einer Gang. Und das war nicht Hannahs oder deine Idee.«

Sie seufzte leise. »Das war kein Spaß. Lass dich von uns nicht zu irgendeinem Mist überreden. Was Hannah abzieht, ist eine Nummer zu groß für dich und auch für mich. Das habe ich leider nicht bedacht.«

»Du hast auch keinen Bedarf. Oder ist Noah nicht mehr aktuell?«

Augenrollend streckte sie mir die Zunge heraus. »Natürlich ist er das. Aber auch vor Noah hätte ich das nicht gekonnt. Wenn ich mit jemandem schlafe, will ich ihn wenigstens mögen. Und ich habe das Gefühl, dir geht es genauso.«

Feierlich hob ich die Hand zum Schwur. »Ich verspreche, dass ich nur mit einem Typen schlafe, den ich mag.« Hatte ich gerade geschworen, als alte Jungfer zu enden? Vermutlich.

»Du nimmst mich nicht ernst.«

»Du mich auch nicht.«

Empört funkelte sie mich an. »Natürlich tue ich das.«

»Nein, tust du nicht.« Auch wenn ich wusste, dass Grace es gut meinte, übersah sie einen entscheidenden Punkt. »Sex ist nur ein verschwindend geringer Teil meiner Liste.« Wenn ich es mir aussuchen könnte, würde ich hundertmal lieber eine ganze Nacht lang nur mit jemandem reden, anstatt kopflos mit einem Fremden im Bett zu landen, wie Hannah es sich vorstellt. »Ich habe oft vor irrationalen Dingen Angst, aber ich bin nicht dumm.«

»Das habe ich nicht behauptet. Und auch nicht gedacht.«

»Grace«, ich griff nach ihrer Hand, die zwischen uns auf dem Tisch lag, »ich finde es sehr lieb, wie du auf mich aufpasst.«

Misstrauisch schaute sie mich an. »Aber?«

»Kein *Aber*.«

»Sicher?«

»Ganz sicher.« In Grace hatte ich eine Freundin gefunden, die das Beste für mich wollte. Wenn sie sich dabei manchmal auf dem Holzweg befand, war das okay.

In diesem Moment vibrierte das Handy in meiner Tasche. Unter normalen Umständen hätte ich es ignoriert, doch ich würde es keine fünf Sekunden aushalten, nicht zu wissen, wer mir eine Nachricht geschickt hatte.

Drei Worte leuchteten mir entgegen. Nicht mehr. Nicht weniger. Drei Worte, die dafür sorgten, dass ich das Telefon mit zitternden Händen wieder wegsteckte und mir wünschte, in meinem Becher würde sich hochprozentiger Alkohol befinden. Die Nachricht war von Adam.

Ich bin dabei.

Es war nur Kaffee. Ein einfacher Kaffee mit einem Freund. In einer halben Stunde wäre ich wieder auf dem Weg nach Hause. Vielleicht auch eher. Es gab keinen Grund, nervös zu sein.

Rational wusste ich das alles. Doch es half wenig, als ich frierend und schrecklich aufgeregt vor dem *Lincoln Café* wartete. Der Laden war in Columbus dafür bekannt, Nachwuchskünstlern eine Bühne zu bieten. Abends traten hier oft Jazzmusiker auf. Doch es war noch zu früh für Livemusik. Es war gerade einmal zehn vor vier. Ich wartete bereits seit einer halben Stunde und war immer noch zu früh. Zuhause hatte ich es nicht mehr ausgehalten.

Dieser Nachmittag war aus zwei Gründen beängstigend und

aufregend zugleich. Ich würde mein erstes Date haben. Ein Gefälligkeits-Date, wie mir durchaus bewusst war. Aber es änderte nichts daran, dass ich mit flatternden Nerven alle zwei Sekunden auf mein Telefon schaute, um zu kontrollieren, ob Adam nicht doch noch absagte. Adam. Der zweite Grund für meinen vermutlich viel zu hohen Blutdruck. Ich konnte mir noch so oft vorbeten, dass es eine andere Frau in seinem Leben gab, ich ihn für dieses Treffen bezahlte und er keinerlei Interesse an mir hatte. Es half nichts. Ich war zum Bersten angespannt.

»Wartest du schon lange?«

Ich wirbelte herum und fand mich dem Mann gegenüber, um den sich all meine Gedanken gedreht hatten. Er musterte mich sichtlich amüsiert. Schnell steckte ich mein Handy in die Manteltasche, um im nächsten Moment nicht zu wissen, wie ich ihn begrüßen sollte.

Er nahm mir die Entscheidung ab, indem er sich nach vorn beugte und mich umarmte. Nur für den Bruchteil eines Augenblicks, doch das genügte, um mich in ihm zu verlieren. Es fühlte sich unglaublich gut an, Adam so nah zu sein. Er roch wundervoll nach einem Mix aus Aftershave, Seife und dem kalten Herbstwind, der im Kontrast zu der Wärme stand, die von ihm ausging. Körperlicher Kontakt war mir normalerweise unangenehm. Die einzige Ausnahme bildeten Grace und Emily – und selbst bei ihnen hatte es gedauert, bis ich mich daran gewöhnt hatte. Ich wollte niemandem zu nah kommen, wenn es sich vermeiden ließ. Dies war eins der Überbleibsel meiner Kindheit, in der körperliche Nähe verpönt gewesen war. Doch Adam hätte ich stundenlang umarmen können.

Als er mich viel zu schnell wieder losließ, musste ich mich leise räuspern, bevor ich einen klaren Satz formen konnte. »Du bist früh dran.«

Ein hinreißendes Lächeln umspielte seine Lippen. »Du auch.«

»Ich war sowieso in der Nähe und ...« Nein! Es wäre falsch, ihn anzulügen. Er wusste, warum wir beide hier waren und was mir das bedeutete. »Okay, das stimmt nicht.« Zitternd vergrub ich meine eiskalten Finger in den Taschen meines Mantels. »Mir ist zuhause die Decke auf den Kopf gefallen, weil ich schrecklich nervös war.«

»Ging mir genauso.« Unter meiner skeptischen Musterung nickte er mehrmals, um seine Worte zu unterstreichen. »Ich habe so was auch noch nie gemacht.«

»Du hast noch nie Kaffee getrunken?«

»Ich habe mich noch nie dafür bezahlen lassen, mit jemandem Kaffee zu trinken.«

Die Bezahlung. Das war etwas, was wir unbedingt besprechen mussten. Wir hatten nur wenige Textnachrichten ausgetauscht, um den Ort und die Zeit unseres Treffens zu arrangieren. Die genauen Details für seine Entlohnung hatten wir noch nicht geklärt. »Du musst mir bitte noch sagen, was du im Supermarkt verdienst, damit ich den Ausfall entsprechend kompensieren kann.«

»Kompensieren?« Adams braune Augen funkelten vergnügt. »Ein Wort, das sonst nur meine Granny benutzen würde.«

Ich wollte eine Entschuldigung murmeln, verschämt den Blick senken und hoffen, der Erdboden würde mich verschlucken. Doch stattdessen straffte ich die Schultern. Ich war hier, um ein neues Kapitel aufzuschlagen, und nicht, um in alte Muster zu verfallen. »Klingt, als wäre deine Granny eine tolle Frau.«

»Oh, das ist sie. Sie liebt Bücher, und seit ihre Sehkraft immer schlechter wird, hat sie Hörbücher für sich entdeckt. Man trifft sie eigentlich nie ohne Kopfhörer an.«

»Das klingt reizend.« Wenn ich alt wäre, würde ich es ganz genauso machen.

»Ist es. Es sei denn, du versuchst, sie anzurufen.« Es war offensichtlich, wie gern Adam seine Großmutter hatte. Man hörte es aus jeder Silbe. »Durch die Kopfhörer bemerkt sie nie, wenn es klingelt. Das treibt Hannah regelmäßig in den Wahnsinn.« Er zwinkerte mir lachend zu. »Aber wir sind nicht hier, um auf der Straße über meine Granny zu reden. Also, Kaffee?« Mit einer ausladenden Geste zeigte er auf die Eingangstür.

Wir saßen in einer kleinen Nische in der Nähe der Küche, aus der wohliger Geruch von Gebäck strömte. Adam war bereits mehrmals mit den Knien von unten gegen die Tischplatte gestoßen. Die filigranen Möbel waren eindeutig nicht für Menschen seiner Größe gemacht.

»Glaubst du, es schneit bald?« Sein Blick war auf das Fenster in meinem Rücken gerichtet. Es hatte vor wenigen Minuten angefangen zu regnen, und die einsetzende Dämmerung legte sich langsam über die Stadt.

»Ist noch zu früh dafür, oder?« Ich rührte zum wiederholten Mal in meinem Tee herum, obwohl der mittlerweile eiskalt war und es nichts mehr zu verrühren gab. »Vielleicht nächsten Monat.«

»Hm. Vielleicht.« Er nahm einen Schluck von seinem Kaffee, der nicht weniger kalt sein musste. Auch wenn er vermutlich scheußlich schmeckte, verzog Adam keine Miene. »Schreibst du nächste Woche auch deine ersten Klausuren?«

»Ja.« Wie fast alle Studenten an der *Ohio State*. Seit wir das Café betreten hatten, war es, als hätten wir uns in andere Menschen verwandelt. Adam war nett und höflich, versuchte Konversation zu betreiben, doch irgendetwas stimmte nicht.

»Hast du diesen neuen Film auf Netflix schon gesehen? Den mit den Aliens?«

»Nein.«

»Hm. Okay. Der war gut.« Er trank einen weiteren Schluck.

Adam stellte typische Erste-Date-Fragen. Das Wetter. Die Uni. Filme. Das waren vermutlich alles Dinge, über die man sprach, wenn man sich kennenlernen wollte. So hatte ich es in zahlreichen Büchern gelesen. Während er die Tafel mit dem Tagesangebot studierte, erlaubte ich mir, ihn anzusehen. Ihn *wirklich* anzusehen. Zum ersten Mal, seit wir uns kannten, trug er ein Hemd. Es war weiß und makellos. Dazu eine dunkle Stoffhose und schwarze Lederschuhe. Vor diesem Tag hatte ich ihn immer nur in Chucks gesehen. Selbst sein Haar war gebändigt und fiel in perfekten Wellen über seine Ohren. Am liebsten hätte ich die Hand ausgestreckt und seine Frisur in das übliche

Chaos verwandelt.

Bevor ich mir weitere Gedanken über seine Haarpracht machen konnte, trat die freundliche Kellnerin an unseren Tisch, die uns bereits die erste Runde Tee und Kaffee serviert hatte. Basma, wie ihr Namensschild verriet. »Was darf ich euch noch bringen?« Sie sah erst Adam an, dann mich. Neidisch betrachtete ich ihr Augen-Make-up. Die Farben ihres Lidschattens harmonierten perfekt mit ihrem dunkelroten Turban. Zusammen mit den langen, dunklen Wimpern und den ebenmäßigen Gesichtszügen wirkte sie wie ein Model und nicht wie eine Kellnerin.

Ich war mir sicher, Adam wollte keinen weiteren Kaffee. Selbst als er mich im Supermarkt oder auch vor seiner Haustür angemault hatte, war das Gespräch nicht so distanziert gewesen wie in den vergangenen Minuten. Er war angespannt und verhielt sich wie ein anderer Mensch. Oft hatte ich mir ausgemalt, wie mein erstes Date sein würde, doch in meiner Vorstellung war mein Gegenüber niemand gewesen, der sich am liebsten an jeden anderen Ort der Welt gewünscht hätte. Ich schluckte die Enttäuschung hinunter und wollte gerade ablehnen, als Adam mir zuvorkam. »Ich hätte gerne noch einen Kaffee. Schwarz.« Sein Blick suchte meinen. »Möchtest du noch einen Tee?«

Weil ich nicht wusste, was ich tun sollte, nickte ich. »Kräutertee bitte.«

»Kommt sofort.« Basma eilte zurück zur Theke, ohne unsere Tassen mitzunehmen.

»Hannah hat erzählt, du willst mit ihr einen Yogakurs besuchen.« Da war er wieder, der sinnlose Small Talk.

»Das war die Idee deiner Schwester, ich bin noch nicht überzeugt davon.«

»Magst du kein Yoga?«

»Weiß ich nicht, ich habe es noch nie ausprobiert.« Hannahs glorreicher Einfall, mich mit zu ihrem Sportkurs zu schleppen, war zum Glück seit einigen Wochen kein Thema mehr. Es gab viele Dinge, die ich tun wollte. Yoga war dabei nicht unter den Top Ten. Vermutlich nicht einmal unter den Top 100. »Hast du schon mal? Yoga?«

»Nicht direkt.« Adam zögerte. »Der Coach hat mit uns eine Weile ein neuartiges Programm zum Aufwärmen ausprobiert. Das basierte wohl teilweise auf Meditationsübungen.«

»Stretching und so was?«

»Genau. Und es war viel anstrengender, als wir anfangs angenommen hatten.« Er schob den Zuckerstreuer in der Mitte des Tisches immer wieder von einer Seite auf die andere.

Die Unterhaltung erstarb, weil ich schlicht keine Ahnung hatte, was ich sagen sollte. Ich wollte mit Adam über Filme reden. Über alte Schwarz-Weiß-Schinken, die außer uns nur Achtzigjährige kannten. Zu gut erinnerte ich mich an das Leuchten in seinen Augen, als er mir von *Der unsichtbare Dritte* vorgeschwärmt hatte. In diesem Moment hätte ich alles dafür getan, ihn wieder so zu erleben. »Warst du in letzter Zeit mal im Kino? Ich habe gelesen, im *Studio 35* werden auch Klassiker gezeigt.« Das Lichtspielhaus wirkte auf den Bildern im Internet wie direkt aus den Fünfzigern in die heutige Zeit katapultiert.

»Richtig, Kino.« Der Zuckerstreuer bekam einen erneuten Schubs nach links. »Das steht sicher auch auf deiner Liste. Vielleicht kannst du mir die wichtigsten Punkte fotografieren und schicken.«

»Hm. Werde ich machen.«

»Gut.« Ein angedeutetes Lächeln zeichnete sich für einen Sekundenbruchteil auf seinen Lippen ab. »Das wäre hilfreich für die Planung.« Adam klang, als würde er eine Militäroperation vorbereiten. »Wir sollten auch unsere Stundenpläne abgleichen.«

»Wozu?«

Der Zuckerstreuer rutschte zurück nach rechts, bevor er ihn mit dem Zeigefinger stoppte. »Ich bin davon ausgegangen, dass nicht alle Aktivitäten abends stattfinden werden. Dass auch Dinge auf deiner Liste stehen, die man nur tagsüber machen kann.«

Wer war dieser höfliche, zurückhaltende Typ vor mir? Er sah zwar aus wie eine herausgeputzte Version von Adam, doch er hatte nichts mit ihm gemeinsam. Zum ersten Mal, seit ich ihm unseren Deal angeboten hatte, bereute ich es. Ich war nervös gewesen, doch bis zu diesem Moment hatte ich nicht das Gefühl gehabt, einen Fehler begangen zu haben. »Wir müssen vielleicht gar nicht so sehr im Detail planen.«

»Das wäre einfacher, denke ich.«

Einfacher? »Wie meinst du das?« Wenn ich ehrlich war, hatte ich Angst vor der Antwort. Dass ich keine echten Dates bekam und er nur so nett war, mit mir zu üben, war keine Überraschung. Doch es verletzte mich, wie geschäftsmäßig er an die ganze Sache heranging. Laut ihm waren wir Freunde. Aktuell fühlte ich mich jedoch ganz und gar nicht so.

»Wir könnten die nächsten Wochen absprechen. Dann wissen wir beide im Voraus, wann wir uns treffen.«

Ich schluckte meine erste Reaktion herunter und versuchte mich an einem Lächeln. »Ja, vielleicht hast du recht. Das ist sicher einfacher.« Genau das hatte ich gewollt. Dates, die mir dabei halfen, neue Dinge zu tun, und die mir gleichzeitig die Möglichkeit boten, Adam von seinem fürchterlichen Nebenjob zu befreien. Es gab keinen Grund, traurig zu sein. Überhaupt keinen. Nichts an dieser Sache war echt. Das wusste ich nur zu gut, doch es war so einfach, sich in der Fantasie zu verlieren. Weil nicht irgendein beliebiger Typ vor mir saß, sondern Adam. Adam, den ich viel zu gernhatte, um mit ihm über das Wetter zu sprechen.

»Der Song ist nicht schlecht.« Er nickte in Richtung der großen Boxen, die hinter mir an der Wand hingen.

Die Musik hatte von launigem Hintergrund-Jazz zu Indie Pop gewechselt. »Ich mag ihn auch. Tom Grennan ist gut.« *Little Bit of Love* hatte Grace tagelang rauf- und runtergespielt. Das tat sie immer. Einen Song so lange hören, bis sie – und auch ich – furchtbar von ihm genervt waren.

»Magst du diesen Stil?«

Adam war so bemüht, über Nichtigkeiten zu sprechen, dass ich nicht wusste, ob ich enttäuscht oder böse auf ihn sein sollte. Er tat genau das, wofür ich ihn bezahlte. Vermutlich waren alle ersten Dates auf eine gewisse Art merkwürdig. Wenn das der

Maßstab war, bot er mir die perfekte Show. »Ja, Indie ist okay. Ich höre nicht viel Musik.«

»Nicht?« Bei seinen Worten rupfte er kleine Stücke von der Serviette, die vor ihm auf dem Tisch lag. Servietten-Konfetti. Dieses Verhalten kam mir bekannt vor. Es war einer meiner Ticks, wenn ich nervös war. Meine Hände zu beschäftigen, half mir, mich zu erden. Doch dass Adam nervös war, wagte ich zu bezweifeln. Er wirkte vielmehr, als wäre er lieber überall, nur nicht hier, mit mir, in diesem Café.

»Ich bin gleich wieder da.« Er stand abrupt auf und stieß mit der Kellnerin zusammen, die in genau diesem Moment an den Tisch getreten war, um unsere Getränke zu servieren.

Wie in Zeitlupe sah ich das Unheil passieren, ohne es verhindern zu können.

Die Teetasse segelte zu Boden und der Kaffee ergoss sich über Adams Hemd. »Oh, fuck!« Sie zog hastig eine Packung Taschentücher aus ihrer Schürze. »Das tut mir total leid. Hoffentlich hast du dich nicht verbrüht.« Bevor Adam reagieren konnte, tupfte und wischte sie bereits an seinem Hemd herum. Erst am Ärmel, dann an seiner Brust. Dabei murmelte sie immer wieder Flüche und Entschuldigungen.

Adam war zur Salzsäule erstarrt und ließ die Prozedur stumm über sich ergehen.

»Danke, ich glaube, das genügt. Trockener wird das Hemd nicht mehr.« Jemand musste ihn retten, wenn er selbst dazu nicht in der Lage war.

»Heute ist mein erster Tag und ...« Sie hielt tatsächlich inne und warf mir einen verzweifelten Blick zu. »Das ist schon das dritte Mal.«

»Der dritte verbrühte Kunde?« Wow. Kellnern war anscheinend nicht ihr Ding.

»Ich habe mich nicht verbrannt.« Adam erwachte endlich aus seiner Schockstarre. »Der Kaffee war nur lauwarm.«

»Ach herrje!« Kopfschüttelnd tupfte sie ein letztes Mal auf seiner Brust herum, bevor sie einsah, dass Adams Hemd nicht zu retten war. »Diese teuflische Kaffeemaschine hat zwei Millionen Knöpfe, und ich weiß noch nicht, wie man sie richtig bedient.«

»Es ist wirklich nichts passiert. Nicht wahr, Adam?«

Er verzog das Gesicht und schob sich einige Strähnen aus der Stirn, die ihm bei Basmas Rettungsaktion ins Gesicht gefallen waren. Dadurch ermöglichte er mir einen kurzen Blick auf die nun knallroten Spitzen seiner Ohren. Ich biss mir auf die Lippen, um nicht vor Entzückung zu seufzen. Der große, muskulöse Footballspieler war so peinlich berührt, dass seine Ohren erröteten. Das war das Niedlichste, was ich jemals gesehen hatte.

»Nein, ist schon okay.« Endlich rang er sich dazu durch, unsere immer noch aufgeregte Kellnerin zu beruhigen.

»Aber ich habe euer Date versaut.« Sie wischte mit den Taschentüchern auch noch über den Tisch, bis dieser wieder trocken war. »Das ist doch ein Date, oder?«

Mein *Wir sind Freunde* erklang im selben Moment wie Adams *Natürlich ist das ein Date.*

Erst zeichnete sich Verwirrung auf ihrem Gesicht ab, dann Belustigung. »Okay, ich lasse euch bei eurem Date oder Nicht-Date dann mal wieder allein und versuche, herauszufinden, wie ich heißen Kaffee aus dieser Höllenmaschine bekomme.«

Es dauert auch tatsächlich nicht lange, bis sie Adam einen neuen Kaffee brachte, den er nach einem kleinen Schluck jedoch sofort so weit wie möglich von sich schob. »Er ist heiß, aber viel zu stark. Nach einer Tasse von dem Zeug schläft man vermutlich nie wieder.«

Ich hoffte wirklich für unsere reizende Kellnerin, dass sie noch ein zweites Standbein hatte.

»Also ... Wollen wir los?«

Nachdem ich genickt hatte, bestand er darauf, mich nach Hause zu begleiten. Ich nahm an, das gehörte zu seinem Erstes-Date-Programm. Auch auf dem Heimweg war unsere Unterhaltung steif und unnatürlich. Am liebsten hätte ich ihm die Bezahlung für die nächsten Wochen in die Hand gedrückt und die Sache abgeblasen. Weitere Dates dieser Art würde ich nicht überstehen. Nicht, wenn ich mir insgeheim wünschte, dass es wieder so zwischen uns sein könnte wie in der Nacht auf Hannahs Couch.

»Da sind wir also.« Wir standen vor meiner Wohnungstür, und ich bemühte mich, den Schlüssel so schnell wie möglich aus meiner Tasche zu fischen. »Das war nett.« Bei dieser Lüge vermied ich es, ihn anzusehen.

»Hm.« Adam hatte die Hände tief in den Taschen seiner Jacke vergraben und zeichnete mit der Spitze seines Lederschuhs kleine Kreise auf den hässlichen Linoleumboden. »Meldest du dich wegen des Stundenplans?«

Ich hatte ihm den Rücken zugedreht, während ich stumm nickte. Endlich hatte ich den dummen Schlüssel gefunden und ins Schloss gesteckt. »Bis dann.« Ohne mich noch einmal nach ihm umzusehen, schob ich die Tür auf schlüpfte in die Wohnung. Wenn ich mir vor diesem Nachmittag bereits ausgemalt hatte, wie furchtbar bezahlte Dates waren, hatte ich nun die Gewissheit. Vielleicht würden sie mit jemandem funktionieren, der mir egal war. Doch mit Adam ging das einfach nicht. Er war zu höflich. Zu zuvorkommend. Zu bemüht. Gott, ich war so eine Heuchlerin. Adam hatte mir genau das geboten, wofür ich ihn bezahlte. Ein Kaffeedate. Mir das Gefühl zu geben, mich zu mögen, war nicht Teil unseres Deals gewesen.

Mit mehr Nachdruck als nötig kickte ich mir meine Stiefel von den Füßen.

»Oh, da bist du ja.«

Bei Grace' Anblick wich ich instinktiv einen Schritt zurück. »Was ist das?«

»Das?« Sie zeigte auf das giftgrüne Zeug in ihrem Gesicht, das mich an den Smoothie erinnerte, den Adam getrunken hatte. »Eine selbstgemachte Gesichtsmaske. Es ist noch etwas übrig, wenn du magst. Das Rezept ist von Hannah.«

»Danke, ich verzichte.« Für diesen Tag hatte ich genug von Menschen, die den Nachnamen Baker trugen.

»Okay, wie du willst. Im Kühlschrank sind noch Spaghetti.«

»Vielleicht später.« Ich drückte mich an ihr vorbei und steuerte mein Zimmer an. Mir war nicht nach Konversation zumute.

Ich wollte mich auf mein Bett setzen, aus dem Fenster starren und dabei Adam verfluchen. Nein, eigentlich wollte ich eher mich selbst verfluchen. Diesen Mist hatte ich mir ganz allein eingebrockt. Ihm konnte ich rein gar nichts vorwerfen.

»Alles in Ordnung bei dir?« Grace stand im Türrahmen und beobachtete jede meiner Bewegungen, während ich mich umzog. »Du machst ein Gesicht, als wäre jemand gestorben.«

Gestorben waren nur meine Vorstellungen von heiteren Dates mit Adam, die mir dabei halfen, mich auf das echte Leben vorzubereiten. Und mein Stolz, der war auch nicht mehr ganz lebendig. »Ist es schlimm, wenn ich nicht darüber reden möchte?« Mein Tonfall war flehend, und ich hoffte inständig, Grace würde Mitleid mit mir haben. Normalerweise ließ sie selten locker und man entkam ihr nicht, doch ich hatte Glück.

»Natürlich.« Aus dem Augenwinkel erkannte ich, wie sie mich besorgt musterte.

»Danke. Ich werde erstmal Monty füttern.« Erneut schob ich mich an ihr vorbei und machte mich auf den Weg ins Bad. Vor Montys selbstgebastelter Igel-Villa setzte ich mich im Schneidersitz auf die kalten Fliesen.

Der kleine Kerl kam sofort angewackelt, weil er wusste, was jetzt passieren würde. »Hast du Hunger?« Vielleicht bildete ich es mir nur ein, doch ich hätte schwören können, dass er bei meiner Frage die rosa Nase kräuselte. »Ich habe hier etwas ganz Feines für dich.« Schnell füllte ich Katzenfutter in sein Schälchen und stellte es vor ihm ab. »Guten Appetit.«

Das ließ sich der kleine Kerl nicht zweimal sagen. Er machte sich enthusiastisch über sein Abendessen her.

»Wie läuft das bei euch Igeln, wenn ihr einen Partner sucht? Verliebt ihr euch einfach in den erstbesten Igel mit hübschen Stacheln, der euch über den Weg läuft, oder ist das komplizierter?«

Wie zu erwarten gewesen war, antwortete er mir nicht. Stattdessen kaute er genüsslich vor sich hin.

»Habt ihr Dates? Gemeinsame Spaziergänge bei Vollmond durch Vorgärten? Ein geteilter Regenwurm im Schein einer

Straßenlaterne? Ich finde, das klingt romantisch. Du nicht auch?«

Seufzend nahm ich die Wasserschale aus seinem Gehege, wusch sie aus und füllte sie auf. »Bitte schön.«

Monty war anscheinend satt und trabte langsam zurück in sein Häuschen. »Du bist nicht sehr gesprächig, weißt du das?«

Ich schloss die Augen und lehnte den Hinterkopf an die Fliesen. Um nichts in der Welt wollte ich noch einmal ein so fürchterliches Date mit Adam haben. Doch damit aufzuhören, wäre auch keine Option. Das würde bedeuten, dass er sich wieder die Nächte im Supermarkt um die Ohren schlagen musste. Vielleicht sollte ich mit ihm sprechen. Nur, was genau sollte ich sagen? Dass er zu ... nett war? Dass ich mit *dem* Adam Zeit verbringen wollte, der unter all den Schichten steckte, die er der Welt präsentierte? Er würde mich zurecht für völlig verrückt halten. Adam war mir seine Gesellschaft schuldig. Sonst nichts. Ich bezahlte ihn nicht dafür, sich genauso sehr nach meiner Gegenwart zu sehnen wie ich mich nach seiner.

8. Kapitel

Ich lernte nur selten in der Bibliothek. Auch wenn es praktisch war, direkt alles nachschlagen zu können, fehlte es mir, in Jogginghose und altem T-Shirt auf meinem Bett zu sitzen, während ich meine Aufgaben erledigte. Jogginghosen waren ein Luxus, den ich erst in den letzten zwei Jahren zu schätzen gelernt hatte. Natürlich waren sie in meiner Kindheit verboten gewesen. Ein Kleidungsstück, das zum Sport gedacht war, trug man niemals zu anderen Anlässen. Egal, wie bequem es vielleicht war. Meine Großmutter hatte ich nie in etwas anderem als gestärkten Blusen und dunklen, knöchellangen Röcken gesehen. An kalten Tagen trug sie einen passenden Blazer und teure Halstücher, die mehr kosteten, als ich jemals für ein Stück Stoff ausgeben würde.

Es war schon spät, die Bibliothek würde wie immer samstags um elf Uhr schließen. Die restliche Zeit wollte ich noch ausnutzen und gleichzeitig Noah und Grace ein bisschen Freiraum lassen. Wenn er schon extra aus Chicago einflog, um sie zu sehen, hatten sie Zweisamkeit verdient. Vermutlich übertrieb ich, und sie waren wie so oft einfach vor dem Fernseher eingeschlafen und hätten meine Anwesenheit nicht einmal bemerkt. Doch auch diese Form der Intimität war mir völlig fremd. Mit fast einundzwanzig Jahren konnte ich behaupten, noch nie neben einem anderen Menschen geschlafen zu haben – egal ob männlich oder weiblich.

Müde rieb ich mir die Augen. Die Hausarbeit über frühkindlichen Autismus musste ich bereits in wenigen Tagen abgeben, und bis jetzt hatte ich lediglich eine Einleitung geschrieben.

Außer mir waren nur noch wenige Studenten in der Bibliothek. Die meisten verbrachten ihr Wochenende vermutlich mit angenehmeren Dingen. An einem Tisch in der Nähe saß ein dunkelhaariges Mädchen, das unaufhörlich auf seinem Handy herumtippte. Mein eigenes hatte ich seit Tagen kaum angerührt. Es erinnerte mich zu sehr daran, was ich Adam versprochen hatte. Ich musste ihm noch meinen Terminplan schicken, damit er ganz professionell und emotionslos unsere Freizeit miteinander abgleichen konnte.

Seit dem fürchterlichen Date waren fast genau sechsundneunzig Stunden vergangen, in denen ich mich nicht bei ihm gemeldet hatte. Morgen würde ich ihm endlich schreiben. Das hatte ich mir fest vorgenommen. Zu groß war die Gefahr, er könnte falsche Schlüsse ziehen und sich wieder seine Gesundheit im Supermarkt ruinieren. Mehrmals war ich versucht gewesen, Hannah nach der Schwere seiner Verletzung zu fragen. Doch immer wieder hatte ich den Gedanken im letzten Moment verworfen. Hinter seinem Rücken seine Schwester auszuquetschen, fühlte sich falsch an. Es ging mich im Grunde auch gar nichts an. Wir waren Geschäftspartner, das hatte er mehr als einmal klargemacht.

»Warum hockst du denn noch hier rum?« Die laute Stimme gehörte niemand anderem als Chloe Taylor, die sich zu der Dunkelhaarigen gesellt hatte. »Wir wollten doch ins *Oasis*.«

Der *Oasis Club* war eine der angesagtesten Locations der Stadt, wie ich von Grace wusste. Vor einigen Monaten hatte sie mich überreden wollen, mit ihr, Noah und dem halben Footballteam dort zu feiern. Eine starke Erkältung hatte am Ende dafür gesorgt, dass ich nicht mitgehen konnte. Eine Tatsache, die ich nicht unbedingt bereute.

Chloe gestikulierte wild, während sie auf das andere Mädchen einredete. Adams Freundin war so hübsch, wie ich sie in Erinnerung hatte. Sie trug einen offenen, knielangen Mantel und darunter ein atemberaubendes, schwarzes Kleid. Die hellblonden Haare fielen ihr in losen Wellen über den Rücken.

Es war kein Wunder, dass Adam sie mochte. Chloe war wunderschön und so wie es aussah niemand, der einen Samstag am liebsten in Jogginghose vor dem Fernseher verbrachte. Im Gegensatz zu mir schien sie keine Angst vor dem Leben zu haben. Leise schnaubend klappte ich mein Buch zu. Niemand war so ängstlich wie ich. Nicht Chloe und vermutlich auch keine andere der dreißigtausend Studentinnen an der *Ohio State*.

Chloe und ihre Freundin waren längst verschwunden, als ich meine Sachen zusammenpackte, mir meinen dicken, grünen Wollschal um den Hals schlang und in meine Jacke schlüpfte. Die kalte Nachtluft war ein angenehmer Kontrast zur aufgeheizten Bibliothek, und ich atmete tief durch, bevor ich mich auf den Weg machte. Bis zum Wohnheim waren es nicht mehr als zehn Minuten. Es war bereits nach elf. Noah und Grace schliefen garantiert schon, sodass ich möglichst leise in mein Zimmer schleichen würde.

»Annie?« Erst hörte ich die Stimme, dann laute, schnelle Schritte hinter mir.

Das Herz schlug mir bei seinem Anblick bis zum Hals.

Adam kam schwer atmend vor mir zum Stehen. »Hi.«

»Hallo.« Er trug eine dunkle Trainingshose, Sneaker und einen schwarzen Hoodie. »Du warst joggen?« Natürlich war er das. Blöde Frage.

»Ja.« Er lächelte schief, und ich schmolz zuverlässig dahin. Auch nach dem vermasselten Date hatte er seine Wirkung auf mich nicht verloren. »Ich laufe meistens spätabends oder ganz früh am Morgen.«

»Das ist schön.« Ich redete Unsinn. Vollkommenen Unsinn, weil er mich aus dem Nichts überfallen und ich keine Chance gehabt hatte, mich auf diese Begegnung vorzubereiten. Für jemanden, der mögliche Unterhaltungen gern in allen erdenklichen Varianten in seinem Kopf durchspielte, waren spontane Treffen ein Graus.

»Und du?«

»Ich?«

Er lachte leise, was seine Augen zum Leuchten brachte. Wie viele miese Dates ich wohl brauchte, um nicht mehr so auf ihn zu reagieren? Zehn? Zwanzig? Hundert? *Bitte, lass es nicht hundert sein.*

»Was machst du um diese Zeit noch hier draußen?«

»Ich war nicht joggen.«

Aus Adams zaghaftem Lächeln wurde ein breites Grinsen, das mich nur noch mehr in Schwierigkeiten brachte. »Habe ich mir fast gedacht.«

»Hausaufgaben.« Ich klopfte zweimal auf den schweren Rucksack, in dem sich meine Bücher befanden. »In der Bibliothek.«

»Sehr vorbildlich.«

Vorbildlich. War das seine nette Umschreibung für langweilig? »Ich hänge ein bisschen mit meinen Hausarbeiten hinterher.«

»Hausarbeiten sind ein gutes Stichwort.« Er atmete tief aus und wieder ein, bevor er die Hände im Nacken verschränkte. »Ich sollte auch dringend lernen, aber ich musste erst überschüssige Energie loswerden.«

Das bedeutete wohl, Chloe ging heute ohne ihn aus. Die seltsame Beziehung der beiden würde ich niemals verstehen. Unter keinen Umständen hätte ich den Abend in einem Club verbracht, wenn gemeinsame Zeit mit Adam die Alternative wäre. »Ich werde dann mal weiter.«

»Ja, natürlich.« Er ließ die Hände wieder sinken und steckte sie in die Taschen seines Hoodies. »Ich wollte dich nicht aufhalten.«

»Hast du nicht, aber es ist schon spät und ...« *Und ich kann nicht einfach vor dir stehen und so tun, als wäre alles in Ordnung.*

»Bevor du gehst, noch eine Sache.«

»Ja?« *Bitte nicht der Terminkalender. Bitte nicht der Terminkalender. Bitte nicht der Terminkalender.*

»Schickst du mir deinen Terminkalender noch zu?«

Verdammt! »Oh, das muss ich vergessen haben. Mache ich sofort, wenn ich nach Hause komme.« Als schlechteste Lügnerin der Welt gelang es mir nicht, ihm dabei in die Augen zu sehen. Stattdessen starrte ich auf einen imaginären Punkt auf seinem Hoodie.

Adam schwieg endlos lange Augenblicke. Sein Brustkorb hob und senkte sich gleichmäßig. »Was ist los, Annie?«

»Was soll denn los sein?« Meine Stimme klang viel zu angestrengt und fröhlich. Ich hörte mich an wie eine dieser überfreundlichen, übersympathischen, überenthusiastischen Verkäuferinnen im Teleshopping. »Nichts ist los.«

»Bist du dir da sicher?« Er ging leicht in die Knie, bis unsere

Gesichter auf gleicher Höhe waren. »Ich weiß, dass ich verschwitzt bin, aber das ist nicht der Grund, aus dem du mich nicht einmal ansiehst, oder?«

Natürlich nicht. Mir war es vollkommen egal, wie lange er gejoggt war. In meinen Augen blieb er der attraktivste Kerl der Welt. Schweiß hin oder her. »Tue ich doch.« Mit einem aufgesetzten Lächeln zwang ich mich aufzublicken. Adam hatte die Stirn gerunzelt und die Lippen aufeinandergepresst. »Es ist alles in Ordnung. In wunderbarster Ordnung.« Ich machte es mit jedem Wort schlimmer. Mit jedem einzelnen Wort. Doch ich konnte nicht aufhören. »Ich schicke dir meine Termine, dann machen wir ein neues Treffen aus. Darauf freue ich mich jetzt schon sehr.«

»Darauf freust du dich?«

»Oh, ja. Es gibt noch so viel zu erledigen. Meine Liste ist lang.« *Lang genug, damit du nie wieder in diesem schäbigen Supermarkt arbeiten musst.* »Ich werde dann jetzt auch nach Hause.« Meine Gesichtsmuskeln schmerzten, so sehr strengte ich mich an, die fröhliche Fassade aufrechtzuerhalten. »Mach es gut, ich melde mich.«

Ohne auf seine Antwort zu warten, drehte ich mich um und ließ ihn stehen. Erst als ich um die nächste Ecke bog, erlaubte ich mir, zu atmen. In welch eine Situation hatte ich mich da nur gebracht? Dates zu haben, war richtig. Dass Adam nicht mehr im Supermarkt arbeiten musste ebenfalls. Doch die Kombination dieser beiden Dinge, die zu Übungs-Dates mit dem Typ führten, in den ich mich verliebt hatte, fühlte sich unglaublich falsch an.

Ich konnte es drehen und wenden, wie ich wollte, nichts änderte etwas an der Tatsache, dass ich in Adam Baker verliebt war. Von unserer ersten Begegnung an war er mir nicht aus dem Kopf gegangen, und seit ich ihn näher kannte, war dieses anfängliche Gefühl nur noch stärker geworden. Ich war verliebt. In einen Kerl, der eine andere liebte und in mir lediglich eine platonische Freundin sah. Und um der ganzen Sache die Krone aufzusetzen, würde ich eine Reihe von falschen Dates mit ihm haben müssen. Warum war mein Leben bloß so kompliziert, seit Adam Baker ein Teil davon war?

»Oh, ihr seid ja noch wach.« Mein Plan, mich mit dem Gesicht voraus auf mein Bett fallen zu lassen und einfach nie wieder aufzustehen, wurde durch Grace und Noah vereitelt, die auf der Couch saßen und sich irgendeinen Film ansahen.

»Es ist Samstag und gerade einmal halb zwölf.« Grace kuschelte sich enger an Noah, der hinter ihr hockte und die Arme um sie geschlungen hatte. »Wir sind doch noch keine Rentner.«

Bei dieser Bemerkung lachte er laut auf. »Wenn ich dir jetzt sage, wie müde ich bin, wirst du mir ewig vorhalten, ein alter Mann zu sein, oder?«

Grace rollte grinsend mit den Augen. »Wie lange kennst du mich schon?«

»Okay, okay. Das war eine dumme Frage. Natürlich würdest du mir das vorhalten.« Er gähnte leise, ob gespielt oder echt, konnte ich nicht ausmachen. »Also halte ich weiter durch, damit du mich nicht eines Tages gegen einen jüngeren Kerl austauschst.«

»Als würde ich dich so einfach loswerden.«

»Stimmt.« Er zog sie auf seinen Schoß, und Grace ließ ihn natürlich gewähren. »Mich hast du jetzt leider am Hals.«

Die beiden zu beobachten, war faszinierend und beängstigend zugleich. Faszinierend, weil sie eine ganz eigene Dynamik hatten. Grace verhielt sich mit niemandem so wie mit Noah. Es war, als würde er eine Seite an ihr zum Vorschein bringen, die sie sonst vor der ganzen Welt versteckte. Beängstigend war es, weil ich keine Ahnung hatte, wie ich jemals so mit einem anderen Menschen umgehen sollte. Das Necken, die kleinen eingestreuten Liebesbekundungen, das gegenseitige Urvertrauen.

Ein potenzieller Partner würde aber vermutlich genau das von mir erwarten. Dass ich wusste, wie eine Beziehung funktionierte. Kurz dachte ich an Adam und unser Gespräch. Ich schaffte es nicht einmal, ihm gegenüber offen zu sein oder mich natürlich zu verhalten. Und das alles, obwohl wir nur platonische Freunde waren.

»Willst du dich zu uns setzen?« Noah schaute mich fragend an. »Wir können den Film noch mal starten, er hat gerade erst angefangen.«

Noah Preston war ein feiner Kerl. Das bewiesen solch kleine Dinge, die fast nebensächlich wirkten. Ich war mir sicher, viele andere Typen wären froh gewesen, wenn ich mich in mein Zimmer verzogen hätte, damit sie mehr Zeit allein mit ihrer Freundin verbringen konnten.

»Ja, setz dich zu uns, Annie. Dann können wir reden, während sich Noah weiter diesen Quatsch anguckt.« Grace drehte den Kopf und gab ihm einen Kuss auf die Wange, bevor er protestieren konnte.

Ich nickte in Richtung des Fernsehers. »Was ist das?« Es sah nach Science-Fiction aus. Auf eine schräge Art und Weise.

»*Mad Max: Fury Road*.« Noah seufzte leise. »Das ist jetzt mein dritter Versuch, Grace von der Großartigkeit dieses Streifens zu überzeugen.«

»Der ist nicht großartig, er ist tödlich langweilig. Der Hauptdarsteller sagt kein Wort.«

Noahs Seufzen wurde lauter. »Das gehört dazu. Wenn du aufgepasst hättest und mich nicht jedes Mal ablenken würdest, wüsstest du das.«

Sie kicherte leise und klimperte gespielt mit den Wimpern. »Du magst es, wenn ich dich ablenke.«

»Natürlich tue ich das, aber *Fury Road* hat insgesamt sechs Oscars eingefahren. Sechs. Der Film hat diese Behandlung nicht verdient.«

Grace kräuselte unzufrieden die Nase. »Dieses Ding hat Oscars gewonnen? Wofür?«

»Unter anderem für den besten Ton und das beste Kostümdesign.« Ich hatte nicht gewusst, dass Noah so ein Film-Nerd war. »Und auch für den besten Schnitt, wenn ich mich nicht täusche.«

»Alles klar.« Grace griff nach Noahs Fingern und verschränkte sie mit ihren. »Er hat also keinen einzigen Oscar in einer wichtigen Kategorie gewonnen.«

Entrüstet beugte er sich zur Seite, um seiner Freundin ins Gesicht zu sehen. »Was ist denn eine wichtige Kategorie?«

»Bester Film, beste Hauptdarsteller, beste Regie.« Sie lächelte ihn zuckersüß an.

Noah warf mir einen hilfesuchenden Blick zu, doch ich hob abwehrend die Hände. »Ich halte mich da raus und lasse euch allein.«

Bevor mich die beiden in ihre Diskussion verwickeln konnten, war ich in meinem Zimmer verschwunden und hatte die Tür ins Schloss gedrückt. Für einen Abend waren das genug seltsame Gespräche gewesen.

Langsam zog ich mich aus und verstaute jedes Kleidungsstück an seinem Platz. Der Pullover wanderte in den Schrank, Jeans, T-Shirt und Socken in den Wäschekorb. Ein weiteres Überbleibsel meiner Kindheit: Einen Raum immer so hinterlassen, als wäre man niemals da gewesen. *Unordnung zeugt von einem unordentlichen Geist.* Unzählige Male hatte meine Großmutter mir diesen Satz vorgebetet.

Entschlossen trat ich an meinen Kleiderschrank und zog den Pullover wieder hervor. Mit sehr viel Genugtuung warf ich ihn in die Ecke des Zimmers, wo er von der Wand abprallte und ein herrliches Häufchen Chaos auf dem Teppich bildete. Mein Innerstes war nicht geordnet. Es war voller Aufruhr und dürstete nach Dingen, die es nicht haben konnte. Noch nicht. Eines Tages würden sich all meine Wünsche erfüllen. Ich dachte an Adam und die wunderschöne Chloe. Vielleicht nicht alle Wünsche, aber jene, die in meiner Macht standen.

Ich zog mir ein frisches Shirt und bequeme gestreifte Shorts an. Erst war es mir unangenehm gewesen, Noah in diesem Aufzug über den Weg zu laufen, doch in den letzten Monaten hatte ich mich daran und an seine Anwesenheit gewöhnt. Er kam der Vorstellung von einem Bruder, den ich nicht hatte, ziemlich nah.

Müde setzte ich mich auf das Bett und schlang die Arme um

meine Knie. Theoretisch hätte ich schlafen sollen, praktisch ging mir die Unterhaltung mit Adam nicht aus dem Kopf. Ich musste dringend lernen, eine bessere Schauspielerin zu werden.

»Annie?« Auf Noahs Stimme folgte ein Klopfen. »Bist du noch wach?«

»Komm rein.«

Die Tür öffnete sich einen Spalt, und er steckte den Kopf in den Raum. »Da steht ein Typ im Flur und will dich sprechen.«

»Was?« Ich musste mich verhört haben. »Welcher Typ?«

»Er macht einen ziemlich zerknirschten Eindruck.« Noahs Grinsen war so breit, es erinnerte mich an den *Joker*. Nur mit weniger Make-up. »Willst du mir vielleicht etwas gestehen, Annie?«

»Ich habe keine Ahnung, wovon du redest.«

»Davon, dass mein ehemaliger Quarterback im Flur steht und so aussieht, als wäre die Welt untergegangen.«

»Adam ist hier?« Adrenalin, von dem ich nicht dachte, es heute noch in mir zu haben, schoss durch meinen Körper. »Warum sagst du das denn nicht gleich?«

»Habe ich doch.«

Hektisch sprang ich auf. »Was will er?«

»Dich sprechen.«

Das war vage. So vage, dass ich rein gar nichts damit anfangen konnte. »Hat er einen Grund genannt?«

»Ich habe ihm nur die Tür aufgemacht, kein Verhör durchgeführt.« Noah versuchte nicht einmal, zu verbergen, wie gut er sich auf meine Kosten amüsierte. »Für dich würde ich das aber nachholen. Inklusive Waterboarding oder reichen Daumenschrauben?«

»Du bist nicht hilfreich.« In Windeseile hob ich den Pullover vom Boden auf und zog ihn mir über den Kopf.

»Soll ich ihn zu dir schicken?«

»Ja, aber ich muss ...« Bevor ich den Satz beenden konnte, war Noah bereits wieder verschwunden. *Aber ich muss mir noch eine Hose anziehen.*

Bevor ich meinen Kleiderschrank erreicht hatte, stand Adam

auch schon in der Tür.

Statt seiner Trainingsklamotten trug er eine graue Jeans, einen schwarzen Pulli und die roten Chucks, die ich bei unserem Date so sehr vermisst hatte. Sein Haar war noch leicht feucht; er musste in der Zwischenzeit geduscht haben.

»Noah meinte, du bist noch wach, aber wenn ich störe, dann komme ich ein andermal wieder. Oder ich schreibe dir eine Nachricht. Was ich sowieso besser hätte tun sollen. Es ist schon spät, und das war eine dumme Idee.«

Gebannt beobachtete ich, wie er den Türrahmen mit seiner Statur fast vollständig ausfüllte. Die zusammenhanglosen Sätze passten nicht im Geringsten zu seinem Auftreten. Er war immer noch der athletisch gebaute Footballer, der den Eindruck machte, als könnte ihm nichts auf der Welt etwas anhaben. Doch wie er auf der Schwelle auf den Zehenspitzen vor- und zurückwippte und mich nicht einmal direkt ansehen konnte, wirkte er wie ein kleiner, unsicherer Junge. Gott, ich kannte dieses Gefühl. Ich verstand nicht von vielen Dingen etwas, doch mit Unsicherheit kannte ich mich aus.

Es klickte leise, als ich den Kleiderschrank schloss. Ich wandte mich um und ging auf Adam zu, bis ich direkt vor ihm stand. »Möchtest du reinkommen?«

Er nickte, also trat ich zur Seite, und mit einem Mal befand sich Adam Baker mitten in der Nacht in meinem kleinen Zimmer.

Außer dem Schreibtisch und dem Kleiderschrank fand hier lediglich mein Bett Platz. Zimmer in Wohnheimen waren nicht für Besuch gemacht. Das war mir klar, und auch Adam, dessen Blick vom Schreibtisch zum Bett und wieder zurück glitt.

Entschlossen straffte ich die Schultern. Was auch immer er mir sagen wollte, kostete ihn Überwindung. Also musste ich für ihn stark und selbstsicher sein. Mit wenigen Schritten umrundete ich ihn und ließ mich auf das Bett fallen. Im Schneidersitz lehnte ich meinen Rücken gegen die Wand und klopfte auf die Matratze neben mir. »Du kannst dich gerne setzen, wenn du möchtest.«

»Ich will wirklich nicht stören, wir können auch morgen reden. Wenn du Zeit hast.«

Erst jetzt bemerkte ich, dass er zwei Pappbecher in der Hand hielt. »Was ist das?«

Er kniff kurz die Augen zusammen. »Kaffee. Und Tee.«

»Du hast mir Tee mitgebracht?« Das war im besten Fall unerwartet, im schlechtesten verdammt merkwürdig. »Warum?«

Er holte tief Luft und stieß sie hörbar wieder aus. »Weil ich dachte, wir könnten es vielleicht besser machen. Besser als beim letzten Mal.«

Ich verstand nicht. Oder vielleicht doch? Ihm war aufgefallen, wie schrecklich unser Übungs-Date verlaufen war? Und er wollte es wiedergutmachen? Wenn ich mein Herz nicht schon längst an Adam Banker verloren hätte, wäre es spätestens in diesem Augenblick um mich geschehen gewesen. »Setz dich zu mir. Bitte.« Ich konnte nicht verhindern, dass meine Stimme nur noch ein Flüstern war.

Ohne weiteren Protest kam er meiner Aufforderung nach. Mein Bett war klein, sodass wir nicht viel Platz hatten. Aber das war okay. Alles war in diesem Moment okay, als er mir einen Pappbecher reichte und wir schweigend an unseren Getränken nippten.

Der Tee schmeckte viel zu süß, doch ich hatte noch nie etwas Wundervolleres getrunken. Ich würde bis an mein Lebensende nur noch diesen Tee trinken, wenn das der Preis war, den ich für solche Augenblicke zahlen musste.

Vor dem Fenster wehte rauer Herbstwind, der uns in unserem Kokon aus gegenseitigem Verstehen und Freundschaft nichts anhaben konnte. Adam würde mich vielleicht nie so mögen, wie ich ihn mochte, doch er verstand mich. Und ich verstand ihn. Und das war kostbar in einer Welt, die uns beiden zu viel abverlangt hatte.

Minuten vergingen, in denen ich seinem Atem lauschte und die Wärme genoss, die von seinem Körper ausging. Er musste mich nicht einmal berühren, es genügte, dass er neben mir saß und wir gemeinsam schwiegen.

»Es tut mir leid.« Ich konnte ihn kaum hören, so leise war seine Stimme.

»Ich weiß.« Niemals würde er mich absichtlich verletzen. Diese absolute Gewissheit mochte naiv und dumm sein, aber ich war mir noch nie so sicher gewesen. Auch wenn Adam und ich uns nach gesellschaftlichen Standards nahezu fremd sein müssten, hatte mein Herz ihn erkannt. Es war tragisch und wundervoll zugleich. Ich hatte den Menschen gefunden, zu dem ich gehören wollte – doch er gehörte bereits zu einer anderen.

»Mein Plan war, es besonders gut zu machen.« Er hob die Hand und fuhr sich durch sein Haar, das zu sanften Wellen getrocknet war.

»Das Hemd.«

Er schnaubte und schüttelte dabei den Kopf. »Das Hemd, die Hose, die Schuhe.«

»Ich mag die Schuhe nicht.«

»Das trifft sich gut, ich nämlich auch nicht.« Sein Pappbecher war leer, und er stellte ihn auf dem Teppich vor dem Bett ab. »Können wir das wiederholen?«

»Ein Kaffee-Date?«

»Überhaupt ein Date.«

Ich drehte mich zu ihm, um den Ausdruck in seinem Gesicht besser lesen zu können. »Hast du gedacht, ich will dich nicht mehr treffen?«

Adam brauchte endlose Sekunden, bis er mir antwortete. »Ich bin davon ausgegangen. Du hast dich nicht gemeldet, und als wir uns vorhin über den Weg gelaufen sind ...«

»Ich will die Dinge auf meiner Liste mit niemandem außer dir tun.« In diesem einen Satz steckte so viel mehr Bedeutung, als er ahnte.

»Und ich will nicht, dass du einen anderen fragst.« In seinem Blick lag so viel Verletzlichkeit, wie ich sie noch nie an ihm gesehen hatte. »Ich werde dir helfen, Annie. Das verspreche ich.«

Überwältigt und auch schrecklich überfordert nickte ich. Allein deshalb, weil mir die Worte fehlten.

»Und ich möchte nicht, dass du mich bezahlst.«

»Kommt überhaupt nicht infrage.« Ich würde nicht zulassen, dass er wieder jede Nacht arbeiten musste. »Wir haben einen Deal.«

»Einen Deal, den ich niemals hätte annehmen dürfen.«

Aufgebracht funkelte ich ihn an. »Du kannst nicht einfach die Bedingungen ändern.«

»Annie.« Er streckte seine Finger aus und strich federleicht über meinen Handrücken. Ein angenehmer Schauer fuhr augenblicklich durch meinen Körper. »Wir sind Freunde. Und Freunde helfen einander kostenlos.«

»Warum nicht?« Ich stupste ihm zweimal gegen die Brust, die sich unter meiner Berührung muskulös, aber nicht zu muskulös anfühlte. Sie war genau richtig. Wie alles an ihm. »Warum kannst du mein Geld nicht annehmen?«

»Warum ist es dir so wichtig, dass ich das tue?«

Eine Gegenfrage, auf die ich keine ehrliche Antwort hatte. »Ich will keine Almosen.«

»Almosen?« Sein Blick verdunkelte sich. »Wenn ein Freund einem anderen hilft, sind das keine Almosen.«

»Sollte ich mal umziehen, darfst du mir helfen, die Kisten zu schleppen. Das wäre ein Freundschaftsdienst. Aber«, hilflos auf der Suche nach den richtigen Argumenten, gestikulierte ich wild mit den Händen, »was wir vorhaben, geht darüber hinaus. Du opferst so viel Zeit für mich, in der du arbeiten könntest.«

»Ich *opfere* gar nichts.«

»Doch, das tust du.« *Und es macht dich zu einem wirklich guten Menschen.* »Ich kann das einfach nicht akzeptieren, wenn deine Hilfe bedeutet, dass du in finanzielle Schwierigkeiten gerätst.«

Adam schnaubte leise. »Die Schwierigkeiten habe ich auch jetzt schon, Annie.« Er sprach meinen Namen sanft wie eine Liebkosung aus. »Ich werde vielleicht nicht jeden Tag Zeit haben, denn irgendeinen neuen Job muss ich mir suchen, aber ich kriege es hin.«

Das musste eine Lüge sein. Erst arbeitete er jede Nacht und jetzt sollten ein paar Tage pro Woche ausreichen? »Was ist mit dem Supermarkt?«

»Ist nicht mehr aktuell.«

Diese Antwort war mehr als nichtssagend. »Hast du gekündigt?«

»So könnte man es wohlwollend nennen.«

»Sie haben dich gefeuert?« Ich versuchte, mir nicht anmerken zu lassen, wie erleichtert ich war.

»Wenn man zweimal nicht zum Dienst auftaucht, passiert das zwangsläufig.«

»Lass mich dir helfen.« Ich rückte ein Stück näher an ihn heran, bis uns nur noch wenige Zentimeter trennten. »Wir helfen uns gegenseitig. Als Freunde.«

Die Distanz zwischen uns zu verringern, war eine dumme Idee gewesen. Eine sehr, sehr dumme Idee. Jetzt war ich ihm so nah, dass ich drohte, im warmen Braun seiner Augen zu ertrinken. Adams Atem streifte meine Haut wie eine zarte Berührung aus Kaffee und Hoffnung. Wenn das Liebe war, wollte ich mehr davon. So viel mehr.

»Annie.« Er räusperte sich mehrmals, starrte mich jedoch weiterhin genauso unvermindert an wie ich ihn. »Du weißt, ich würde dir auch ohne das Geld helfen.«

»Genau deswegen bist du der einzige Mensch, mit dem ich das durchziehen kann.«

Ich beobachtete mit flehendem Blick, wie er mit sich rang. Als er nach einer gefühlten Ewigkeit endlich mit zusammengebissen Zähnen nickte, fiel die Anspannung von mir ab und wich einer unendlichen Erleichterung.

9. Kapitel

»Wo ist Noah?« Als ich todmüde in das Wohnzimmer geschlichen kam, saß Grace allein auf der Couch. Sie trug noch ihre Schlafklamotten, genau wie ich selbst. Ich hatte mir lediglich einen Hoodie übergezogen.

»*Wo ist Noah*?« Grace richtete sich schlagartig auf und starrte mich an, als wäre ich verrückt geworden. »Der ist joggen, aber das, junge Dame, ist nicht unser Gesprächsthema.«

»Nicht?« Ich schlurfte an ihr vorbei in unsere kleine Küche und wollte gerade Schokoflakes in eine Schüssel geben, als sie hinter mir auftauchte.

»Du legst es darauf an, dass ich vor Neugier tot umfalle, oder?«

Natürlich wusste ich, weswegen Grace so aufgebracht war. Mir ginge es an ihrer Stelle genauso. »Adam?«

»Natürlich Adam.«

In aller Seelenruhe goss ich Milch über meine Flakes und versuchte, genug Zeit zu gewinnen, um mir zu überlegen, wie ich Grace die ganze Geschichte erklären konnte. So plausibel, dass sie mich nicht für unzurechnungsfähig hielt. »Er hilft mir.« Vorsichtig drückte ich mich mit meinem Frühstück an ihr vorbei und setzte mich im Wohnzimmer auf die Couch.

Grace folgte mir, hockte sich auf den Boden und schlang die Arme um ihre Knie. »Willst du das näher erklären? Ich nehme nicht an, dass er dir bei den Hausarbeiten hilft.«

»Das ist im Grunde genommen gar nicht so falsch.« Ein großer Löffel voller Kohlenhydrate und Zucker wanderte in meinen Mund. Morgens gab es nichts Besseres.

»Annie.« Sie zog die zweite Silbe meines Namens so sehr in die Länge, bis sie wie ein quengeliges Kind klang. »Läuft da was zwischen euch?«

»Wir sind Freunde.« Dessen war ich mir sicher. Adam war ein Freund. Wenn er nicht mehr sein konnte, hatte ich immerhin etwas.

Grace war mit meiner Antwort sichtlich unzufrieden. »Freunde besuchen sich nicht nachts.«

»Warum nicht?« Ich schob mir einen weiteren Löffel voll Flakes in den Mund, um mein Grinsen zu verstecken. Ganz sicher würde ich diesem Verhör nicht entkommen, aber bis dahin konnte ich wenigstens ein bisschen Spaß haben.

»Nachts besucht man Menschen, von denen man mehr will. Platonische Freunde trifft man tagsüber.«

»Ist das so?«

»Natürlich.«

»Das heißt, du würdest Ben nicht nachts besuchen?« Noahs Bruder war seit Ewigkeiten Grace' bester Freund, noch bevor sie und Noah ein Paar geworden waren.

»Das ist etwas anderes. Ben kenne ich seit meiner Kindheit. Wie lange kennst du Adam Baker?«

»Die Qualität einer Beziehung hängt nicht von ihrer Dauer ab.« Man konnte mit manchen Menschen sein halbes Leben verbringen und doch nichts mit ihnen gemein haben – dann begegnete man jemandem und fühlte sich sofort bei ihm zuhause.

Grace raufte sich unzufrieden die blonden Haare, die aussahen, als hätte sie diese noch nicht gekämmt. »Du magst ihn. Das weiß ich. Aber bis gestern bin ich davon ausgegangen, dass er gemein zu dir ist oder keine Ahnung hat, wer du bist.«

»Er ist nett. Wirklich.« Vielleicht würde ich ihre offensichtliche Sorge damit etwas dämpfen.

»Okay, er ist *nett*.« Aus Grace' Mund klang dieses Wort fast wie eine Beleidigung. »Wie nett genau?«

Ich hatte mein Frühstück beendet und stellte die leere Schüssel auf dem Couchtisch ab. »Dass er eine Freundin hat, ist mir bewusst. Und er verhält sich vorbildlich. Du musst dir keine Sorgen machen, ich habe das im Griff.«

Mit einem dumpfen Geräusch ließ sich Grace auf den Rücken fallen und streckte alle Gliedmaßen von sich. »Genau das hat Emily behauptet, als es um Josh ging. Dann hat sie sich monatelang idiotisch aufgeführt, bis sie endlich zugeben konnte, dass sie ihn liebt.«

»Ich bin nicht wie Emily.« Em war impulsiv, temperamentvoll, lebenshungrig, sarkastisch und mutig. Alles Dinge, die mir fremd waren; auch wenn ich mir manchmal wünschte, so zu sein wie sie.

»Genau das ist der Punkt. Du bist nicht unvernünftig.«

»Er ist ein Freund, Grace. Sonst nichts.« Ihr zu erzählen, dass ich in kürzester Zeit mein Herz komplett an Adam verloren hatte, schien mir keine gute Idee zu sein. Grace war schon aufgebracht genug.

»Und wann ist das passiert?« Sie setzte sich wieder auf und betrachtete mich interessiert. »Wann seid ihr zu *Shaggy* und *Scooby* geworden?«

»Shaggy und wer?«

»Das ist eine Zeichentrickserie. *Scooby Doo*. Aber das war nicht der Punkt.«

»Was war nicht der Punkt?« Noah betrat das Wohnzimmer, ohne dass ich ihn hatte kommen hören.

»Grace wollte mir gerade erklären, was *Scooby Doo* ist.« Schnell nutzte ich die Gelegenheit, mir meine Müslischale zu schnappen und in die Küche zu flüchten. Noah war immer noch die beste Ablenkung für Grace.

»Das stimmt nicht. Annie wollte mir erzählen, was Adam Baker nachts in unserer Wohnung macht, bevor du reingeplatzt bist.« Sie sprach so laut, dass ich jedes Wort im Nebenzimmer verstand.

»Wollte ich nicht.«

»Wolltest du wohl.«

»Nicht.«

»Wohl.«

Grinsend stand ich im Türrahmen und streckte ihr die Zunge raus. »Wollte ich nicht.«

Noah hob hilflos die Hände. »Soll ich euch lieber wieder allein lassen?«

»Natürlich nicht.« Er war meine einzige Chance, das Verhör

zu beenden. »Ich wollte mich sowieso gerade in mein Zimmer verziehen.«

»Adam ist kein schlechter Kerl, Grace. Vielleicht ein bisschen mürrisch, aber er gehört zu den guten Jungs.« Das waren die letzten Worte, die ich verstand, bevor ich die Tür hinter mir schloss und mich auf mein Bett fallen ließ. Noah hatte recht. Adam war einer von den guten Jungs, auch wenn ich mir sicher war, er selbst sah das vollkommen anders.

»Ich gehe schon.« Bevor sich Grace überhaupt gerührt hatte, war ich in den Flur geeilt. Seit Adams nächtlichem Besuch waren vier Tage vergangen, in denen wir uns nicht gesehen hatten. Nicht dass ich es erwartet hätte, aber ein sehr unvernünftiger Teil von mir hatte es gehofft. Vereinzelte Textnachrichten, ein bisschen Small Talk, eine Verabredung für den heutigen Abend. Unser zweites Date. Ein Übungs-Date, das durfte ich nicht vergessen. Und doch war ich schrecklich nervös. Schwungvoll und mit klopfendem Herzen öffnete ich meinem Gast – und stutzte. »Was machst du denn hier?«

Ben betrachtete mich sichtlich irritiert. »Ich freue mich auch, dich zu sehen, Annie.«

»Nein, so war das nicht gemeint. Ich ...« In meiner Adam-Euphorie war mir nicht in den Sinn gekommen, dass jemand anderes vor der Tür stehen konnte. Immerhin wohnte ich hier nicht alleine. »Willst du zu Grace?«

»Natürlich.«

Die Frage war dumm. Wen hätte er sonst besuchen sollen? »Komm rein.«

»Danke.« Er schob sich an mir vorbei, zog sich vorbildlich die Schuhe im Flur aus und machte sich auf den Weg in das Wohnzimmer, wo er von Grace mit einer festen Umarmung empfangen wurde.

»Wurde auch Zeit, dass du dich mal wieder blicken lässt.« Sie boxte ihm spielerisch gegen den Oberarm, was er vermutlich nicht einmal registrierte. Seit Ben regelmäßig trainierte, war aus dem nerdigen Bücherwurm ein ... trainierter, nerdiger Bücherwurm geworden. Ben sah gut aus, aber das hatte er auch schon vor seinen sportlichen Aktivitäten getan.

Ich blieb in der Tür stehen und beobachtete die beiden. Man konnte in ihren Gesichtern erkennen, wie gern sie sich hatten, und aus jeder Geste ablesen, wie wichtig sie einander waren.

»Meine Kurse bringen mich um.« Ben ließ sich rücklings auf die Couch fallen und zog Grace dabei mit sich. »Ich bin froh, wenn ich es schaffe, regelmäßig zu essen.«

»Du musst Pausen machen.« Grace warf mir einen hilfesuchenden Blick zu. »Sag ihm, dass ich recht habe und das Gehirn irgendwann keine neuen Informationen mehr aufnehmen kann, Annie.«

»Grace hat recht und das Gehirn kann irgendwann keine neuen Informationen mehr aufnehmen.«

Ben lachte auf und klang dabei wie Noah. Dass die beiden Brüder waren, konnten sie definitiv nicht verheimlichen. Obwohl Ben blond war und nicht dunkelhaarig wie Noah, fand man viele Ähnlichkeiten, wenn man sie nur genau genug beobachtete. »Du kannst dir den Tonfall sparen, Grace. Du klingst wie meine Mom.«

Ohne Vorwarnung stürzte sie sich auf ihn und kitzelte ihn, bis er sie anflehte, aufzuhören.

»Was seht ihr euch an?« Meine Frage war nicht ganz uneigennützig. Grace hatte mir versichert, sie würde heute ausgehen. Sie wollten ins Kino und danach noch etwas essen. Das bedeutete für mich, dass ich die Wohnung mindestens drei Stunden für mich hatte – wenn sie es sich nicht anders überlegt hatten. Unruhig verlagerte ich mein Gewicht von einem Bein auf das andere. Zur Not würde ich Grace die Wahrheit sagen. Das musste ich sowieso früher oder später tun. Doch ich wollte dieses Gespräch so lange aufschieben, wie ich nur konnte.

»Grace zwingt mich in diesen komischen Film.« Ben klang gespielt genervt. »Nur weil Noah keine Lust darauf hat, muss ich dran glauben.«

»Das stimmt doch überhaupt nicht.« Ihr Protest ließ nicht auf sich warten. »Du solltest mir dankbar sein, dass ich dich an diesem cineastischen Meisterwerk teilhaben lasse.«

»Oh Gott.« Er ließ sich tiefer in die Polster sinken. »Dieser Schinken ist älter als wir beide zusammen.«

»Stimmt nicht.« Grace stand auf und griff nach Bens Hand, um ihn ebenfalls auf die Füße zu ziehen. »Er ist von 1993.«

Langsam wurde ich neugierig. »Welcher Film ist es?«

»Einer über Schach.« Bei seinem gequälten Gesichtsausdruck hatte ich fast Mitleid mit Ben.

»Du magst Schach.«

»Wenn ich es spiele, aber nicht, wenn du mich zu einem zweistündigen Epos darüber zwingst.«

»*Searching for Bobby Fisher* ist ein Klassiker. Vielleicht lernst du noch etwas dabei.«

»Wow. Langsam verstehe ich, warum sich Noah den Spaß nicht geben wollte. Deine Argumente sind bestechend.«

»Dein Bruder hat nichts damit zu tun, dass ich Zeit mit meinem besten Freund verbringen will.«

»Als würde ich dir das glauben.«

»Du solltest mir aber glauben, weil ich dich vermisst habe.«

»Ich dich doch auch.«

Die beiden zu beobachten, wie sie sich gegenseitig anstachelten, um sich im nächsten Augenblick ihre Zuneigung zu versichern, war faszinierend. Die Freundschaft von Ben und Grace funktionierte mühelos. Manchmal trafen sie sich lange nicht, weil Ben so viel zu tun hatte, doch wenn sie sich wiedersahen, war es, als wären nicht Wochen, sondern nur Minuten vergangen.

Als sie ihre Schuhe und Jacken angezogen hatten, klopfte es an der Tür. Zwischenzeitlich hatte ich gehofft, die beiden vor Adams Ankunft verabschieden zu können, doch so viel Glück war mir nicht vergönnt. Mit dem Klopfen löste sich mein Plan in Luft auf.

Grace kam mir zuvor und hatte die Tür geöffnet, bevor ich sie aufhalten konnte. Ich linste an ihr vorbei und konnte ein breites Lächeln nicht unterdrücken. Wie immer war er vollständig in Schwarz gekleidet. Einzig seine Chucks bildeten eine bunte Ausnahme. Heute waren sie strahlend gelb und erinnerten mich an einen Kanarienvogel.

»Hallo.« Meine Stimme klang atemlos und gar nicht nach mir selbst.

Das schien auch Grace zu bemerken, die mir einen wissenden Blick zuwarf.

Ich zuckte lediglich mit den Schultern. Was hätte ich auch sonst tun sollen? Für große Erklärungen war jetzt nicht der richtige Zeitpunkt.

Sie formte mit ihren Lippen ein stummes *Später*, verabschiedete sich von Adam und schob Ben vor sich her aus der Wohnung.

Und damit waren wir allein.

Nervös schob ich meine Hände in die tiefen Taschen meines Hoodies. Aus gutem Grund hatte ich dieses Kleidungsstück gewählt. Während andere Mädchen bei einem Date etwas anzogen, in dem sie besonders hübsch aussahen, suchte ich meinen Pullover danach aus, ob ich meine Hände darin vergraben konnte, wenn ich vor lauter Aufregung nicht wusste, wohin mit ihnen.

»Hi.« Adam schloss die Tür hinter sich und kam auf mich zu, bis wir uns im Wohnzimmer gegenüberstanden. »Ich bin etwas zu früh, aber ich wollte nicht noch eine Runde um den Block laufen.« Sein Lächeln war zaghaft, fast schüchtern.

»Du bist spazieren gegangen? Warum?«

»Weil ich dachte, du wärst vielleicht noch nicht fertig.« Er schlüpfte aus seiner Winterjacke und sah mich fragend an.

Ich nahm sie ihm ab und hängte sie im Flur an unsere Garderobe. Als ich zurück ins Wohnzimmer kam, hatte sich Adam noch keinen Zentimeter von der Stelle bewegt. »Möchtest du etwas trinken? Wir hätten Wasser, Saft, Cola, Kaffee, Tee oder Milch.«

»Wasser.«

Mit dieser Antwort hatte ich gerechnet. Ich wusste nicht genau warum, aber Adam wirkte nicht wie jemand, der Saft oder

Milch trank. »Willst du direkt mitkommen?«

Er folgte mir in die Küche, die ich heute Morgen zwei Stunden lang auf Hochglanz poliert hatte. Vor zwei Tagen hatte die Idee, gemeinsam zu kochen, noch toll geklungen. Bei näherer Betrachtung bedeutete sie einen Putzmarathon mit anschließendem gefühlt stundenlangen Duschen, um den Geruch von Reinigungsmitteln loszuwerden. Ich war also bis zu Adams Eintreffen damit beschäftigt gewesen, erst die Wohnung, danach mich selbst auf Vordermann zu bringen. Dabei war ich darauf bedacht gewesen, mir nicht zu viel Mühe zu geben. Keine wilden Make-up-Experimente, keine gemachten Haare oder ungewöhnlichen Klamotten.

Immerhin war das hier kein richtiges Date, und Adam sollte nicht das Gefühl haben, mir wären die Grenzen nicht klar. Wir waren Freunde, die zusammen ein Abendessen zubereiteten – und dabei so taten, als wäre dies ein echtes Date. Es war alles nur eine Scharade. Um meine Nervosität zu überspielen, öffnete ich den Kühlschrank, der außer mit den Zutaten für unser Abendessen spärlich bestückt war. Meistens aßen Grace und ich sowieso in der Mensa, und unser Frühstück bestand selten aus etwas anderem als Müsli oder Frühstücksflocken. Grace backte leidenschaftlich gern, große Heldinnen am Herd waren wir jedoch beide nicht.

»Kannst du kochen?« Adam schaute an mir vorbei in den Kühlschrank.

»Wenn du darunter Frühstücksflocken mit Milch übergießen verstehst, verdiene ich mindestens fünf Sterne.«

Er lachte so leise und nah an meiner Schulter, dass ich erschrocken die Luft anhielt. Ich müsste mich nur wenige Zentimeter nach hinten beugen und würde quasi in seine Arme fallen. »Dann darfst du mir heute assistieren und dabei etwas lernen.«

Ich mochte es, wenn er mir diese Seite von sich zeigte. Wenn er mich neckte und nicht der grummelige Adam war, den die meisten Menschen kannten. Er hatte so viel mehr Humor, als man zuerst annahm. *Doctor Jekyll und Mister Hyde.*

»Okay, was soll deine Assistentin tun?«

»Mir das Gemüse geben.«

Ich warf einen skeptischen Blick auf den Haufen Grünzeug vor mir im Kühlschrank. All das hatte ich auf seine Anweisung hin morgens gekauft. »Welches davon?«

»Alles.«

»Alles?« Entsetzt wirbelte ich zu ihm herum. »Kochen wir für die ganze Uni?«

Adam war einen Schritt zurückgetreten und damit beschäftigt, sich die Ärmel seines Pullovers bis zu den Ellenbogen hochzukrempeln. Stumm beobachtete ich jede seiner Bewegungen. Er tat nichts Ungewöhnliches, und doch war sein Anblick anziehender als es der eines jeden halbnackten Instagram-Möchtegern-Models jemals sein könnte. Im Gegensatz zu diesen Hochglanztypen war Adam echt, und das machte ihn sexy. *Sexy*, ein Wort, das vor meiner Bekanntschaft mit ihm in meinem Sprachschatz nicht existiert hatte.

»Hast du schon mal Ratatouille gegessen?« Seine Stimme holte mich aus meinem Unterarm-Tagtraum zurück in die Wirklichkeit.

»Einmal. In der Mensa.« Meine Erinnerung war allerdings nicht die beste. Die gräuliche Gemüsepampe hatte furchtbar geschmeckt.

»Auberginen, Zucchini, Tomaten, Zwiebeln und Paprika bitte.« Er gab etwas Öl in den großen Topf, den ich schon heute Mittag bereitgestellt hatte.

Als folgsame Assistentin reichte ich ihm den riesigen Berg an Gemüse, danach ein Küchenmesser.

»Willst du helfen oder zusehen?« Er wusch die Paprika ab und schnitt sie so schnell in exakt gleichgroße Stücke, dass ich mich im Vergleich nur dumm anstellen konnte.

»Zusehen. Ich soll ja etwas lernen.« Wenn Noah und Grace gemeinsam kochten, saß einer der beiden meistens auf der Arbeitsplatte. Da es in unserer Küche ansonsten keinerlei Sitzmöglichkeiten gab, nahm ich mir daran ein Beispiel. Ich ließ die Füße unruhig in der Luft baumeln, während Adam erst die übrigen Paprika, dann das restliche Gemüse in absolut perfekte

Würfel schnitt. »Machst du das schon lange?«

»Kochen?« Er gab die Paprika und Zucchini in den Topf mit dem heißen Öl und schaltete die Hitze etwas runter. »Schon eine Weile. Es beruhigt mich, auch wenn das vielleicht seltsam klingt.«

»Überhaupt nicht. Donna Comer sagt, es fördert Kreativität und baut dadurch Stress ab.«

»Comer? Die Professorin aus Harvard?« Selenruhig rührte er mit einem Holzlöffel in unserem Essen und gab anschließend die Tomaten- und Auberginenstücke hinzu.

»Hm. Sie hat das in einem Gastartikel für das *Journal of Personality and Social Psychology* geschrieben.«

»Du gehörst einer seltenen Minderheit an.« Adam legte den Kochlöffel zur Seite und drehte sich grinsend zu mir um. »Wusstest du, dass im Durchschnitt nur sieben Menschen einen Artikel in diesem Journal lesen?«

Das konnte nicht sein. Die Beiträge waren allesamt großartig, und man lernte so viel aus ihnen. Entrüstet funkelte ich ihn an. »Das hast du dir gerade ausgedacht.«

»Nope. Habe ich nicht.« Er stützte sich auf der Arbeitsplatte ab, was seine Unterarme noch mehr in Szene setze. Vielleicht hatte ich einen weiteren Fetisch, von dem ich bis dato nichts geahnt hatte. Einen Arm-Fetisch. Oder einen Adam-Baker-Arm-Fetisch. »Es gibt eine Studie darüber. Aus Harvard übrigens.«

»Sie haben untersucht, wie viele Menschen dieses Magazin lesen?«

»Jap. Und es sind im Durchschnitt genau sieben. Inklusive der Mütter der Autoren.«

»Aber die Auflage beträgt ...« Ich hatte keine Ahnung, wie hoch die Auflage genau war, aber sicherlich lag sie höher als bei sieben.

»Sie drucken davon rund zwanzigtausend Exemplare.«

»Woher weißt du so was?«

Lachend begann er wieder, in unserem Abendessen zu rühren, das mittlerweile für Gemüse gar nicht mal so übel roch.

»Ich lese auch.«

»Und anscheinend mehr als die Abonnenten dieses Journals«, murmelte ich, doch Adam hatte mich verstanden.

»Es tut mir leid, wenn ich damit dein Weltbild zerstört habe.« Wie wenig es ihm leidtat, war mehr als deutlich an seinem breiten Lächeln zu erkennen.

»Wieso abonniert man ein Magazin, wenn man es nicht liest? Das ergibt doch keinen Sinn.«

Er hackte in aller Seelenruhe die Kräuter und Zwiebeln und zuckte dabei mit den Schultern. »Prestige, nehme ich an.«

Er hatte recht. Natürlich hatte er das. »Das ist armselig.«

»Klar, aber indem irgendwer das Ding kauft, nur um so zu tun, als würde er Fachliteratur lesen, ermöglicht er auch dir dein Abo. Würden wirklich nur die sieben Leser dafür zahlen ...«

»Dann wäre es längst eingestellt worden.« Seufzend pustete ich mir eine störrische Locke aus der Stirn. »Ganz schön frustrierend. Die Artikel sind fantastisch.«

»Das sagen die Mütter der Autoren auch.«

»Hey.« Ich stupste ihm lachend gegen die Schulter. »Nicht frech werden.«

»Ich? Niemals.« Theatralisch und fast schon feierlich legte er sich eine Hand auf den Brustkorb. Man hätte ihm die Reue abnehmen können, wenn da nicht dieses Funkeln in seinen Augen gewesen wäre. »Es kommt nie wieder vor.«

Ich glaubte ihm kein Wort – und darüber war ich verdammt froh. Mit ihm zu lachen war einfach und fühlte sich so natürlich wie Atmen an. Den ganzen Tag war ich schrecklich nervös gewesen, doch das war längst verflogen. Insgeheim genoss ich es beinahe zu sehr, wenn er mich aufzog.

»Magst du Knoblauch?« Adam sah mich fragend an. »Bei einem Date essen entweder beide Knoblauch oder niemand. Wenn es eine Sache gibt, die du in Bezug auf Dates von mir lernen kannst, dann ist es diese.«

»Knoblauch ist okay.«

»Gut.« Er wandte sich wieder ab und schnitt die Knoblauchzehen in winzige Stücke.

Küsse. Er sprach von Küssen, die für normale Dates vermutlich dazugehörten. Ich biss mir auf die Unterlippe, die bei dem Gedanken daran, Adam zu küssen, leicht prickelte. Natürlich würde bei diesem Date niemand geküsst werden, doch die Vorstellung war wundervoll und aufregend zugleich. Ich wollte wissen, wie es sich anfühlte. Nur einmal. Und das nicht mit irgendwem, sondern mit dem Mann, der in diesem Moment so leise vor sich hinsummte, dass man ganz genau hinhören musste, um die Melodie zu erkennen. *I just died in your arms tonight.*

»Oh mein Gott.« So satt wie noch nie zuvor in meinem Leben ließ ich mich in die Polster der Couch sinken. »Das war fantastisch.«

»Was hast du erwartet? Dass ich dich vergifte?« Da ich viel schneller als er gegessen hatte, war sein Teller noch lange nicht leer. Er schob sich einen Löffel mit dem besten Ratatouille der Welt in den Mund und schien nicht zu bemerken, wie ich jede seiner Bewegungen beobachtete. Ich wusste nicht genau, was ich erwartete hatte, doch sicherlich nicht, dass Adam wie ein englischer Aristokrat aus dem achtzehnten Jahrhundert aß – elegant und überhaupt nicht passend zum Anlass. Wir hockten auf der Couch, weil es in dieser winzigen Wohnung außer dem viel zu kleinen Küchentisch keine andere Sitzgelegenheit gab, und nicht bei einem Gala-Dinner mit der Queen.

»Was?« Er legte den Löffel auf seinen Teller und schaute mich verwundert an. »Habe ich etwas im Gesicht?«

»Nein.« Natürlich hatte er das nicht.

»Was ist es dann?« Er rückte ein Stückchen nach hinten und drehte sich dabei, bis wir einander zugewandt waren.

»Ich bin noch nie jemanden mit so guten Tischmanieren begegnet.«

»Ach, das.« Er fuhr sich mit der Hand über die Stirn, ohne mich direkt anzusehen. »Das ist ein Überbleibsel meiner Großmutter. Als Kind war es vollkommen okay, schmutzig und mit aufgeschlagenen Knien zum Essen zu erscheinen. Wichtig waren ihr nur die Tischmanieren. So ist es heute noch.«

»Besuchst du sie oft?« Eine liebende Großmutter zu haben, stellte ich mir großartig vor. Eine Familie, zu der man flüchten konnte, wenn einem der Himmel auf den Kopf zu fallen schien. Das hatte ich nie gehabt, also konnte ich es auch nicht vermissen. Dennoch empfand ich Wehmut, als ich Adam zuhörte.

»So oft ich kann. Seltener, als ich noch gespielt habe.« Ganz kurz erlosch das Strahlen in seinen Augen. »Aber jetzt habe ich mehr Zeit. Nicht zuletzt dank dir und unserem Arrangement.«

Ich wollte über alles mit ihm sprechen, aber sicherlich nicht über Geld. Mir bedeutete es nichts, und ich hatte viel zu viel davon. Also konnte ich es auch mit ihm teilen, wenn sein Leben dadurch etwas einfacher wurde. »Wo wohnt sie?«

»Toledo. Da kommt meine Familie her.«

»Ist Toledo schön?« Ich war noch nie dort gewesen, wusste lediglich, dass es am Lake Erie lag.

»Im Sommer war es praktisch, direkt am Wasser zu leben. Als Kinder haben Hannah und ich mehr Zeit im See als außerhalb verbracht.«

»Ich kann nicht schwimmen.« Das hatte ich bis jetzt noch nie jemandem erzählt. Doch etwas in Adam brachte mich dazu, ihm all meine Geheimnisse zu gestehen. Er würde mich nicht auslachen, da war ich mir absolut sicher.

»Steht schwimmen auch auf deiner Liste?«

Ich nickte. »Fast. Einen Abend am Meer verbringen, steht darauf.«

»Dann sollten wir das machen. Und vielleicht traust du dich zusammen mit mir auch ins Wasser.« Adam zwinkerte. Ich schmolz dahin. Das war die natürliche Reaktion auf alles, was er tat. Ich war wie der pawlowsche Hund perfekt konditioniert. »Du wirst nicht ertrinken, das verspreche ich.«

»Das ist beruhigend. *Sehr* beruhigend.«

Er lachte leise und so melodisch, dass ich mich kurz fragte, wie ich die kommenden Dates mit ihm überstehen sollte. Das hier war erst Verabredung Nummer zwei. Wenn wir bei einer zweistelligen Anzahl angekommen wären, hätte ich mich so sehr in ihn verliebt, dass es kein Zurück mehr gäbe. Vielleicht war es auch längst zu spät.

»Ich habe Nachtisch besorgt.« Wenn es etwas gab, das mich von meinen Gefühlen für Adam ablenken konnte, dann war es Zucker. Ich schnappte mir die Teller, eilte in die Küche und fischte die beste Erfindung der Welt aus dem Gefrierschrank. Mit zwei Löffeln bewaffnet kehrte ich ins Wohnzimmer zurück.

Adam entpuppte sich jedoch als echter Spielverderber. »Eis ist nicht so mein Ding.«

»Was?« Entsetzt suchte ich in seinem Gesicht nach einem Anzeichen dafür, dass er mich aufzog. »Ich muss mich verhört haben. Du hast bestimmt nicht gesagt, du würdest kein Eis mögen, oder?«

»Von mögen war nicht die Rede. Ich esse es nur nicht.«

»Warum nicht?«

»Die NFL.« Zwei Worte, die sein ganzes Dilemma beschrieben. »Ich habe mich immer strickt an den Ernährungsplan gehalten. Jetzt ist es zwar nicht mehr notwendig, aber eine Angewohnheit, die sich nur schwer abschütteln lässt.«

In diesem Moment klang er so mutlos, dass ich alles getan hätte, um seinen Traum doch noch wahrzumachen. Aber das konnte ich nicht, wie sehr ich es mir auch wünschte. »Wie lange hast du kein Eis mehr gegessen?«

Er überlegte kurz. »Acht Jahre, vielleicht neun.«

Bei seiner Antwort wäre mir fast der Becher aus der Hand gefallen. »Das können wir unmöglich dabei belassen.«

»Ich habe es nicht vermisst. Und besonders gesund ist es auch nicht.«

»Eis soll auch nicht gesund sein. Eis soll sich um deine Seele legen und sie trösten. Oder einfach nur fantastisch schmecken, das kannst du dir aussuchen.« Ich nahm den zweiten Löffel und tauchte ihn tief in den Becher – bis ich von jeder köstlichen Schicht etwas erwischt hatte. »Hier.« Auffordernd schaute ich ihn an. »Das ist dein *Fuck-you-NFL-Eis*.«

»Mein *was*?« Obwohl er noch nicht überzeugt schien, nahm er mir den Löffel ab und beäugte ihn kritisch.

»Dein *Fuck-you-NFL-Eis.*« Emily wäre so stolz auf mich. Unter normalen Umständen fluchte ich so gut wie nie. Und Worte wie *fuck* nahm ich sowieso nicht in den Mund, doch das hier war eine besondere Situation, die besondere Maßnahmen erforderte. »Vielleicht kannst du nicht mehr Football spielen, aber Eis essen kannst du. Wenn du willst, sogar Tonnen davon.«

Insgeheim hatte ich mit mehr Widerstand gerechnet, doch Adam schob sich den gefrorenen Glücklichmacher wortlos in den Mund und schloss die Augen. Nach einer kleinen Ewigkeit, in der ich ihn fasziniert beobachtete, sah er mich wieder an. Es lag etwas in seinem Blick, das vorhin noch nicht da gewesen war. »Danke.« Seine Stimme klang heiser, und er räusperte sich. »Das war das Netteste, was jemals jemand zu dem ganzen NFL-Desaster gesagt hat.«

»Gern geschehen.« Ich hielt ihm den Becher hin, und er nahm sich einen weiteren Löffel. »Du kannst dich geehrt fühlen. *Peanut Butter Cup* teile ich sonst mit niemandem. Nicht einmal mit Grace.«

»Steht deswegen dein Name auf der Packung?« Er tippte gegen das Eis in meiner Hand. In dicker schwarzer Schrift stand dort *Annie!* geschrieben.

»Darauf kannst du wetten.«

»Das war lieb von dir.« Er legte den Löffel auf den Couchtisch und rückte ein Stück näher an mich heran. Unsere Knie stießen aneinander, und ich hielt bei dieser unerwarteten Berührung die Luft an. Vergessen waren die Gedanken an Übungs-Dates oder Gefühle, die nicht erwidert wurden. In diesem Moment gab es nur Adam, der mich ansah, wie er mich noch nie zuvor angesehen hatte.

Als er sich nach vorn beugte und noch näher kam, schien mein Herz mit einem Mal doppelt so heftig zu schlagen. Mein Blick glitt von seinen Augen zu seinen Lippen, die nur noch wenige Zentimeter von meinen entfernt waren. Wie sehr ich mir wünschte, er würde mich küssen. Nur einmal. Damit ich wusste, wie es war. Ob es wirklich alles veränderte oder nur Hautflächen waren, die in beliebigem Druck aufeinandergepresst wurden.

Und dann küsste Adam mich ... auf die Wange. Der Kuss war liebevoll, viel zu schnell vorbei und überhaupt nicht das, was ich gewollt hatte.

»Ich bin froh, dass du mir in die Arme gestolpert bist, Annie Martin.«

Ich brauchte einen kurzen Moment, um mich von unserem Nicht-Kuss zu erholen und in die Wirklichkeit zurückzufinden. Natürlich war es albern und moralisch falsch, zu hoffen, dass er mich wirklich küssen wollte. Er hatte eine Freundin, die er liebte. Das war jedoch ein Umstand, den ich viel zu leicht vergaß. Also musste ich mich daran erinnern. Immer wieder. Auch wenn es schmerzte und ich mich beim Gedanken an Chloe am liebsten tagelang unter meiner Bettdecke verkriechen würde. Aber ich war nie jemand gewesen, der die Wahrheit beschönigte. Wenn etwas furchtbar war, musste man es aushalten und durfte sich nicht in Tagträumen verlieren, die sowieso niemals wahr werden konnten. Also erinnerte ich mich an Chloe. Mich und Adam. »Du weißt doch gar nicht mehr, wie ich dir in die Arme gestolpert bin.« Mein leises Lachen wirkte schrecklich unecht. »Du hattest nur Augen für Chloe. Sie hat an dem Abend auch wirklich hübsch ausgesehen.« Hübsch. Welch eine Untertreibung, doch zu weiteren Lobeshymnen auf seine Freundin war ich nicht fähig. Nicht, wenn sie Adam mies behandelte und ihn gar nicht verdient hatte.

»Chloe ist immer hübsch.« Seine Antwort war so emotionslos wie zutreffend.

»Bestimmt.« Ich zwang mich zu einem zaghaften Nicken, bevor ich mir das Eis und unsere Löffel schnappte und aufsprang. »Das sollte dringend wieder ins Kühlfach. Es sei denn, du willst noch etwas.« Fragend schaute ich ihn an.

»Das war genug *Fuck-You-NFL-Eis* für einen Abend. Ich würde mir gerne die Hände waschen, sie sind etwas klebrig.«

»Oh, klar. Die erste Tür rechts im Flur.« Mit diesen Worten eilte ich in die Küche und widerstand dem Drang, Adam weiterhin wie eine Irre anzustarren. Es würde mich nicht wundern, wenn er mittlerweile davon ausging, ich bräuchte eine Brille.

Weitsichtig? Kurzsichtig? Wie auch immer das hieß, wenn man nahe Objekte nicht gut erkennen konnte und sich stark darauf konzentrieren musste.

Ich hatte das Eis gerade verstaut, als er hinter mir im Türrahmen erschien. »Keine Ahnung, ob dir das bewusst ist, aber da lebt ein Tier in eurem Bad.«

Man musste ihm hoch anrechnen, dass er nicht sonderlich erschrocken aussah, nur weil ich aufgrund akuten emotionalen Aufruhrs vergessen hatte, ihm von unserem Untermieter zu erzählen. »Das ist Monty.«

»In eurem Bad lebt ein Igel namens Monty?« Aus Adams Mund klang es, als wäre das völlig verrückt.

»Ich habe ihn halb verhungert aufgelesen, und jetzt päppeln wir ihn auf, bis er stark genug ist, draußen allein klarzukommen.«

»Und wieso ausgerechnet Monty?«

»Hm.« Diese Erklärung war nicht ganz so einfach. »Nach dem Monty-Hall-Dilemma, weil wir uns nicht entscheiden konnten, ob es richtig wäre, ihn aufzunehmen oder nicht. Er ist immerhin ein Wildtier.«

Adam schüttelte ungläubig den Kopf. »Das Monty-Hall-Dilemma stammt aus der Wahrscheinlichkeitstheorie, oder?«

»Genau.« Dass er solche Dinge einfach aus dem Ärmel schüttelte, machte ihn nur noch anziehender. Was aller Wahrscheinlichkeit nach meine Chancen, ihn mir aus dem Kopf zu schlagen, erheblich verschlechterte.

»Aber geht diese Theorie nicht davon aus, dass man drei Wahlmöglichkeiten hat?«

Eine simple Frage, die alles ausdrückte, was man über Adam wissen musste. Er war so viel mehr als ein dummer Ex-Footballer. So viel mehr, als ich anfangs angenommen hatte. Auch ich hatte zuerst nur die Hülle gesehen. Seine Größe, den trainierten Körper, die unkonventionelle, schlichte Schönheit seiner Gesichtszüge. Doch unter der Oberfläche schlummerte all das, was mir zum Verhängnis geworden war. Er war sarkastisch, witzig, schlagfertig und unglaublich klug. Viel klüger als er den Menschen zeigen wollte. »Als ich Monty gefunden habe, hatte ich drei Möglichkeiten. Ihn seinem Schicksal überlassen, mitnehmen oder zu einem Tierarzt bringen. Aber Grace war sicher, irgendwo gelesen zu haben, dass sich manche Tierärzte nicht wirklich um Fundtiere kümmern, weil sie niemand dafür bezahlt. Das konnte ich nicht riskieren.«

»Natürlich. Das konntest du nicht.« Sein breites Grinsen verriet, wie wenig ernst er diese Aussage meinte.

»Du hättest Monty auch nicht zurückgelassen.« Adam konnte behaupten, was er wollte. Ich war mir sicher, dass er einem Tier in Not ebenso helfen würde wie ich.

»Keine Ahnung, ob ich erkannt hätte, dass er Hilfe braucht. Was frisst so ein Igel?«

»Eier, gekochtes Fleisch und«, ich öffnete den Schrank neben dem Kühlschrank, wo wir Montys Vorräte horteten, »das hier.«

»Katzenfutter?« Er klang so überrascht wie ich es gewesen war, als ich herausgefunden hatte, wie ich Monty durch den Winter bringen konnte.

»Katzenfutter.« Im Schrank stapelten sich mindestens drei Dutzend Dosen. Monty würde Wochen brauchen, um das alles zu verdrücken.

»Oh Gott, und wer isst *das*?« Adam zeigte auf die unzähligen Schachteln bunter Frühstücksflocken daneben.

»Willst du raten?« Wir wussten beide, dass es sich dabei um meinen Kram handelte. Adam hatte mich im Supermarkt genau dieses Zeug kaufen sehen.

»Lieber nicht.« Er klang gequält und ein wenig angewidert. »Haferflocken sind keine Alternative?«

»Sind Haferflocken bunt?«

»Nein.«

»Knistern sie, wenn man sie mit Milch übergießt?«

»Nein.«

»Verstecken sich in den Packungen bunte Spielzeuge?«

»Zum Glück nicht.«

»Enthalten sie mindestens dreißig Prozent Zucker?«

»Himmel, nein!«

Ich strahlte ihn an. »Da hast du deine Antwort. Keine Haferflocken für mich.« Ruckartig schloss ich den Schrank wieder. »Ich bleibe bei meinen Frühstücksflocken.«

»Aber warum?« Der Mann mit dem Ernährungsplan wirkte verzweifelt. »Wenn du doch weißt, dass es sich dabei um industriell hergestelltes Gift in einem hübsch bedruckten Pappkarton handelt.«

»Weil ich es kann.« Das war die ehrliche Antwort. »Ich habe den ersten Schokoriegel meines Lebens mit fünfzehn Jahren gegessen. Und das auch nur, weil ihn mir die Haushälterin heimlich zugesteckt hat. Mein erstes Eis hatte ich mit achtzehn. Danach habe ich mich gefühlt, als könnte ich fliegen.«

»Ein Zuckerrausch?«

»Von einem einzigen Eis.« Zu gut erinnerte ich mich an diesen Tag und das bedeutungsvolle Vanilleeis. »Es war mir nie erlaubt, Dinge zu essen, die mehr sind als reine Energie- und Nährstofflieferanten.«

»Deine Großmutter.« Er erinnerte sich an unser Gespräch auf der Couch seiner Schwester.

»Richtig. Zucker ist eine Sünde, wusstest du das? Ein Laster. Genauso wie Alkohol, Tabak oder all die anderen Dinge, die Spaß machen könnten.«

»Hast du deswegen nie ...?«

»Nie geraucht, mich nie wirklich betrunken und niemals jemanden geküsst?« Ich klang heiser und so resigniert, wie ich mich fühlte. »Ja, deswegen bin ich, wie ich bin. Und ich dachte, bevor ich mir Drogen spritze, fange ich einfach mal mit dem Zucker an.«

Lange Augenblicke sagte er nichts, und ich bereitete mich auf das übliche Mitleid vor, das an dieser Stelle normalerweise folgte. Selbst in den Gesichtern von Grace und Emily hatte ich es gesehen. Doch abermals wurde ich von Adam überrascht. »Was machen wir als Nächstes?«

»Was meinst du?«

»Von deiner Liste. Wenn mein Eis ein *Fuck-You-NFL-Eis* ist, ist deine Liste eine *Fuck-You-Grandma-Liste*. Also, was machen wir? Vielleicht etwas, das weniger ungesund ist als eine grauenhafte Kombination aus Kohlehydraten, Zucker und Farbstoffen.«

Es gab viele Dinge, die ich tun wollte. Mit Adam in meiner kleinen Küche zu stehen und über Vergangenes zu reden, stand zwar nicht darauf, doch es fühlte sich wie etwas Sündiges an. Etwas, das meine Großmutter mir verboten hätte. Wie sollte ich mich da entscheiden? Die Möglichkeiten waren unendlich und gleichzeitig galt es, den Augenblick auszukosten und mich nicht in ihm zu verlieren.

»Du hast mir von der Sache mit der pinkfarbenen Wand erzählt.«

Das hatte ich getan, doch gab es da ein kleines Problem. »Hier im Wohnheim ist das verboten. Die Wände müssen weiß bleiben.«

Er zuckte lässig mit den Achseln. »Ich wohne in keinem Wohnheim.«

»Du willst ...?« Das konnte er nicht ernst meinen.

»Wir streichen eine Wand bei mir pink. Wenn das okay ist und zählt.«

»Das würdest du für mich tun?«

»Ich würde noch viel mehr für dich tun.«

10. Kapitel

Lange war ich der unvermeidlichen Inquisition durch Grace nicht entkommen. Schon gar nicht ohne Noah als Puffer. Einen Tag nach meinem Abendessen mit Adam hockte ich mit ihr im Coffeeshop der Uni und unser einziges Thema war mein Date mit ihm. Dabei versuchte ich, so zu tun, als wüsste ich nicht, dass sie mit jedem Wort recht hatte.

Ausgerechnet er. Du magst ihn. Er hat eine Freundin. Das kann nur böse enden.

Alles valide Argumente, denen ich wenig entgegenzusetzen hatte. Also hockte ich vor ihr und ließ die wohlverdiente Strafpredigt über mich ergehen. An ihrer Stelle hätte ich dieselben Argumente vorgebracht.

Und doch bereute ich keine Sekunde des vergangenen Abends. Er war so unperfekt perfekt gewesen, dass mir die Erinnerung ein Lächeln auf die Lippen zauberte.

»Annie?« Grace musterte mich kritisch. »Wenn du einfach gar nichts sagst, fühle ich mich doof dabei, dir eine Standpauke zu halten.«

»Vielleicht ist das ja meine Taktik.«

Kopfschüttelnd nahm sie die Brille ab und fuhr sich über die Schläfen. »Wie geht das weiter mit euch?«

»Wir haben Dates. Übungs-Dates.« Ausgesprochen klang es schräg und nicht mehr halb so vernünftig wie in meinem Kopf.

»Und was macht man bei *Übungs-Dates*?«

»Zum Beispiel essen. So wie gestern.« Das beste Ratatouille der Welt. Doch diese Information ließ ich weg. Grace war sicherlich nicht an Adams Kochkünsten interessiert.

»Und was noch? Du kannst das natürlich auch für dich behalten. Ich will dich nicht überfahren.«

Es war amüsant, zu beobachten, wie sie einerseits vor Neugier fast platzte, sich andererseits aber um Zurückhaltung bemühte. Vielleicht sollte ich sie erlösen. »Was willst du wissen?«

Sie holte tief Luft, sah mir noch tiefer in die Augen und stellte mir die ultimative Frage. »Wird er dir das Herz brechen?«

»Sehr wahrscheinlich.«

»Ist es die Sache wert?«

War es das? Seufzend stützte ich das Kinn auf den Händen ab. »Ich denke schon.«

Grace nahm einen großen Schluck von ihrem Cappuccino. »Gerade wünsche ich mir, das wäre Alkohol.«

»Da wir beide gleich noch Vorlesungen haben, wäre das keine gute Idee.« Wenn es um meine akademische Laufbahn ging, konnte ich schrecklich vernünftig sein. Mein Verstand setzte nur dann aus, wenn sich meine Gedanken um einen mürrisch-charmanten Ex-Footballer drehten.

»Weiß Hannah davon?«

»Nicht von mir.« Und ich hoffte, dass auch Adam nicht mit ihr über unseren Plan gesprochen hatte.

»Ist vielleicht besser so.« Grace klang leicht verzweifelt. »Ich rede dir ins Gewissen, Hannah würde dir ein Hochzeitskleid besorgen.«

»Sie denkt, er wäre nicht mein Typ.«

»Was?« Verwundert hob sie ihren Kopf. »Warum?«

»Weil ich ihr das gesagt habe.«

»Wie zur Hölle hat sie dir das abgenommen? Man muss dich nur zwei Sekunden in seiner Gegenwart beobachten und weiß Bescheid.«

Oh Gott, war ich so offensichtlich? »Das stimmt nicht.«

Ihre rechte Braue schnellte nach oben. »Du siehst ihn an, als wäre er ein Jahresvorrat an Schokoriegeln.«

»Tue ich nicht.« Schokolade war eine ernste Angelegenheit. Darüber machte man keine Witze.

»Doch. Du siehst ihn an, als wäre er ein *lebenslanger* Vorrat.«

»So schlimm?«

Grace nickte zaghaft. »So schlimm.«

Wenn sie recht hatte ... »Glaubst du, er hat es bemerkt?«

»Ich will nicht alte Klischees hervorkramen, doch meistens sind Männer völlig blind. Das weiß ich aus eigener Erfahrung.«

Augenrollend schob sie sich einen der Kekse in den Mund, die wir ebenfalls bestellt hatten. »Noah hat gar nichts gecheckt.«

Aus Erzählungen wusste ich, wie stur ihr Freund gewesen war. Lange hatte er Grace nicht geglaubt, dass sie ihn liebte. »Und du meinst, Adam hat auch keine Ahnung?«

»Du kennst ihn besser als ich. Glaubst du, er würde mit dir ausgehen, wenn er wüsste, dass er dich dadurch verletzt?«

Nein, das würde er nicht. Niemals. Adam war manchmal unhöflich und konnte Menschen vor den Kopf stoßen, doch er würde mir niemals absichtlich wehtun. »Du hast recht. Er weiß es nicht.« Erleichtert griff ich nach meinem Kaffeebecher, stockte jedoch mitten in der Bewegung. Unser Gesprächsthema trat in diesem Moment mit zwei weiteren Studenten durch die Tür des Coffeeshops. Hastig wandte ich den Blick ab, auch wenn ich nicht genau wusste, warum.

»Oh.« Grace zwinkerte mir zu – sie hatte ihn also ebenfalls bemerkt. »Welch ein Zufall.«

»Toller Zufall.« Obwohl er mich am anderen Ende des Ladens sicher nicht hören konnte, flüsterte ich. Es war eine Sache, mich mit ihm im Schutz meines Wohnzimmers zu unterhalten. Dort war er der Adam, den ich kannte und mochte. Wenn wir uns jedoch in der Öffentlichkeit über den Weg liefen, war er stets abweisend gewesen. »Können wir gehen?« Grace musste denken, ich wäre total durchgeknallt. Erst erzählte ich ihr lang und breit, wie gern ich Zeit mit ihm verbrachte, dann wollte ich vor ihm flüchten. Doch wie sollte ich es ihr erklären, wenn ich es selbst nicht wirklich verstand?

»Zu spät.«

»Was soll das heißen?« Wir mussten uns nur unsere Jacken schnappen und den zweiten Ausgang nehmen.

»Er kommt direkt auf uns zu.«

Nein, nein, nein. Das durfte nicht passieren. Ich wollte mir die träumerischen Illusionen noch etwas bewahren. In meiner Vorstellung hatte ich das perfekte Date gehabt. Wenn er jetzt an unseren Tisch kam und das zerstörte, würde mir nicht irgendwann das Herz gebrochen, sondern direkt hier und jetzt.

»Hey.« Seine Stimme war so, wie ich sie in Erinnerung hat. Tief und melodisch, sodass sie mir einen Schauer über den Rücken jagte. »Darf ich mich setzen?«

»Klar«, sagte Grace, ehe ich reagieren konnte. »Wir haben Kekse.«

»Er isst keine Kekse.«

Mein leiser Einwand entlockte Adam ein breites Grinsen. »Stimmt, aber deswegen bin ich nicht hier.« Er setzte sich auf den freien Stuhl mir gegenüber. »Ich hätte dir später sowieso noch eine Nachricht geschrieben, aber jetzt kann ich dich auch persönlich fragen.«

Ich saß vor ihm wie das Kaninchen vor der Schlange. Obwohl es objektiv keinen Grund dafür gab. »Du wolltest mich etwas fragen?«

Grace schob sich leise kichernd einen weiteren Keks in den Mund. Wenigstens eine von uns hatte gerade Spaß.

»Ist es okay, wenn ich ...?« Er warf ihr einen verstohlenen Blick zu.

»Grace weiß Bescheid. Vor ihr kann man keine Geheimnisse haben.« Mein Satz entlockte ihr ein sehr, sehr breites Grinsen.

»Okay, gut.« Adam wandte sich wieder mir zu. »Die Sache mit der Wand.«

Er hatte es sich anders überlegt. Niemand bei klarem Verstand würde sich von mir eine Wand seines Zimmers pink streichen lassen. »Wir müssen das nicht tun. Wirklich. Es ist okay.«

»Müssen wir nicht?« Er stützte den Ellenbogen auf dem Tisch und sein Kinn auf seiner Handfläche ab. »Das wäre aber schade. Was soll ich dann mit der ganzen Farbe machen, die ich bereits besorgt habe?«

»Du hast Farbe gekauft? Für mich?« Es gelang mir nicht, meine Überraschung zu verbergen.

»Heute Morgen. Wusstest du, dass es fünfzig verschiedene Pinktöne gibt?«

»Ich hatte keine Ahnung.« Nervös griff ich nach einem Keks und biss eine kleine Ecke ab. Adam hatte Farbe gekauft. Pinke Farbe. Weil es auf meiner Liste stand.

»Hoffentlich habe ich deinen Geschmack getroffen.«

Selbst wenn es das hässlichste Pink der Welt wäre, würde ich es lieben. Dafür sorgte allein Adams Welpenblick. »Ich bin mir sicher, es ist wundervoll.«

»Wir werden sehen.« In diesem Moment klingelte das Handy in seiner Hosentasche. Er zog es hervor, betrachtete kurz das Display und steckte es stirnrunzelnd wieder weg. »Ich muss leider los, aber was würdest du dazu sagen, wenn wir die Wand heute Abend streichen? Hast du Zeit?«

Für ihn hätte ich selbst eine Audienz im Weißen Haus gecancelt »Wann?«

»Ich bin gegen sechs zuhause.«

Kurz ging ich meinen Stundenplan in Gedanken durch. »Um sieben endet meine Lerngruppe. Danach bin ich frei.«

»Alles klar.« Er stand langsam auf und schob den Stuhl zurück an den Tisch. »Dann komm einfach danach vorbei.«

Es gab eine Sache, die wir nicht bedacht hatten. »Hannah ...«

»Weiß von nichts und ist heute Abend verabredet. Du kannst dir schon mal überlegen, wie wir ihr meine plötzliche Liebe zur Farbe Pink erklären.«

»Mir wird etwas einfallen.«

»Da bin ich mir sicher.« Er lächelte Grace kurz zu, bevor seine Aufmerksamkeit wieder ganz mir galt. »Bis heute Abend, Annie. Ich freue mich auf meine neue Wand.« Mit diesen Worten ließ er uns allein und gesellte sich wieder zu seinen Freunden, die an der Theke auf ihn gewartet hatten.

»*Adnie.* So nenne ich euch ab heute.« Grace hatte ihre Sprache wiedergefunden.

»*Adnie*? Was soll das bedeuten?«

»Das ist euer Ship-Name. So was wie *Brangelina* oder *Kimye*.« Sichtlich mit sich zufrieden, nahm sie sich den nächsten Keks.

»Was ist ein *Kimye*? Das klingt, als könnte man es essen.«

»Selbst du müsstest Kim Kardashian und Kanye West kennen.« Sie musterte mich eingehend.

»Habe ich beides schon mal gehört.« Da Grace den Fernseher ununterbrochen laufen ließ, egal ob sie hinsah oder nicht, schnappte ich manchmal irgendwelchen Klatsch und Tratsch auf. Anscheinend jedoch nicht die wichtigen Details.

»*Kimye* setzt sich aus den Namen Kim und Kanye zusammen. Es war ihr Paar-Name.«

»So was wie *Groah*?«

Grace streckte mir lachend die Zunge heraus. »Noah und ich bevorzugen *Noce*.«

Noce klang noch fürchterlicher als *Kimye*, jedoch viel besser als *Adnie*. »Dir ist schon klar, dass Adam und ich nur Freunde sind, oder?« Wenn ich dieses wichtige Detail nicht vergessen durfte, durfte Grace das auch nicht.

»Oh, das weiß ich. Einen Ship-Namen bekommt ihr trotzdem von mir.«

»Freunde haben keine Ship-Namen.« Glaubte ich jedenfalls. »Du und Ben habt auch keinen. Oder Noah und Josh.« Die beiden waren seit Jahren befreundet, ohne lächerliche Spitznamen zu tragen.

»Sobald Josh damit anfängt, Noah anzusehen, wie Adam Baker dich gerade angesehen hat, werde ich die beiden nur noch *Nosh* nennen. Bis dahin erfreue ich mich an deiner Ahnungslosigkeit.«

Um viertel nach sieben stand ich vor Adams Wohnungstür, die eigentlich Hannahs Wohnungstür war, und atmete mehrmals tief ein und wieder aus, um mich zu beruhigen. Es gab keinen Grund dafür, nervös zu sein. Wir würden gemeinsam streichen. Vor Renovierungsarbeiten musste man keine Angst haben. Doch meinem rasenden Puls war das egal.

Kaum hatte ich geklopft, wurde die Tür aufgerissen, und ich stand Adam gegenüber. Oh Gott. Meine Chancen, diesen Abend zu überstehen, waren bei seinem Anblick in den negativen Bereich gerutscht. Zu seiner schwarzen Jogginghose und dem ebenfalls schwarzen Shirt trug er eine dunkle Brille mit breitem Rand. Wieso hatte mich niemand vorgewarnt, dass er so ein Ding besaß? Und wieso entwickelte ich innerhalb von Millisekunden einen Brillenfetisch, von dessen Existenz ich zuvor keine Ahnung gehabt hatte? Gut sah er immer aus, doch die Brille verwandelte ihn in einen nerdigen Psychologie-Studenten. Und diese Seite an ihm gefiel mir. Viel zu sehr, wie meine weichen Knie bezeugten.

»Schön, dass du da bist. Ich habe mich kurz hingelegt, als ich nach Hause gekommen bin, und muss eingeschlafen sein.« Mit beiden Händen fuhr er sich durchs Haar, um das Chaos zu bändigen. Zu meiner Freude gelang ihm das nur bedingt.

»Du hast eine Brille?« Eine verdammt dumme Frage, wenn man bedachte, dass das Teil auf seiner Nase saß und ich es gefühlt seit einer halben Ewigkeit voller Bewunderung anstarrte.

»Normalerweise trage ich Kontaktlinsen, aber ich kann mit den Dingern nicht schlafen.« Er trat einen Schritt zur Seite. »Willst du reinkommen?«

Das ließ ich mir nicht zweimal sagen. Ich schlüpfte an ihm vorbei, und Adam führte mich zu seinem Zimmer, das sich am Ende des langen Flures befand.

Der Raum war nicht ansatzweise so, wie ich ihn mir vorgestellt hatte. In einer Ecke stand ein riesiges Bett mit freundlicher, grüner Bettwäsche. Auf der anderen Seite hatte ein großer, weißer Schreibtisch seinen Platz, daneben drei deckenhohe Bücherregale, die bis zum Bersten gefüllt waren. Vor zwei Doppelfenstern hingen Rollos, die perfekt zur Bettwäsche und dem ebenfalls grünen Teppich passten. Das Zimmer war hell, freundlich und unglaublich aufgeräumt. »Das geht nicht.«

»Was geht nicht?« Adam hatte hinter mir die Tür geschlossen und umrundete mich langsam.

»Wir können hier keine Wand streichen.«

»Natürlich können wir.« Er zeigte auf Farbeimer, Plastikplanen und Pinsel, die fein säuberlich gestapelt neben der Tür standen. »Und da ist unser Werkzeug.«

»Nein, das geht nicht.« Ich spürte, wie Panik in mir aufstieg. Ganz sicher würde ich dieses geschmackvoll eingerichtete Zimmer nicht verschandeln.

»Warum nicht?« Er verschränkte die Arme vor der Brust und

funkelte mich vergnügt an. »Wir haben Farbe, wir haben Pinsel, wir haben jeder zwei Hände. Mir fällt kein Grund ein, aus dem wir nicht diese Wand da streichen sollten.« Er nickte in Richtung seines Schreibtisches.

»Es wird fürchterlich aussehen.«

»Und?«

Und? »Du wirst es hassen.«

»Kann schon sein, aber darüber machen wir uns Gedanken, wenn wir fertig sind.« Sein Enthusiasmus war ungebrochen. »Hast du Klamotten dabei, um dich umzuziehen?«

Daran hatte ich bei all der Euphorie nicht gedacht. »Nein.« Ein weiterer Grund, aus dem wir es besser lassen sollten. Er würde jeden Morgen aufwachen, die Wand hinter seinem Schreibtisch angewidert betrachten und mich leise verfluchen.

»Annie.« Adam legte seine Hände auf meine Schultern und drehte mich sanft zu sich um. »Mir ist es vollkommen egal, welche Farbe die Wände haben. Solange sie nicht im Dunkeln leuchten, kannst du mit ihnen machen, was du möchtest.«

»Aber ...«

»Kein Aber. Ich streiche jetzt diese Wand pink. Ob du mir hilfst oder nicht, ist dir überlassen.« Bei diesen Worten ging er zu seinem Kleiderschrank, zog ein Shirt heraus und drückte es mir in die Hand. »Du kannst dich gern umziehen, wenn du möchtest, dann legen wir los.«

Protest schien zwecklos. Also fügte ich mich in mein Schicksal und zog mir im Badezimmer Adams Shirt an, das an mir fast als Kleid durchgegangen wäre.

Danach machte ich mich daran, den Eimer zu öffnen und die Farbe vorzubereiten.

»Da schwimmt was.« Ich rührte in dem flüssigen Prinzessinnentraum herum, während Adam fein säuberlich Plastikfolie auf dem Boden ausbreitete, damit wir den Teppich nicht ruinierten.

»Das sind vermutlich nur Pigmente. Einfach nochmal kräftig mischen.«

»Adam?«

»Hm?« Er war damit beschäftigt, die Folie mit Klebeband an

den Fußleisten zu befestigen, und hatte mir den Rücken zugedreht.

»Du solltest dir das wirklich ansehen.«

»Stimmt was mit der Konsistenz nicht?« Langsam richtete er sich auf und kam auf mich zu.

»So würde ich das nicht bezeichnen, aber ...« Ich hielt ihm den Holzlöffel entgegen, mit dem ich die Farbe traktiert hatte. »Da ist Glitter drin.« Als wäre Pink allein nicht schon schlimm genug.

»Oh, ich muss wohl den falschen Eimer erwischt haben. Stört es dich?«

Fassungslos sah ich ihn an. »Ob *mich* der pinke Glitter stört?«

»Klar. Ist schließlich deine Liste.« Er nahm mir den Löffel aus der Hand und betrachtete ihn von allen Seiten. »Goldener Glitter passt eigentlich ganz gut zu Pink.«

»Du willst mich ernsthaft die Wand in deinem Schlafzimmer mit dem Zeug streichen lassen?«

»Das hatten wir doch schon. Und jetzt such dir einen Pinsel aus, wir haben viel Arbeit vor uns.« Er nahm den Farbroller und tauchte ihn in das glitzernde Pink. »Der erste Pinselstrich gehört dir.«

Das ließ ich mir nicht zweimal sagen. Ausreden konnte ich ihm diese Sache ohnehin nicht mehr. Also schnappte ich mir die Farbrolle und malte einen langen, breiten Glitzerstreifen mitten auf die blütenweiße Wand. Es fühlte sich genauso gut an, wie ich es mir erhofft hatte. Auch wenn ich es gewollt hätte, wäre ich nicht in der Lage gewesen, mein Grinsen zu unterdrücken. Pink. Nicht Weiß. Eine aufmüpfige Farbe, die zu nichts passte und doch für sich allein eine absurde Ästhetik ausstrahlte. Pink war wild. Ungehorsam. Eigensinnig und störrisch. Pink war Freiheit.

»Schalt mal das Licht aus, bitte.« Adam kam meinem Wunsch nach, und der Raum wurde in Dunkelheit gehüllt. Ich zog mein Handy aus der Tasche und beleuchtete mit dem Display die

Wand, die wir in den letzten zwei Stunden fein säuberlich gestrichen hatten. Wie erwartet, glitzerte sie überall da, wo der Lichtschein sie traf. Ein bisschen erinnerte mich der Anblick an einen Sternenhimmel bei Nacht.

»Wie gefällt es dir?«

Es gab nur eine ehrliche Antwort auf diese Frage. »Ich liebe es. So sehr.«

»Kannst du damit den Punkt auf deiner Liste abhaken?«

»Oh, ja.« Ich drehte mich einmal im Kreis und leuchtete ihn dabei an. Adam lehnte neben dem Lichtschalter an der Wand und war genauso mit Farbe beschmiert wie ich. »Darf ich es besuchen? Du musst mir erlauben, meine Wand zu besuchen. Bitte.«

»Sicher. Wenn du das möchtest.«

»Und ob ich das möchte. Am liebsten würde ich jede Nacht hier schlafen und meine Wand stundenlang bewundern.«

Bei diesem Satz räusperte er sich leise, und mir wurde schlagartig bewusst, was ich da gesagt hatte. Im Schutz der Dunkelheit konnte er zum Glück nicht bemerken, wie sich unangenehme Wärme auf meinen Wangen ausbreitete.

»So habe ich das nicht gemeint. Es ging mir nur um die Farbe, nicht um das Schlafen und ...« Mein Versuch, mich herauszureden, machte alles nur noch schlimmer. Natürlich würde ich niemals in Adams Zimmer übernachten. Nicht einmal als platonische Freundin. Er hatte Chloe und ich lediglich dumme Hirngespinste, die niemals wahr werden würden.

»Was hältst du von Pizza?«

»Was?« Ich drehte mich in dem Moment zu ihm um, als er das Licht wieder einschaltete.

»Pizza. Du weißt schon, dieses Zeug aus Teig, Tomatensauce und Käse.«

Er ging mit keinem Wort auf mein Gestammel über Nächte in seinem Schlafzimmer ein, sondern bot mir Pizza an. Konnte er noch perfekter sein? »Du isst Pizza?« Die passte doch bestimmt nicht in seinen super gesunden Ernährungsplan.

»Die Alternative wären Haferflocken oder ein Smoothie. Der

Kühlschrank ist fast leer.«

Oh je, das klang beides nicht sehr verlockend. »Pizza ist eine tolle Idee.«

»Gut, ich bestelle eben, dann räumen wir auf.« Adam nahm das Handy von seinem Schreibtisch und strich über das Display. »Was magst du auf deiner Pizza?«

»Alles.« Solange etwas mit Käse überbacken war, würde ich es essen. Da war ich nicht besonders wählerisch.

»Alles könnte etwas schwierig werden. Irgendwelche Vorlieben?«

»Du versprichst, dass du mich nicht abstoßend finden wirst?«

Adam verzog bei meinen Worten angeekelt das Gesicht. »Jetzt sag bitte nicht Ananas?«

»Oh, doch. Ananas und Thunfisch mit doppelt Käse.« Grace hatte mehr als einmal diese Kombination abfällig kommentiert. Auch Adam schien es schwer zu fallen, seinen neutralen Gesichtsausdruck beizubehalten. »Und was magst du?«

»Keine Ananas. Jedenfalls nicht auf Pizza.«

»Wie langweilig.«

»An einer klassischen Salami-Pizza ist überhaupt nichts langweilig.«

Lachend schüttelte ich den Kopf. »Das ist die langweiligste Bestellung, seit es Italien gibt. Und glaub mir, *ich* kenne mich mit langweilig aus.«

Bei meiner lustig gemeinten Bemerkung verdunkelte sich sein Blick. »Sag so etwas nicht.«

»Das über die Pizza?«

»Du weißt, was ich meine.«

Vielleicht tat ich das, doch ich glaubte es ihm trotzdem nicht. »Es ist eine Tatsache. Nichts, was ich verstecken müsste.« Hilflos zuckte ich mit den Achseln. »Ist halt so.«

Mehrere Herzschläge lang sahen wir uns einfach nur an. In diesem Moment hatte ich das Gefühl, vollkommen nackt vor ihm zu stehen. Schutzlos und ohne Rettungsnetz. Ich war das langweilige Mädchen, dessen größtes Abenteuer darin bestand, Pizza mit Ananas zu bestellen.

»Wie langweilig kann jemand sein, der pinkfarbenen Glitter auf der Nase hat?« Adam stieß sich von der Wand ab, kam auf mich zu und blieb etwa einen Meter vor mir stehen. »Du kannst mir glauben, dass ich in meinem Leben mehr langweilige Menschen kennengelernt habe, als mir lieb ist. Und du gehörst ganz sicher nicht dazu.«

Ich wollte fragen, was er mit dieser kryptischen Bemerkung gemeint hatte. *Mehr langweilige Menschen als ihm lieb war?* Was sollte das bedeuten? Bevor ich jedoch die Chance bekam, darauf einzugehen, hatte er schon die Nummer des Lieferdienstes gewählt und bestellte unsere Pizza. Eine Seite mit Salami, die andere mit Ananas und Thunfisch.

Dreißig Minuten später saßen wir auf der Couch, zwischen uns lag die Pizzaschachtel, und über den Fernseher flimmerte eine Dokumentation über das *Wow-Signal*, das Jerry R. Ehman 1977 aufgezeichnet hatte. Manche Wissenschaftler glaubten, dass es die erste Kommunikation mit Außerirdischen gewesen war, andere nahmen an, dass die aufgezeichneten Klänge von einem vorbeiziehenden Kometen stammten.

»Meinst du, es gibt sie?«

»Außerirdische?« Adam schob sich sein letztes Stück Pizza in den Mund und griff nach der Wasserflasche. »Keine Ahnung. Warum sollte es nicht noch irgendwo andere Lebensformen geben?«

»Weil Abermillionen Zufälle zur Entstehung der Menschheit geführt haben. Urknall und der ganze Kram.« Die Pizza war so gut, dass ich meine Hälfte fast vollständig verdrückt hatte. Ein letztes Stück war übrig, das ich vorsichtig auf meiner Serviette platzierte, um es halbwegs manierlich zu essen. »Wie wahrscheinlich ist es, dass so etwas noch einmal passiert ist?«

»Du glaubst an die Urknall-Theorie?«

Ich drehte den Kopf, um ihn direkt anzusehen. »Mir ist mein halbes Leben lang eingetrichtert worden, dass die biblische Schöpfungsgeschichte bis ins kleinste Detail korrekt ist. Richtig angehört, hat sich das nie.«

»Vielleicht sollte man die ganze Sache freier interpretieren.«

»Die Bibel?« Allein bei dem Gedanken daran, wie meine Großmutter auf unser Gespräch reagiert hätte, lief mir ein Schauer über den Rücken. »Ja, vielleicht. Aber ich denke, ich bleibe beim Urknall.«

»Beim Urknall und den Aliens, bitte.« Er nahm die Fernbedienung vom Tisch und schaltete die Lautstärke etwas herunter. »Ich finde die Idee spannend, dass wir nicht die einzigen Wesen im Universum sind.«

»Weil dann gerade irgendwo auf einer Couch Milliarden Lichtjahre von uns entfernt zwei andere Lebensformen vielleicht auch Pizza essen?« Bei der Vorstellung stahl sich ein Lächeln auf mein Gesicht. »Ich wette, sie mögen Ananas.«

Adam quittierte meine Bemerkung mit einem leisen Schnauben. »Nein, weil es bedeutet, dass es noch mehr da draußen gibt. Dass wir nicht allein sind.«

Das Licht des Fernsehers tanzte über seine Gesichtszüge und ließ ihn surreal, fast verletzlich wirken. Dies war einer der kostbaren Momente, in denen er mir einen Blick hinter die Fassade gestattete.

»Guck mich nicht so an, Annie.« Er schüttelte lächelnd den Kopf.

»Wie gucke ich denn?« Verliebt. Aber das wusste er nicht. Mein Herz fühlte sich schwer an, weil es all die Gefühle mit sich herumtragen musste, die ich Adam niemals gestehen konnte.

»Du siehst mich an, als würdest du mich fragen wollen, ob ich mich oft allein fühle.«

Das war exakt mein zweiter Gedanke nach *Ich möchte nie wieder von dieser Couch aufstehen* gewesen. »Tust du das?« Vielleicht war die Frage zu intim, zu aufdringlich, schlicht zu *viel* dafür, dass wir uns kaum kannten. Adam antwortete mir dennoch.

»An schlechten Tagen fühlt es sich an, als könnte niemand meine Wut nachempfinden.«

»Die Verletzung?«

Er nickte. »Ja, auch. Der Gedanke, es nicht geschafft zu haben, killt mich manchmal.« Seufzend ließ er sich gegen die Rückenlehne sinken. »Kennst du das Gefühl, wenn du morgens aufwachst und die Welt für wenige Augenblicke in Ordnung ist?«

Meine Hände zitterten. Nicht vor Kälte, sondern weil es mir schier unmöglich schien, all die Dinge in mir zu verschließen, die ich ihm in diesem Moment sagen musste. »Du wachst auf und brauchst ein paar Sekunden, bis die Erinnerungen wieder da sind.« Bis sie dich wie ein Ungeheuer überfallen und nicht mehr aus ihren Klauen lassen.

»Genau.« Er richtete sich auf und sah so traurig aus, dass ich ihn in den Arm nehmen wollte. Nur ein einziges Mal. »Und dabei ist diese ganze Sache so banal und lächerlich. Es ist nur Football. Nichts, das irgendeine Bedeutung hätte.«

»Es ist nicht *nur* Football.« Dass er so über seine große Leidenschaft sprach, machte mich wütend. »Es ist dein Traum gewesen.«

»Der Traum eines Kindes.« Seine Stimme klang abfällig und verletzlich zugleich. »Football-Profi werden zu wollen, ist belanglos. Es macht keinen Unterschied, ob ich auf dem Feld stehe oder ein anderer Typ es an meiner Stelle tut.«

»Das ist nicht wahr.«

»Doch, Annie. Das ist es. Als sie mir erklärt haben, dass ich raus bin, wenn ich keine Lähmung oder Schlimmeres riskieren will, habe ich darüber nachgedacht weiterzumachen. Mehr als einmal.« Er lachte heiser und so unecht, dass es mir fast körperliche Schmerzen bereitete. »Vielleicht ist es das Risiko doch wert.«

»Wie kannst du so etwas sagen?« Aufgebracht funkelte ich ihn an. Mit einem Mal war ich voller überschüssigem Adrenalin, das ein Ventil brauchte. »Du kannst neue Träume finden.«

»Ist das so einfach? Wie lange hast du gebraucht, um deine Liste zu schreiben?«

»Sie ist in den letzten zwei Jahren immer weitergewachsen, aber das sind auch nicht alles meine Träume. Es sind Dinge, die ich tun will, aber wirkliche Träume sind nur wenige davon.« Niemand konnte ein halbes Notizbuch gefüllt mit Träumen mit sich herumschleppen. Dafür reichte der Platz in einem Herzen nicht aus.

»Was ist die wichtigste Sache auf der Liste?«

Seine Frage kam unerwartet und legte sich wie ein Finger in die Wunden meiner Vergangenheit. »Keine Ahnung.« Eine Lüge, wie uns beiden klar war. Und Adam wäre nicht Adam, wenn er mich so einfach davonkommen ließe.

»Welcher Traum ist es, Annie? Meiner war es immer, Profi-Footballer zu werden. Was ist deiner?«

Das würde ich ihm nicht sagen. Weil er mehr damit zu tun hatte, als ihm recht sein konnte. »Es sind viele ... Dinge.«

»Okay, viele *Dinge*.« Sein angedeutetes Lächeln zeigte deutlich, wie wenig er mir glaubte. »Und jetzt die Wahrheit. Ich habe dir hier und heute mehr erzählt als meinem Therapeuten.«

»Du bist in Behandlung?«

»War ich. Auf Anordnung der Uni. Bei schweren Verletzungen ist das der Standard-Prozess, bevor sie dich deinem Schicksal überlassen.« Adam klang bitter, und ich konnte es ihm nicht verübeln.

»Das wusste ich nicht.«

»Ich vorher auch nicht, aber es hat mir geholfen zu begreifen, dass Wut auch nur eine Form von Angst ist.« Er nickte in Richtung des Flurs, der hinter uns im Dunkeln lag. »Im Zimmer neben meinem hängt ein Boxsack. Vermutlich entspreche ich damit jedem Klischee dieser Welt, doch manchmal brauche ich das Ding.«

»Ich habe nicht geschlafen.« Dieses Geständnis platzte unvermittelt aus mir heraus. »Wenn ich es vor Einsamkeit nicht mehr aushalten konnte, habe ich mich gezwungen, nicht zu schlafen. So lange, wie es nur möglich war.«

»Damit du so erschöpft bist, dass all deine Sinne herunterfahren?«

Er verstand mich. Natürlich tat er das. »An manchen Tagen war es leichter so.«

»Sag mir deinen Traum, Annie.« Die Wärme in seinem Blick ließ mich schwer schlucken. Wir hatten eine Wand streichen, nicht unsere Seelen offenbaren wollen. »Was wünschst du dir am meisten?«

Meine Stimme war leise und zitterte ebenso wie meine Hände. »Geliebt zu werden.«

»Das wirst du.«

»Hm.« Grace und Emily liebten mich, daran hatte ich keinen Zweifel. Sie waren die besten Freundinnen der Welt, doch manchmal war das nicht genug. In besonderen Momenten sprudelte mein Herz über, als hätte es all die Gefühle der vergangenen Jahre angesammelt, um sie in einem großen Schwall in die Welt zu entlassen. Weil mein Herz nicht groß genug für all die Empfindungen war. »Ich will mehr.« Zum ersten Mal sprach ich laut aus, was ich niemals zuvor so klar artikuliert hatte. »Ich möchte von jemandem umarmt werden, dem ich alles bedeute. Dessen Herz vor Aufregung, in meiner Nähe zu sein, so schnell schlägt wie meines.« Beschämt senkte ich meinen Blick. »Das ist undankbar. Undankbar und dumm.« Mir ging es so viel besser als noch vor einigen Jahren. Es war falsch, immer mehr zu wollen.

Adam streckte die Hand aus und berührte federleicht mit den Fingerspitzen meine Wange. In Liebesromanen hatte ich oft gelesen, dass der Kontakt von Haut auf Haut wie ein Feuerwerk beschrieben wurde. Ein Gefühl, das sich über den ganzen Körper ausbreitete. Explosionsartige Emotionen, gegen die man machtlos war.

Nichts davon traf zu. Adams Berührung beruhigte meinen Herzschlag, normalisierte meinen Puls. In diesem Moment war es einfach, an meine Träume zu glauben.

11. Kapitel

Hannah glitt fast lautlos auf den Sitz neben mir, was aus zwei Gründen merkwürdig war. Zum einen war normalerweise nichts an ihr leise, zum anderen hatte sie die Vorlesung *Interkulturelle Psychologie* nicht belegt. »Was machst du hier?« Zum Glück saß ich relativ weit hinten in dem riesigen Saal, sodass wir die Aufmerksamkeit von Professor Emery nicht auf uns zogen.

»Ich habe es zuhause nicht mehr ausgehalten.« Sie platzierte ihre Tasche vor sich auf dem Tisch und schlug wiederholt mit der Stirn dagegen.

»Ist etwas passiert?« Mein erster Gedanke galt Adam, was nicht okay war. Hannah ging es nicht gut, also sollte ich an sie und nicht an ihren Bruder denken. Doch das fiel mir schwer, weil ich fast immer an Adam dachte.

»Warst du schon mal in einem Kriegsgebiet?«

Irritiert sah ich sie an. Was war das für eine seltsame Frage? »Natürlich nicht.«

»Ich auch nicht, aber ich stelle mir vor, dass es dort etwa so wie in meiner Wohnung sein muss.« Erneut traf ihre Stirn auf die Tasche. »Ich liebe den Kerl. Wirklich. Aber gestern war ich kurz davor, ihn vor die Tür zu setzen.«

»Adam?«

»Natürlich.« Hannah lachte leise. »Er ist mein einziger Mitbewohner.«

Ich zwang mich dazu, nicht sofort mit einem Dutzend Fragen herauszuplatzen. *Geht es ihm gut? Was ist passiert? Kann ich helfen? Wo ist er gerade?* Hannah hatte keine Ahnung, wie kostbar mir meine Freundschaft zu ihrem Bruder war. Sie wusste nicht einmal, dass es überhaupt eine Freundschaft gab. »Was ist mit ihm?« Ich versuchte, so beiläufig wie möglich zu klingen, während ich unregelmäßige Muster an den Rand meiner Notizen malte.

Hannah seufzte geräuschvoll. »Er hat sich gestern zwei Stunden von Chloe anbrüllen lassen. Ich dachte, ich werde wahnsinnig. Am liebsten wäre ich in sein Zimmer gestürzt, hätte sie an ihren blondierten Haaren gepackt und aus der Wohnung geschleift. Es war nicht auszuhalten.«

»Ihre Haarfarbe wirkt echt.« Warum ich mich mit dem unwichtigsten Teil der Erzählung aufhielt, wusste ich selbst nicht genau. Vielleicht, weil alles, was ich zum Rest sagen konnte, Hannah meine Gefühle für ihren Bruder auf einem Silbertablett serviert hätte.

»Die Haare dieser Hexe sind mir herzlich egal.« Hannah klang nicht nur wütend, sie hatte auch die Augen zu Schlitzen verengt. »Sie ist der fürchterlichste Mensch, der mir jemals begegnet ist. Gegen sie wirkt selbst Kim Jong-un wie ein netter Typ.«

Daran hegte ich ernsthafte Zweifel, doch ich war viel zu sehr damit beschäftigt, meine Emotionen vor Hannah zu verstecken, als dass ich mir um den nordkoreanischen Diktator Gedanken machen konnte.

Hannah schnaubte verächtlich. »Sie glaubt, er betrügt sie.«

»Das würde er niemals tun«, platzte ich heraus. Zum Glück war Hannah so sehr damit beschäftigt, sich aufzuregen, dass sie nicht weiter nachfragte, warum ich mir so sicher war.

»Natürlich würde er das nicht. Der Idiot liebt sie.« Ich senkte den Blick auf das Papier vor mir. Natürlich wusste ich das, es zu hören, tat dennoch weh. Viel mehr als es sollte. »Und deswegen lässt er sich stundenlang diesen Bullshit von ihr gefallen.«

Ich hoffte so sehr, dass nicht die pinkfarbene Wand Chloe auf diese Idee gebracht hatte. Mir diesen Wunsch zu erfüllen, war so wundervoll von Adam gewesen. Wie unfair wäre es, wenn er jetzt den Preis dafür bezahlen musste? »Wieso denkt sie das?«

»Keine Ahnung.« Hannah sprach ein wenig leiser, weil sich die Studenten in der Reihe vor uns bereits nach uns umgedreht hatten. »Er guckt andere Frauen nicht einmal an.«

Ich war hin- und hergerissen zwischen der Bestätigung, dass Adam ein guter Kerl war, und der Erkenntnis, dass sich meine nicht existenten Chancen durch Hannahs Worte völlig in Luft auflösten. Mit Chloe zu konkurrieren, wäre sowieso absurd –

und doch war ich so dumm, zu hoffen, Adam würde eines Tages erkennen, wie perfekt wir füreinander waren. Eine lächerliche Vorstellung, wenn er andere Frauen nicht einmal beachtete. *Hoffnung war ein Miststück*. Das hatte Emily mal über Josh gesagt, als die beiden noch nicht zusammen gewesen waren. Langsam verstand ich, was sie damit gemeint hatte.

»Und nachdem sie morgens lautstark abgerauscht ist, kam sie abends wieder und der ganze Mist ging von vorne los. Immerhin nur eine Stunde lang.«

Ich wollte ihm am liebsten in dieser Sekunde eine Nachricht schreiben und fragen, ob er okay war. Doch damit würde ich zu viele Grenzen überschreiten. Welch eine Heuchlerin wäre ich, wenn ich vorgeben würde, ihm und Chloe alles Glück der Welt zu wünschen?

»Selbst wenn er die halbe *Ohio State* vögeln würde, könnte sie sich nicht beschweren. Ich bin mir sicher, Chloe hat ihn mit mehr Typen betrogen, als hier mit uns im Raum sitzen.« Hannah verdrehte theatralisch die Augen.

Ich ließ meinen Blick durch den Saal gleiten. Hannah übertrieb sicherlich maßlos – hoffte ich jedenfalls für Adam. »Weiß er davon?«

»Vermutlich. Vielleicht.« Sie schüttelte sacht den Kopf. »Wenn er es mitgekriegt hat und ignoriert, sollte ich ihm dafür in den Hintern treten, weil er das alles mit sich machen lässt.«

»Wenn er sie liebt ...«

»Ist das noch lange kein Grund, sich wie ein Fußabtreter behandeln zu lassen.«

Wahrscheinlich hatte Hannah recht. Oder auch nicht. Ich wusste es nicht. Liebe bedeutete sicher auch, Fehler verzeihen zu können. »Haben sich die beiden wieder vertragen?« Ich schämte mich für meine Neugier, doch ich musste einfach fragen. Musste Gewissheit haben, ob Adam immer noch mit Chloe zusammen war.

»Keine Ahnung. Ich bin irgendwann zu Sean abgehauen.«

»Wer ist Sean?« Diesen Namen hatte ich bis jetzt noch nie aus ihrem Mund gehört.

»Neuer Shortstop und äußerst talentiert.« Sie zwinkerte mir zu, und es war klar, dass sie nicht seine Talente auf dem Baseballfeld meinte. »Sein Mitbewohner ist auch ganz süß.«

Entsetzt sah ich sie an. »Du hast mit beiden ...?«

»Nein, habe ich nicht. Aber nachdem das mit dir und Matthew nicht geklappt hat, wäre Connor vielleicht etwas für dich. Er spielt auch Baseball und scheint ein netter Kerl zu sein.«

»Erst einmal muss ich mich von dem Matthew-Snyder-Debakel erholen.« Dass dieses längst vergessen war und es nur einen Mann gab, mit dem ich überhaupt ausgehen wollte, behielt ich für mich. Irgendwann würde ich Hannah davon erzählen. Erzählen müssen. Vielleicht, wenn Adam in Cincinnati studierte und ich ihm nicht mehr zufällig über den Weg laufen konnte. Die Vorstellung, dass er von meinen Gefühlen erfuhr, jagte mir fürchterliche Angst ein. Seine Freundschaft wollte ich auf gar keinen Fall verlieren.

»Okay.« Hannah rückte ein Stück näher an mich heran und lehnte ihren Kopf gegen meine Schulter. »Wenn du so weit bist, finden wir den großartigsten Typen der Welt für dich. Versprochen.«

Ich: *Bist du zuhause?*

Es wäre klug gewesen, diese Frage zu stellen, bevor ich durch die Kälte gestapft war. Wenn ich Pech hatte, war er bei Chloe oder – noch schlimmer – Chloe bei ihm. Doch Hannah hatte mir erzählt, dass er heute lernen wollte. Und das taten die meisten Menschen normalerweise ohne ihre Freundin.

Nervös trat ich von einem Fuß auf den anderen, während ich auf eine Antwort wartete. Vielleicht beachtete er sein Handy nicht und hatte den Ton abgestellt. Und wäre womöglich sauer, wenn ich einfach so ohne ein offizielles Date vor seiner Tür auftauchte. Es gab unzählige Möglichkeiten, wegen denen mein Plan schiefgehen konnte.

Nach zehn Minuten, in denen ich die Straße zweimal auf und ab gelaufen war, spürte ich meine Nase vor Kälte nicht mehr. Konnte einem die Nase im Herbst in Ohio abfrieren? Vielleicht sollte ich einfach klingeln, um diesem Schicksal zu entkommen. Nein, das war definitiv keine Option, falls ich mich irrte und Chloe doch bei ihm war. Mir die beiden zusammen vorzustellen, war schlimm genug. Ich musste sie nicht noch gemeinsam hautnah erleben.

Als das Telefon in meiner Hand plötzlich vibrierte, hätte ich es fast vor Schreck fallen lassen.

Adam: *Ja, ich bin zuhause.*

Eine simple Antwort. Nicht mehr. Nicht weniger.

Kein *Wie geht es dir. Wie schön, dass du dich meldest.* Oder ein *Was machst du gerade.*

Unsicher starrte ich auf mein Display. Was nun? Dieser Plan war nicht gut durchdacht gewesen. Ein Mensch, der wie ich zu keinerlei Spontaneität fähig war, sollte nicht kopflos loslaufen, ohne seine Möglichkeiten abzuwägen. Was sollte ich ihm denn jetzt antworten?

Adam: *Ist dir nicht kalt?*

Kraftlos ließ ich den Kopf nach vorn sinken, zog meine Handschuhe aus und tippte eine Antwort.

Ich: *Du kannst mich vom Fenster aus sehen?*

Adam: *Du stehst genau unter der Straßenlaterne.*

Ich machte drei Schritte zur Seite, bis mich der Lichtkegel nicht mehr direkt erfasste.

Ich: *Was hältst du davon, wenn ich nach Hause gehe und wir vergessen, dass ich hier war?*

Wie hieß diese Serie mit dem Stalker noch mal, nach der Emily so verrückt war? Ich hatte das Gesicht des Hauptdarstellers genau vor Augen. Adam musste denken, dass ich ebenso durchgeknallt war.

Adam: *Was ich davon halte? Nichts.*

Meine eiskalten Finger flogen so schnell über das Display, wie es mir möglich war.

Ich: *Dann behaupte ich einfach, Hannah besuchen zu wollen.*

Seine Antwort ließ nur wenige Sekunden auf sich warten.

Adam: *Das wäre glaubwürdig, wenn Hannah nicht dienstags immer beim Yoga wäre. Ich bin mir sicher, das weißt du.*

Natürlich tat ich das. Sie hatte Grace und mir mehr als einmal einen Vortrag darüber gehalten, wie wichtig Beckenbodentraining wäre.

Ich: *Yoga? Nie gehört. Und du kannst mir kaum das Gegenteil beweisen.*

Dieses Mal schrieb er nicht sofort zurück. Ich wartete vergeblich mehrere Minuten. Ein eindeutiges Zeichen. Es war an der Zeit, von hier zu verschwinden. Wir hatten keine Verabredung, was bedeutete, dass ich Adam auch nicht offiziell für diesen Abend bezahlte. Natürlich hätte ich das trotzdem getan, doch das wusste er nicht. Genauso wenig hatte ich ihm gesagt, wie fein säuberlich ich Buch über die Zeit führte, die wir miteinander verbrachten. Wir hatten einen Deal, und an den würde ich mich halten.

»Sehr gut, du bist noch nicht erfroren.«

Erschrocken fuhr ich herum und sah Adam auf der Türschwelle stehen. In seiner dicken Winterjacke und den schweren, schwarzen Boots erweckte er den Eindruck, als würde er sich auf eine Schneewanderung vorbereiten. »Du hättest nicht runterkommen müssen.«

»Nicht?« Er zog die Tür hinter sich ins Schloss und schlenderte langsam auf mich zu. »Also war es Zufall, dass du vor meiner Tür gestanden und mir geschrieben hast?«

»Nein, aber ...« Warum hatte ich mir nicht vorher überlegt, was ich ihm sagen wollte? Ich überlegte mir Dialoge sonst *immer* vorher, wenn die Gefahr bestand, vor Nervosität nicht die richtigen Worte zu finden.

»Aber?«

»Du lachst mich aus.« Das Grinsen auf seinem Gesicht war nicht zu übersehen. Ihn amüsierte die ganze Situation anscheinend prächtig.

»Ein bisschen.« Bevor ich protestieren konnte, hatte er seinen Schal abgenommen und mir um den Hals gelegt.

Der Stoff war weich, warm und roch himmlisch. »Danke.« So unauffällig wie möglich schmiegte ich mich an das kostbare Stück.

»Kein Protest? Ich habe damit gerechnet, dass wir mindestens zehn Minuten diskutieren, bis du den Schal annimmst.«

»Ich bin eine eigenständige, unabhängige Frau, die keinen Ritter in schimmernder Rüstung braucht.« In einer gespielt dramatischen Geste warf ich mir das Haar über die Schulter. »Aber mir ist furchtbar kalt, also kann ich eine Ausnahme machen.«

Adam schnaubte leise, während er die Hände tief in die Taschen seiner Jeans schob. »Sagt mir die eigenständige, unabhängige Frau, warum sie hier ist?«

Er erweckte nicht den Anschein, als wäre er böse über meinen Besuch. Und er hatte mir seinen Schal gegeben, was bedeutete, dass er meinen Tod durch Erfrierung verhindern wollte. Vielleicht konnte ich es wagen. »Ich habe etwas für dich.«

»Annie.« Adams Stimme klang gequält. »Ich will hier und heute nicht über Geld reden.«

Schnell zog ich die beiden quadratischen Papierstücke aus meiner Jackentasche. »Das ist für dich.«

Adam brauchte zwei Herzschläge, in denen ich jede seiner

Bewegungen verfolgte, bis er sein Geschenk annahm. »Tickets?«

Ich nickte. »Tickets. Auf der Rückseite steht, wofür sie sind.«

Er drehte das Papier und betrachtete es kurz, bevor sich sein Blick in meinen bohrte. »*Der unsichtbare Dritte* im *Studio 35*.«

Nur durch Zufall hatte ich vor wenigen Tagen entdeckt, dass der Klassiker mit Cary Grant heute Abend in dem hübschen Retro-Kino gezeigt wurde. Sofort hatte ich mich an das Gespräch mit Adam über diesen Film erinnert. »Du kennst ihn schon, aber ich dachte, du freust dich vielleicht.«

»Tue ich. Das war sehr lieb von dir.«

»Und du musst ihn auch nicht mit mir ansehen.« Es war mir wichtig, dass er sich nicht bedrängt fühlte. »Wir haben heute kein offizielles Date geplant. Das weiß ich. Du kannst die zweite Karte nutzen oder sie verfallen lassen. Ganz wie du willst.« Bedauerlicherweise klang ich genauso unsicher, wie ich mich fühlte. »Aber vielleicht freust du dich darüber.« Das hatte ich schon einmal gesagt. So fest wie möglich presste ich meine Lippen aufeinander, um nicht noch mehr Blödsinn zu reden.

»Du hast mit Hannah gesprochen.«

Zuerst wollte ich tun, als wüsste ich nicht, was er meinte. Doch das hier war Adam, der mir eine Lüge aus unerklärlichen Gründen sofort ansah. »Ja, habe ich.«

»Oh, Annie.« Er steckte die Tickets in seine Jackentasche und überwand die Distanz zwischen uns mit zwei langen Schritten.

Bevor ich auch nur blinzeln konnte, hatte er mich in seine Arme gezogen. Mein Kopf lag an seinem Hals, und ich spürte seinen Herzschlag. Instinktiv schlang ich meine Arme um seine Mitte. Er fühlte sich so warm, so richtig, so *Adam* an.

»Wolltest du mich aufmuntern?«

»Hm.« Nicht reden, einfach nur umarmen. Wer wusste schon, ob ich diese Chance noch einmal bekommen würde.

Mit den Händen fuhr Adam meinen Rücken behutsam auf und ab, was mich einerseits beruhigte, andererseits aber dafür sorgte, dass mein Herz mit jedem Atemzug ganz leicht vor Sehnsucht schmerzte. Ich wollte ihn nicht nur umarmen, sondern auch nie wieder loslassen müssen.

»Hannah hätte es dir nicht erzählen sollen.« Er murmelte die Worte in mein Haar, sein Atem streifte mein Ohr, und ich hätte mich nur auf die Zehenspitzen stellen müssen, um ihn zu küssen. So oft hatte ich mir ausgemalt, wie es wäre. Mein erster Kuss. In meiner Vorstellung war es der perfekte Moment. Doch seit ich Adam kannte, hatten sich die Fantasiebilder gewandelt. Es spielte keine Rolle mehr, wo der Kuss stattfand. Oder wie romantisch die Situation war. Wichtig war nur noch, dass er es war. Er und niemand sonst.

Hastig löste ich mich aus der Umarmung und setzte einen Schritt zurück. Ihn loszulassen, fühlte sich unglaublich falsch an, auch wenn ich wusste, dass es richtig war. Ich würde mich ihm nicht aufdrängen. Adam Baker liebte eine andere und war lediglich mein platonischer Freund. Daran würden meine Gefühle nichts ändern. Ich musste einfach lernen, mit ihnen umzugehen. »Bist du böse? Weil Hannah mir von deinem Streit mit Chloe erzählt hat?« Es kostete mich Überwindung, sie zu erwähnen.

Er schüttelte sacht den Kopf. »Nein, das ist nicht schlimm. Du musst mir nur versprechen, dir deswegen keine Vorwürfe zu machen. Es ist eine Sache zwischen ihr und mir. Das ist nicht deine Schuld, okay?«

Oh Gott. Es war, wie ich befürchtet hatte. »Sie ist wütend wegen der Wand?«

»Jap. Wobei wütend noch untertrieben ist. Sie hat völlig irrational reagiert.«

Ich hatte vorher gewusst, dass die pinke Glitzerfarbe keine gute Idee war. Warum hatte ich ihm den Quatsch nicht ausgeredet? Wenn er dafür die Frau verlor, die er liebte, war es die Sache nicht wert. Auch wenn ich mir wünschte, Adam würde zu mir gehören, wollte ich nicht, dass er unglücklich wurde. Erst recht nicht, wenn ich der Grund dafür war. »Ich rede mit ihr und erkläre ihr die Sache. Dann versteht sie sicher, dass du mir nur geholfen hast.« Es würde mich vermutlich zehn Jahre meines Lebens kosten, doch für Adam würde ich ein Gespräch mit Chloe überstehen.

»Das brauchst du nicht.« Seine Stimme war ruhig und tonlos.

»Sie glaubt mir bestimmt.« Sie musste einfach. »Und wenn sie das nicht tut, zeige ich ihr meine Liste. Dann wird sie es verstehen.«

»Allein die Vorstellung, wie du Chloe deine Liste zeigst, bereitet mir körperliche Schmerzen.« Er rieb sich mit beiden Händen über die Augen und seufzte leise. »Versprich mir, dich von ihr fernzuhalten.«

»Aber warum? Ich kann es erklären, dann ist sie dir nicht mehr böse.« Wenn ich wiedergutmachen konnte, was ich ihm eingebrockt hatte, würde ich das tun.

»Versprich es mir, Annie.«

»Das kann ich nicht.« Ich wollte ihn unsere Aktion nicht allein ausbaden lassen. »Es ist meine Schuld, dass ihr Streit habt, also werde ich auch versuchen, dir zu helfen.«

»Annie, bitte.« Sein Blick schien mich zu durchbohren. »Halt dich von Chloe fern.«

Mit einem Mal wurde mir eiskalt. So kalt, dass mich nicht einmal mehr Adams Schal wärmen konnte. »Du bereust unseren Deal.« Ich erinnerte mich noch gut daran, wie er all meine Bedenken abgetan hatte. Adam war sicher gewesen, dass seine Freundin kein Problem damit haben würde, wenn er mich traf. Ganz offensichtlich hatte er sich geirrt.

»Was?« Er sah mich an, als wäre ich verrückt geworden.

»Du wusstest vorher nicht, welche Konsequenzen es haben würde, wenn wir uns regelmäßig treffen.« Ich versuchte mich an einem Lächeln, doch es wollte mir nicht gelingen. »Es tut mir sehr leid, wenn du meinetwegen Schwierigkeiten hast.«

»Annie, das ist doch ...«

»Wenn du möchtest, gebe ich dir die Liste. Du musst ihr nicht verraten, von wem sie ist. Vielleicht kannst du Chloe so überzeugen«, fiel ich ihm ins Wort. Mein Hals fühlte sich an wie zugeschnürt. Jedes Wort war mühsam.

»Was zur Hölle redest du da?« War sein Blick gerade noch ungläubig gewesen, sprühte er jetzt Funken. »Ich bereue gar nichts.« Er schob die Hände in den Nacken. Lief drei Schritte nach links. Drei Schritte nach rechts. Wie ein Tiger im Käfig.

»Trotzdem bleibt das eine Sache zwischen dir und mir und geht Chloe nichts an.«

Ich begriff nicht, was sein Problem war. Wir könnten die Eifersucht seiner Freundin aus der Welt schaffen, wenn er sich nicht dagegen sträuben würde. »Was wäre so schlimm daran, wenn Chloe von unserem Arrangement erfährt?«

»Du wärst ihr nicht gewachsen, Annie. Und das meine ich durchaus positiv.«

»Weil ich naiv und unerfahren bin?« Das wusste ich bereits. Es war unnötig, mir das mitten ins Gesicht zu sagen.

Lange Sekunden stand er einfach nur stocksteif in der Kälte und starrte mich an. »Nein, nicht weil du naiv und unerfahren bist. Sondern weil du Igel und abgefuckte Footballer rettest.«

»Das verstehe ich nicht.«

»Doch, tust du.«

Ich schüttelte den Kopf. »Tue ich nicht.«

»Oh, doch.«

»Nope.« Er mochte recht damit haben, dass ich Monty gerettet hatte, aber das war auch schon alles. »Keine Footballer, nur Igel.«

Adams Lächeln war nur angedeutet, und doch wärmte es mir das Herz. »Willst du abstreiten, dass du mir unsere Abmachung nur angeboten hast, weil ich diese fürchterlichen Arbeitszeiten hatte?«

Weil du diese Arbeitszeiten hattest und weil ich Hals über Kopf in dich verliebt bin. So sehr, dass es weh tut. Doch das konnte ich ihm nicht gestehen, auch wenn ich es wollte. Also schwieg ich.

»Du hättest jeden anderen Typen an der *Ohio State* fragen können. Stattdessen hast du dich an mich gewandt und nicht lockergelassen. Deswegen ... Igel *und* Footballer. Du rettest beide Spezies.« Er kam einen Schritt auf mich zu und blieb so nah vor mir stehen, dass ich den Kopf in den Nacken legen musste, um ihn anzusehen. »Versprich mir, dich von Chloe fernzuhalten.«

»Aber wenn ihr euch meinetwegen ...« Streitet. Euch trennt. Wie auch immer der aktuelle Status bei den beiden war. Das hatte Hannah mir nicht verraten.

»Chloe und ich, das ist kompliziert. Wir haben gute Phasen und schlechte.« Er sagte das mit solch einer Selbstverständlichkeit, dass ich mich fragte, wie oft sich diese Phasen schon abgewechselt hatten. »Der Begriff On-Off-Beziehung ist für uns erfunden worden.«

Liebe hatte ich mir anders vorgestellt. Ganz anders. »Und gerade seid ihr *off*?«

»Sie kriegt sich schon wieder ein. Das tut sie immer.«

Aus Mangel an eigener, praktischer Erfahrung dachte ich an Noah und Grace. Wenn sich die beiden stritten, war meine Mitbewohnerin zu nichts zu gebrauchen. Sie schlich um ihr Handy herum und widerstand dem Drang, die Sache mit ihrem Freund wieder in Ordnung zu bringen, nie lange. Meistens rief Noah sie jedoch als Erster an. Die beiden konnten nicht ohneeinander, und in meiner Vorstellung sollte es genau so sein.

»Also. Was machen wir jetzt mit denen?« Adam hatte die Tickets aus der Tasche gezogen und wedelte mit ihnen vor meinem Gesicht herum. »Wollen wir die echt verfallen lassen?«

12. Kapitel

»Die Szene mit dem Flugzeug war der Wahnsinn.« Ich schwenkte den Becher mit dem restlichen Popcorn so enthusiastisch hin und her, dass ich einen Teil davon auf dem Gehweg verteilte. »Ups. Wolltest du noch was?«

»Danke.« Adam lehnte kopfschüttelnd ab. Im Kino hatte er alle Snacks größtenteils mir überlassen.

»Ich frage mich, wie sie das gedreht haben. Das muss eine irre Kamerafahrt gewesen sein. Von wann ist der Film? 1960?«

»Fast richtig. Von 1959.«

»So großartig.« Gedankenverloren stopfte ich mir Popcorn in den Mund. »Und dann das Ende am Mount Rushmore. Ob sie da wirklich vor Ort waren?«

»Nur bei einigen Außenszenen. Der Rest ist im Studio entstanden.«

Ich wirbelte zu Adam herum. »Du bist ein ganz schöner Film-Nerd.«

»Diese Information musst du für dich behalten, ich habe einen Ruf zu verlieren.« Seine blitzenden Augen zeigten deutlich, dass er kein Wort ernst meinte.

»Pah.« Mein leises Schnauben hallte über die verwaiste Straße. »Welchen Ruf denn?«

»Menschen haben Angst vor mir.«

Diese Bemerkung entlockte mir ein Kichern. »Klar doch.«

»Du glaubst mir nicht.«

»Kein Wort.« Wer Adam ein bisschen kannte, konnte sich nicht von ihm eingeschüchtert fühlen. Er mochte riesig sein und immer noch die Statur eines Footballers haben, doch unter all den antrainierten Muskeln schlug ein riesengroßes, sensibles Herz.

»Auf der Highschool wollte niemand gegen mich spielen, weil ich die höchste Foul-Quote der letzten zwanzig Jahre hatte.« Es schwang keinerlei Stolz in seiner Stimme mit. Vielmehr erzählte er mir von dieser unrühmlichen Statistik so lapidar, als würden wir über das Wetter reden.

»Ich nehme an, wir sprechen nicht von taktischen Fouls.«

»Nein, tun wir nicht.« Er vergrub die Hände in den Taschen seiner Jacke, während wir in gleichmäßigen Schritten weiterliefen. »Ich war ein verdammt wütender Teenager. Auf dem Footballfeld konnte ich diese Aggressionen ohne Konsequenzen rauslassen.«

»Weißt du, was die primäre Emotion war?« Wut und Aggression war fast immer nur die sekundäre Emotion, die benutzt wurde, um andere Gefühle zu verarbeiten. Manche Menschen waren wütend, weil sie traurig waren. Bei anderen stand eine große Verletzlichkeit dahinter.

Adam stieß mich sanft mit dem Ellenbogen an. »Da hat jemand Ekman gelesen.«

»Schuldig. Ich finde seine Theorie von den Basisemotionen spannend.«

»Ich auch, aber ich glaube, seine Liste ist nicht vollständig.« Es war faszinierend, wie wir einfach so durch die Nacht spazieren und über psychologische Theorien sprechen konnten. Oft wurde mir erst im Nachhinein klar, wie wertvoll manche Momente waren. Jetzt aber wusste ich sofort, wie besonders dieser Abend war. Wie besonders jeder Abend mit Adam war. »Ekman hat Angst vergessen. Angst ist für mich definitiv eine Basisemotion.«

»Er hat sie nicht vergessen. Zu seinen sieben Basisemotionen gehört Furcht.«

Adam schwieg lange Sekunden, in denen wir unserem Atem dabei zuschauten, wie er als weiße Wölkchen von der Dunkelheit verschluckt wurde. »Angst ist nicht dasselbe wie Furcht.«

So genau hatte ich mich mit Ekman nie befasst – offenbar ganz im Gegensatz zu Adam. »Was ist der Unterschied?«

»Wenn du dich fürchtest, dann vor einer bestimmten Sache. Vor einem Ereignis oder vielleicht auch einer Person. Angst ist komplexer. Du kannst Angst haben und nicht einmal wissen, wovor genau.«

Es war so offensichtlich, dass er aus eigener Erfahrung sprach. »Hattest du Angst oder hast du dich gefürchtet?«

Adam lockerte die Muskeln in seinem Nacken mit dieser Bewegung, die ich schon so oft an ihm gesehen hatte. »Beides, glaube ich. Ich habe mich gefürchtet und hatte Angst. Als Sechzehnjähriger hätte ich das allerdings niemals zugegeben.«

»Ich kann gut zuhören.«

»Das weiß ich, Annie.« Er blieb stehen und zeigte auf meine Hand. »Darf ich?«

»Popcorn? Natürlich.« Ich streckte ihm den riesigen Becher entgegen, der mindestens noch zur Hälfte gefüllt war. Allein würde ich das niemals aufessen können.

»Kein Popcorn.« Er schüttelte lächelnd den Kopf. »Deine Hand.«

»Meine Hand?« Was war damit? Ich drehte sie hin und her, konnte jedoch im Schein der Straßenlaternen nichts Ungewöhnliches erkennen.

»Manchmal bist du hinreißend.« Bevor ich die Chance hatte, diesen Satz richtig zu erfassen, hatte Adam auch schon nach meiner Hand gegriffen und seine Finger mit meinen verschlungen.

»Oh.« *Das* hatte er gemeint.

»Ja, oh. Ist das okay?«

Ich beeilte mich zu nicken. Natürlich war es okay. Mein Puls rauschte so laut in meinen Ohren, dass ich meine Gedanken kaum hören konnte. Zum ersten Mal hielt jemand meine Hand. Nein, nicht *jemand*. Adam. Adam, dessen Haut so angenehm weich war und der mit dem Daumen meinen Handrücken in rhythmischen Bewegungen auf und ab fuhr.

»Also.« Er atmete laut ein und wieder aus. »Ich war ein schrecklicher Teenager. Ein Problemkind, wie meine Eltern nicht müde wurden, mir immer wieder vorzuhalten. Eigentlich war *Problemkind* aber nur die Umschreibung für *schreckliche Enttäuschung*.« Wir schlenderten so langsam, dass wir in diesem Tempo noch ewig bis nach Hause brauchen würden. Doch das war mir nur recht. Solange er meine Hand hielt, würde ich mit ihm bis ans Ende der Welt laufen.

»Mein Vater ist Arzt, hat Hannah dir mal davon erzählt?«

»Nein.« Hannah bereitete sich auf die Med School vor, was mir einen Heidenrespekt abverlangte. Dass ihr Dad jedoch Arzt war, hatte sie nie erwähnt.

»Doktor Charles Anthony Baker ist laut eigener Aussage einer der drei besten Herzchirurgen des Landes. Wenn du ihn allerdings nach der Rangfolge fragst, wird schnell klar, dass die anderen beiden weit hinter ihm platziert sind.« Seine Stimme klang auf einmal kühl und distanziert. Als Zeichen, dass ich für ihn da war, drückte ich leicht seine Finger. Was auch immer er mir beichtete, es würde meine Meinung über ihn nicht ändern.

»Er ist ein brillanter Mediziner, aber ein lausiger Vater.« Adam suchte nach den richtigen Worten, und ich gab ihm diese Zeit. »Zu meinem sechsten Geburtstag habe ich mir nichts sehnlicher als ein Fahrrad gewünscht. Wochenlang habe ich auf den Tag hingefiebert, weil ich mit den anderen Kindern in unserer Straße um die Wette fahren wollte. Weißt du, was er mir geschenkt hat?«

Kein Fahrrad, das konnte ich an Adams düsterem Blick ablesen.

»Ich bekam einen Aufenthalt im Sommer-Camp der *Northwestern University* für hochbegabte Kinder.«

»Du bist ...«

»Nein, ich bin nicht hochbegabt.« Er schüttelte den Kopf, als könnte er damit die eindeutig schmerzlichen Erinnerungen abstreifen. »Ich war sechs Jahre alt, fünfhundert Meilen von zuhause entfernt und mit Abstand das dümmste Kind unter lauter Genies.«

Mein Herz schwoll an vor lauter Mitgefühl für den sechsjährigen Adam. »Das muss grauenhaft gewesen sein.«

»Damals habe ich gelernt, meine Angst in Wut zu kanalisieren. Die anderen waren vielleicht klüger als ich, aber sie waren kleiner und schmächtiger.« Er hielt meine Hand mittlerweile so fest, dass es fast unangenehm war. Doch das schien er nicht zu bemerken. »Nach vier Wochen wurde ich rausgeworfen, und meine Eltern mussten mich abholen. Mein Vater hat ein Jahr lang kein Wort mit mir gesprochen.«

»Liebesentzug.« Damit kannte ich mich aus. Zwar nicht in dieser krassen Form, doch meine Großmutter war immer kühl und distanziert gewesen. Wenn ich sie verärgert hatte, noch viel mehr als üblich.

»Keine Ahnung, ob man es so nennen kann. Wenn keine Liebe da ist, kannst du sie einem Kind auch nicht entziehen.«

Ich wollte ihn umarmen, ihm wieder und wieder ins Ohr flüstern, dass alles gutwerden würde, und ihn nie wieder loslassen.

»Ich habe versucht, es ihm recht zu machen. Jahrelang.« Er schnaubte verächtlich. »Das ist eine normale Reaktion, das ist mir klar, aber ich finde die Vorstellung beschämend, dass ich indirekt um seine Liebe gebettelt habe.«

»Das hätte jedes Kind getan.« Es war das typische Verhalten emotional vernachlässigter Kinder. Manche lehnten sich gegen die Eltern auf, um so eine Reaktion zu erzwingen. Andere versuchten, es ihnen recht zu machen, um dadurch beachtet zu werden.

»Das ging so, bis ich fünfzehn war. Zu der Zeit habe ich schon Football gespielt, und der große Charles Baker meinte, es wäre besser, wenn ich mich ausschließlich auf meine akademischen Leistungen konzentrieren würde. Ich war nicht hochbegabt und musste daher in seiner Vorstellung doppelt so hart arbeiten, um einmal etwas aus mir zu machen.«

»Er wollte dich dazu bringen, Football aufzugeben?«

»Damals hat er mich vor die Wahl gestellt.« Der Zynismus sprang mir aus jeder Silbe entgegen. »Entweder ich würde mich nur noch darauf vorbereiten, einmal Medizin zu studieren und in seine Fußstapfen zu treten, oder ich wäre nach der Highschool auf mich allein gestellt.«

»So ein Mistkerl!« Das Schimpfwort platzte, ohne nachzudenken, aus mir heraus. »Tut mir leid, er ist immerhin noch dein Vater.«

»Mistkerl passt ganz gut.« Mittlerweile hatte sich Adams Griff um meine Finger etwas gelockert. »Ich habe seit fünf Jahren kein Wort mehr mit ihm gesprochen. Durch das Football-Stipendium bin ich bestens alleine klargekommen, aber wie das ausgegangen ist, weißt du ja.«

»Und deswegen will Hannah Medizin studieren.«

»Ich würde gerne sagen, er hätte sie gezwungen, aber für sie ist es das Richtige. Sie *will* Menschen aufschneiden, ich eher nicht. Er ist zum Glück immer viel zu beschäftigt, um Hannah zu besuchen. Wenn er wüsste, dass ich mit ihr zusammen in der Wohnung lebe, die er finanziert, würde ihn der Schlag treffen.«

»Würde ihm recht geschehen.« Ich hatte mich immer bedauert, weil ich meine Eltern nicht kennengelernt hatte. Die Vorstellung, dass man Eltern hatte, die sich so grauenhaft wie Adams Vater verhielten, war mir nie in den Sinn gekommen. »Deine Mom unterstützt das alles?«

»Wir telefonieren manchmal, ohne dass mein Vater davon weiß. Aber sie kann sich nicht gegen ihn behaupten. Das konnte sie noch nie.«

»Versprichst du mir etwas?« Ich musste es einfach loswerden, auch wenn Adam danach vermutlich zu Recht nie wieder ein Wort mit mir wechseln würde, weil ich sämtliche Grenzen der Freundschaft überschritt. Doch es war so schrecklich offensichtlich. »Es geht mich nichts an, aber ...«

Er blieb abrupt stehen, wandte sich mir zu und musterte mich eingehend. »Ich weiß, was du sagen willst.«

»Versprich mir, nicht böse zu werden.« Dass er weiterhin meine Hand hielt, interpretierte ich als gutes Zeichen. Er hätte mich genauso gut stehen lassen können.

»Weil du die Wahrheit aussprichst?« Das traurigste Lächeln der Welt erschien auf seinen Lippen. »Ich verspreche, nicht böse zu sein, weil du mir jetzt erklären wirst, dass ich mit Chloe in die Muster von früher verfalle.«

Liebe sollte uns frei machen. Uns Flügel verleihen. Doch manchmal war sie wie ein Käfig, aus dem es kein Entrinnen gab. Wer wusste das besser als ich? Mein Leben lang hätte ich alles für ein paar hingeworfene Brocken Zuneigung getan. Und dass ich einen Kerl dafür bezahlte, mit mir auf Dates zu gehen, zeigte nur, wie verzweifelt ich wirklich war. Wir waren uns so viel ähnlicher, als ich jemals angenommen hätte.

Es gab Momente, in denen nichts außer einer festen Umarmung half. Dies war eindeutig einer davon. Ich ließ Adams Hand los, stellte mich auf die Zehenspitzen und schlang die Arme um seinen Oberkörper.

Er zögerte nur kurz, bevor er meine Umarmung erwiderte und mich so eng an sich zog, dass mir beinahe die Luft wegblieb. Sein warmer Atem an meinem Ohr war wie eine Liebkosung. Ich sehnte mich nach ihm. Nach den sarkastischen Teilen, den sturen, den heilen und den kaputten. Vom ersten Augenblick an war ich chancenlos gewesen, mich gegen diese Gefühle zu wehren. Aus einem unerfindlichen Grund hatte ich ihn gesehen und es sofort gewusst. Emily hatte mal gesagt, Josh wäre ihr Mensch. Zum ersten Mal verstand ich, was sie damit gemeint hatte. Adam war mein Mensch, egal wie viele Chloes es in seinem Leben gab oder ob er meine Gefühle erwiderte.

Als wir uns voneinander lösten, griff er sofort wieder nach meiner Hand – als wäre es das Selbstverständlichste der Welt. »Danke fürs Zuhören.«

»Danke für dein Vertrauen.«

»Vertrauen.« Er wiederholte das Wort langsam. »Du hast recht. Ich vertraue dir.« Es klang fast, als wäre er darüber verwundert. »Außer Hannah weiß niemand von meinem Dad.«

»Meine Lippen sind versiegelt.« Niemals würde ich seine Geheimnisse weitererzählen.

»Ich weiß.« Er beugte sich vor, und ehe ich auch nur blinzeln konnte, gab er mir einen flüchtigen Kuss auf die Wange. »Und deswegen bist du vermutlich der einzig wahre Freund, den ich habe.«

Freund. Völlig verdattert aufgrund der plötzlichen Berührung seiner Lippen, war mir nach Lachen und Weinen gleichzeitig zumute. Sein Freund zu sein, wäre großartig, wenn mein Herz bei diesem Begriff nicht wild schlagend protestiert hätte.

Die nächsten zwei Blocks legten wir schweigend zurück. Die Stille war nicht erdrückend oder unangenehm, es war vielmehr so, als wären wir beide gedanklich noch intensiv mit dem beschäftigt, was eben passiert war.

Etwas hatte sich verändert zwischen uns. Es war nicht greifbar und ich konnte es auch nicht benennen. Aber ich spürte es deutlich. »Ist es okay, wenn ich dir von mir erzähle?«

»Das musst du nicht.« Adam drückte erneut meine Hand.

»Ich möchte aber.«

»Sicher? Nur weil ich meine Kindheit vor dir ausgebreitet habe, musst du das nicht auch tun.«

Ich war mir ganz sicher. So sicher wie selten zuvor in meinem Leben. »Als ich klein war, wollte ich ein Vogel sein. Ich habe stundenlang vor dem Fenster gesessen und mir ausgemalt, wie es wäre, einfach die Flügel auszubreiten und wegzufliegen.«

»War sie sehr streng zu dir?«

»Sie hat mich nie geschlagen, falls du das meinst.« Meine Kindheit war nicht gewalttätig gewesen – jedenfalls nicht auf physische Art. »Aber sie hat mich isoliert. Bis ich elf Jahre alt war, kannte ich außer ihr nur die Haushälterin. Niemanden sonst.«

Bei meinen Worten zog mich Adam ein Stück näher an sich heran, bis meine Schulter bei jedem Schritt seinen Oberarm berührte. »Was hat sich mit elf geändert?«

Gerne hätte ich davon erzählt, dass ich weggelaufen wäre. Dass ich den Mut gefunden hätte, einfach aus dem Fenster zu klettern, während meine Großmutter ihren Mittagsschlief hielt. Doch mutig war ich nie gewesen. Das Unbekannte jenseits des eigenen Horizonts hatte mir trotz aller Sehnsucht immer Angst gemacht. »Ich bekam einen Privatlehrer. Großmutter konnte oder wollte mich nicht mehr selbst unterrichten.« Bei der Erinnerung krampfte sich mein Magen schmerzlich zusammen. »Mister Russel war mindestens so fanatisch wie sie. Das erklärt wohl, warum sie ihn ausgewählt hat.«

»Religiös fanatisch?«

»Hm.« Ich nickte. »Mit vierzehn konnte ich die Bibel seitenweise auswendig aufsagen.«

»Wieso war deine Familie so?«

»Nicht meine Familie. Nur Großmutter. Meine Mom war ihr einziges Kind und ist mit achtzehn von zuhause abgehauen. Kurz darauf hat sie meinen Dad kennengelernt, und ich wurde geboren.« All diese Informationen stammten von unserer Haushälterin. Meine Großmutter hatte Mom und Dad niemals erwähnt. Mit keinem Wort. »Nach dem Unfall meiner Eltern bin ich zu ihr gekommen.«

»Wie alt warst du da?« Adam klang interessiert, doch nicht neugierig. Ich wusste, dass ich dieses Gespräch jederzeit abbrechen könnte, ohne dass er mir böse wäre. Genau deswegen fiel es mir so leicht, ihm alles zu erzählen.

»Zwei Jahre. Leider kann ich mich nicht an meine Eltern erinnern.« Und das war das Allerschlimmste. Ich hatte kein Foto, kein Erbstück, nicht mal eine einzige Erinnerung. »Als ich noch klein war, habe ich mit ihnen geredet. Als wären sie imaginäre Freunde.«

Adam nahm meine Hand und steckte sie zusammen mit seiner in die warme Tasche seiner Jacke. »Besser?« Erst jetzt bemerkte ich, dass ich zitterte.

»Viel besser.« Solange er meine Hand hielt, konnte mir die Kälte nichts anhaben. Weder die der Nacht noch die der Vergangenheit.

»Meinst du, wir hätten uns gemocht?«

»Wer?«

»Wir beide. Wenn wir uns zehn Jahre früher getroffen hätten.«

Ein absurder Gedanke, der gleichzeitig das Bild von Adam als Teenager heraufbeschwor. »Vermutlich nicht. Ich war nach gültigen Standards wohl merkwürdig.«

»Das bist du heute noch.« Er drehte sich zu mir um, sodass ich das Lächeln in seinem Gesicht sehen konnte. »Und das ist gut. Wirklich.«

»Letztens hast du gesagt, ich wäre seltsam.« Genau dieses Wort hatte er in der Nacht auf der Couch seiner Schwester benutzt. *Seltsam.*

»Seltsam merkwürdig.«

»Das soll etwas Gutes sein?«

»Oh, ja.« Er blieb stehen und schob sich mit der linken Hand die Haare hinters Ohr. »Siehst du die?«

»Deine Ohren?«

»Blöde Frage. Ich weiß, dass sie schlecht zu übersehen sind.« Er grinste, und ich hatte keine Ahnung, wo diese Unterhaltung hinführte. »Bis ich sechzehn war, hatte ich zwei Millimeter lange Haare. Kannst du dir vorstellen, was das bedeutete?«

Dass man seine reizenden Ohren jederzeit bewundern konnte und er sie nicht hinter langen Strähnen versteckt hatte? Doch darauf wollte er sicher nicht hinaus. »Du warst morgens schneller im Bad?«

Meine Frage entlockte ihm ein lautes Lachen. »Ja, das auch. Eigentlich wollte ich dir damit aber verdeutlichen, dass ich mit großem Abstand der uncoolste Typ an unserer Highschool war. Wir hätten zusammen seltsam sein können.«

»Glaub mir, ich wäre uncooler gewesen.«

»Ist das eine Herausforderung?«

Ich zuckte mit den Schultern. »Du übertriffst mich nicht. Ich musste sackartige, graue Kleider tragen, bis ich achtzehn war.« Fröhliche Farben waren laut meiner Großmutter eine Einladung zur Sünde. Trotzig kuschelte ich mich tiefer in den sonnengelben Schal.

»Ich hatte eine Zahnspange.« Als ich ihn mit einer skeptisch hochgezogenen Augenbraue bedachte, hob er abwehrend die Hand. »Es war keine von den unsichtbaren, sondern eines von diesen schrecklichen, silberfarbenen Modellen. Und ich hatte Akne.«

»Du warst also ein normaler Teenager. Verstehe.«

»Normal?« Er schnaubte leise. »Erzähl das den Mädchen, mit denen ich ausgehen wollte. Mein erstes Date hatte ich mit siebzehn, und das vermutlich auch nur, weil ich ganz gut Football spielen konnte.«

»Wie war das? Dieses erste Date?« Theoretisch hatte ich selbst mein erstes Date bereits hinter mir. Mit Adam. Ich hatte einen geschwungenen Haken auf meiner Liste hinter den Punkt *ein Date haben* gemacht, doch es war nicht echt gewesen. Egal wie viel Mühe wir uns gaben, wir wussten beide, dass er mir nur dabei half, irgendwann ein echtes erstes Date ohne Nervenzusammenbruch zu überstehen.

»Ehrliche Antwort? Schrecklich. Ich habe in den ersten zwei Stunden fast kein Wort herausbekommen, weil ich so nervös war.« Er verzog das Gesicht zu einer schrägen Grimasse. »Es war für uns beide keine gute Erfahrung. Ich muss wohl nicht erwähnen, dass es bei diesem einem Date geblieben ist. Sie hat danach nie wieder mit mir gesprochen.«

»Okay, du hast mich überzeugt.« Ich stieß ihm mit dem Ellenbogen sanft in die Seite. »Du bist genauso uncool wie ich.«

»Sag ich doch. Wir wären gemeinsam seltsam gewesen.«

Er klang so selbstzufrieden, dass ich lediglich mit den Augen rollte. Aus einem unerfindlichen Grund schaffte er es immer wieder, selbst die schrecklichsten Themen in etwas Gutes zu verwandeln. Wenn ich mit Adam zusammen war, fühlte ich mich normal – das war berauschend.

»Hast du das gehört?« Adam blieb so abrupt stehen, dass ich fast gestolpert wäre.

»Ich höre nichts.« Wir waren nur noch drei Blocks von der Uni entfernt und hatten eine Abkürzung über den Parkplatz des *Columbus Square Shopping Centers* genommen.

»Da. Schon wieder.« Er ließ meine Hand los und ging auf eins der geparkten Autos zu. Als er am Vorderreifen angekommen war, bückte er sich, um im nächsten Moment etwas Kleines, Pelziges in die Höhe zu halten.

»Ist das eine Katze?« Mit wenigen Schritten war ich bei ihm und betrachtete das zitternde Etwas, das sich schutzsuchend an seine Jacke schmiegte. Als es mich aus großen Augen anstarrte, war es um mich geschehen. Adam hielt eine Babykatze in den Händen, die nicht älter als sechs Wochen sein konnte. Ihr Fell stand wirr ab und schien verklebt zu sein. Genau konnte ich es nicht erkennen. »Wir müssen ihr helfen.«

Er nickte, bevor er mir das Kätzchen in die Hand drückte. »Ich sehe nach, ob da noch mehr sind.«

Schnell nahm ich den Schal ab und baute eine Art Nest vor

meiner Brust, in das sich unser Findelkind sofort kuschelte. Die Temperaturen waren so eisig, dass es eine Nacht hier draußen sicher nicht überstehen würde.

»Es ist allein.« Adam tauchte wieder hinter dem Wagen auf und zog sein Handy aus der Hosentasche. »Ich werde kurz googeln, wo wir es abgeben können.«

Abgeben? Dieser Gedanke schien dem Kätzchen genauso wenig zu gefallen wie mir. Es maunzte herzergreifend. »Erst mal sollten wir es füttern. Wer weiß, wie lange es schon nichts mehr gegessen hat.«

»Annie.« Sein Tonfall glich dem eines strengen Lehrers. »Ich weiß, worauf das hinausläuft.«

»Gar nicht.«

»Du willst behaupten, dass du nicht gerade überlegst, wie du es ins Wohnheim schmuggeln kannst?«

Der Gedanke war mir durchaus gekommen, doch hatte die Sache einen Haken. Zwei sogar. »Tiere sind im Wohnheim verboten.«

»Das hat dich nicht davon abgehalten, einen Igel zu beherbergen.«

Da hatte er durchaus ein Argument. »Stimmt, aber ich kann ihn oder sie hier nicht mitnehmen, weil Grace allergisch ist.« Das Kätzchen suchte sich diesen Moment aus, um seinen Kopf an meinem Kinn zu reiben. »Können wir es bitte erst füttern und dann besprechen, was wir mit ihm machen?«

Adam brauchte nicht länger als ein paar Sekunden, in denen die Babykatze und ich ihn flehend ansahen. »Morgen bringen wir es in ein Tierheim.«

»Hast du das gehört? Du darfst bleiben.« Ich drückte dem Kleinen einen Kuss auf das Fell, den es mit einem leisen Schnurren quittierte. »Es mag mich.«

»Nur bis morgen, Annie.« Er rieb sich über die Schläfe, als hätte er Kopfschmerzen. »Du kannst es nicht behalten, und ich will kein Haustier.«

»Hör gar nicht auf den bösen Mann. Er meint das nicht so.« Mit dem Zeigefinger streichelte ich dem schnurrenden Etwas in meinen Armen vorsichtig über den Hinterkopf. »Er mag Babykatzen.«

»Tut er nicht. Er ist ein Hundemensch.«

»Hey.« Ich stieß mit meiner Schulter gegen Adams Oberarm. »Es hört dich doch.«

»Wie viel kann so ein kleines Tier fressen?« Wir saßen in Adams Zimmer auf dem Boden und beobachteten, wie sich das graugetigerte Kätzchen auf die zweite Portion Futter stürzte. Montys beachtlicher Vorrat an kam uns in dieser Situation sehr gelegen. Adam war mit dem Kätzchen zu seiner Wohnung gelaufen, während ich das Futter geholt hatte.

Grace war bereits im Bett gewesen, und auch Hannah schlief schon, sodass wir es zu dritt unbemerkt in Adams Zimmer geschafft hatten.

»Ich habe keine Ahnung von Katzen, sag du es mir.« Adam war immer noch grummelig, weil ich ihn überredet hatte, nicht direkt das nächste Tierheim anzusteuern.

»Wir haben genug Futter.« Lächelnd lehnte ich mich mit dem Rücken gegen den Kleiderschrank und schlang die Arme um meine Knie. Die glitzernde, rosa Wand. Adam. Das Kätzchen. Manchmal brauchte es nicht viel, um glücklich zu sein.

»Und du glaubst, es benutzt den Karton und macht mir nicht auf den Teppich?«

Wir hatten aus einem alten Schuhkarton und ein bisschen Erde ein provisorisches Katzenklo gebastelt, das am anderen Ende des Zimmers stand. »Bestimmt. Wenn nicht, mache ich es sauber.«

»Und falls du nicht hier bist, wenn es mir auf den Teppich pinkelt?« Er hatte die Stirn in tiefe Falten gelegt, als er seinen neuen Mitbewohner dabei beobachtete, wie er sich vorsichtig tapsend im Zimmer umsah.

»Dann darfst du mir das mindestens drei Tage vorhalten.«

»Das werde ich tun.« Im nächsten Augenblick stand er auf und hielt das Fellknäuel davon ab, seine Krallen an einem Paar

Sneaker zu schärfen. »Nein, nein, nein. Pfui. Das sind Schuhe. Die brauche ich noch. Wir zerstören keine Schuhe. Okay, Buddy?« Das Kätzchen schien unbeeindruckt und setzte seine Erkundungstour mit erhobenem Schwanz fort.

»Er braucht einen Namen.«

Adam hockte sich wieder auf den Teppich, wirkte aber so angespannt, als rechnete er damit, jeden Moment wieder aufspringen zu müssen. »Wir bringen es morgen ins Tierheim. Es braucht keinen Namen.«

»Jeder sollte einen Namen haben. Auch dieser kleine Kater.«

Verdattert schaute er mich an. »Woher weißt du, dass es männlich ist?«

»Das sieht man.«

»Woran?«

Lachend neigte ich den Kopf zur Seite und zwinkerte ihm zu. »Ist die Frage ernst gemeint?«

»Du hast dem armen Tier ... Vergiss es, ich will nicht wissen, was genau du an ihm inspiziert hast.«

Wir beobachteten den Kater dabei, wie er seine Runde durch das ganze Zimmer machte, bevor er auf das Bett hüpfte und sich einrollte. Ich hatte damit gerechnet, dass Adam den Kleinen sofort verscheuchen würde, doch er blieb sitzen und wirkte auch nicht mehr so angespannt. »Willst du ihm wirklich einen Namen geben?«

Ich nickte. »Unbedingt.«

»Wenn er einen Namen hat, wird es schwieriger, sich von ihm zu trennen.«

Unbeeindruckt zuckte ich mit den Schultern. »Wird es sowieso. Aber wenn wir ihn einen Tag behalten, kann ich vielleicht einen Punkt auf meiner Liste abhaken. Auch wenn es vermutlich nicht richtig zählt.«

»Du hast eine Katze auf deiner Liste stehen?«

»Ich durfte nie Haustiere haben. Das war einer der ersten Punkte, die ich aufgeschrieben habe.« Als Kind hatte ich mir nichts mehr als einen Hamster, eine Katze oder einen Hund gewünscht. Eigentlich wäre mir jedes Tier recht gewesen.

»Wie wäre es mit Tarzan?«

»Wieso sollten wir dieses unschuldige Wesen Tarzan nennen?« Der kleine Kater schlief tief und fest auf Adams Kopfkissen und schnarchte dabei ganz leise. »Er sieht nicht aus wie ein Tarzan.«

»Aber er ist ein Findelkind. Wie Tarzan.«

»Bestechende Logik, aber ich bin nicht überzeugt.« Unter keinen Umständen würde das Kätzchen diesen Namen bekommen.

»Shir Khan?«

Das *Dschungelbuch* hatte ich vor vielen Jahren gelesen. Es hatte in der großen Bibliothek meiner Großmutter gestanden. »Er ist doch kein Tiger. Und schon gar kein bösartiger.«

Adam hielt einen seiner Sneaker hoch, die er vor den Krallen des Kätzchens gerettet hatte. »Bist du dir da sicher?«

»Du stehst auf Schuhe, hm?« Er trug üblicherweise fast ausschließlich Schwarz. Ganz selten mal ein graues oder dunkelblaues Teil. Seine Klamotten waren ihm augenscheinlich nicht besonders wichtig, doch das schien nicht für Schuhe zu gelten. Ich war mir sicher, ihn nicht zweimal mit demselben Paar an den Füßen gesehen zu haben.

»Weil ich sie mir nicht zerstören lassen will?« Er streichelte grinsend über den Schuh und warf ihm dabei einen liebevollen Blick zu.

»Adam Baker hat einen Schuhtick.« Mein eigenes Grinsen war sicherlich nicht weniger breit als seines. »Wenn du nett zu Carl bist, verrate ich das niemandem.«

»Carl?« Er hob den Kopf und sah mich fragend an. »Wer ist Carl?«

»Der Kater. Ich möchte ihn Carl nennen.«

»Warum ausgerechnet dieser Name?«

»Nach Carl Rogers, dem Psychologen.«

Adam räusperte sich gespielt empört. »Tarzan passt nicht, aber Carl ist der richtige Name?«

»Du weißt, was Rogers propagiert hat.« Ich war mir sehr sicher, dass sich Adam mit Rogers Theorien auskannte. Es gab kaum etwas auf dem Gebiet der Psychologie, wovon er nicht mindestens ebenso viel verstand wie ich – das hatte ich durch unsere Gespräche gelernt.

»Du meinst den Ansatz, dass Menschen gut sind?«

»Genau.« Im Gegensatz zu vielen seiner Kollegen ging Carl Rogers davon aus, dass Menschen grundsätzlich gut waren. Er vertrat damit eine Theorie, die nur von wenigen Psychologen geteilt wurde. Die meisten nahmen an, dass der Mensch böse wäre und nur durch äußere Umstände dazu gebracht wurde, diese Veranlagungen nicht auszuleben. »Der kleine Mann hat sich von uns aufsammeln und füttern lassen. Jetzt schläft er seelenruhig auf deinem Bett. Ihm kommt gar nicht in den Sinn, dass wir ihm etwas tun könnten. Er vertraut uns, obwohl er uns überhaupt nicht kennt.«

Kopfschüttelnd ließ Adam seinen Blick zwischen dem Kater und mir hin und her wandern. »Okay, Tarzan, dann heißt du jetzt wohl Carl.«

13. Kapitel

»... und heute Morgen habe ich mich fast zu Tode erschreckt.«

Ich saß im Wohnzimmer auf dem Sitzsack neben der Heizung und hielt ein Buch in der Hand, auf das ich mich nicht konzentrieren konnte, weil sich Hannah und Grace so laut unterhielten. Die beiden hatten für uns gekocht und nippten jetzt jeweils an einem Glas Wein, den Hannah mitgebracht hatte.

»Als ich aus der Dusche kam, saß da plötzlich dieses Tier im Flur.«

Carl. Er musste einen Weg aus Adams Zimmer gefunden haben. Der kleine Kerl war ein neugieriger Entdecker. Ich fühlte mich fast wie eine stolze Mutter.

»Adam sagt, er hat ihn gestern Nacht aufgelesen und wird ihn heute ins Tierheim bringen.«

Bei der Vorstellung, Carl nie wiederzusehen, griff ich nach meinem Weinglas und trank einen kleinen Schluck der bitteren Flüssigkeit. Wir hatten das Richtige getan. Carl würde ein wundervolles Zuhause finden und dort glücklich leben. Vermutlich konnte er sich schon bald nicht mehr an uns erinnern, doch ich würde ihn niemals vergessen.

»Das ist nett von deinem Bruder.« Die Verwunderung in Grace' Stimme ärgerte mich. Adam war kein Mensch, der ein Katzenbaby erfrieren lassen würde.

»Als ich losmusste, hat er noch geschlafen. Das kleine Kerlchen lag eng an ihn gekuschelt neben ihm im Bett.«

Bei Hannahs Erzählung krampfte sich mein Herz schmerzhaft zusammen. Was hätte ich darum gegeben, heute Morgen mit den beiden aufzuwachen. Adam hatte es mir sogar angeboten. Er hätte sich auf der Couch eingerichtet und mir sein Bett überlassen. Dann hätte ich allerdings Hannah erklären müssen, warum ich bei ihrem Bruder übernachtete. Das war keine besonders angenehme Vorstellung. Mit der Nase in meinem Buch versuchte ich mir nicht anmerken zu lassen, wie aufmerksam ich das Gespräch verfolgte. Wenn ich Glück hatte, würde sie noch mehr von Adam und Mini-Carl erzählen.

»Mir tut es fast leid, dass er die Katze wieder abgeben will.« Hannah zog ihr Handy aus der Tasche und hielt es Grace unter die Nase. »Süß, oder?«

»Sehr niedlich.«

Carl war nicht nur niedlich, er war reizend. Der hübscheste Kater der Welt.

»Willst du das Foto auch sehen, Annie?«

Ich tat, als hätte ich nicht zugehört. »Ein Foto? Später vielleicht.« Gestern hatte ich mit Absicht kein einziges Bild von Carl geschossen. Die Erinnerungen würden mich nur traurig machen. Wenn Grace nicht allergisch wäre, hätte ich mich niemals darauf eingelassen, ihn ins Tierheim zu bringen. Hoffentlich behandelten sie ihn dort gut.

»Sobald ich ihn das nächste Mal wach erwische, wird er mir auch das hier erklären müssen.« Sie schob das Handy wieder in Grace' Sichtfeld.

»Pink?«

»Jap.« Hannah schüttelte ungläubig den Kopf. »Mein Bruder hat eine Wand seines Schlafzimmers in Glitzerpink gestrichen.«

So gut es ging, versuchte ich mich hinter meinem Buch zu verstecken.

Stirnrunzelnd betrachtete Grace das Foto noch einmal. »Vielleicht mag er die Farbe.« Am liebsten hätte ich sie für diese Aussage geküsst. Sie wusste ganz genau, wer für Adams Wand verantwortlich war, versuchte jedoch Hannah in eine andere Richtung zu lenken.

»Daran wäre auch nichts auszusetzen, aber mein Bruder hat alle Farben außer Schwarz schon immer gehasst.«

Ich war versucht, sie an seine Sneaker-Sammlung zu erinnern, die in allen Regenbogenfarben leuchtete, doch ich zwang mich, den Mund zu halten. Dass ich Adams Schuhe so genau kannte, behielt ich lieber für mich.

»Wenn ich es nicht besser wüsste, würde ich sagen, er hat dir mit deiner Liste geholfen.«

Ruckartig hob ich den Kopf und starrte erst Hannah, danach Grace an. Meine Mitbewohnerin zwinkerte mir verschwörerisch zu.

Wenn Hannah erfuhr, dass sie mit ihrer Vermutung richtig lag, war ich geliefert. Sie meinte es nur gut, doch ihr Enthusiasmus war manchmal beängstigend. Ich wollte nicht von ihr in peinliche Situationen gebracht werden, wenn es um Adam ging. Alles, nur nicht das.

Mein stummes Flehen zeigte Wirkung. Grace rettete mich wie eine Superheldin. »Heute Mittag hast du gesagt, dass du Annie unbedingt etwas erzählen willst.« Sie stupste Hannah an, die daraufhin ihr Handy mit dem verräterischen Foto in ihrer Hosentasche verstaute.

»Oh, stimmt.« Hannah setzte sich auf und strahlte mich über das ganze Gesicht an. Das glitzerpinke Mysterium schien vergessen. »Du hast ein Date.«

»Ich habe *was*?« Dates hatte ich nur mit Adam – und davon wusste Hannah nichts. Es sei denn, er hatte ihr doch davon erzählt.

»Ein Date.« Ihr Lächeln wurde noch breiter. »Mit dem vermutlich nettesten Typen der ganzen *Ohio State*.«

Grace hob abwehrend die Hände. »Ich hatte keine Ahnung davon.«

Immerhin hatte sie mich nicht absichtlich in diese Falle laufen lassen. Doch war das nur wenig tröstlich, wenn ich keine Ahnung hatte, wie ich Hannah stoppen sollte.

»Blake ist auch Pre Med, genauso wie ich. Er hat sich vor einem halben Jahr von seiner Freundin getrennt. Das ist lange genug her, sodass er vermutlich kein gebrochenes Herz mehr hat und niemanden sucht, der ihn nur tröstet.«

»Ich ...« Mir fehlten die Worte.

»Er hilft am Wochenende im Altenheim aus. Freiwillig.« Sie schüttelte sich – ob vor Erstaunen oder Abneigung war unklar. »Letztens hat er erzählt, dass er in die Pädiatrie gehen will.«

Dieser Kerl musste ein wahrer Heiliger sein. Freiwilliger Dienst im Altenheim und auch noch zukünftiger Kinderarzt.

Das klang fast zu perfekt, um wahr zu sein.

»Vielleicht ist er optisch nicht unbedingt dein Typ, aber er sieht gut aus.«

»Das ist mir egal.« Ob dieser Blake attraktiv war oder nicht, spielte keine Rolle. Ich würde definitiv nicht mit ihm ausgehen.

»Du hast mir ja beschrieben, welche Art Mann du magst, und Blake ist leider genau das Gegenteil. Groß, dunkelhaarig, macht regelmäßig Sport.« Entschuldigend sah sie mich an. »Du solltest ihm trotzdem eine Chance geben. Ich bin mir sicher, du wirst ihn mögen.«

In diesem Moment fiel mir auf die Füße, wie ich Hannah meinen angeblichen *Traumtypen* beschrieben hatte. Dieser Blake schien exakt meinem Ideal zu entsprechen. Die Ohren vielleicht ausgenommen. »Ich würde mich lieber nicht mit ihm treffen.« Aus tausend Gründen. Und doch zählte nur einer davon. Adam. Solange ich hoffnungslos in Hannahs Bruder verliebt war, waren Verkupplungsversuche keine gute Idee.

»Nur ein Date, Annie. Bitte.«

Grace, die bis jetzt geschwiegen hatte, räusperte sich leise. »Hast du etwa schon mit ihm gesprochen?«

Verschämt zog sich Hannah die Kapuze ihres Hoodies tief ins Gesicht. »Vielleicht?«

Sie war eine Freundin und ich hatte sie wirklich furchtbar gern, doch dies war einer dieser Momente, in denen ich sie am liebsten erwürgt hätte. »Was hast du ihm über mich erzählt?«

»Nicht viel. Nur dass du bezaubernd bist.« Sie klang, als würde sie glauben, was sie da behauptete. »Er weiß nichts von der Liste. Ich schwöre.«

»Hast du ihm gesagt, dass ich noch nie ein Date hatte?« Das stimmte zwar nicht mehr, doch davon ahnte Hannah nichts.

»Nein, habe ich nicht.« Sie hob feierlich eine Hand. »Versprochen. Ich habe lediglich erwähnt, dass du in den letzten Monaten selten ausgegangen bist.«

»Wir sollten Annie nicht so bedrängen.« Grace, die Stimme der Vernunft und vielleicht erneut meine Rettung. »Wenn sie ein arrangiertes Date möchte, wird sie uns das mitteilen.«

»Also theoretisch hat sie dieses arrangierte Date schon.« Hannah biss sich auf die Unterlippe und wirkte dabei so schuldbewusst, dass ich Schlimmes ahnte.

»Was hast du getan?«

»Vielleicht habe ich Blake eventuell zugesichert, dass du dich unter Umständen mit ihm im *Ohio Theatre* triffst, um dir eine Aufführung von *Herakles* anzusehen.«

Eine griechische Tragödie? Für ein erstes Date? »Warum sollte ich mit einem Wildfremden ins Theater?«

»Nach der Sache mit Matthew Snyder hatte ich so ein schlechtes Gewissen. Immerhin war es meine Idee.« Sie erhob sich von der Couch, kam auf mich zu und kniete sich vor meinem Sitzsack auf den Teppich. »Ich wollte es wiedergutmachen.«

Keine Sekunde zweifelte ich daran, dass Hannah es wirklich ernst meinte. Sie wollte sich für die erste Schnapsidee mit einer zweiten entschuldigen. Natürlich in bester Absicht. »Kannst du ihm absagen?«

Sie schüttelte so heftig den Kopf, dass ihre dunklen Locken in alle Richtungen flogen. »Er hat die Tickets schon gekauft.«

»Dieser Blake findet sicher ein anderes Date.« Ein sehr guter Einwand von Grace, wofür ich ihr sehr dankbar war.

»Für *Herakles*? Das ist eher unwahrscheinlich.« Bevor ich protestieren konnte, hatte sich Hannah neben mich auf den Sitzsack gequetscht, der nicht für zwei Personen ausgelegt war. Sie schlang ihre Arme um mich, ohne dass ich mich dagegen wehren konnte. Seufzend erwiderte ich die Umarmung. »Bitte, Annie. Ich verspreche dir, dass er sich erstklassig benehmen wird. Du wirst einen wundervollen Abend haben. Lass mich die Sache mit Matthew gutmachen.« Dabei sah sie mich so herzzerreißend an, wie es nur Hannah konnte.

Über ihre Schulter hinweg beobachtete ich, wie Grace das Gesicht in den Händen vergrub. Sie wusste genauso gut wie ich, dass diese Schlacht verloren war.

Ich hatte ein Date. Mit einem Kerl namens Blake. Mit einem Kerl, der nicht Adam war.

Adam: *Da stand doch ein Horrorfilm auf deiner Liste, richtig?*

Ich war auf dem Heimweg von der Bibliothek, als ich seine Nachricht erhielt. Es war bereits halb zehn und außer mir war kaum noch jemand auf dem Campus unterwegs.

Ich: *Ja, ein Horrorfilm steht auf der Liste. Wieso?*

Den ganzen Tag über hatte ich nichts von ihm gehört, sodass ich nicht widerstehen konnte, sofort zu antworten. Hannah hatte mir mal eingetrichtert, dass man Männer immer auf eine Antwort warten ließ. Wenn man sie nicht mochte, mindestens zwei Stunden, und wenn man an ihnen interessiert war, mindestens sechs. Dieses System leuchtete mir nicht recht ein, doch bei Adam musste ich mich sowieso nicht daran halten. Immerhin waren wir nur Freunde. Platonische Freunde, die man nicht warten lassen musste.

Adam: *Weil ich den perfekten Film für Horror-Anfänger gefunden habe. Hast du Zeit?*

Ich: *Wann?*

Adam: *Jetzt.*

Jetzt? Ich schaute an mir hinunter und zuckte unweigerlich zusammen. Ich trug eine Jeans. Das war okay. Dazu Sneaker. Die konnte man auch noch durchgehen lassen. Doch mein Pulli war uralt und hatte schon bessere Tage gesehen. Er war mir mindestens drei Nummern zu groß, ausgebeult und direkt unter dem Kragen befand sich ein Loch so groß wie mein Daumennagel. Ich liebte diesen Pullover mehr als jedes andere Kleidungsstück. Er war mein erster eigenständiger Kauf gewesen. Somit hatte er ideellen Wert.

Adam: *Ich habe Popcorn. Und Eis.*

Er wusste, wie man Frauen in Versuchung führte.

Ich: *Was ist mit Hannah?*

Vielleicht wäre es klüger gewesen, ihr die Wahrheit zu sagen, doch mittlerweile fühlte es sich an, als hätten wir den Zeitpunkt dafür verpasst. Sie wäre garantiert sauer, weil wir sie ausgeschlossen hatten und – was noch schlimmer wäre – würde sich den Versuch, mich mit ihrem Bruder zu verkuppeln, nicht entgehen lassen. Es war nicht richtig, Geheimnisse vor ihr zu haben, doch das Date mit diesem Blake war das beste Beispiel dafür, wie impulsiv sie sein konnte. Meine Freundschaft mit Adam war mir zu wichtig, um sie dem Tornado auszusetzen, der seine Schwester war.

Adam: *Sie übernachtet bei …*
Adam: *Ich habe keine Ahnung, wie der Kerl heißt. Scheint aber ganz okay zu sein, ich bin ihm heute Morgen im Badezimmer begegnet.*

Damit gab es wohl einen neuen *Dylan* in ihrem Leben. Einen Typen, mit dem sie sich so lange traf, bis sie keinen Spaß mehr daran hatte. Einerseits unvorstellbar für mich, andererseits faszinierend. Wie es wohl wäre, so frei zu leben? Einfach zu tun, wonach einem der Sinn stand? Kopfschüttelnd setzte ich meinen Weg fort, während ich eine Antwort tippte. Ich war nicht wie Hannah und würde es auch niemals sein – egal wie sehr ich sie manchmal beneidete.

Ich: *Wie sehr werde ich mich vor dem Film fürchten?*

Es dauerte einige Minuten, bis mir seine Antwort entgegenleuchtete.

Adam: *Du wirst ihn mögen. Vertrau mir.*

Adam vertrauen. Natürlich tat ich das. Viel zu sehr, wenn ich ehrlich war. Und nicht einmal mein schrecklicher, grüner Wollpulli konnte mich davon abhalten, den Abend mit ihm verbringen zu wollen.

Ich: *Bin in fünfzehn Minuten da.*

Nach exakt dreizehn Minuten stand ich vor Adams Wohnungstür und atmete mehrmals tief aus und wieder ein. Ich wollte ihn sehen; mehr als alles andere. Der Abend würde mich von Gedanken an mein arrangiertes Date mit diesem Blake in zwei Tagen abhalten. *Mister Perfect*, wie Hannah ihn beschrieben hatte. Wenn ich daran dachte, mich mit ihm zu treffen, lief mir ein eiskalter Schauer über den Rücken. Vermutlich hatte sie recht und er war ein netter Typ, doch es gab zwei Dinge, die gegen ein Blind Date sprachen. Meine Gefühle für Adam und meine Panik. Was hatte Hannah Blake von mir erzählt? Wie verhielt man sich bei einem offiziellen Date? Gab es Themen, über die man besser nicht sprach? Das alles hatte ich mit Adam üben wollen, doch unsere Treffen waren keine gute Vorbereitung gewesen. Ich hatte bis jetzt nicht ein einziges Mal das Gefühl gehabt, mich verstellen zu müssen. Mich zu bemühen, besonders charmant oder geistreich zu wirken.

Ich strich mir ein letztes Mal eine wirre Strähne aus der Stirn, bevor ich klopfte.

Er riss die Tür auf, kaum dass ich die Hand wieder sinken ließ. »Hi. Komm schnell rein, bevor ... Ach, das siehst du gleich.«

Ich schlüpfte in den Flur und zog die Tür hinter mir ins Schloss. Wie immer brauchte ich mehrere Sekunden, um mich an Adams Anblick zu gewöhnen. Natürlich trug er Schwarz. Jogginghose, T-Shirt, Socken. Alles völlig normal, und doch verschlug er mir zuverlässig die Sprache. Zu wissen, dass ich ihn jeden Moment sehen würde, war etwas anderes, als tatsächlich vor ihm zu stehen. Eine tiefe Sehnsucht breitete sich von meinem Brustkorb über meinen ganzen Körper aus, wenn ich in seiner Nähe war. Der Gedanke an Chloe sowie daran, dass sich die zwei höchstwahrscheinlich versöhnt hatten, war nicht hilfreich. Selbst die Vorstellung, ihn ab nächstem Semester nicht mehr um mich zu haben, weil er nach Cincinnati ging, dämpfte meine Gefühle nicht. Mit jedem Tag verliebte ich mich ein bisschen mehr in Adam Baker.

»Annie? Kommst du?«

Adam war bereits in seinem Zimmer verschwunden. »Ich ziehe nur noch meine Schuhe aus.« Als ich das erledigt hatte und auch meine Jacke am Haken neben der Tür hing, folgte ich ihm.

»Ich habe eine Überraschung ...«

»Oh mein Gott.« Kaum hatte ich Adams Zimmer betreten, stürzte ein kleines getigertes Etwas auf mich zu. »Du hast Carl nicht ins Tierheim gebracht.« Ich nahm den Babykater auf den Arm und schmiegte meine Wange an ihn. Carl nutzte die Gelegenheit, um mit seiner rauen Zunge über mein Kinn zu lecken.

Adam beobachtete vom Bett aus unser Wiedersehen. »Sobald du nicht mehr im Wohnheim lebst, zieht er zu dir.«

»Abgemacht.« Ich hockte mich im Schneidersitz auf den Teppich und ließ Carl nicht aus den Augen, der mit seinen Zähnen meine Socken bearbeitete. Das war mein Kater. Der niedlichste und hübscheste der Welt. Adam hatte mir geholfen, einen weiteren Punkt auf meiner Liste abzuhaken.

Als ich den Blick hob, saß er immer noch regungslos auf dem Bett. »Danke. Hunderttausendmal danke.« Nur mit Mühe konnte ich es verhindern, vor Rührung in Tränen auszubrechen. Er hatte dafür gesorgt, dass Carl bei mir – bei uns – bleiben konnte.

»Die Tierarztbesuche absolvierst du mit ihm. Ich hasse Ärzte.« Ich kannte ihn mittlerweile gut genug, um zu wissen, dass er hinter der grummeligen Fassade nur seine Emotionen versteckte.

»Und ich besorge auch sein Futter und alles, was er sonst noch braucht.« Der kleine Carl hatte mittlerweile von meinen Socken abgelassen, war auf meinen Schoß geklettert und eingeschlafen.

»Das Futter teilen wir uns.« Bevor ich protestieren konnte, hob Adam die Hände. »Keine Widerrede. Wir haben ihn gemeinsam gefunden, also kümmern wir uns auch beide um ihn.«

»Okay.« Wenn er das so wollte, würde ich nicht widersprechen. Ich war viel zu glücklich darüber, Carl behalten zu können. »Damit ist der Grundstein für eine Karriere als Crazy Cat Lady gelegt.« Manchmal war es einfacher, Gefühle mit einer blöden Bemerkung zu überspielen. Auch wenn ich mich meistens darum bemühte, genau das nicht zu tun, half es mir in diesem Moment, Adam nicht zu zeigen, was ich empfand.

»Du wirst keine Crazy Cat Lady.« Er musterte mich mit hochgezogener Augenbraue.

»Wenn mich das ganze Dating-Zeug nicht weiterbringt ...« Ich zuckte mit den Schultern. Vorsichtig. Um Carl nicht zu wecken. »Allein mit hundert Katzen zu leben, klingt nicht so übel.« Auf jeden Fall versprach es keinen schlimmen Liebeskummer.

»Du wirst auch nicht allein bleiben.« Es lag sehr viel Überzeugung in seinen Worten. »Wir üben, damit du richtige Dates haben und dir einen Typen schnappen kannst. Schon vergessen?«

Als ob ich das je vergessen könnte. »Hannah hat mir ein Date besorgt. Ein richtiges.« Ich biss mir auf die Unterlippe, weil ich Angst vor seiner Reaktion hatte. Natürlich wusste ich, dass ihm mein Date nur recht sein konnte, doch insgeheim wünschte ich mir etwas anderes. *Geh nicht mit ihm aus, wir beide gehören zusammen.* Oder: *Chloe war nie die Richtige für mich. Ich will nur dich.* Vielleicht auch: *Es würde mir das Herz brechen, wenn du dich mit einem anderen triffst.* All das sagte er nicht.

»Mit wem?« Adams Tonfall war ruhig und emotionslos. Mein Date störte ihn nicht. Aber was hatte ich erwartet? Ich wusste, was wir waren – und was eben nicht. »Hoffentlich hat sie dir einen halbwegs brauchbaren Kerl ausgesucht.«

»Das weiß ich nicht. Sie hat mir nur seinen Vornamen genannt. Blake.« Mein Blick war mittlerweile starr auf Carl gerichtet, der sich leicht im Schlaf streckte und nicht mitbekam, wie sehr ich darum bemüht war, meine wahren Gefühle vor Adam zu verbergen.

»Blake Cooper.« Er sprach den Namen aus, als gäbe es nur diesen einen Blake auf der Welt. »Ich habe früher manchmal mit ihm trainiert.«

»Er spielt Football?« Ich wollte definitiv keinen Footballer daten. Auf gar keinen Fall. Wie konnte ich mich mit jemandem amüsieren, der den Sport ausübte, der Adam das Herz gebrochen hatte? Gott, das war albern. Niemand würde sich daran stören. Nicht einmal Adam selbst.

»Er war Läufer und im Team der Uni. Wir sind früher manchmal gemeinsam gejoggt. Soweit ich weiß, hat er aufgehört, um sich auf sein Studium zu konzentrieren.« Adam griff nach der Wasserflasche, die auf dem Boden neben seinem Bett stand, und ließ sie in seinen Händen hin und her wandern. »Ich habe Blake schon Monate nicht mehr gesehen, aber er ist okay.«

»Wieso bist du dir da so sicher?«

»Willst du das wirklich wissen?«

Natürlich wollte ich. Wenn ich schon mit diesem Typen ausging, konnte es nicht schaden, so viele Informationen wie möglich über ihn zu sammeln. »Raus damit.«

»Er redet anständig über Frauen.« Als ich Adam verständnislos ansah, zuckte er mit den Schultern. »Es ist das totale Klischee, aber natürlich sprechen Männer über Frauen, wenn wir unter uns sind.« Er nahm einen Schluck aus der Wasserflasche – vermutlich nur, um mich weiter auf die Folter zu spannen. »Es gibt verschiedene Arten, sich über Frauen zu unterhalten.«

Ich verstand kein Wort. »Was bedeutet das?«

Adam wirkte, als würde er dieses Gespräch wirklich nicht mit mir führen wollen. Doch das machte mich nur noch neugieriger. »Was erzählen sich Männer über Frauen?«

»Das ist unterschiedlich. Wie gesagt, Blake ist einer von den Guten.«

»Glaubst du, dass du mir so einfach davonkommst?«

»Vermutlich nicht.« Er schnaubte leise. »Das Gerede ist manchmal sehr derb. Explizit vielleicht sogar.«

»Oh.« Ganz langsam ahnte ich, worauf er hinauswollte.

»Blake ist nicht respektlos. Er hat nie ...« Adam fuhr sich mit der Hand durch das Haar, als würde er dadurch Zeit gewinnen können. »Er plaudert keine Details aus.«

»Und das ist gut?«

Er lachte heiser auf. »Ja, Annie. Das ist sogar sehr gut.«

Meine Neugierde war geweckt. »Was sind das für Details?«

»Das willst du nicht hören, glaub mir.«

Ich bedachte ihn mit dem universell gültigen *Ist-das-dein-Ernst-*Blick. »Sag schon. Immerhin soll ich durch unser Arrangement etwas lernen.«

Als er lange Sekunden einfach nur mit einem leicht verzweifelten Gesichtsausdruck vor mir saß, ahnte ich, dass er zusätzliche Motivation brauchte. »Entweder du erzählst mir jetzt, worüber Männer sprechen, oder ich finde diesen geheimen Punkt auf meiner Liste, bei dem es um einen vierundzwanzigstündigen *Gilmore-Girls-*Marathon geht.«

»Das würdest du mir nicht antun.«

»Ich liebe diese Serie.« Sie war meine neueste Entdeckung und ich dem Wortwitz bereits mit der ersten Folge restlos verfallen.

»Du hast es so gewollt.« Adam griff erneut nach der Wasserflasche und leerte sie in einem langen Schluck. Als er sie betont langsam wieder verschlossen und abgestellt hatte, gab es kein Entrinnen mehr. »Nicht alle Männer sind so, das musst du wissen. Aber manche reden über Sex und wie dieser mit ihren Partnerinnen ist.«

Wenn ich ehrlich war, hatte ich Schlimmeres erwartet. »Das tun Frauen auch.«

»Bestimmt, aber unter Kerlen ist es manchmal sehr ...« Er suchte nach den richtigen Worten. Vermutlich wollte er welche wählen, die für die arme Jungfrau – mich – nicht zu schockierend waren. »Sagen wir es so, ich weiß vermutlich mehr über die Bettgeschichten von Ramirez als über meine eigenen. Der Kerl hält mit nichts hinter dem Berg.«

Ramirez war einer der Wide Receiver der Bucks, der schon gespielt hatte, als Noah und Josh noch im Team gewesen waren.

»Blake ist nicht wie Ramirez.« Adam lächelte mir aufmunternd zu. »Bei ihm musst du keine Angst haben, dass am nächsten Tag sein gesamter Freundeskreis weiß, wie du im Bett bist.«

Hätte Carl nicht so friedlich geschlafen, wäre ich am liebsten aufgesprungen. Wie naiv konnte ein Mensch sein? Sehr naiv, wie mir in diesem Moment klarwurde. Was würde dieser Blake von mir erwarten? Händchen halten? Ein Kuss? Davon hatte ich keine Ahnung. Und wollte ich das überhaupt? Einen Typen küssen, den Hannah mir besorgt hatte?

»Ich hätte dir das nicht erzählen sollen.« Adam war so leise aufgestanden, dass ich es während meines Gedankenwirrwarrs nicht bemerkt hatte. Er setzte sich neben mich auf den Teppich, was Carl nutzte, um von meinen Beinen auf seine zu klettern. Der kleine Kerl gähnte einmal herzhaft und kuschelte sich in Adams Hoodie. »Durch den Quatsch habe ich dich verunsichert, dabei wollte ich dir eigentlich nur verdeutlichen, dass Blake keine schlechte Idee für ein erstes Date ist.«

»Er ist nicht mein erstes Date!« Mein erstes Date würde für immer und ewig Adam Baker bleiben.

»Dein erstes richtiges Date.« Freundschaftlich lehnte er seinen Oberarmen gegen meinen.

Ich wollte in Adams Nähe nicht über Dates nachdenken, was nicht einer gewissen Ironie entbehrte. Wir trafen uns nur, weil er mich auf eben diese Dates vorbereitete.

»Es tut mir leid, Annie.« Er klang zerknirscht, auch wenn er nicht einmal ahnte, warum ich mit einem Mal so wortkarg war. »Das waren Informationen, die du sicher weder wolltest noch brauchtest.«

»Ist okay.«

»Ich sehe dir an, dass es das nicht ist.«

»Wollten wir nicht diesen Film gucken?« Bevor Adam mich weiter mustern konnte, rappelte ich mich auf. »Horror hast du gesagt?« Selbst der blutrünstigste Film wäre besser, als weiter mit Adam über einen anderen Mann zu reden. Jeder Satz war eine eindrucksvolle Erinnerung daran, wie einseitig meine Gefühle waren.

»Ja, Horror.« Er stand vorsichtig auf und hielt dabei Carl so in der Hand, dass er weiterschlafen konnte. »Aber wir sollten darüber reden, was gerade passiert ist.«

»Es ist gar nichts passiert.« Bevor er mir antworten konnte, war ich an ihm vorbeigerauscht und bereits auf dem Weg ins Wohnzimmer.

14. Kapitel

»Willst du noch Popcorn?« Adam deutete auf die leere Schale, die zwischen uns auf der Couch stand. »Ich kann noch schnell welches machen.«

»Ich habe genug. Danke.« Seit einer Stunde lief dieser Horrorfilm, der eigentlich keiner war. Es war eine Komödie mit Zombies, oder wie auch immer man es nennen wollte.

Seit wir auf der Couch saßen, hatten wir kaum miteinander gesprochen – was dank des Films nicht völlig unangenehm war. Indem ich vorgab, dem Geschehen auf dem Bildschirm aufmerksam zu folgen, kam ich nicht in Verlegenheit, Adam erklären zu müssen, warum ich vorhin aus seinem Zimmer gestürmt war. Mehr als einmal hatte ich Hannah eine Nachricht schreiben und das Date absagen wollen. Wenn sie einfach behauptete, dass ich mit einer Grippe im Bett lag, könnte dieser Blake nicht böse sein. Warum machte ich mir überhaupt Gedanken darüber, was ein Typ von mir hielt, den ich überhaupt nicht kannte?

»Gefällt dir der Film?« Adam stellte mir diese Frage jetzt zum dritten Mal in sechzig Minuten.

Meine Antwort fiel exakt so aus wie beim letzten Mal. »Ja, er ist lustig. Und auch ein bisschen gruselig.« Gruselig entsprach zwar nicht der Wahrheit, doch Adam hatte sich solche Mühe gegeben, einen Film auszusuchen, der mich nicht vollkommen verschreckte, dass ich seine Gefühle nicht verletzen wollte.

Blakes Gefühle. Adams Gefühle. Meine gingen in diesem Chaos gänzlich unter. Ich hatte Angst. Furchtbare Angst, dass ich mich vor Blake blamieren würde, weil ich die üblichen Date-Regeln nicht kannte. Und ich hatte Angst davor, dass Adam mich weiterhin ermunterte, mit Blake auszugehen. Mein Herz hatte an diesem Abend genug gelitten. Neben Adam zu sitzen und so zu tun, als wäre er nicht anwesend, war schon schwer genug. Ihm aber auch noch vorzuspielen, nichts lieber zu tun, als mich mit einem anderen zu treffen, war unmöglich.

Ich hatte Angst und gleichzeitig Liebeskummer. Das war eine miese Kombination. Mein Kopf dröhnte.

»Ich sehe mal nach Carl.« Adam stand auf, wartete kurz auf eine Reaktion, und als die nicht kam, verschwand er im Flur.

Der Kater war in seinem Zimmer zurückgeblieben. Klug von ihm. Immerhin hatte der Film eine Altersfreigabe von sechzehn Jahren und der kleine Kerl war maximal zwei Monate alt.

Auf dem Bildschirm kämpfte die hübsche Vorschullehrerin gerade mit einem Schirm gegen einen sabbernden Zombie, als Adam zurückkehrte. »Er schläft. Vielleicht sollten wir uns eins von diesen Dingern besorgen, mit denen man den Schlaf von Babys überwachen kann.«

»Hm. Vielleicht.«

Die Couch ächzte leicht unter seinem Gewicht, und jetzt saß er nicht mehr so weit weg wie vorhin. Sein Oberschenkel berührte meinen, was meine Lage nicht unbedingt verbesserte. Im Gegenteil. Ihn zu berühren, führte dazu, dass ich mir vorstellte, wie es wäre, wenn sich nicht nur unsere Beine ... Blake. Ich hatte ein Date mit einem Typen namens Blake.

»Das war ein Witz, Annie.« Ich musste nicht hinschauen, um zu wissen, dass er mich musterte.

»Was war ein Witz?« Die Lage, in die ich mich gebracht hatte? Vielleicht. Obwohl sie eher an eine Tragikomödie erinnerte.

»Das Babyfon für Carl.«

»Ach so.« Mein Blick war stur auf die Zombies gerichtet, die versuchten, in einen Souvenirladen einzubrechen, daran jedoch von einem mittelmäßigen Entertainer in schrägem Kostüm gehindert wurden. So schlecht war dieser Film wirklich nicht. Vielleicht ein bisschen absurd, aber durchaus unterhaltsam.

»Habe ich etwas Falsches gesagt?«

Nein, das hatte er nicht. Oder doch. In meiner Welt, aber nicht in seiner. »Alles okay. Ich möchte nur den Film sehen. Wie heißt er?«

»*Little Monsters.*«

Wie unpassend für einen Film über Vorschüler. Der Regisseur konnte kein großer Kinderfan sein.

Es vergingen weitere Minuten, in denen ich das Treiben der Zombies aufmerksam verfolgte und Adam mir immer wieder verstohlene Seitenblicke zuwarf. Leider fiel mir erneut mein nicht vorhandenes schauspielerisches Talent auf die Füße. Natürlich merkte er, dass etwas nicht stimmte.

»Sagst du mir bitte, was los ist?« Er griff nach der Fernbedienung und stoppte den Film. Die Vorschullehrerin war gerade im Begriff, sich einen attraktiven Mann zu angeln. Während einer Zombieapokalypse. Ich selbst war auch ohne das drohende Ende der Menschheit zu ungeschickt dafür.

»Es ist alles okay.«

Adam kam mir so nahe, dass ich seinen warmen Atem spürte und sein leises Lachen hörte. »Du weißt schon, dass Frauen genau das sagen, wenn doch etwas ist? Wenn sie aufgebracht sind?«

Erschöpft lehnte ich mich an das Polster in meinem Rücken. »Was willst du hören?«

»Die Wahrheit?«

»Die *Wahrheit* ist, ich habe keine Ahnung, was Frauen zu Männern sagen, wenn sie aufgebracht sind.« Ruckartig setzte ich mich auf und zeigte auf den Fernseher. »Du hast den harmlosesten Horrorfilm der Welt ausgesucht, weil du denkst, das wäre mein Limit. Ich habe in zwei Tagen ein Date mit einem Kerl, den deine Schwester mir besorgt hat. Weil ich es selbst nicht hinkriege. Und ich habe immer noch absolut keine Ahnung, was ich mit dem Typen tun soll.«

Mit jedem meiner Worte waren Adams Augen größer geworden. »Du hast Angst.«

»Natürlich habe ich Angst.« Dieser für mich völlig untypische kleine Ausbruch war anstrengend gewesen. Ich versuchte, meinen Atem zu beruhigen.

»Wovor hast du Angst, Annie?« Als wäre die ganze Situation nicht schon schlimm genug, griff er nach meinen Fingern und verschränkte sie mit seinen. »Vielleicht kann ich helfen.«

»Das bezweifle ich.« Wenn er seine Gefühle für mich entdeckte – das würde helfen. Doch mein Leben war kein Disney-

Film und ich nicht Schneewittchen, in das sich der Prinz durch eine flüchtige Begegnung verliebte.

»Ich kann mit Blake reden, wenn du möchtest.« Adams Griff verstärke sich. »Vielleicht lässt du mich ihm erklären, dass ...«

»Dass was?« Ich entzog ihm meine Hand und funkelte ihn an. »Dass ich nicht einmal weiß, worüber man bei einem Date spricht? Oder ich keine Ahnung habe, was ich tun soll, wenn er mich küssen will?« Ungläubig schüttelte ich den Kopf. »Was sowieso nicht passieren wird, aber trotzdem habe ich Angst.« *Am allermeisten davor, wie gleichgültig du damit umgehst.*

»Blake ist kein Idiot. Er wird es tun wollen.« Adam klang so überzeugt, dass ich ihm eine Millisekunde lang glaubte.

»Mich küssen?« In was für eine Situation hatte ich mich da nur gebracht? Ich diskutierte mit dem einzigen Mann, den ich wirklich küssen wollte, ob ich diesen Schritt mit einem anderen tun würde. »Als ob.« Wenn Blake auch nur einen durchschnittlichen IQ hatte, würde er merken, wie wenig Erfahrung ich hatte. Und da er an der *Ohio State* studierte, konnte ich leider davon ausgehen, dass er clever war.

»Du wirst einen wunderbaren Abend mit Blake haben.«

Bei seinen unendlich sanft gesprochenen Worten wandte ich mich zu ihm um. »Hör auf damit. Du hast mir bis jetzt nie das Gefühl gegeben, Mitleid mit mir zu haben. Fang bloß nicht heute damit an.«

Adam drehte sich ebenfalls, sodass wir uns direkt ansahen. »Das ist kein Mitleid. Ich bin überzeugt davon, dass du dich gut amüsieren wirst.«

Gerne hätte ich ihm eine Lüge vorgeworfen, doch in seinen Augen las ich nichts als Aufrichtigkeit. »Du glaubst das wirklich.«

»Natürlich. Blake kann sich wirklich glücklich schätzen.«

»Klar.« Ich war normalerweise nicht für beißenden Sarkasmus bekannt, doch besondere Situationen brachten besondere Eigenschaften zum Vorschein. »Er hat das große Los mit mir gezogen, weil ich so ...«

Mir verschlug es mitten im Satz die Sprache, als Adam seine

Hände an meine Wangen legte. »Bist du fertig mit dem Blödsinn?« Er unterdrückte nur mit Mühe ein Lächeln.

»Nein, bin ich nicht.« Ich war selbst von mir genervt, doch ich konnte meine Emotionen nicht einfach abstellen. »Das wird die katastrophalste Dating-Katastrophe aller Zeiten. Ein Dating-Supergau.«

»Weil du nicht weißt, wie man küsst?« Vielleicht irrte ich mich, doch ich hätte schwören können, dass sein Blick für einen Sekundenbruchteil zu meinen Lippen wanderte. »Das ist einfach.«

»An deiner Stelle würde ich das auch sagen.« Adam hatte die linke Hand mittlerweile zurückgezogen, seine rechte lag jedoch noch an meiner Schulter und machte mich nervös. Nervöser als ich es ohnehin schon war.

»An meiner Stelle? Du meinst, weil ich nicht mit Blake ausgehen werde?« Aus seinem angedeuteten Lächeln war ein verschmitztes Grinsen geworden, das mein Herz noch schneller schlagen ließ.

»Sehr lustig.« Ich stupste ihm gegen den Bizeps, der sich unter seinem T-Shirt deutlich abzeichnete. »Du hast das alles schon hundert Mal gemacht. Ich nicht.«

»Deswegen helfe ich dir.« Das Lächeln war aus seinem Gesicht verschwunden. Dafür lag nun eine Intensität in seiner Stimme, die mir den Atem nahm. »Deswegen üben wir.«

»Haben wir doch bereits getan.« Wir hatten Dates gehabt, und dennoch war ich ein Nervenbündel.

»Wovor hast du am meisten Angst, Annie?« Er ließ die Finger zu meinem Schlüsselbein gleiten und malte mit federleichten Berührungen unregelmäßige Muster auf meiner Haut. Als ich ihm nicht antwortete rückte er noch ein Stückchen näher, sodass sich unsere Knie berührten. »Willst du üben?«

Sekundenlang starrte ich ihn stumm an. Er konnte das nicht so meinen, wie ich es verstanden hatte. »Wir beide ...?«

»Hm.«

»Das geht nicht.« Mein erster Instinkt war Flucht. Abwehr. Ich empfand zu viel, um es in banale Worte zu fassen. »Chloe.«

Adam hatte eine Freundin. Eine wunderschöne Freundin, die er liebte. Er sollte mich nicht so ansehen, wie er es in diesem Moment tat. Als wäre ich das einzige Mädchen, das er jemals gewollt hatte.

»Ich habe mit ihr Schluss gemacht.«

Er war nicht mehr mit Chloe zusammen? Mit rauschendem Puls versuchte ich zu verstehen, was das bedeutete. Ich begann auf etwas zu hoffen, das bis jetzt unerreichbar gewesen schien. Gleichzeitig zwang ich mich dazu, nicht zu viel in die Situation hineinzuinterpretieren. Hannah hatte mehr als einmal betont, wie turbulent die Beziehung von Adam und seiner Freundin war. Mein Verstand war sich dessen bewusst, mein Herz ignorierte jedoch jeden rationalen Gedanken und schlug mit einem Mal gefühlt doppelt so schnell. »Du meinst das wirklich ernst? Du willst mit mir üben?« Meine Stimme brach, weil ich so schrecklich aufgeregt war.

»Ja.« Er strich mit den Fingern von meinem Schlüsselbein langsam bis zu meiner Schläfe. »Wenn du so weit bist, dann könntest du mich küssen.«

»*Ich* soll dich küssen?«

»Hm.«

Wie sollte das funktionieren? »Ich weiß nicht wie.«

»Doch, tust du. Es ist ganz einfach.« Adam neigte den Kopf leicht zur Seite. Als wäre es eine Einladung. Eine Geste, die mir zeigen sollte, wie das hier weiterging.

Es gab in diesem Moment nur zwei Optionen. Entweder fiel ich in Ohnmacht wie eine behütete junge Debütantin aus einem Regency-Roman oder ich sammelte sämtlichen Mut zusammen, den ich aufbringen konnte.

Wenn ich länger darüber nachdachte, würde ich es niemals tun. Ich beugte mich vor, stützte mich mit den Händen auf Adams Knien ab und presste meine Lippen auf seine.

Kaum spürte ich seine Haut auf meiner, versteifte ich mich und mein Atem stockte. Es war nicht wie in Büchern oder Filmen. Nicht unglaublich, nicht einzigartig und schon gar nicht der beste Moment meines Lebens. Ich hatte Angst. Fürchterliche Angst vor dem, was ich hier gerade tat.

Wir hatten beide die Augen geöffnet und beobachteten die Reaktion des anderen, während die Sekunden endlos langsam verstrichen.

Als ich es vor Anspannung nicht mehr aushielt, zog ich mich blitzschnell zurück.

Das war er also gewesen. Mein erster Kuss. Und ich hatte ihn mir völlig anders vorgestellt. Verschämt vergrub ich das Gesicht in den Händen. Meine Wangen brannten, doch der Rest meines Körpers fühlte sich eiskalt an. Adam hatte sich geirrt. Küssen war nicht leicht. Nicht für mich.

Er räusperte sich leise, was ich geflissentlich ignorierte. Nie wieder würde ich ein Wort mit ihm wechseln können. Nicht nach diesem Desaster.

»Sieh mich an, Annie.«

Mehr als ein Kopfschütteln brachte ich nicht zustande. Ich hatte ihn geküsst und alles falsch gemacht. Für immer wäre ich die eine Frau, die so küsste wie ein toter Fisch. Diese Anekdote würde er für den Rest seines Lebens erzählen können. *Damals, im College. Wie hieß dieses Mädchen noch mal? Anna oder so ähnlich. Das war der schrecklichste Kuss meines Lebens.*

Natürlich wusste ich, dass er ein anständiger Kerl war und sich nicht mit anderen über mich amüsieren würde, doch das machte die Sache nur bedingt besser.

»Für einen ersten Versuch war das wirklich okay.« Diese infame Lüge brachte mich dazu, durch meine Finger zu blinzeln. Adam wirkte weder belustigt noch verstört. Vielmehr schien er besorgt.

»Sollen wir es noch einmal versuchen?«

Diese Frage überraschte mich so sehr, dass ich die Hände sinken ließ. »Wieso?« Vielleicht war er ein Masochist. Andere mochten es, ausgepeitscht zu werden, Adam küsste gerne Frauen, die keine Ahnung hatten, was sie taten.

»Weil wir das noch besser hinkriegen.«

Seinen Optimismus konnte ich nicht teilen. Kein Stück. »Du vielleicht. Ich sicherlich nicht.«

»Das finden wir dann heraus.« Er zuckte mit den Schultern, als wäre das nicht gerade eine der einschneidendsten Erfahrungen meines Lebens gewesen. Mein erster Kuss. Mein erster *furchtbarer* Kuss. »Es würde sicher helfen, wenn du dich entspannst.«

»Wie?« Ich klang verzweifelt und hilflos zugleich. Nichts an dieser Situation war auch nur im Geringsten entspannend. Mein Körper stand unter Strom. Starkstrom.

»Es hilft, wenn du dich fokussierst und alles andere ausblendest. Tief ein- und wieder ausatmen. Bis du ruhiger wirst und die Atemzüge in deiner Körpermitte spürst.« Adam holte Luft und lockerte seine Schultern durch kreisende Bewegungen.

»Sag mir bitte, dass du diese Tipps nicht vom Footballtraining hast.«

Er hielt in der Bewegung inne. »Habe ich nicht?« Niemals zuvor hatte jemand offensichtlicher gelogen.

»Lass uns einfach vergessen, was gerade passiert ist.« Mir war die ganze Sache unfassbar unangenehm. »Ich werde nach Hause gehen und mich drei Tage unter meiner Bettdecke vergraben. Danach tun wir, als wäre nichts gewesen, okay?« Ich hoffte so sehr, unsere Freundschaft würde diesen desaströsen Kuss überstehen. Sobald ich meinem Herzen beigebracht hatte, sich nicht mehr mit jedem Schlag verzweifelt nach Adam zu sehnen, konnten wir das hinbekommen. Annie und Adam, beste Kumpel. Das klang doch großartig – wenn man ignorierte, wie liebevoll er mich ansah. So liebevoll, dass ich die Sache mit dem Kuss gerne ein zweites Mal versucht hätte. Und genau deswegen musste ich hier verschwinden. »Ich verabschiede mich noch von Carl.«

Kaum war ich aufgestanden, umschloss Adam mein Handgelenk mit den Fingern. So locker, dass ich mich jederzeit hätte befreien können, doch stark genug, um mich aufzuhalten. »Lauf nicht weg, Annie.« Er zog mich zurück auf die Couch, und ich ließ es zu. Weil ich dumm und verliebt war und eigentlich bei ihm bleiben wollte. »Du bist zu weit weg.«

Verständnislos zuckte ich mit den Schultern. »Ich sitze genau neben dir.«

»Sag ich ja. Du bist zu weit weg.«

Hilflos schloss ich die Augen. Um mich zu sammeln, aber hauptsächlich, um Adams Gesichtsausdruck auszublenden. Es war leicht, sich Dinge auszumalen, solange er so viel Verständnis zeigte. Jeder andere hätte längst die Geduld mit mir verloren.

»Darf ich dir beweisen, dass wir es besser können?« Seine Stimme erklang direkt an meinem Ohr. Er musste noch nähergekommen sein. In der nächsten Sekunde spürte ich, wie er vorsichtig mit den Fingerspitzen über meinen Handrücken fuhr. Mein Herz raste nicht mehr nur, es überschlug sich und pumpte so viel Blut auf einmal durch meinen Körper, dass es sich anfühlte wie ein Rausch.

»Ich werde dich jetzt auf die Wange küssen, ist das okay?«

In der Vergangenheit hatte er das bereits mehr als einmal getan, doch in diesem Moment war alles anders. Die Wange wäre nur der Anfang. Das wussten wir beide.

»Annie?«

Ich nickte.

Es verging nur ein Herzschlag, bevor ich seine Lippen warm und weich an meiner Schläfe spürte. In einem quälend langsamen Tempo ließ er sie tiefer wandern, bis er meine Wange erreicht hatte. »In Ordnung?«

Sein Dreitagebart kratzte leicht, und ich war kurz davor, einfach tot umzufallen. Abgesehen davon war alles in bester Ordnung. »Hm.«

»Darf ich deinen Hals küssen?«

Es war auf eine überwältigende Art erotisch, nicht sehen zu können, was er tat. Und es war fast noch aufregender, dass er fragte, bevor er einen Schritt weiterging. Es gab mir die Sicherheit, ihn jederzeit stoppen zu können, sollte ich mich unwohl fühlen. »Ja.« Nach der Wange konnte mein Hals nur ein Rückschritt sein. Ein Stück weiter weg von meinem Mund und keine Körperpartie, die ich bis jetzt mit Küssen in Verbindung gebracht hatte.

Exakt zwei Sekunden später wusste ich, wie falsch ich damit

gelegen hatte. Adam hinterließ eine Spur zarter Küsse auf meiner Haut, und ich konnte nur mit Mühe ein Seufzen unterdrücken. Seine Liebkosungen lösten ein Kribbeln in meinem ganzen Körper aus, und ich hatte Mühe, still zu sitzen. Es fühlte sich unglaublich an.

Als ich seine Zunge spürte, die in kreisenden Bewegungen über meine Haut fuhr, ballte ich meine Hände zu Fäusten. Zu groß war die Versuchung, sie in seinem Haar zu vergraben und ihn noch näher an mich zu ziehen.

»Keine Angst, ich mache dir keinen Knutschfleck.« Bevor ich fragen konnte, was er damit meinte, knabberte er auch schon an der empfindlichen Stelle über meinem Schlüsselbein.

Kurz darauf veränderte er den Druck und glitt wieder nach oben.

Es fühlte sich sinnlich und verboten an, obwohl wir gegen kein Gesetz der Welt verstießen.

»Ich würde jetzt dein Kinn küssen, wenn du nichts dagegen hast.«

Wieder bat er um meine Zustimmung, und erneut nickte ich stumm. Ich wollte diesen einen perfekten Kuss wie noch nichts zuvor in meinem Leben.

Ich hatte die Augen immer noch geschlossen, als er mein Kinn mit kleinen Küssen übersäte und dabei immer wieder gefährlich nah an meinen Mundwinkeln vorbeiglitt. Es fehlten nur wenige Millimeter, doch Adam gab mir nicht, wonach ich mich verzweifelt sehnte. Stattdessen widmete er sich nach meinem Kinn wieder meiner Wange, meiner Schläfe und kurz darauf der Haut unterhalb meines Ohres.

Zischend sog ich die Luft ein, als er auch dort seine Zähne einsetzte. Ein wohliges Gefühl breitete sich in meinem ganzen Körper aus, und gleichzeitig war ich so angespannt, dass ich meine Zehen in den weichen Teppich drückte.

»Ist das in Ordnung?« Er leckte über mein Ohrläppchen und blies danach über die feuchte Haut. Noch nie zuvor war ich so erregt gewesen, und noch nie zuvor hatte ich mich so ausgeliefert gefühlt. Adam könnte alles mit mir tun, ich hatte nicht die

Kraft, mich dagegen zu wehren. Solange er diese Gefühle in mir auslöste, sollte er niemals damit aufhören.

»Wäre es okay, wenn wir die Positionen verändern? So kann ich dich nicht richtig küssen.«

»Ich weiß nicht, was ...« Es war ein Wunder, dass ich überhaupt zu Worten fähig war, während ein Orkan der Stärke Zehn in mir tobte.

»Warte, ich zeige dir, was ich meine.« Adam griff nach meiner Hand und deutete mir, aufzustehen. Meine Knie zitterten als ich seinem Wunsch nachkam, er sofort meine Taille umfasste und mich auf seinen Schoß zog. Mit meinen Händen auf seinen Schultern hielt ich das Gleichgewicht, als er sich aufsetzte und uns in eine angenehmere Position brachte.

Es war gut, dass ich wieder saß. Meine Beine fühlten sich an, als wären sie aus Wachs, und auch wenn ich mich mit den Knien auf der Couch rechts und links neben seinen Hüften abstützen wollte, war ich nicht in der Lage dazu.

»Würdest du mich ansehen?« Eine unschuldige Frage, wenn die Umstände anders gewesen wären. Doch das waren sie nicht. Ich saß auf Adams Schoß, fuhr mit den Fingern durch die Strähnen in seinem Nacken und versuchte zu ignorieren, wie er seine Hände an meinen Hüften langsam nach oben wandern ließ.

Zaghaft öffnete ich die Augen – und mir stockte der Atem. Seine Haare waren verwuschelt, seine Wangen leicht gerötet und der Ausdruck auf seinem Gesicht eine Mischung aus Verwunderung und Zärtlichkeit. »Sollten wir das wirklich tun?« Meine Stimme war so leise, dass ich mich selbst kaum verstand.

»Oh, ja. Das sollten wir.« Mit den Fingern fuhr er über meinen Rippenbogen, und trotz des dicken Pullovers lösten seine Berührungen einen Schauer aus, den ich bis in die Fußspitzen spürte.

Instinktiv beugte ich mich vor, bis uns nur wenige Zentimeter trennten und ich die einzelne Sommersprosse auf seiner Nase erkannte. Ich löste eine Hand aus seinem Haar und berührte diesen kleinen, dunklen Punkt, wie ich es schon seit unserer ersten Begegnung hatte tun wollen.

Adam bewegte den Kopf und hatte mir einen Kuss auf die Fingerspitze gehaucht, bevor ich auch nur blinzeln konnte. »Darf ich dich richtig küssen, Annie?«

So lange hatte ich von diesem Moment geträumt, und jetzt, als es endlich so weit war, überkamen mich Zweifel. Es war nicht richtig, dass er sich verpflichtet fühlte, mir zu helfen, egal wie wohl ich mich bei ihm fühlte. Adam hatte die Hände mittlerweile auf meinem Rücken gelegt, sodass mich seine Arme wie ein schützender Kokon umfingen. Alles war perfekt. Zu perfekt. »Du musst nicht denken, ich würde erwarten ...« Mitten im Satz verlor ich den Mut. Doch er hatte verstanden, worauf ich anspielte. Natürlich hatte er. Niemand las mich so gut wie Adam.

»Hör mir zu, okay? Ich sage das nur einmal.« Die Ernsthaftigkeit in seinem Blick ließ mich keine Sekunde daran zweifeln, dass alles, was jetzt folgte, vollends der Wahrheit entsprach. »Ich werde dich küssen, weil ich dich küssen will. Nicht aus falschem Pflichtgefühl oder weil du mich dafür bezahlst. Ich küsse dich, Annie Martin, weil du reizend, wunderschön und heiß bist.«

Seine Worte verschlugen mir die Sprache. Noch nie hatte jemand etwas Vergleichbares zu mir gesagt.

»Ich weiß, was du jetzt denkst, und ich kann dir versprechen, dass es falsch ist. Du bist heiß, selbst in diesem monströsen Pullover.«

Im nächsten Moment umfasste er zärtlich meine Wangen. »Verstanden?«

Mir blieb nichts, außer schwach zu nicken.

Dieses Zeichen gab ihm den Anstoß, um die letzte Distanz zwischen uns zu überbrücken.

Adam legte seine Lippen auf meine, und es war völlig anders als bei meinem eigenen kläglichen Kussversuch. Er liebkoste mich mit genau dem richtigen Druck. Als er mit der Zungenspitze federleicht über meinen Mundwinkel fuhr, schloss ich seufzend die Augen und drückte mich enger an ihn.

Ich hatte keine Ahnung, ob es richtig war, was ich hier tat. Ob man auf diese Art küsste. Doch es konnte nicht falsch sein, wenn es sich so verdammt gut anfühlte.

Adam biss sacht in meine Unterlippe und verstärkte gleichzeitig seinen Griff um mich. Ich schlang im Gegenzug die Arme um seinen Nacken, wodurch meine Brüste gegen seinen Oberkörper gepresst wurden. Wir hatten beide kein einziges Kleidungsstück verloren, und doch fühlte sich dieser Moment zutiefst intim an.

Langsam wurde ich mutiger, bis ich mich traute, seine Zungenspitze mit meiner anzustupsen. Auf dieses Zeichen hatte er anscheinend gewartet, denn er intensivierte den Kuss mit einer Leidenschaft, die mich zu verschlingen drohte. Meine anfängliche Zurückhaltung wich dem Drang, ihm so nah wie möglich zu sein. Dieser Kuss war alles und noch viel mehr. Er war die Gewissheit, dass ich niemals einen anderen küssen wollte.

Nach einer kleinen Unendlichkeit zog sich Adam zurück, und ich schnappte nach Luft. Dass ich Sauerstoff brauchte, war zu einer unwichtigen Nebensache geworden. Zögerlich öffnete ich die Augen, um ganz langsam wieder in das Hier und Jetzt zurückzufinden.

Adam atmete genauso schwer wie ich. Seinen Gesichtsausdruck konnte ich jedoch nicht so recht deuten. Oh Gott, hoffentlich hatte ich mich nicht zu dumm angestellt. Er ließ die Hände sinken, die bis jetzt an meinen Wangen gelegen hatten, und biss sich auf die Unterlippe, die ich eben noch geküsst hatte. Auch wenn sich alles in mir dagegen sträubte, zog ich meine Finger ebenfalls zurück und verschränkte sie in meinem Schoß. Sollte ich etwas sagen? Doch was war angemessen, nachdem mich der Mann um den Verstand geküsst hatte, in den ich so unglaublich verliebt war? »Das war ... nett.« Es kostete mich große Willenskraft, das dumpfe Gefühl in meinem Magen zu ignorieren und normal zu klingen. So normal wie es mir in diesem Moment möglich war.

»Nett?«

»Hm.« Ich zwang mich zu einem angedeuteten Lächeln. »Danke.«

Adam schüttelte leicht den Kopf, fast so, als könnte er nicht glauben, was er gehört hatte. »Hast du dich gerade bei mir bedankt?«

Mein *Danke* war also falsch gewesen. Eine weitere Lektion. Durch ihn wusste ich, wie es sich anfühlte, richtig zu küssen, und nun hatte ich auch gelernt, dass man sich danach nicht bedankte. »Was hätte ich sonst sagen sollen?« Um seinem Blick auszuweichen, richtete ich meine Aufmerksamkeit auf den Kragen seines Shirts. Dass ich dabei immer noch auf seinem Schoß saß, machte die Situation nicht einfacher.

»Ich hätte eine Idee.« Er schlang die Arme um mich, verschränkte sie hinter meinem Rücken und zog mich an sich, bis ich mein Gesicht an seiner Halsbeuge vergraben konnte. Sofort beruhigte sich mein Herzschlag, und die Post-Kuss-Anspannung fiel von mir ab. »Du könntest sagen, wie großartig es war, du aber gerne noch weiter üben möchtest.«

Dieses Angebot war so unfassbar verlockend. »Würdest du das wollen? Weiter üben?«

»Würde ich.«

»Dann sollten wir das vielleicht tun.« Ich hatte mich so eng an ihn gekuschelt, dass meine Lippen bei jedem Wort seinen Hals streiften. Wie Puzzleteile passten wir perfekt zueinander. Doch die Verbindung zweier Puzzleteile konnte fragil sein. Genauso zerbrechlich wie diese Blase, in der wir uns befanden.

15. Kapitel

Unbekannte Nummer:
Hallo Annie, Hannah hat mir deine Nummer gegeben. Ich hoffe, das ist in Ordnung :-)
Samstag um 19 Uhr vor dem Haupteingang des Ohio Theatres? Ich freue mich :-)
Blake

Zum hundertsten Mal las ich die Textnachricht, die Blake gestern geschickt hatte. Er klang nett. Freundlich. So wie Hannah ihn beschrieben hatte. Doch irgendetwas störte mich. Vielleicht seine Smileys, die alle eine Nase hatten. Selbst ich wusste, dass niemand mehr Smileys *mit* Nase verschickte.

Frierend trat ich von einem Bein auf das andere. Wem machte ich hier etwas vor? Natürlich war nicht seine Nachricht der Grund dafür, wie sehr ich bereute, mich auf dieses Date eingelassen zu haben. Vielmehr war das Problem ein Ex-Footballer, an den ich ununterbrochen denken musste. Seit unserem Kuss vor zwei Tagen hatte ich nichts mehr von ihm gehört. Keine Nachricht, kein Anruf, nichts. Selbst das versprochene tägliche Foto von Carl war er mir schuldig geblieben.

Frustriert warf ich einen Blick auf mein Handydisplay. Zehn vor sieben. Ich war zu früh dran. Wie immer. Zuspätkommen war mir unangenehm, daher war ich pünktlich, wann immer es ging. Nur nicht auffallen und sich an alle Regeln halten. Ein Überbleibsel meiner Kindheit, das ich nur schwer loswurde.

Nach dem Kuss waren Adam und ich noch ewig auf der Couch sitzen geblieben. Ich auf seinem Schoß; er hatte die Arme dabei die ganze Zeit fest um mich geschlungen. Erst als Carl laut miauend nach Futter verlangte, hatte er mich losgelassen, um dem kleinen Kerl einen Mitternachtssnack zu servieren. Und danach? Da hatten wir weiter *geübt*. So lange, bis ich nicht mehr verstecken konnte, wie müde ich war und Adam mich nach Hause begleitet hatte. Alle meine Versuche, ihm das auszureden, waren gescheitert.

Erst in meinem Bett war mir klargeworden, in welchen Schwierigkeiten ich steckte. Wie sollte ich meine Gefühle für Adam im Zaum halten, wenn er dafür sorgte, dass ich mich mit jedem Tag ein bisschen mehr in ihn verliebte? Unabsichtlich natürlich. Nicht einmal ich war so naiv zu glauben, dass er sich dessen bewusst war.

Hannah hatte gestern beim Mittagessen erzählt, dass Chloe unangemeldet bei den beiden zuhause aufgetaucht war. Vermutlich war sie der Grund, aus dem ich seit fast achtundvierzig Stunden kein Lebenszeichen von Adam erhalten hatte. Er war damit beschäftigt, sich wieder mit seiner Freundin zu versöhnen.

Energisch steckte ich das Handy in meine Manteltasche und vergrub das Gesicht tiefer in meinem Schal. Jetzt war nicht der richtige Zeitpunkt, um in Selbstmitleid zu baden. Ich hatte ein Date mit einem Kerl, von dem ich nicht einmal wusste, wie er aussah. Hannah hatte mir Blake zwar grob beschrieben, doch ich war mir nicht sicher, ob ihre Angaben ausreichen würden, um ihn zu erkennen.

Es dauerte nicht lange, bis ich eine Antwort auf diese Frage bekam.

»Annie?« Ich spürte, wie mir jemand auf die Schulter tippte, wirbelte herum und fand mich einem Kerl gegenüber, der unfassbar attraktiv war. Groß, dichte dunkle Locken, die ihm wirr in die Stirn fielen, strahlend blaue Augen und ein umwerfendes Lächeln. Wenn das Blake war, hatte Hannah mir ein Date mit einem Typen verschafft, der völlig außerhalb meiner Liga rangierte.

»Hi, ich bin Blake. Blake Cooper.« Er streckte mir die rechte Hand entgegen, die ich verdattert ergriff.

»Annie.« Sein Tausend-Watt-Lächeln verschlug mir fast die Sprache, und ich räusperte mich leise. »Annie Martin.« Was hatte sich Hannah nur dabei gedacht, ausgerechnet jemanden wie ihn auszusuchen?

»Ich freue mich, dass du mich heute begleitest, Annie Martin.«

Er zog zwei Tickets aus seiner Jackentasche, auf denen in großen, schwarzen Buchstaben *Herakles* aufgedruckt war. »Hannah hat gesagt, du interessierst dich für Theater.«

»Ja, ich ...« Ich würde Hannah umbringen. Wie viele Lügen sie ihm wohl noch aufgetischt hatte? »Ich möchte mehr klassisches Theater besuchen, als ich das in der Vergangenheit getan habe.« Das war irgendwie sogar die Wahrheit.

»Das trifft sich hervorragend.« Er lächelte, und die Sonne ging auf. So kam es mir jedenfalls vor. »Es ist immer schwierig jemanden zu finden, der nicht vom Theater genervt ist. Magst du Opern?«

»Damit bin ich nicht sehr vertraut.« Ich hatte lediglich die *Rocky Horror Picture Show* gemeinsam mit Grace angesehen, war aber ziemlich sicher, Blake meinte eine andere Art von Oper.

»Was nicht ist, kann ja noch werden.« Er hielt mir einen Arm hin, damit ich mich einhaken konnte. »Wollen wir?«

»Wie hat es dir gefallen?« Wir waren aus dem viel zu warmen Vorraum des Theaters ins Freie getreten, als Blake mir lachend diese Frage stellte.

»Das ist doch offensichtlich, oder?« Mein eigenes Lächeln war nicht weniger breit. »Es war großartig. Die Kostüme, die Musik, die Schauspieler ...« So unauffällig wie möglich wischte ich mir mit den Fingern über die Augenwinkel. Das Stück hatte mich zwischenzeitlich so ergriffen, dass die eine oder andere Träne geflossen war. Hoffentlich war meine Wimperntusche nicht vollkommen verschmiert.

»Ich mochte es auch sehr. Die Inszenierung war fantastisch. Sehr modern, aber trotzdem hat sie den Bezug zu ihren antiken Wurzeln bewahrt.« Blake schlang sich seinen dunklen Schal um den Hals und zog ein Paar dicke Wollhandschuhe aus der Tasche. »Möchtest du?«

»Du willst mir deine Handschuhe leihen?«

»Hm. Du siehst aus, als könntest du sie brauchen.«

Damit hatte er leider recht. Mir war schrecklich kalt. Ich trug zwar eine Winterjacke, hatte mich aber für einen knielangen Rock entschieden. Meine Strumpfhose war dick und aus Wolle, doch dem eisigen Ohio-Wind hatte sie nicht viel entgegenzusetzen. »Das ist nett von dir. Danke.«

»Sehr gern.« Er reichte mir die warmen Fäustlinge und vergrub die Hände in den Taschen seines Mantels. »In welche Richtung musst du?«

»Zum Campus.«

Lachend schüttelte er den Kopf. »Das habe ich mir fast gedacht. Zu welchem Wohnheim?«

»*Doric Lane*.«

»Das trifft sich doch hervorragend. Ich wohne an der *Norwich*, das ist fast dieselbe Richtung.«

Doric und *Norwich* lagen in der Tat nur zwei Blocks voneinander entfernt. Doch das bedeutete nicht, dass sich Blake verpflichtet fühlen sollte. »Ich komme auch alleine nach Hause. Es ist nicht weit.« Eine halbe Stunde zu Fuß oder zehn Minuten, wenn ich den Bus nahm.

»Ich würde dich aber gerne begleiten, wenn das für dich okay ist.«

Es gab keinen Grund für mich, abzulehnen. Wir hatten eine wunderbare Zeit gehabt. Blake war charmant, zuvorkommend und exakt so nett, wie Hannah ihn beschrieben hatte. »Macht es dir etwas aus, wenn wir laufen?«

»Überhaupt nicht.«

Auf dem Heimweg unterhielten wir uns fast die gesamte Zeit über *Herakles*.

»Was hat dir am besten gefallen?«

Diese Frage war einfach. »Die Zerrissenheit. *Herakles* gehört weder zu den Sterblichen noch zu den Göttern.« Egal wie sehr er sich auch anstrengte, er war kein Gott des Olymps, aber auch kein gewöhnlicher Mensch. Beide Seiten begegneten ihm mit Argwohn, weil er anders war. Seine Verzweiflung darüber konnte ich gut nachvollziehen, weil es mir selbst oft ebenso ging.

»Stimmt. Er ist schon eine tragische Figur. Vielleicht hätte er sich einfach entscheiden müssen.«

»Wie hätte er das tun sollen?« Herakles erhielt von beiden keine faire Chance. Die Götter verachteten ihn, weil er zur Hälfte ein Mensch war, und die Menschen fürchteten ihn aufgrund seines Vaters Zeus, dem mächtigsten aller Götter.

Blake schien kurz über meine Worte nachzudenken. »Er hätte seine Kräfte verstecken können. Dann wäre ein Leben unter den Menschen möglich gewesen.«

»Indem er niemandem zeigt, wer und was er ist?« Wenn ich eine Sache in den letzten zwei Jahren gelernt hatte, dann war es, ich selbst zu sein. Mit all meinen Absonderlichkeiten, Ängsten und absurden Listen.

»Du hast recht.« Blake kickte einen Stein aus dem Weg. »Vermutlich gab es für ihn keinen Ausweg.«

»Er hätte seine Frau und Kinder nicht umbringen sollen.« Diese grausame Tat hatte mich wie gebannt auf die Bühne starren lassen. Ich hatte kein Happy End erwartet, doch auch keine Art antiken Amoklauf.

»Das war auf jeden Fall zu dramatisch.« Er lachte leise und melodisch.

Es war einfach, sich mit ihm zu unterhalten. Blake war klug, hörte zu und gab mir das Gefühl, sich dafür zu interessieren, was ich zu sagen hatte. Das hier war das perfekte Date mit einem perfekten Gentleman.

»Da sind wir schon.« Erst jetzt bemerkte ich, dass wir vor der großen Eingangstür meines Wohnheims angekommen waren.

Schnell zog ich die himmlischen Handschuhe aus und hielt sie ihm entgegen. »Vielen Dank, das war sehr nett von dir.«

»Behalt sie ruhig, du musst ja noch nach oben.« Er machte keinerlei Anstalten, sie mir abzunehmen.

»Der Flur ist beheizt. Die paar Meter überstehe ich auch ohne Handschuhe.« Auf dem kurzen Weg bis zum Aufzug würde ich garantiert nicht erfrieren.

»Aber wenn du sie mitnimmst, musst du sie mir zurückgeben.«

»Ja, natürlich behalte ich sie nicht. Deswegen kannst du sie am besten direkt ...«

»Annie.« Er fiel mir lachend ins Wort. »Ich möchte, dass du sie behältst, damit du sie mir bei unserem nächsten Treffen zurückgeben kannst. Das war mein wenig eleganter Versuch, dir zu sagen, wie angenehm ich diesen Abend fand. Ich würde ihn gerne wiederholen.«

Das kam plötzlich. Die letzten Stunden waren zwar schön gewesen, doch warum Blake mich noch einmal treffen wollte, war mir ein Rätsel. Ich hatte ihn gut genug kennengelernt, um sicher zu sein, dass er keine arrangierten Dates nötig hatte.

»Was meinst du dazu?« Er presste die Lippen aufeinander und wirkte dabei fast nervös.

Blake war ein netter Kerl, es gab keinen objektiven Grund zu zögern. Nach einem perfekten ersten Date hatte er ein zweites verdient. »Sehr gerne.« Ich zwang mich zu einem Lächeln, auch wenn mir nicht danach zumute war. »Meine Nummer hast du ja, und die hier«, ich wedelte mit den Handschuhen vor seinem Gesicht herum, »nehme ich als Geiseln.«

»Wenn ich Pech habe, wollen sie vermutlich bei dir bleiben. Ich könnte es ihnen nicht verübeln.«

»Das kann dann nur das Stockholm-Syndrom sein.«

Diese Bemerkung entlockte ihm ein heiseres Lachen. »Ich kann es kaum erwarten, dich wiederzusehen, Annie.«

Statt des Aufzugs nahm ich die Treppe, um überschüssige Energie loszuwerden. Das war also mein erstes richtiges Date gewesen. Die erwartete Euphorie wollte sich nicht einstellen; der Grund dafür war kein Geheimnis. Seufzend streifte ich mir im Flur die Schuhe von den Füßen und folgte den Geräuschen des Fernsehers.

»Oh, da bist du ja.« Grace saß im Wohnzimmer auf dem Boden und balancierte ein furchtbar schwer aussehendes Buch auf ihren Knien. »Wie war es?«

»Gut. Ich ziehe mich eben um.« Ich eilte an ihr vorbei in mein Zimmer, schlüpfte aus Rock und Bluse und tauschte beides gegen eine Pyjamahose sowie ein T-Shirt. Keine zwei Minuten später war ich zurück im Wohnzimmer. Seufzend ließ ich mich neben Grace auf den Boden fallen.

Sie klappte das Buch zu und schob es ächzend von ihren Beinen auf den Teppich.

»Gab es das Ding nicht als E-Book?«

»Leider nein.« Sie rollte mit den Augen. »Wäre Zeit für die Bibliothek, endlich im einundzwanzigsten Jahrhundert anzukommen.«

»Hast du den ganzen Abend gelernt?«

»Ja, nur zwischendurch kurz mit Noah telefoniert. Aber wir reden jetzt nicht über mich.« Sie rückte ihre Brille zurecht und funkelte mich über den Rand hinweg an. »Wie war dein Date mit Mister Perfect?«

»Es war genau das. Perfekt.« So perfekt, dass sich ein unwohles Gefühl in meinem Magen ausbreitete. »Blake ist wirklich nett.«

»Warum machst du dann so ein Gesicht?«

Ich neigte den Kopf zur Seite und atmete hörbar ein und wieder aus. Es klang, als ob die Last der ganzen Welt auf meinen Schultern läge. »Du weißt, warum.«

»Immer noch so schlimm?«

»Schlimmer.« Und das war die Untertreibung des Jahres. Ich war so furchtbar in Adam verliebt, es gab kaum eine Minute, in der ich nicht an ihn dachte. »Erinnerst du dich daran, wie ich dir gesagt habe, er würde mir das Herz brechen?«

Grace nickte. »Als könnte ich das vergessen.«

»Genau das passiert gerade.« Ich zuckte hilflos mit den Schultern. »Und es gibt nichts, was ich dagegen tun kann.«

Lange Sekunden sah sie mich mit einer Mischung aus Sorge und Mitleid an. »Vielleicht wäre es gut, wenn du weniger Zeit mit ihm verbringst.«

Ein guter Rat, für den es leider viel zu spät war. »Das ändert nichts mehr.« Adam hatte mir den Kerl unter der rauen Schale gezeigt. Den liebevollen, witzigen Mann mit dem großen Herzen, der mich so gut verstand wie niemand sonst. »Wenn ich mit ihm zusammen bin, ist alles so viel einfacher. Es ist ...« Ich hatte Schwierigkeiten die richtigen Worte zu finden.

»Es ist, als würdest du nach Hause kommen. Richtig?«

Ich nickte. »Ja, so fühlt es sich an.«

»Du liebst ihn.« Eine simple Feststellung, die mein ganzes Dilemma beschrieb.

»Denke schon.« Müde ließ ich mich nach hinten gegen die Couch fallen. »Er hat die Katze behalten.«

»Den Kater, den ihr gefunden habt? Der sollte doch ins Tierheim.«

»Das war Adams Idee, aber er hat es nicht getan.« Bei dem Gedanken an den kleinen Carl musste ich unweigerlich lächeln. »Er hat ihn meinetwegen behalten.«

»Das war sehr nett von ihm.«

»Er ist mehr als nur nett.« Seufzend schloss ich die Augen. »Adam ist wundervoll. Und das ist das Problem.«

»Hm.« Ich musste Grace nicht ansehen, um zu wissen, dass sie die Nase kräuselte. Das tat sie ständig, wenn sie unzufrieden oder nachdenklich war. »Und du bist dir sicher, für ihn sind es auch nur Übungs-Dates?«

Eine Frage, die mich mitten in mein geschundenes Herz traf. »Wir sind nur Freunde. Und er hat Chloe.«

»Von der er getrennt ist, wie Hannah erzählt hat.«

Diese kleine Auszeit in seiner Beziehung hatte mir die Gelegenheit gegeben, ihn zu küssen – ohne mich wie ein schrecklich schlechter Mensch zu fühlen. »Du weißt aber auch, dass sie wieder bei ihm aufgetaucht ist.«

»Deswegen müssen sie sich nicht versöhnt haben, oder?«

Grace' Optimismus in allen Ehren, doch sie irrte sich. Da war ich mir zu einhundert Prozent sicher. »Er liebt sie.« Drei Worte, die mir unglaublich schwerfielen. Doch sie auszusprechen, war richtig. Vielleicht würde es dabei helfen, mir all die romantischen Träumereien aus dem Kopf zu schlagen.

Ich hörte, wie sie aufstand, in die Küche lief und kurz darauf wieder zurückkam »Hier.«

Als ich die Augen aufschlug, hielt sie mir einen Schokoriegel entgegen. Schoko-Vanille, eine unserer Neuentdeckungen. »Danke.« Auch Zucker würde mich nicht retten, doch es wäre eine Schande, diesen Seelentröster auszuschlagen.

Grace biss in ihren eigenen Riegel, bevor sie sich erneut neben mich setzte. »Dieses Zeug ist so gut. Ich werde nie verstehen, wie Noah darauf verzichten kann.«

»Leere Kohlehydrate?« Ich war einmal Zeuge davon geworden, wie Noah mein Lebenselixier so bezeichnet hatte.

»Bei all den Glückshormonen, die da drinstecken, ist an Schokolade gar nichts leer.« Sie biss herzhaft erneut ein großes Stück ab. »Darauf zu verzichten, ist nicht einmal die NFL wert.«

»Das sieht er wohl anders.«

»Na ja, es hat auch Vorteile für mich.« An ihrem Kichern erkannte ich, in welche Richtung sie dachte. »Er ist wirklich gut in Form. In jeglicher Hinsicht.«

Mit Grace war es erstaunlich einfach, über solche Dinge zu reden. Sie war nicht zu offensiv wie Hannah, wenn es um Sex ging, aber auch nicht so zurückhaltend wie ich. »Also sei froh, wenn er die Finger von Zucker lässt.«

»Bin ich. Meistens.« Sie stopfte sich das letzte Stückchen Schokolade in den Mund und angelte nach der Wolldecke. »Manchmal komme ich mir nur neben ihm wie der undiszipliniertestе Mensch der Welt vor.«

»Gegensätze ziehen sich bekanntlich an.« Ein dummer Kalenderspruch, der nicht wirklich zu den beiden passte. Grace und Noah waren sich manchmal schon zu ähnlich. Lediglich ihre Essgewohnheiten unterschieden sich grundlegend.

»Womit wir wieder beim Thema Adam Baker wären.« Grace kuschelte sich tiefer in die Decke und enger an mich. »Soll das so weitergehen?«

»Dass ich ihn mag?« Mein Lachen klang verzweifelt und unecht. »Wenn ich wüsste, wie ich es abstelle, hätte ich das längst getan.«

»Nein, ich meinte, ob ihr euch weiterhin treffen wollt. Um zu *üben*.« Das letzte Wort betonte sie mit Nachdruck.

»Keine Ahnung.« Nach unserem Kuss, unseren Küssen – es war mehr als einer gewesen –, schien nichts mehr so zu sein wie zuvor. Mir fehlten seine täglichen Nachrichten, die abrupt aufgehört hatten.

»Willst du ihn weiterhin sehen?«

Was für eine Frage. Natürlich wollte ich das. Selbst wenn es mir das Herz aus der Brust riss, war die Vorstellung, ihn nicht mehr zu treffen, schlimmer als jeder Liebeskummer jemals sein könnte. »Wir sind Freunde. Auch unabhängig von meinen Gefühlen ist er mir wichtig.«

»Das habe ich über Noah auch mal gedacht.« Sie pustete sich eine widerspenstige Strähne aus dem Gesicht. »Ich kann dir sagen, das wird schiefgehen. Mit jemandem befreundet sein, für den man starke Gefühle hat, endet immer in einer Katastrophe.«

»Es muss aber funktionieren.« Das war die einzige Möglichkeit. »Und ich habe auch nicht vor, ihm davon zu erzählen.«

»Vielleicht solltest du genau das tun.«

»Adam meine Gefühle gestehen?« Allein die Vorstellung war lächerlich. »Damit ich ihn in die Verlegenheit bringe, mir so freundlich wie möglich einen Korb zu geben? Nein danke.«

»Was wäre, wenn er dir keinen Korb gibt? Daran schon mal gedacht?«

»Dann würden wir uns in einer sehr schrägen Parallelwelt befinden.«

Viele Stunden später, in denen ich erfolglos versucht hatte, einzuschlafen, schlich ich erschöpft ins Bad. Sobald ich die Augen schloss, kreisten meine Gedanken und ließen mich nicht zur Ruhe kommen.

Als ich das Licht einschaltete, raste Monty in einem beeindruckenden Tempo aus seinem Häuschen, um mich zu begrüßen. »Na, kannst du auch nicht schlafen?«

Wie erwartet antwortete er mir nicht. Stattdessen drückte er sich die kleine Nase am Draht seines Geheges platt.

»Was meinst du, Monty? Soll ich noch einmal mit Blake ausgehen?« Ich hatte ihm zwar zugesagt, doch war ich mir mittlerweile nicht mehr so sicher, ob ich das wirklich durchziehen wollte. Es war ihm gegenüber absolut nicht fair.

Gähnend setzte ich mich auf den Boden und betrachtete den kleinen Igel, der durch das regelmäßige Futter merklich runder geworden war. »Grace meint, ich soll Adam die Wahrheit gestehen. An Adam kannst du dich erinnern, oder? Ihr habt euch kennengelernt, als er für mich gekocht hat.«

Falls sich Monty erinnerte, zog er es vor, sich das nicht anmerken zu lassen.

»Stell dir vor, du triffst zwei Igeldamen. Die eine ist genau so, wie du dir schon immer die perfekte Igelin vorgestellt hast. Aber die Sache hat einen Haken. Deine Traum-Igelfrau hat schon einen Igelmann. Dann läuft dir eine zweite Igeldame über den Weg. Die zwar auch ziemlich toll ist, aber eben nicht die erste Igelfrau, in die du verliebt bist.« Monty erweckte den Eindruck, als würde er an meinen Lippen hängen. Er war eindeutig ein guter Zuhörer. »Was würdest du tun? Igeldame Eins deine Gefühle gestehen oder Igeldame Zwei eine Chance geben?«

Monty klimperte mit seinen niedlichen Wimpern, schwieg jedoch weiterhin zu meinem Dilemma.

»Ich habe eine Idee.« Hastig sprang ich auf, öffnete den Spiegelschrank über dem Waschbecken und fand zum Glück sofort, wonach ich gesucht hatte. Ein Lippenstift in einem grellen Pink, von dem Emily behauptete, er würde mir hervorragend stehen. Ich hatte ihn nur ein einziges Mal getragen und mich dabei absolut verkleidet gefühlt.

Mit meiner Beute kehrte ich zu Monty zurück und malte mit dem Lippenstift ein A auf die rechte Seite seines Geheges und ein B auf die linke. A für Adam, B für Blake. »Diese Ecke steht für die Igeldame, in die du schon lange verliebt bist.« Um ihm zu verdeutlichen, was ich meinte, tippte ich mehrmals auf das A. »Und diese Seite symbolisiert die nette neue Igelfrau, die sich mit dir verabreden möchte. Was würdest du tun? A oder B?«

Erst einmal rührte sich Monty keinen Millimeter, und als er sich endlich in Bewegung setzte, trippelte er zu seinem Futternapf, um sich schmatzend die letzten Reste seines Abendessens einzuverleiben. »Du bist nicht sehr hilfreich.«

Mein leiser Protest verdarb ihm jedoch nicht den Appetit. Erst als der Napf blitzblank war, lief er quälend langsam auf die A-Seite zu. Ich wollte ihn gerade anfeuern und ihm gut zureden, auch noch die letzten Schritte zu machen, als er sich um hundertachtzig Grad drehte und schnurstracks auf das B zurannte. Er hielt erst an, als er exakt neben dem pinkfarbenen Buchstaben stand, den ich für Blake gemalt hatte. Das war eindeutig. »Und du willst es dir nicht noch einmal überlegen?«

Monty schnaufte kurz, dann rollte er sich ein.

Und damit war geklärt, dass der Igel klüger war als ich.

16. Kapitel

»Guck mal, das hat Emily gerade geschickt.« Grace schob mir ihr Handy über den Tisch entgegen. Auf dem Display waren Emily und Lilly zu sehen, die von oben bis unten mit Farbe bespritzt waren und breit in die Kamera grinsten. Das blonde Haar der Kleinen war unter den verschiedenen Farbtönen kaum noch zu erkennen.

»Oje, was haben sie angestellt?« Emily sah so glücklich aus, wie sie es in Columbus nie getan hatte. Die Entscheidung, endlich zu ihren Gefühlen zu stehen und zu Josh und Lilly nach Philadelphia zu ziehen, war die beste ihres Lebens gewesen. Das hatte sie bei ihrem letzten Anruf vor zwei Wochen selbst gesagt.

»Sie haben Lillys Zimmer gestrichen. Hier ist noch ein Foto.«

Das nächste Bild zeigte Josh, der von Lilly mit einer Farbrolle attackiert wurde und lachend versuchte, sich zu wehren. Er war mindestens genauso verschmiert wie seine Tochter und seine Freundin. »Josh hat geholfen? Emily hat ihn doch niemals einen Pinsel schwingen lassen.«

»Natürlich nicht.« Grace steckte das Telefon lachend zurück in ihren Rucksack. »Der Kerl besitzt keinerlei künstlerisches Talent.«

Nein, das tat er wirklich nicht. Aber dafür hatte Josh eine ganze Reihe anderer, wunderbarer Eigenschaften. Ich mochte ihn, seit wir uns zum ersten Mal begegnet waren. Er war trotz des ganzen Footballkrams nicht abgehoben und immer noch so verknallt in Emily, dass ich ihn allein dafür lieben musste. »Kommen sie an Thanksgiving nach Columbus?«

»Das hängt von Joshs Trainingsplan ab.«

Gedankenverloren spielte ich mit dem müden Salatblatt auf meinem Teller. »Ich vermisse sie.«

»Oh Gott, ich auch.« Mit angeekeltem Gesicht schob Grace ihr Mittagessen ein Stück von sich weg. Ihre Vollkornnudeln sahen wirklich fürchterlich aus. Die Konsistenz erinnerte an Brei und die Farbe an altes Leder. »Es wird Zeit, dass sie sich wieder in Columbus blicken lässt.«

Seit Emilys Umzug waren erst sechs Monate vergangen, doch manchmal kam es mir wie eine Ewigkeit vor. Grace empfand genauso wie ich. »Wir haben immer noch die hier.« Ich streckte den Ringfinger meiner linken Hand aus und hielt ihn ihr unter die Nase. »Sie stehen für etwas.«

»Das tun sie.« Vorsichtig stieß Grace mit ihrem eigenen Ring gegen meinen. In ihren war ein G eingelassen, in meinen ein A. Emily besaß auch ein Exemplar, in ihrem Fall mit einem eingefassten E. Zu ihrem letzten Geburtstag hatte ich uns dreien die Ringe gebastelt. Zuerst war ich mir unsicher gewesen, ob die beiden mein Geschenk nicht vielleicht albern finden würden, doch seit diesem Tag trugen wir alle unsere Ringe nahezu rund um die Uhr. Mir bedeutete es die Welt, dass sie diese Geste als das verstanden hatten, was sie gewesen war: meine Versicherung, nicht mehr allein zu sein. Zum ersten Mal in meinem Leben Freunde zu haben.

»Und sollte sie an Thanksgiving in Philly bleiben, skypen wir eben stundenlang mit ihr.« Grace zuckte wie beiläufig mit den Schultern. »Abgemacht?«

»Abgemacht!« Ich stieß meine Faust in einer Geste, die Emily mir beigebracht hatte, gegen die von Grace. Eine Ghettofaust, die mitten in der Mensa der *Ohio State University* wenig nach Ghetto und mehr nach *verwöhnten Vorstadtkindern, die cool wirken wollen* aussah.

»Was ist abgemacht?« Wie ein Wirbelwind wehte Hannah an unseren Tisch, setzte sich auf den Stuhl neben mir und machte Grace' Nudeln aus der Hölle schöne Augen. »Isst du das noch?«

»Bedien dich.«

Das ließ sie sich nicht zweimal sagen. Sie schnappte sich Grace' Gabel und begann, sich die Nudeln in einem atemberaubenden Tempo in den Mund zu schaufeln. »Sorry, aber ich sterbe vor Hunger. Ich habe heute nicht gefrühstückt.«

Es war schwer, sie trotz des vollen Mundes zu verstehen. »Willst du meinen Salat auch noch haben?« Wie schon in den letzten Tagen hatte ich keinen großen Appetit.

Hannah schüttelte angewidert den Kopf. »Das Grünzeug kannst du behalten.«

»Vitamine würden dir sicher nicht schaden.« Die tiefe Stimme hinter mir ließ mich zusammenzucken. Auch ohne mich umzudrehen, wusste ich, dass sie Adam gehörte. Mein Herzschlag beschleunigte sich augenblicklich, und ich versuchte mit aller Kraft, so zu tun, als würde mich sein plötzliches Auftauchen kalt lassen.

»Du kannst das Zeug gerne haben.« Hannah inhalierte weiter die Nudeln, ohne auch nur aufzuschauen.

»Ich habe schon gegessen. Eigentlich bin ich nur hier, weil du mal wieder deinen Schlüssel vergessen hast.«

»Den brauche ich nicht, ich schlafe heute woanders.« Hannah war fertig und ließ die Gabel geräuschvoll auf den Teller fallen. »Ups, sorry.«

Adam so nah zu sein, war Folter und Erleichterung zugleich. Wenn er an unseren Tisch kam, bedeutete das, er ging mir nicht vollends aus dem Weg. Doch dass er mich ignorierte, traf mich. Nach unserem Kuss hatte ich wenigstens eine lausige Begrüßung verdient. Die beste Nacht meines Lebens mochte für ihn vielleicht belanglos gewesen sein, doch ...

»Hey, Annie. Grace.« Also doch. Immerhin. Es war besser als nichts, auch wenn er distanziert klang. Aber was hatte ich erwartet? Dass er vor mir in der Mensa auf die Knie fiel und mich anflehte, mit ihm zusammen zu sein? So töricht war ich nicht einmal in meinen wirren Tagträumen, die sich alle seit Wochen um Adam drehten.

»Kannst du dich bitte setzen?« Hannah deutete auf den freien Stuhl neben Grace. »Du machst mich nervös, wenn du da so rumstehst und zappelst.«

Ohne ein weiteres Wort folgte er ihrer Aufforderung.

Großartig, somit saß er mir genau gegenüber, und ich war gezwungen, ihn anzusehen. Nicht dass sein Anblick so fürchterlich wäre. Er trug eine enge schwarze Jeans, ein schwarzes T-Shirt und darüber ein dunkelblaues, offenes Hemd, das zu seinen himmelblauen Chucks passte. Heute also nicht vollständig in Schwarz. Vielleicht war ihm nach Feiern zumute, weil er sich mit Chloe versöhnt hatte.

Verstohlen musterte ich die Maserung der Tischplatte und überlegte, wie lange ich damit durchkommen würde, bis es auffiel.

»Es tut mir leid, aber ich muss los. In fünf Minuten fängt mein nächstes Seminar an.« Grace legte mir eine Hand auf die Schulter. Aus dem Augenwinkel erkannte ich die Sorge in ihrem Blick.

So zaghaft wie möglich, damit es niemand außer ihr bemerkte, nickte ich. Es war okay, wenn sie ging. Ich brauchte keinen Babysitter, um mit Adam an einem Tisch zu sitzen. »Bis heute Abend.«

Grace war kaum außer Sichtweite, als Hannah mich auffordernd anschaute. »Erzählst du mir jetzt, wie es war, oder muss ich vor Neugier sterben?«

Oh, nein. Nein. Nein. Nein. Nein. Nicht das. Nicht vor Adam. »Ist es okay, wenn wir morgen darüber reden? Ich wollte jetzt eigentlich in die Bibliothek.« Hannah anzulügen, fühlte sich schäbig an, doch ihr in Adams Anwesenheit von meinem Date mit Blake zu berichten, war so eine unangenehme Vorstellung, dass ich wieder einmal den einfacheren Weg wählte. Das musste endlich aufhören. Hannah war meine Freundin. Geheimnisse vor ihr zu haben, war wirklich nicht in Ordnung.

»Glaubst du etwa, du kannst einfach so verschwinden?« Das Funkeln in ihren Augen ließ mich auf meinem Stuhl zusammensacken. Natürlich war Flucht keine Option. Damit würde ich mich niemals retten können, wenn sie sich etwas in den Kopf gesetzt hatte. Diese Hartnäckigkeit war es, die überhaupt erst zu meiner Verabredung mit Blake geführt hatte. Mein Blick wanderte für einen Sekundenbruchteil zu Adam. Er saß seelenruhig auf seinem Stuhl und betrachtete das Display seines Handys.

Ich straffte die Schultern und betete stumm, dass Hannah nicht jedes Detail meines Abends mit Blake diskutieren wollte. »Es war okay.« Eine Aussage, mit der sie sich garantiert nicht zufriedengeben würde. »Das Theaterstück war sehr aufwühlend.«

»Was ihr euch angesehen habt, ist mir herzlich egal. Ich will wissen, wie es mit Blake war. Er ist toll, oder?« Sie stieß Adam mit der Schulter gegen den Oberarm. »Annie wollte mir nicht glauben, welch ein guter Fang Blake ist.«

Adam sagte dazu ... nichts. Seine einzige Gefühlsregung bestand darin, die Kiefer so fest aufeinander zu pressen, dass es einen ungesunden Eindruck machte. Nach wie vor tippte er auf seinem Handy herum und würdigte mich keines Blickes.

Ich räusperte mich leise. »Der Abend war nett.«

»Annie!« In einer theatralischen Geste schlug sich Hannah die Hände vors Gesicht. »Geht das vielleicht ein bisschen genauer? Ich sterbe vor Neugier, weil ich wissen möchte, ob ihr wirklich so perfekt zusammenpasst, wie ich mir das gedacht habe.«

»Sie war zum ersten Mal mit ihm aus, wie soll sie das nach einem Date beurteilen können?« Adam hatte sich entschieden, doch nicht mehr stumm wie ein Fisch dazusitzen und unser Gespräch zu ignorieren. Bei seinen Worten hob er den Kopf, und sein Blick bohrte sich in meinen. »Dazu gehört ein bisschen mehr.« Sein Tonfall war so distanziert und feindselig, wie ich ihn seit unserem Streit im Supermarkt nicht mehr gehört hatte.

Es hatte sich definitiv etwas zwischen uns verändert. Der dumme Kuss – die dummen Küsse – waren der Grund dafür, warum wir nicht mehr normal miteinander umgehen konnten. Aber was war schon normal? Nichts, wenn es mich und Adam betraf.

»Stimmt. Guter Punkt.« Das Blitzen in Hannahs Augen war zurück. »Wann seht ihr euch wieder?«

»Keine Ahnung.« Das war ausnahmsweise die Wahrheit. Blake hatte zwar gesagt, er wollte ein weiteres Mal mit mir ausgehen, doch keine seiner Textnachrichten aus den vergangenen Tagen deutete darauf hin, wann dieses nächste Date stattfinden sollte.

»Aber du willst ihn wiedersehen, richtig? Sag mir jetzt nicht, dass du es dir anders überlegt hast. Blake ist perfekt für dich. Freundlich, humorvoll, attraktiv. Genauso wie ich ihn dir beschrieben habe.« Hannah redete und redete und redete. Sie zählte Blakes Vorzüge in einem endlosen Monolog auf. »Und dass er Kinderarzt werden will, ist definitiv ein Pluspunkt. Er spendet auch regelmäßig Blut. Wusstest du das?«

Erneut wanderte mein Blick zu Adam. Adam, der so viele Dinge nicht war, die Hannah herunterratterte. Und doch sehnte sich mein Herz nur nach ihm. Es war egal, dass er mich nicht wollte. Es war egal, dass er eine Freundin hatte. Es war alles egal, solange ich den Gedanken nicht loswurde, dass er tausend Mal besser zu mir passte als jeder andere Mann.

»Warum triffst du dich nicht selbst mit ihm?« Adams harsche Frage ließ Hannah augenblicklich verstummen.

Ich zuckte unter dem scharfen Ton zusammen. Wollte er mich damit vor dem Enthusiasmus seiner Schwester bewahren oder fiel sie ihm einfach nur auf die Nerven?

»Warum sollte ich mich mit Blake treffen?« Ihre rechte Augenbraue schnellte in die Höhe, als sie ihren düster dreinblickenden Bruder neben sich unzufrieden musterte. »Was ist denn plötzlich los mit dir?«

»Du bedrängst sie.« Er nickte in meine Richtung, ohne mich eines Blickes zu würdigen. »Und merkst es nicht einmal.«

»Was geht es dich an, wie ich mit meinen Freunden spreche?«

»Nichts. Mich geht das alles nichts an.« Er stand ruckartig auf, wobei sein Stuhl ein unangenehm lautes Geräusch auf dem billigen Linoleumboden erzeugte. »Du hast recht. Was du mit deinen Freunden machst, ist deine Sache.«

Ohne ein weiteres Wort drehte er sich um und verließ die Mensa durch die nächstgelegene Tür.

»Manchmal ist er schrecklich dramatisch.« Hannah verfolgte seinen Abgang mit gerunzelter Stirn, ich selbst mit einem sehr flauen Gefühl im Magen. »Er war gestern auch schon so drauf, nachdem Chloe wieder abgezogen ist. Vermutlich haben sie wieder gestritten. Es wäre schön, wenn er seine miese Laune nicht an uns auslässt.«

Ich musste einfach fragen. Auch wenn ich mir nicht sicher war, ob ich die Antwort hören wollte. »Haben sie sich wieder versöhnt?«

»Keine Ahnung. Mich nervt dieses ganze Chloe-Theater einfach nur noch.« Augenrollend strich sie sich eine dunkle Locke aus der Stirn. »Sie war vorgestern da, sie war gestern da, aber wie der aktuelle Beziehungsstatus ist, bleibt sein Geheimnis.«

Sie hatten sich zwei Tage hintereinander getroffen. Wenn das kein eindeutiges Zeichen war. Auch wenn ich es sowieso längst geahnt hatte, tat es verdammt weh, ihn mir wieder mit ihr vorzustellen. Nicht einmal meinetwegen. Es war einfach falsch, wenn er eine Freundin hatte, die seine Gefühle so offensichtlich mit Füßen trat.

Unschlüssig stand ich barfuß im Pyjama in der Küche und sah mich um. Wenn Grace genervt oder gestresst war, backte sie. Ich konnte dieser Tätigkeit nicht viel abgewinnen. Kochen war ebenfalls nicht mein Ding. Fernsehen wollte ich auch nicht, und mein kläglicher Versuch zu lesen, war daran gescheitert, dass ich zu aufgewühlt war. Adam und Chloe. Dieser Gedanke hatte mich seit dem Mittagessen vor einigen Stunden nicht losgelassen. Meine anfängliche Traurigkeit war von Unverständnis zu Trotz übergegangen. Wenn er sich mies behandeln lassen wollte, sollte er das tun. Er war erwachsen und konnte seine Entscheidungen selbst treffen.

Dieser Gedanke wurde wenige Sekunden später von einem Bild des kleinen Adam abgelöst, der seine ganze Kindheit über um die Anerkennung und Liebe seines Vaters gekämpft hatte. Natürlich wusste er nichts von gesunden Beziehungen. Er hatte sie nie erlebt.

Leider war ich nicht viel besser dran. Wenn es danach ging, wer von uns beiden verkorkster war, lieferten wir uns ein enges Kopf-an-Kopf-Rennen.

Mit schwerem Herzen und dem Drang nach Schokolade machte ich mich auf den Weg in mein Zimmer. Irgendwo musste ich noch eine Packung Schokoriegel gebunkert haben.

Ich hatte die kostbare Beute gerade aus meinem Nachttisch

gefischt, als mein Handy auf dem Schreibtisch vibrierte. Vergessen war die Schokolade. Getrieben von naiver Hoffnung stürzte ich zu meinem Telefon, um nachzusehen, ob die Nachricht vielleicht von Adam war.

Blake: *Haben sich meine Handschuhe nach mir erkundigt?*

Die Frage war süß. Zu süß. Ich legte das Handy zur Seite und befreite einen der Schokoriegel aus der Verpackung. Doch auch Zucker half nicht gegen das schlechte Gewissen. Es war nicht Blakes Schuld, dass er nicht Adam war.

Ich: *Die Handschuhe haben dich mit keinem Wort erwähnt. Sie fühlen sich pudelwohl bei mir.*

Es dauerte nur einen halben Schokoriegel, bis mir seine Antwort entgegenleuchtete.

Blake: *Wir könnten uns das Sorgerecht für sie teilen, wenn ich sie besuchen darf :-)*

Da war er wieder, der Smiley *mit* Nase. Ich fühlte mich wie der oberflächlichste Mensch der Welt, weil mich ausgerechnet eine solche Kleinigkeit störte. Alles andere an Blake war bis jetzt perfekt gewesen. Und er flirtete mit mir. Das war so offensichtlich, es entging nicht einmal mir.

Jetzt war wohl der Moment gekommen, um ihm zu sagen, dass ich kein weiteres Date mit ihm wollte. Weil er zu nett war, mich zum Lachen brachte, ein wundervoller Mensch war und Smileys *mit* Nasen verschickte.

Stöhnend ließ ich mich auf mein Bett fallen. Es sprach absolut alles dafür, Blake noch einmal zu treffen. Alles bis auf Adam, der keinerlei Interesse an mir hatte.

Bevor ich es mir anders überlegen konnte, schnappte ich mir erneut mein Handy und formulierte einen kurzen Text.

Ich: *Wann möchtest du die Handschuhe denn treffen? Eventuell könnte ich sie dazu überreden.*

Seine Antwort ließ nicht lange auf sich warten.

Blake: *Was hältst du von Samstagabend? Ob sie wohl mit mir ins Kino gehen würden?*

Samstag. Das waren noch einige Tage, in denen ich mich verrückt machen konnte. In denen ich mir die ganze Sache noch mindestens zehnmal anders überlegen würde.

Ich: *Samstag klingt wunderbar.*

In einer Welt *ohne* Adam Baker hätte ich diese Antwort vollkommen ehrlich meinen können. In einer Welt *mit* Adam Baker war sie der klägliche Versuch, mich nicht auf Dinge zu versteifen, die ich niemals haben würde. Es war richtig, ein zweites Mal mit Blake auszugehen. Wenn ich mir das selbst oft genug sagte, würde ich es am Ende vielleicht sogar glauben.

Kaum hatte ich mir Schokoriegel Nummer Drei in den Mund geschoben, klopfte es so laut an der Wohnungstür, dass man es vermutlich noch fünf Stockwerke unter uns hören konnte. Ich hatte einen ruhigen Abend verbringen und in Selbstmitleid baden wollen. Doch wer auch immer vor der Tür stand, schien kein Problem damit zu haben, meine selbstgewählte Einsamkeit zu sabotieren. Vielleicht hatte sich Grace ausgesperrt. Aber sie war mit Ben unterwegs, eigentlich erwartete ich sie noch lange nicht zurück. Bevor der Ruhestörer den halben Flur aufweckte, lief ich zur Tür und riss sie schwungvoll auf.

Der Schokoriegel blieb mir vor Schreck fast im Hals stecken. »Hi?« Meine Begrüßung klang wie eine Frage, in der all meine Verwunderung mitschwang. Ich hatte mit vielen Dingen gerechnet, aber nicht mit Adam, der im Flur stand und aussah, als wäre jemand gestorben. »Alles okay bei dir?«

»Nein.« Er stützte sich rechts und links am Türrahmen ab und wirkte dabei so verloren, dass ich all meine Willenskraft brauchte, um ihn nicht zu umarmen. »Hast du schon geschlafen?«

Es war gerade einmal acht Uhr. So früh ging niemand ins Bett. »Habe ich nicht, nein.«

»Kannst du dir vielleicht etwas anziehen? Auch Schuhe und eine Jacke. Es könnte kalt werden.« Die Dringlichkeit in seiner Stimme ließ mich widerstandlos nicken. Irgendetwas war ganz und gar nicht in Ordnung. So hatte ich ihn noch nie erlebt.

»Willst du so lange reinkommen?«

Er zögerte einen Moment, bevor er sich an mir vorbeischob. Ich folgte ihm barfuß und ... in meinem Katzenpyjama. Das Ding war riesig, rosa und mit unzähligen Katzen-Porträts übersät. Großartig. Ausgerechnet, wenn Adam unangemeldet auftauchte. Doch der schien keinerlei Notiz von meinem Outfit zu nehmen. Er setzte sich auf die Couch, stützte die Ellenbogen auf den Knien ab und starrte auf den ausgeschalteten Fernseher.

»Bin sofort wieder da. Ich beeile mich.« Ohne auf eine Reaktion zu warten, eilte ich an ihm vorbei in mein Zimmer und griff nach den ersten Klamotten, die ich in die Finger bekam. Jeans, Hoodie, dicke Socken, Winterstiefel. Blakes Handschuhe lagen auf dem Schreibtisch, doch ich ignorierte sie – und die warmen Finger, die sie versprachen.

»Fertig.« Zurück im Wohnzimmer schien sich Adam keinen Millimeter bewegt zu haben.

Erst als er mich hörte, drehte er sich um, musterte meine Klamotten und nickte. »Ein Schal wäre noch gut. Und eine Jacke.«

»Ist beides im Flur.«

»Dann lass uns gehen.«

Ich sollte fragen, was unser Ziel war. Warum er unangemeldet vor meiner Tür stand und sich so merkwürdig verhielt, dass ich mir schreckliche Sorgen machte. Was auch immer passiert war, es war bestimmt nichts Gutes. Doch ich konnte in Adams Gesicht lesen, wie wenig er Fragen beantworten wollte und wie viel Überwindung es ihn gekostet hatte, überhaupt herzukommen.

In einem Auto, das einem Kumpel gehörte – eine nähere Erklärung erhielt ich nicht – fuhren wir auf den Highway, ohne auch nur ein Wort miteinander zu wechseln. Adam beobachtete stur den Verkehr und beachtete mich nicht. Nervös nestelte ich am Reißverschluss meiner Jacke herum. Die Heizung war voll aufgedreht, und es wurde mit jeder Minute wärmer im Inneren des Wagens.

Ich malte mir unzählige Szenarien aus, die zu Adams seltsamen Verhalten geführt haben konnten. Vielleicht waren seine Geldprobleme der Grund oder seine Verletzung. Oder es hatte etwas mit Chloe zu tun. Bestimmt war sie der Auslöser. Warum sollte er sonst vor meiner Tür stehen und nicht vor ihrer?

Doch das half mir alles nicht weiter. Solange er weiterhin schweigen wollte, konnte ich nur raten. Wenn er Zeit brauchte, würde ich sie ihm geben. So viel wie er benötigte. Ich würde mich nicht beklagen, wenn wir die ganze Nacht stumm über den Highway fahren und dabei wie in einer Sauna schwitzen würden, auch wenn es mir schwerfiel.

Nach mehr als einer Stunde steuerte er eine Tankstelle an. »Brauchst du etwas?«

Die Frage kam aus dem Nichts und ließ mich aufschrecken. »Danke, nein.«

»Okay, ich bin gleich wieder da.« Er stieg aus, um den Tank zu befüllen, was ich dazu nutzte, aus meiner Jacke zu schlüpfen. Mein Handy hatte ich dummerweise zuhause liegen lassen, sonst hätte ich Grace eine Nachricht schreiben können. Sie würde sich sicher Sorgen machen, wenn sie nach Hause käme und ich nicht da wäre. Vielleicht nahm sie aber auch an, ich wäre noch in die Bibliothek gegangen, wie ich das oft abends tat.

Adam war nach wenigen Minuten zurück, schnallte sich an, und als er bemerkte, dass ich meine Jacke nicht mehr trug, regelte er die Heizung ein wenig runter. Gefühlt waren es immer noch hundert Grad im Auto. »Hier.« Er griff in die Tasche seines Hoodies und zog ein halbes Dutzend Schokoriegel hervor. »Ich war mir nicht sicher, welche du magst.«

»Die sind für mich?«

»Proviant.« Als ich nicht reagierte, legte er die Riegel in die Plastikablage zwischen uns.

»Fahren wir noch lange?« Wir hatten Mason passiert und befanden uns kurz vor Cincinnati. Der Ort, an dem er bald studieren würde. Man konnte es mir wohl nicht verübeln, dass ich keine besonders großen Sympathien für diese Stadt hegte.

»Eine halbe Stunde etwa. Ist das okay?«

Es war zu spät, um mich das zu fragen, doch die Bemerkung verkniff ich mir. Adam wirkte schon gestresst genug. »Klar, ich bin ja jetzt bestens mit Schokolade versorgt.«

Selbst dieser Satz entlockte ihm nicht einmal ein müdes Lächeln. Irgendetwas stimmte ganz und gar nicht.

Die seltsame Stimmung änderte sich auch nicht, bis wir das Ortsschild passierten. Cincinnati war in der Tat unser Ziel, damit hatte ich richtig gelegen. Wir befanden uns mitten in der Innenstadt, in der Nähe des Ohio River, als er den Wagen abstellte. »Es ist gleich da vorn. Den Rest laufen wir am besten. Dort kann man schlecht parken.«

Wo auch immer dieses *Dort* war. Nach wie vor hatte ich keine Ahnung, was wir hier wollten.

Ich war kaum aus dem Auto gestiegen, als er nach meiner Hand griff und unsere Finger miteinander verschlang. »Du wirst es mögen, das verspreche ich.«

Unser Weg führte uns am Flussufer entlang. Auf der anderen Seite des Wassers ragte die bunt beleuchtete Skyline von Cincinnati in den Himmel. Unter objektiven Gesichtspunkten war es hübsch hier – wenn man Städte mochte, die einem den Mann wegnehmen wollten, den man mehr mochte als jeden anderen Menschen.

Während wir durch die Nacht liefen, versuchte ich, nicht überzubewerten, dass er meine Hand hielt. Wir hatten das schon einmal getan, und immerhin waren wir Freunde. Wahrscheinlich war es nur ein Reflex und fiel ihm nicht einmal auf.

»Da vorne.«

Ich hob den Blick und blieb wie angewurzelt stehen. In der Ferne erkannte ich ein hell beleuchtetes Riesenrad. »Das ist unser Ziel?«

Er nickte. »Du hast gesagt, ein Jahrmarkt steht auf deiner Liste. Um diese Jahreszeit ist es allerdings unmöglich, einen zu finden. Das Riesenrad ist vielleicht eine gute Alternative.«

»Wir sind *meinetwegen* hier?« Bis zu diesem Moment war ich davon ausgegangen, dass er sich auf irgendeiner Mission befand. Eine Mission, die etwas damit zu tun hatte, warum er sich so merkwürdig verhielt.

»Ich dachte, du freust dich.« Mit der freien Hand rieb er sich mehrmals über den Nacken. »Wenn das eine blöde Idee war, sag es mir. Dann fahren wir zurück und vergessen es einfach. Das *Skystar Wheel* ist nur noch kurz in der Stadt, und ...«

»Ich habe Höhenangst.«

Adam schaute mich überrascht an. »Du hast ... Höhenangst?«

»Ich denke schon.« Wenn er mir von Anfang an gesagt hätte, wohin wir fahren würden, hätte ich ihm diese wichtige Information schon vor zwei Stunden geben können.

»Du hast Höhenangst? Oder denkst du nur, du hättest Höhenangst?«

»Ich weiß es nicht, okay?« Aufgebracht entzog ich ihm meine Finger und vergrub sie in meiner Jackentasche. Ich erinnerte mich noch in jedem Detail an den Ausflug mit meiner Großmutter in eine der größten Kirchen von ganz Ohio. Es war ein brütend heißer Sommertag gewesen; mein graues Wollkleid hatte an meiner Haut geklebt und sich bei jedem Schritt wie Schmirgelpapier angefühlt. Dazu kam, dass ich stundenlang nichts getrunken hatte. Warum mir ausgerechnet bei der Führung durch die Kirche im Glockenturm schwarz vor Augen geworden war, konnte ich nicht sagen. Vielleicht war es die Höhe gewesen, vielleicht Dehydrierung oder die erdrückende Gewissheit, nach diesem Tag wieder monatelang nicht aus dem alten, schrecklichen Haus herauszukommen.

Adam machte einen Schritt nach vorn, schlang seine Arme um mich und drückte mich so fest an seine Brust, dass mir fast die Luft wegblieb. Doch selbst das war nicht genug. Mit aller Kraft schmiegte ich mich an ihn, ohne die Absicht, ihn jemals wieder loszulassen. »Es tut mir leid, Annie. Es tut mir alles so leid.« Immer wieder murmelte er eine Entschuldigung, für die es keinen Grund gab. Er hatte mich weder in die alte Kirche geschleift noch von meiner eventuellen Höhenangst gewusst.

Nach einer halben Ewigkeit, die dennoch viel zu schnell vorbei war, ließ er mich los. »Willst du nach Hause?«

»Auf keinen Fall.« Ich schüttelte energisch den Kopf. »Du lässt mich nicht allein auf dem Ding, oder?«

Adam brauchte einen Herzschlag, bis er meine Worte verstand. »Du willst doch mit dem Riesenrad fahren?«

»Aber nur, wenn du mitkommst.« Hatte ich Angst? Panische. Wollte ich mich davon abschrecken lassen? Auf keinen Fall. Dies hier war meine Chance, einen weiteren Dämon aus der Vergangenheit zu besiegen – und diese Chance würde ich beim Schopf packen.

Zu meiner großen Erleichterung war das Riesenrad mit geschlossenen Kabinen ausgestattet. Es gab zwei lange Bänke, auf denen man Platz nehmen konnte, bevor es bis auf eine Höhe von fünfzig Metern nach oben ging.

Wir hatten unsere Kabine kaum betreten, als ich mich auch schon mit zitternden Knien auf die Metallbank setzte und versuchte, so ruhig wie möglich zu atmen. Adam hielt, was er versprochen hatte: Er wich mir keine Sekunde von der Seite und rückte so dicht an mich heran, dass ich mir einbildete, seinen Herzschlag hören zu können.

»Alles okay?« Er legte den Arm um mich, was mir zusätzliche Sicherheit gab. Adam würde nicht zulassen, dass mir etwas passierte. Er war mein Freund, und Freunde passten aufeinander auf.

»Ja, alles gut.« Ich zwang mich zu einem zaghaften Lächeln, damit er sich nicht allzu großen Sorgen um mich machte. »Wäre nur ganz schön, wenn es bereits vorbei wäre.«

Die Kabine füllte sich mit einem Dutzend weiteren Passagieren. Als alle ihre Plätze eingenommen hatten, saßen wir dicht aneinander gequetscht, wie Ölsardinen in einer Konservendose. Die Tür wurde kurz darauf geschlossen, und wir entfernten uns langsam, Meter für Meter, vom sicheren Boden.

Instinktiv klammerte ich mich an Adam. So fest, dass es sicher unangenehm für ihn war, doch er ertrug es, ohne zu protestieren.

»Ich habe die passenden Schuhe an.«

»Was?« Wieso redete er über Schuhe, wenn wir kurz davor standen, in den Tod zu stürzen?

»Superhelden-Schuhe.« Er hob den Saum seiner Jeans an und gewährte mir einen Blick auf die Chucks des Tages. Auf ihnen prangte das Konterfei von *Superman.* »Mit den Dingern kann dir nichts passieren. Die bringen Glück.«

Er klang so überzeugt, dass ich kichern musste. »Tun sie das, ja?«

»Jap. Ich habe sie an dem Tag getragen, als ich an der *Ohio State* angenommen wurde.«

Ich dachte an sein Football-Stipendium und all seine zerbrochenen Träume. »War das wirklich ein Glückstag?«

Ein zaghaftes Lächeln umspielte seine Lippen. »Ja, das war er.«

Bevor ich auch nur blinzeln konnte, beugte er sich vor und küsste mich. Ein flüchtiger Kuss, der nicht länger als einen Wimpernschlag dauerte. Dennoch brachte er mich so sehr aus dem Konzept, dass ich zu durcheinander war, um weiterhin Angst zu haben.

17. Kapitel

Auf dem Rückweg nach Columbus schwiegen wir größtenteils. Doch die Stille war nicht so bedrückend wie bei der Hinfahrt. Adam schien immer noch angespannt, doch nicht mehr so verbissen und fokussiert.

Auf etwa halber Strecke schaltete er das Radio ein, sodass uns der Campus-Sender der *Ohio State* Gesellschaft leistete. Nachts spielten sie meistens durchgehend Musik, die oft gar nicht mal so übel war. Heute war es ein bunter Mix aus alten und neuen Songs.

Kurz vor Columbus wurde Adam neben mir merklich unruhig. Er öffnete das Fenster, um es zwei Sekunden später wieder zu schließen. Mit den Fingern tippte er immer wieder rhythmisch auf das Lenkrad, und als er schließlich den Scheibenwischer einschaltete, obwohl kein einziger Tropfen vom Himmel fiel, musste ich einfach etwas sagen. »Alles okay?«

»Hm?« Es wirkte, als hätte ich ihn aus seinen Grübeleien gerissen.

»Ist alles in Ordnung?«

»Ja, natürlich.« Sein Lächeln war unecht, das konnte ein Blinder erkennen. »Ich bin nur müde.«

Was sollte ich darauf erwidern? Es war offensichtlich, wie sehr ihn nach wie vor etwas beschäftigte. Wenn er jedoch nicht mit mir darüber sprechen wollte, konnte ich ihn nicht zwingen.

Ich zog die Knie an und schlang die Arme darum. Was hätte ich dafür gegeben, nur ganz kurz Adams Gedanken lesen zu können? Nach dem Kuss auf dem Riesenrad hatte er weiterhin meine Hand gehalten, doch kein Wort darüber verloren, was da gerade zwischen uns passiert war. Vielleicht interpretierte ich einfach zu viel in diese Sache hinein. Ich hatte solche Angst vor der Höhe gehabt, dass er mich mit dem Kuss nur ablenken wollte. Das war die schlüssigste Erklärung, auch wenn ich mir so sehr wünschte, es gäbe eine andere.

»Willst du Carl noch Hallo sagen? Hannah ist wie immer unterwegs.« Wir waren mittlerweile wieder in Columbus und nicht mehr weit von der Uni entfernt. Adams Frage überraschte mich, weil ich davon ausgegangen war, er würde mich direkt nach Hause bringen.

»Gern.« Ich vermisste den kleinen Kerl, auch wenn er sicher bestens versorgt war. »Wenn es dir nichts ausmacht.«

»Warum sollte es mir etwas ausmachen?« Er warf mir einen kurzen Seitenblick zu, bevor er sich wieder auf den Verkehr konzentrierte. Es waren nur noch wenige Autos unterwegs.

»Ich weiß nicht, vielleicht willst du schlafen gehen.« *Oder möchtest nicht noch mehr Zeit mit mir verbringen. Vielleicht triffst du dich gleich mit Chloe. Oder dir ist wieder eingefallen, warum du mich tagelang ignoriert hast.* Diese Gedanken waren nicht sehr hilfreich. Immerhin hatte er mir angeboten, Carl zu besuchen.

»Es ist dein Kater. Du kannst ihn so oft besuchen, wie du möchtest.«

»Okay, merke ich mir.« Ich hasste es, wie angespannt ich war. Doch ich konnte nicht aus meiner Haut. Der Kuss hatte mich zu sehr aufgewühlt. Mir fiel es mit einem Mal schwer, normal mit Adam zu reden. Was war überhaupt normal? Die kläglichen Versuche, meine Gefühle vor ihm zu verstecken? Die ständige Angst, er würde sie mir ansehen und nie wieder etwas mit mir zu tun haben wollen? Beides war normal, anstrengend und beängstigend.

Adam fand einen Parkplatz direkt vor der Wohnung. Kaum hatte er den Motor ausgestellt, sprang ich auch schon aus dem Wagen.

Während ich die Treppen nach oben sprintete, folgte er mir langsam.

Als er die Haustür aufschloss, wurden wir von Carl begrüßt, der uns laut miauend entgegenlief. »Hey, mein Süßer.«

Der kleine Kater hüpfte an meiner Jeans hoch und krallte sich an dem Stoff fest. Schnell bückte ich mich, um ihn auf den Arm zu nehmen. »Machen artige Katzen so etwas?«

Mein Erziehungsversuch ließ ihn vollkommen unbeeindruckt.

Er schmiegte sich eng an mich, beobachtete dabei jedoch Adam, der Richtung Küche ging.

»Willst du etwas essen?«

»Fragst du Carl oder mich?« Mit dem Kater auf dem Arm folgte ich ihm in die Küche. Adam stand vor dem geöffneten Kühlschrank und musterte den Inhalt.

»Carl hat immer Hunger, du warst gemeint. Viel ist aber nicht da. Ich kann dir Nudeln von gestern anbieten oder ein Sandwich.« Über seine Schulter warf er mir einen fragenden Blick zu.

»Ich bin nicht hungrig. Außerdem habe ich noch sechs Schokoriegel, die mir jemand unterwegs gekauft hat.« Während der Fahrt war ich viel zu aufgewühlt gewesen, um einen davon zu essen.

»Stört es dich, wenn ich mir schnell etwas warm mache?«

»Nein, natürlich nicht.« Carl suchte sich diesen Moment aus, um wild zu strampeln. Er wollte eindeutig wieder auf den Boden gesetzt werden. »Ich spiele so lange mit dem kleinen Rabauken.«

Adam nahm die Nudeln aus dem Kühlschrank und stellte sie in die Mikrowelle. »In meinem Zimmer liegt das meiste von seinem Spielzeug rum. Den Plüsch-Elch mag er am liebsten.«

Carl rannte den Flur entlang, schnurstracks in Adams Zimmer. Ich folgte ihm, nur um ihn auf dem großen Doppelbett zu finden, wo nur noch sein Schwanz unter der Decke hervorlugte. »Wo ist denn bloß der kleine Carl hin? Ich sehe ihn ja gar nicht.« Eventuell war dies das erste Anzeichen für akuten Wahnsinn. Ich spielte mit einer Katze Verstecken, die nicht besonders gut darin war. Carls Schwanz bewegte sich immer wilder hin und her, je länger ich ihn suchte. »Ob er wohl unter dem Schreibtisch sitzt? Nein, da ist er nicht.«

Den halb gefüllten Papierkorb nutzte ich, um mit dem Inhalt zu rascheln. Die Schwanzbewegungen verstärkten sich. »Vielleicht hat er sich im Kleiderschrank verkrochen.«

Nachdem wir dieses Spielchen fünf Minuten gespielt hatten, näherte ich mich vorsichtig dem Bett. »Ist da etwas unter der Decke?« Meine schlechten schauspielerischen Leistungen störten Carl zum Glück nicht. Als ich ihn enttarnte, quietschte er leise, bevor er vom Bett hüpfte und in atemberaubender Geschwindigkeit aus dem Zimmer schoss.

»Hast du mit der Katze Verstecken gespielt?« Adam lehnte im Türrahmen, in den Händen eine Schale mit Nudeln und eine Gabel.

»Nein?«

»Sah aber ganz danach aus.« Zum ersten Mal an diesem Abend schenkte er mir ein echtes Lächeln. Eines, das seine Augen erreichte.

»Es hat ihm gefallen.«

Grinsend schob er sich eine Gabel der wirklich gut riechenden Nudeln in den Mund. »Ich hoffe, er erwartet das jetzt nicht auch von mir.«

»Aber du würdest mit ihm spielen, oder?«

»Auf gar keinen Fall.« Er stieß sich vom Türrahmen ab und kam auf mich zu. Ich stand immer noch vor dem Bett und wusste nicht, wohin mit mir. Sollte ich Carl hinterher oder wäre das unhöflich?

Adam setzte sich in aller Ruhe auf die grüne Decke, unter der sich Carl eben noch versteckt hatte. »Falls du es dir anders überlegt hast, es sind noch Nudeln im Kühlschrank.«

»Nein, wirklich nicht.« Ob ich nicht doch nach dem Kater sehen sollte? Oder ich machte mich auf den Heimweg. Es war spät, und Adam musste morgen bestimmt genauso früh raus wie ich.

Er beobachtete mich dabei, wie ich unruhig von einem Fuß auf den anderen trat. »Du kannst dich auch setzen, wenn du möchtest.«

Hilflos schaute ich mich um. Außer dem Bett gab es nur den Stuhl vor dem Schreibtisch, der am anderen Ende des Zimmers stand.

»Ich beiße nicht, Annie.«

»Hatte ich auch nicht angenommen.« Trotzdem war es ein komisches Gefühl, als ich mich neben ihn auf die Matratze setzte.

Adam hatte seine Nudeln vernichtet und stellte die Schale auf dem Nachttisch ab. »Sollen wir uns noch einen Film ansehen?«

Es wäre klüger, nein zu sagen. Sehr viel klüger. Aber wann war ich jemals klug gewesen, wenn es um Adam Baker ging? »Welchen Film?«

»Ist mir egal. Such einfach etwas aus.« Er drückte mir die Fernbedienung in die Hand, die irgendwo unter dem Kopfkissen gelegen haben musste.

Hilflos betrachtete ich das Ding. Es hatte gefühlt zwei Millionen Tasten.

»Oben links, der rote Knopf. Dann bist du direkt im Menü von Netflix.«

Während Adam nach hinten rutschte und sich mit dem Rücken an das Kopfende des Bettes lehnte, klickte ich mich durch das Angebot des Streaming-Dienstes. Bei einer Doku namens *Wildtiere bei Nacht* blieb ich schließlich hängen. »Einverstanden?«

Adam nickte. »Du entscheidest.«

»Okay, dann das.« Ich startete die Doku, blieb jedoch am Rand der Matratze sitzen.

»Du weißt, dass ich nie etwas tun würde, das du nicht willst, oder?«

»Was?« Perplex drehte ich mich zu ihm um.

»Du sitzt stocksteif da und machst den Eindruck, als wärst du nervös. Dafür gibt es keinen Grund. Gar keinen.«

Natürlich gab es den nicht. Wir waren nur Freunde. Freunde, die gemeinsam einen Film anschauten. Doch so lange ich mich aufführte wie eine schüchterne Jungfrau – die ich de facto war –, konnte er den Eindruck bekommen, ich würde irgendetwas erwarten. Ohne ein weiteres Wort kletterte ich auf das Bett und setzte mich neben ihn, den Rücken ebenfalls an das Kopfende gelehnt.

»Das ist besser.«

Während wir Elefanten dabei beobachteten, wie sie nachts bei atemberaubend sternenklarem Himmel durch die Savanne wanderten, bemühte ich mich, all meine widersprüchlichen Gefühle unter Kontrolle zu kriegen. Ich wollte wirklich und wahrhaftig

Adams platonische Freundin sein – das versuchte ich mir jedenfalls einzureden. Doch insgeheim wusste ich, es würde mir nie genügen.

Egal wie sehr ich mich dazu zwingen wollte, ich konnte nicht stillsitzen. All die widersprüchlichen Gefühle brauchten ein Ventil. Unzählige Male schob ich meine Hände in die Taschen meines Hoodies, zupfte an der Bettdecke herum oder fuhr mir durch die Haare. Immer wieder, bis es Adam zu viel wurde.

Er legte den Arm um mich, zog mich an sich, und ich hatte keine andere Wahl, als meinen Arm ebenfalls um ihn zu schlingen. So eng an ihn gekuschelt, traute ich mich kaum zu atmen.

Sein Herz schlug gleichmäßig und nicht halb so schnell wie meines.

Die Elefanten in der Doku waren Tigern gewichen, als ich seine Lippen auf meinem Scheitel spürte. Eine kurze, zärtliche Liebkosung. Mein Magen verkrampfte sich mit jeder Sekunde mehr. Was war das hier?

»Mein Dad hat mich heute angerufen.«

Es vergingen lange Sekunden, in denen wir beide schwiegen. Nur dieser eine Satz mit all seiner unterschwelligen Bedeutung hing zwischen uns in der Luft. Deswegen war er so aufgewühlt vor meiner Tür aufgetaucht.

Schließlich fasste ich mir ein Herz. »War es gut oder schlecht?«

Die Frage ließ ihn verächtlich schnauben. »Er hat mir einen Job angeboten. In dem Krankenhaus, in dem er arbeitet.« Adams Brust – und somit auch mein Kopf – hob sich unter seinen tiefen Atemzügen. »In der Verwaltung wäre wohl etwas frei, und da hat er natürlich sofort an mich gedacht. Jetzt, wo ich finanziell nicht mehr über die Runden komme und das Studium aufgeben muss.« Seine Umarmung verstärkte sich, als würde er befürchten, ich könnte jeden Moment das Weite suchen. »Weißt du, was das Schlimmste an der Sache war? Nicht sein lächerliches Angebot, sondern die Tatsache, dass er wirklich glaubt, mir damit einen Gefallen zu tun. Mir, dem größten Versager auf diesem Planeten.«

Ich richtete mich auf, soweit mir das in meiner Position möglich war, um ihm in die Augen zu sehen. Was ich dort las, kannte ich nur zu gut. Es waren der gleiche Schmerz, die gleiche Enttäuschung und das gleiche Gefühl der Ohnmacht, die ich selbst so lange mit mir herumgetragen hatte. »Er hat unrecht. Das weißt du.«

»Tue ich das?« Er ließ den Kopf nach hinten fallen. »Das Stipendium bin ich los, ob Cincinnati mich annimmt, steht in den Sternen, und als wäre das noch nicht genug, lasse ich mich von dir für unsere Treffen bezahlen. Das ist so unglaublich abgefuckt.«

An welchem dunklen Ort seine Gedanken auch immer waren, ich würde nicht zulassen, dass er solch eine schlechte Meinung über sich selbst hatte. »Wir sind Freunde. Richtig?«

»Ja, Annie. Wir sind Freunde.«

Die nächsten Worte kosteten mich die allergrößte Überwindung. Sie auszusprechen, war schlimmer, als es jede Fahrt auf einem Riesenrad jemals sein könnte. »Würdest du auch ohne unsere Abmachung Zeit mit mir verbringen?«

Adam sah mich an, presste die Lippen aufeinander und sagte lange kein Wort. So lange, bis ich nervös wurde und bereute, das Thema überhaupt aufgebracht zu haben. Wieso stellte ich dumme Fragen, deren Antwort ich bereits kannte? Natürlich hätte es unsere Treffen unter anderen Umständen niemals gegeben. Ich rutschte ein Stück nach rechts, um Abstand zwischen uns zu bringen. Wenn er mich weiterhin in seinen Armen hielt, würde ich unweigerlich in Tränen ausbrechen.

»Es ist schon spät. Vielleicht gehe ich besser nach Hause.« Zu flüchten, war nicht heldenhaft, doch in diesem Moment die einzige Option.

»Und wenn du einfach bleibst?« Er verließ seine Position am Kopfende des Bettes und rutschte zu mir herüber, bis er genau vor mir saß. »Bitte geh nicht.«

Völlig überfordert mit der Situation und seiner plötzlichen Nähe platzte das Erste aus mir heraus, das mir einfiel. »Wir können die Doku auch ein andermal zu Ende gucken.«

»Vergiss die Doku.« Adam streckte die Hand aus, fuhr mit seinen Fingern über meine Wange und strich mir unendlich sanft eine Haarsträhne hinters Ohr. »Ich möchte, dass du bleibst, weil ich gerne Zeit mit dir verbringe. Nicht weil es ein Job ist oder ich mich verpflichtet fühle. Ich bin gerne mit dir zusammen, Annie, auch wenn du mir kein Wort davon glaubst.«

»Das stimmt nicht.«

Mein sofortiger Protest entlockte ihm die Andeutung eines Lächelns. »Wirklich nicht? Was würdest du ganz hypothetisch sagen, wenn ich dich jetzt frage, ob ich dich noch einmal küssen darf?«

Bei seinen Worten wanderte mein Blick automatisch zu seinen Lippen. »Rein hypothetisch?« Es war schwer, zu sprechen, wenn ich mich dabei bemühen musste, ruhig zu wirken, obwohl sich mein Körper in einem Ausnahmezustand befand.

»Natürlich. Rein hypothetisch.« Seine Finger lagen immer noch an meiner Schläfe und er spielte mit einer widerspenstigen Locke. Das machte es mir nicht einfacher, mich auf unser Gespräch zu konzentrieren.

»Rein hypothetisch ...« Ich musste mich räuspern, um einen vollständigen Satz hervorzubringen. »Rein hypothetisch würde ich antworten, dass ich noch viel lernen muss und es sicher helfen würde, noch ein wenig mehr zu üben.« Das war der mit Abstand mutigste Satz meines Lebens. Ich presste die Augenlider fest zusammen, weil ich nicht in der Lage war, Adam anzusehen.

»In dieser hypothetischen Situation würde ich sagen, dass du recht hast und wir da weitermachen sollten, wo wir beim letzten Mal aufgehört haben.« Sein Atem streifte meine Lippen, und meine Finger begannen unweigerlich zu zittern. Dazu schlug mein Herz so heftig in meiner Brust, dass es mich nicht gewundert hätte, wenn es gerade Purzelbäume vollführte.

Im nächsten Augenblick spürte ich, wie er seine Lippen auf meine presste. Beim letzten Mal waren unsere Küsse ruhig, bedacht und fast schüchtern gewesen. Jetzt drängte sich Adam mir entgegen, und ich konnte nicht anders, als meine Finger in seinen Haaren zu vergraben, um ihn noch näher an mich zu ziehen.

Er biss sanft in meine Unterlippe und drückte mich nach hinten, bis ich auf der Matratze lag und er sich über mir abstützte. Instinktiv schlang ich die Beine um seine Hüften.

»Das ist keine so gute Idee.« Adams Stimme klang angestrengt, und er atmete mindestens genauso schwer wie ich. »Ich sollte nicht ...« Er brach ab und küsste mich erneut, als wäre es die eine Sache, die er mehr wollte als alles andere.

Es war einfach, sich fallen zu lassen und dabei so zu tun, als wäre das hier echt. Wenn ich nur diese eine Nacht bekäme, würde ich sie nicht damit verschwenden, über morgen nachzudenken.

Als Adam eine Hand unter meinen Pulli schob, hob er den Kopf und sah mich fragend an. »Ist das okay?«

Ich nickte. Weil ich nicht anders konnte. In meiner Vorstellung war es immer beängstigend gewesen, mich von jemandem so direkt berühren zu lassen. Doch in diesem Moment war ich nicht ängstlich, sondern aufgeregt. Auf eine gute Art aufgeregt, sodass mir ein Schauer über den Rücken lief, während er behutsam über meinen Bauch glitt.

Als er meinen BH erreichte, hielt ich die Luft an. Er strich mit den Fingerspitzen über den Rand des Stoffs und ließ mich dabei keine Sekunden aus den Augen. Es schien, als würde er in meinem Gesicht jede noch so kleine Reaktion auf seine Berührungen ablesen wollen.

Nach einer gefühlten Ewigkeit fuhr er ganz langsam unter meinen BH. »Immer noch okay?«

Mein Kiefer war so verkrampft, dass ich nicht antworten konnte, selbst wenn ich gewollt hätte. Die Mischung aus Erregung, Neugier und dem Gefühl, alles falsch zu machen, lähmte mich. Ich hatte nach wie vor keine Angst, doch ich wollte auch nicht, dass Adam dachte, ich wäre ein hoffnungsloser Fall.

Während er die Unterseite meiner Brust hauchzart streichelte, drehte er sich zur Seite, sodass er sich nicht mehr abstützen musste, was auf Dauer sicherlich angenehmer für ihn war.

Ich vermisste die Wärme seines Körpers sofort, doch er gab mir keine Gelegenheit, länger darüber nachzudenken. Er legte seine Lippen auf meine und im selben Moment umfasste er meine Brust.

Ich spürte, wie er in unseren Kuss hinein lächelte, weil ich instinktiv den Rücken durchdrückte, um ihm noch näher zu sein. »Mehr?« Seine Frage wurde von seinem Daumen unterstrichen, mit dem er immer wieder über die empfindliche Spitze fuhr. Die Sehnsucht nach diesem *Mehr*, was immer das war, ließ mich ohne zu zögern nicken.

»Wenn ich etwas tun sollte, das du nicht willst ...« Er hielt in seinen Bewegungen inne und wartete. »Wenn dir irgendetwas nicht gefällt, sagst du mir das, ja?«

»Okay.«

Mit den Fingern wanderte er quälend langsam tiefer. Am Bund meiner Jeans hielt er kurz inne, öffnete geschickt den Knopf, danach den Reißverschluss. »Sollte dir etwas besonders gut gefallen, sagst du mir das bitte auch.«

Er senkte den Kopf und übersäte meinen Hals mit kleinen Küssen, bis ich es nicht mehr aushielt und unruhig hin und her rutschte. Seine Hand lag immer noch am Bund meiner Hose, ohne dass er diese auch nur einen Zentimeter tiefer bewegte. Ich hatte das Gefühl, platzen zu müssen.

Ungeduldig umfasste ich seinen Kopf, zog Adam zu mir und küsste ihn, als hinge mein Leben davon ab. Küssen hatten wir lange geübt, sodass ich mich sicher fühlte. Ich wusste, wie gern er es mochte, wenn ich mit der Zungenspitze über seine Oberlippe strich, und dass Gänsehaut seinen Körper überzog, wenn ich meine Zähne einsetzte.

Als ich genau das tat, stöhnte er leise auf. Gleichzeitig schob er seine Hand in meine Jeans.

Das Gefühl war so neu und überwältigend, dass ich nicht anders konnte, als erneut die Augen zu schließen. Adams Berührungen waren sanft, fast zaghaft. Er wollte mir Zeit geben. Mich nicht verschrecken. Und genau dafür liebte ich ihn noch mehr. Für die hunderttausend verschiedenen Arten, auf die er mir immer wieder zeigte, welch ein besonderer Mensch er war.

Zuerst streichelte er mich durch den Stoff meines Slips. Nach einigen Minuten schob er das störende Kleidungsstück zur Seite, so gut es in dieser Position möglich war.

Als er zwei seiner Finger auf meine empfindlichste Stelle legte, klammerte ich mich wie eine Ertrinkende an ihm fest. Den Kopf vergrub ich an seiner Halsbeuge und mit den Händen fuhr ich immer wieder unruhig über seinen Nacken.

»Soll ich weitermachen?«

Was war das für eine Frage? »Ich sterbe, wenn du es nicht tust.«

»Das können wir nicht zulassen.« Kaum hatte er diesen Satz ausgesprochen, begann er, mich zu massieren. Erst mit leichtem Druck, dann schneller und kräftiger.

Mein Becken hob sich ihm automatisch entgegen, ohne dass ich es hätte verhindern können. Alle meine Nervenenden konzentrierten sich in dem einen Punkt, den er gleichmäßig liebkoste.

Als ich diesen Ansturm auf meine Sinne kaum noch aushielt, veränderter er den Winkel und steigerte ein weiteres Mal das Tempo. Das genügte, um eine Flut an Schockwellen durch meinen Körper zu schicken. Mein Orgasmus überrollte mich mit einer Kraft, der ich nichts entgegenzusetzen hatte. Keuchend ließ ich den Kopf nach hinten sinken und ergab mich diesem neuartigen Gefühl und Adams geschickten Fingern, mit denen er mich durch den Sturm lotste, der von mir Besitz ergriffen hatte.

Erst als sich meine Atmung langsam wieder normalisierte, zog er seine Finger zurück. Ich hielt die Augen fest geschlossen, als er sich an mich schmiegte und mich zärtlich küsste. »Rein hypothetisch war das ziemlich heiß.«

Verschämt schlug ich mir die Hände vors Gesicht.

»Kein Grund, schüchtern zu werden.« Auch ohne ihn sehen zu können, wusste ich, dass er grinste.

»Ich *bin* schüchtern.«

»Hm.« Er küsste meine Schläfe, bevor er seine Lippen zu

meinem Ohr wandern ließ. »Für jemanden, der schüchtern ist, warst du ganz schön laut.«

Empört ließ ich die Hände sinken und funkelte ihn an. »Du bist unmöglich.«

»Unmöglich geschickt mit meinen Fingern?« Adam zwinkerte mir zu, was mich unweigerlich lachen ließ. »Damit hast du recht. Das war unsere bisher beste Übung.«

Er streckte sich neben mir aus, sodass ich mit dem Kopf an seiner Brust lag.

Während sich mein Puls immer weiter normalisierte, rasten meine Gedanken. In Adams Bett zu liegen, fühlte sich verboten und richtig zugleich an. Mich von ihm auf diese Art berühren zu lassen, war nicht nur ein Punkt auf meiner Liste, es war so viel mehr. Mit jedem Kuss, mit jedem geflüsterten Wort hatte er mir bewiesen, dass ich mein Herz an den Richtigen verschenkt hatte. Der Orgasmus war atemberaubend gewesen, doch wirklich berauscht fühlte ich mich durch diese unglaubliche Nähe, die ich zuvor noch nie bei einem anderen Menschen empfunden hatte.

»Bist du müde?« Adams Brustkorb vibrierte bei seinen Worten.

»Nein.« Ich war viel zu aufgewühlt, um an Schlaf denken zu können. »Du?«

»Ein bisschen.« Er zog mich noch näher an sich und gähnte leise.

In dieser Position war es unschwer zu bemerken, dass ihn die letzten Minuten ebenfalls nicht kalt gelassen hatten. »Sollen wir ...« Weil ich nicht wusste, wie ich es ausdrücken sollte, zeigte ich auf seinen Schritt. »Willst du vielleicht ...?«

»Das da ignorieren wir einfach.«

»Sicher?« Ich hatte keine Ahnung wie, aber ich war durchaus gewillt, mich zu revanchieren. Er musste mir nur erklären, was ich tun sollte.

»Ganz sicher. Heute ging es um dich.« Er angelte nach der Decke, die irgendwann aus dem Bett gefallen sein musste, und breitete sie über uns aus.

18. Kapitel

»Ach, verdammt.« Zum dritten Mal nahm ich ein Kosmetiktuch, um den völlig windschiefen Lidstrich wegzuwischen, den ich soeben gemalt hatte. Unter normalen Umständen war ich schon nicht besonders begabt darin, ihn an beiden Augen gleichmäßig hinzubekommen, doch heute gelang es mir noch schlechter als sonst. Links sah es okay aus, die rechte Seite war eine absolute Katastrophe.

Leise seufzend entfernte ich den schwarzen Balken von meinem Lid.

Ich hatte ein Date. Wieder einmal. In den letzten Wochen schien mein Leben nur noch aus irgendwelchen Dates zu bestehen.

Mit zitternden Händen setzte ich den Stift erneut an, nur um schon wieder mit einem Look zu enden, der an einen Panda erinnerte.

Heftiger als nötig wischte ich den nächsten Versuch von meiner Haut. Mittlerweile war mein Augenlid knallrot. Ein hübscher Abend-Look.

Doch eigentlich war es vollkommen egal, wie ich heute aussah. Es gab nur zwei Gründe, aus denen ich mich überhaupt mit Blake traf und ihm nicht abgesagt hatte: verletzter Stolz und eine gehörige Portion Trotz.

Nachdem ich vor zwei Tagen in Adams Armen eingeschlafen war, hatte er mich irgendwann im Morgengrauen nach Hause gefahren. Vor meiner Wohnungstür hatte er mich umarmt, mir einen Kuss gegeben und sich verabschiedet.

Seitdem herrschte wieder absolute Funkstille. Auch auf meine kurze Nachricht von gestern hatte er nicht geantwortet.

Es gab nur eine Erklärung für sein Verhalten: Er bereute, was passiert war. Natürlich tat er das. Wir waren einen Schritt zu weit gegangen, und nun würde er es am liebsten ungeschehen machen. Vielleicht befürchtete er, ich hätte Erwartungen, die er nicht erfüllen konnte. Doch so dumm war ich nicht.

Was hatte er gesagt? *Das war unsere bisher beste Übung.* Bei dem Gedanken daran, dass er mich nur berührt hatte, um mir einen Gefallen zu tun, hätte ich mich am liebsten übergeben. Ich war vielleicht die unerfahrenste Zwanzigjährige auf diesem Planeten, doch ich brauchte niemanden, der mir etwas vorspielte.

Adam mochte mich, da war ich mir sicher. Wir waren Freunde. Oder waren es gewesen, bevor wir diese letzte Grenze überschritten hatten. Doch sein Herz gehörte mir nicht. Von Hannah wusste ich, dass er nicht wieder mit Chloe zusammen war. Dennoch hatte ich keine Chance. Weil ich nur die gute alte Annie war, die von den einfachsten Dingen keine Ahnung hatte. Mit der man üben musste, wie man Händchen hielt. Die noch nie einen Kerl geküsst hatte und sich furchtbar dumm anstellte, wenn man ihr an die Wäsche wollte.

Mittlerweile war ich vollkommen davon überzeugt, in Adams Bett die größte Enttäuschung gewesen zu sein. Natürlich hatte er nicht weitermachen wollen, wenn der Anfang schon so furchtbar gewesen war. Und jetzt besaß er nicht einmal genug Mumm, um mir das ins Gesicht zu sagen.

Ich griff nach meinem Handy und drückte die Kurzwahltaste Eins. Um den Abend mit Blake zu überstehen, brauchte ich dringend Zuspruch, sonst würde ich mich doch noch vor dem Treffen drücken – und das stand außer Frage.

»Hey, Miss Martin.« Das war eindeutig nicht Emilys Stimme, auch wenn ich ihre Nummer gewählt hatte. »Wie geht es meiner liebsten Psychotante?«

»Hi, Josh.« Das *Psychotante* ließ ich unkommentiert. Er hatte mich schon früher mit meinem Studiengang aufgezogen. Kleine, unbedeutende Insiderwitze waren seine Art, anderen Menschen zu zeigen, dass er sie mochte.

»Hm. Willst du mir direkt gestehen, was los ist, oder muss ich später Emily fragen?«

»Was soll los sein?« Ich schaltete die Lautsprecherfunktion ein, um weiter mit ihm sprechen zu können, während ich mich noch einmal an diesem teuflischen Lidstrich versuchte.

»Weiß ich nicht, sag du es mir.« Ich hörte, wie im Hintergrund eine Tür quietschte. »Du rufst sonst nie abends an, weil du glaubst, uns zu stören. Was du nicht tust, aber das nur nebenbei.«

»Das habe ich so nie behauptet.« Er hatte recht, doch das musste ich ihm nicht auf die Nase binden.

»Mir gegenüber nicht. Aber du hast mit Emily darüber gesprochen. Und da wir keinerlei Geheimnisse voreinander haben ...« Er klang so unfassbar glücklich, dass ich ihn nicht sehen musste, um zu wissen, wie breit er grinste.

»Reibst du mir gerade unter die Nase, wie gut deine Beziehung läuft, Sanders?«

»Tue ich das? Es würde dich nur stören, wenn du momentan selbst unglücklich verliebt bist. Bist du das?«

»Wow.« Ich konnte nicht anders und musste lachen. Diese Schlussfolgerung war so typisch Josh. »Sehr clever. Das muss ich dir lassen.«

»Nicht wahr? Emily hat einen verdammt guten Fang gemacht. Ich sehe nicht nur gut aus, ich bin auch noch furchtbar klug.«

»Und schrecklich eingebildet. Das hast du vergessen.« Es war so einfach, mit ihm zu scherzen, das war es schon immer gewesen. Mit Grace führte ich die ernsthaften Gespräche, mit Emily die dramatischen und Josh war derjenige, der zuverlässig düstere Gedanken vertreiben konnte.

»Ja, eingebildet bin ich auch. Aber verrat es Emily nicht.«

»Du musst jetzt ganz stark sein, aber ich bin mir sicher, sie weiß das schon.« Grinsend versaute ich den nächsten Versuch eines Lidstrichs. Dank Josh fühlte es sich jedoch nicht mehr wie eine Niederlage an.

»Soll ich dir Emily holen oder möchtest du mir dein Herz ausschütten?«

Seufzend lehnte ich mich in meinem Stuhl zurück. »Willst du das wirklich alles hören?«

»Sonst hätte ich nicht gefragt. Außerdem habe ich mich extra auf die Veranda verzogen, damit wir ungestört sind. Und hier ist es so arschkalt, dass du mir schon etwas bieten musst, damit sich die anstehende Lungenentzündung lohnt.«

Er war einfach unmöglich und hatte sich kein bisschen verändert, seit er nach Philadelphia gezogen war. »Wer sollte uns stören? Emily? Die wollte ich ja eigentlich sprechen. Warum gehst du überhaupt an ihr Handy?«

»Weil sie unter der Dusche steht und ich gesehen habe, wer anruft. Wir haben schon ewig nicht mehr miteinander geredet, und ich wollte deine Stimme hören.«

Das war leider sehr süß von ihm. Josh Sanders wusste instinktiv, wie er Frauen um den Finger wickeln konnte. Es gab keine im Alter zwischen acht und achtzig, die ihn kannte und nicht seinem Charme verfallen war. »Ich habe Mist gebaut.« Dieser simple Satz fasste mein ganzes Dilemma treffend zusammen. »Großen Mist.«

»Dann bin ich genau dein Mann. Damit kenne ich mich aus.« Er spielte darauf an, wie er Emily für seine schwangere Ex-Freundin verlassen hatte. Sein größter Fehler, den er erst viele Jahre später hatte korrigieren können. »Was hast du angestellt, Annie?«

»Ich habe mich verliebt.«

»Daran ist erst mal nichts Schlimmes. Wer ist der Glückliche?«

»Das ist das Problem.« Ich rieb mir über die Augen und ruinierte damit auch den ordentlichen Lidstrich auf der linken Seite. Heute musste es also ohne gehen. »Adam Baker.« Josh sagte nichts zu meiner Offenbarung, ich hörte ihn lediglich atmen. »Du musst mir jetzt nicht erklären, wie dumm das ist, das ist mir selbst klar.«

»Kurze Nachfrage.« Er hatte seine Sprache wiedergefunden. »Wir reden hier von Adam Baker, dem ehemaligen zweiten Quarterback der Bucks? Der Adam Baker, der mit Chloe Taylor zusammen ist?«

»Ist er nicht mehr. Also mit Chloe zusammen. Sie haben sich getrennt.«

Josh schnaubte leise. »Die beiden haben sich ständig getrennt und wieder versöhnt.«

»Das weiß ich alles.« Ich sprang auf und lief vor meinem Schreibtisch auf und ab. »Aber ich kann meine Gefühle nicht abstellen. Ich würde, wenn es möglich wäre, aber es geht nicht.«

»Wie wäre es denn, wenn du von vorne anfängst und mir alles der Reihe nach erzählst?«

»Und du bist dir sicher, dass du ...«

»Ja«, unterbrach er mich bestimmt. »Ich will die ganze Geschichte hören. Alle schmutzigen Details.«

Und so berichtete ich ihm von meiner ersten Begegnung mit Adam, wie ich ihn mehr oder weniger im Supermarkt gestalkt hatte, von unserem ersten freundlichen Gespräch auf Hannahs Couch, unserem Deal und der Nacht vor zwei Tagen. Was genau ich mit Adam in seinem Bett getan hatte, musste Josh nicht erfahren. Diese Details ließ ich aus. Sicherlich hatte er genug Fantasie, um sich zusammenzureimen, was in etwa passiert war.

»Und jetzt gehst du mit diesem Blake aus?« Er klang unzufrieden und wenig erfreut. »Warum sagst du dem Typen nicht einfach ab? Du willst ihn doch sowieso nicht.«

»Weil ich es versprochen habe.« Genervt über mich und diese Lage, in die ich mich gebracht hatte, setzte ich mich auf mein Bett. »Und weil ich nicht zuhause bleiben und ununterbrochen an Adam denken will.«

»Mir gefällt das nicht, Annie.«

»Mir auch nicht.« Ich zog die Knie an und stützte mein Kinn darauf.

»Ich könnte ihm einige Jungs aus dem Team vorbeischicken.«

»Sollen sie ihm einen Finger abschneiden? Du hörst dich wie ein schlechter Mafioso an.«

»Natürlich nicht.« Er klang empört. »Aber niemand bricht einem meiner Mädchen das Herz, ohne dass ihm danach der Kopf gewaschen wird.«

»Deine Mädchen?« Wenn er wollte, konnte er so unglaublich süß sein.

»Na ja, Emily, Grace und du. Gott und irgendwann auch Lilly. Ich kann dir garantieren, dass ich zu einem dieser Väter werde, die durchdrehen, sobald ihre Tochter Dates hat.«

»Danke.« Es tat unglaublich gut zu wissen, dass es jemanden gab, der in meinem Team war. »Du hast nicht zufällig noch einen verschollenen Zwillingsbruder, den ich daten könnte?«

Diese Frage ließ ihn laut lachen. »Wäre mir nicht bekannt, aber wenn ich meine Mom das nächste Mal spreche, frage ich sie.«

Nachdem mir Josh noch zehn Minuten ins Gewissen geredet hatte, um mir klarzumachen, wie falsch es meistens war, die eigenen Gefühle zu verleugnen, legten wir auf. Ich war genauso schlau wie vorher, nur nicht mehr so traurig.

Den Plan mit dem Lidstrich hatte ich aufgegeben, doch um nicht vollkommen hoffnungslos auszusehen, zog ich mein hübschestes Kleid an. Dunkelblau, knielang und mit kleinen goldenen Sternchen am Ausschnitt verziert. Ich hatte es vor Ewigkeiten gekauft, doch nie getragen, weil sich keine Gelegenheit ergeben hatte. Für einen Abend im Kino war ich eindeutig overdressed, aber ich brauchte irgendetwas, um mich besser zu fühlen. Eine Mauer, hinter der ich mich verstecken konnte. An diesem Abend war sie aus blauer Baumwolle und würde dafür sorgen, dass ich vermutlich fürchterlich fror. Aber das war es mir wert. Manchmal musste ein Mädchen eben tun, was ein Mädchen tun musste.

Blake war wie beim letzten Mal pünktlich auf die Minute. »Bist du schon lange hier?« Ohne auf meine Antwort zu warten, umarmte er mich. Herzlich, aber nicht zu lang. Die Umarmung war die perfekte Mischung aus *Ich freue mich, dich zu sehen* und *Ich respektiere deine Privatsphäre.*

»Ich habe die Tickets schon gekauft, wir können direkt reingehen.«

»Okay, gerne.« Vielleicht hätte ich protestieren und darauf bestehen sollen, uns den Eintrittspreis zu teilen, doch das wäre albern gewesen.

Blake hielt mir die Tür auf, und ich schlüpfte an ihm vorbei in das warme Foyer des *Drexel Theaters*. Das Kino war hübsch, ich kannte es von früheren Besuchen mit Emily und Grace. Es fehlte dem modernen Ambiente jedoch der Retro-Charme des *Ohio Theatres*, wo ich mit Adam die Vorstellung von *Der unsichtbare Dritte* besucht hatte.

Blakes Wahl war auf irgendeinen Superhelden-Blockbuster gefallen, dem ich kaum folgen konnte. Es wäre hilfreich gewesen, wenn ich einen der zwei Dutzend anderen Filme der Reihe gekannt hätte.

Und so saß ich neben meinem Date, knabberte an meinem Popcorn und versuchte wirklich und wahrhaftig mit aller Kraft, sämtliche Gedanken an Adam auszublenden. Es gelang mir nur mit sehr mäßigem Erfolg.

Warum konnte er nicht mit mir sprechen? Mir sagen, dass wir einen Fehler gemacht hatten, um die Sache aus der Welt zu räumen? Warum stellte er sich stattdessen tot und ließ mich nach der gemeinsamen Nacht einfach fallen?

Wenn er noch an Chloe hing, musste ihm das, was zwischen uns passiert war, wie ein Betrug an ihr vorkommen. Und vermutlich war es das auch. Obwohl die beiden aktuell getrennt waren, sollte er die Finger von anderen Frauen lassen – wenn er seine Ex-Freundin zurückgewinnen wollte. Mir drehte sich der Magen um, wenn ich daran dachte, die beiden bald gemeinsam auf dem Campus zu sehen. Mit einem flauen Gefühl im Magen schob ich mein Popcorn zu Blake rüber.

»Alles okay?« Auf der Leinwand explodierte gerade irgendetwas. Damit ich ihn verstehen konnte, beugte er sich ganz nah zu mir. Dabei streifte er so plötzlich mit seinen Lippen mein Ohr, dass ich erschrocken zurückwich.

»Ja, alles prima. Der Film ist toll.« Ich versuchte mich an einem Lächeln, auch wenn ich mir nicht sicher war, ob es mir gelang.

Damit gab er sich zufrieden und widmete sich wieder den Superhelden sowie seinem Popcorn. Blake verhielt sich absolut vorbildlich – und doch war an diesem Date alles falsch. Falsches Kino, falscher Film, falsches Kleid und falscher Mann. Doch für den richtigen war ich nur ein Job. Und das konnte ich ihm nicht einmal vorwerfen, schließlich war es meine Idee gewesen, ihn zu bezahlen.

Nach dem Film standen wir vor dem Kino und Blake sah mich erwartungsvoll an. »Sollen wir irgendwo noch etwas essen? Ich habe furchtbaren Hunger. Wie sieht es bei dir aus?«

»Blake, ich ...« Oje, ich war wirklich nicht gut darin. Doch in den letzten zwei Stunden hatte ich nicht nur herausgefunden, wie wenig ich Superhelden mochte, mir war auch klar geworden, dass ich mich nicht mehr mit Blake treffen wollte. Ihn zu benutzen, um mich besser zu fühlen, war mies. Richtig, richtig mies.

»Pizza vielleicht? Oder irgendetwas anderes. Du suchst aus.« Sein Lächeln war umwerfend, wie eigentlich alles an ihm. »Asiatisch ist schwierig, weil ich gegen Soja allergisch bin, aber ansonsten bin ich für alles offen.«

»Das war ein sehr schöner Abend.« Eigentlich hatte ich etwas anderes sagen wollen, stattdessen flüchtete ich mich in unbedeutende Höflichkeiten. »Ich mag dich wirklich gern.«

»Das klingt, als würde jetzt etwas kommen, das ich nicht hören will.«

Ich zog seine Handschuhe aus der Manteltasche und hielt sie ihm entgegen. »Hier, bitte.«

Stirnrunzelnd nahm er mir die bunten Fäustlinge ab. »Du kannst sie ruhig noch eine Weile behalten.«

»Nein, besser nicht.« Ich schüttelte den Kopf. »Du bist unheimlich nett und beide Abende haben mir viel Spaß gemacht, aber ...« Die richtigen Worte zu finden, war schwerer als gedacht.

»Diesen Gesichtsausdruck kenne ich.«

Verwundert blinzelte ich ihn an. »Welchen?«

Wie alles an ihm war auch sein trauriges Lächeln hinreißend. »Ich hoffe, der Kerl ist gut zu dir.«

»Es tut mir wirklich leid.« Dieser Satz war nicht einfach so dahingesagt. Dass ich Blake keine faire Chance geben konnte, bedauerte ich sehr. Er war ein toller Mensch und genau so, wie ich mir früher immer einen Freund ausgemalt hatte. Klug, zuvorkommend, höflich, ehrgeizig, gutaussehend. Jedes Mädchen könnte sich glücklich schätzen. Jedes Mädchen außer diesem hier.

»Soll ich dich noch nach Hause bringen?«

»Danke, aber ich werde ein bisschen spazieren gehen.« Ich musste dringend den Kopf frei bekommen. Meine Gedanken ordnen. Adam verfluchen – und gleichzeitig vermissen.

»Okay, dann ... mach es gut, Annie. Und richte dem Typen aus, dass er es nicht versauen soll.« Blake zog mich in eine kurze Umarmung, bevor ich allein zurückblieb.

Eine Stunde später waren zwei Dinge absolut klar. Erstens: Mit einem dünnen Kleid im Winter nachts durch die Straßen zu laufen, war eine verdammt blöde Idee, wenn man nicht erfrieren wollte. Und zweitens: Ich war nicht nur traurig, ich war auch unglaublich wütend auf Adam. Er hatte mich zuerst geküsst. Alles in dieser Nacht war von ihm ausgegangen. Wenn er ein schlechtes Gewissen hatte oder die ganze Sache bereute, sollte er so erwachsen sein und mir genau das sagen.

Ich war alt genug, um die Wahrheit zu verkraften. In meinem Leben hatte ich bereits schlimmere Dinge überstanden. Der Gedanke, er könnte annehmen, ich wäre zu emotional oder labil, um seine Abfuhr zu verkraften, machte mich rasend. Er sollte mich gut genug kennen, um es besser zu wissen. Vielleicht war ich merkwürdig und seltsam, doch ich war nicht schwach.

Als wäre das alles noch nicht schlimm genug, begann es kurz darauf, dicke Tropfen zu regnen. Nach wenigen Minuten war mein Mantel durchnässt und mit ihm mein Kleid. Meine Strumpfhose klebte eiskalt an meinen Beinen und mein Haar fiel mir in traurigen Strähnen ins Gesicht. Der perfekte Abschluss für diesen Abend.

Mit eiskalten Fingern fischte ich mein Handy aus der Tasche, um mir ein Uber zu rufen. Bis zum Campus waren es noch mindestens drei Meilen, auf denen ich mir nicht den Tod holen wollte.

Es leuchtete mir eine einsame Textnachricht entgegen.

Hannah: *Nach deinem Date erwarte ich einen Anruf :) Ab 23.30 Uhr bin ich zuhause. Ich will alles wissen. A-L-L-E-S!*

Dass Hannah scharf darauf war, zu erfahren, wie ich Blake weggeschickt hatte, war zu bezweifeln. Sie würde mir dafür eine Standpauke halten und vermutlich stundenlang auf mich einreden – und insgeheim würde ich wissen, dass sie recht hatte. In Adam verliebt zu sein, war nicht nur hoffnungslos, es war auch dumm. Im Schutz eines Vordachs zog ich mein Notizbuch aus der Tasche und schlug meine Liste auf.

Mich verlieben. Hinter diesen Punkt hatte ich bereits vor Wochen fein säuberlich einen Haken gemalt.

Mir das Herz brechen lassen. Ich kramte nach einem Stift und hakte auch diesen Punkt ab. Adam hatte mir schon wieder mit meiner Liste geholfen. Völlig unabsichtlich.

All die erledigten Punkte der letzten Wochen waren auf die eine oder andere Weise mit ihm verknüpft. Dass er diese Dinge vielleicht bereute, machte mich wahnsinnig und rastlos. Ohne noch einen weiteren Gedanken an ein Uber zu verschwenden, lief ich weiter.

Enttäuschung, Wut, ein gebrochenes Herz. In mir tobte eine Mischung aus all dem und noch viel mehr. Welches Gefühl gerade vorherrschte, konnte ich nicht benennen.

Mir kam ein Pärchen unter einem dieser riesigen Regenschirme für zwei Personen entgegen. Die beiden waren so sehr damit beschäftigt, sich zu küssen, sie bemerkten nicht, dass sie mich fast über den Haufen rannten. Als ich ihnen auswich, trat ich in eine tiefe Pfütze, die meinen Zustand jedoch nicht weiter verschlimmerte. Nasser als nass ging nicht.

Mit jedem Schritt, der mich dem Campus näherbrachte, wurde ich wütender. Auf mich, auf diese ganze Situation und auf Adam. Er hatte mich auf dem Riesenrad zuerst geküsst. Und auch auf seinem Bett war die Initiative allein von ihm ausgegangen. Wie immer hatte ich nur reagiert, nicht agiert. Selbst in dieser Freundschaft, oder was auch immer das zwischen uns sein sollte, war ich der passive Part. Natürlich. Weil ich niemals aus der Haut fuhr, niemals meine Gefühle lautstark artikulierte oder es Menschen sagte, wenn sie mich verletzten. Ich war immer nur die liebe, brave Annie, die ihr Schicksal mit Demut ertrug.

Gott, ich hatte genug von Demut, klugen Ratschlägen und Freunden, die angeblich wussten, was richtig für mich war.

Auf meiner Liste stand ganz hinten, als allerletzter Punkt *Meine eigene Stimme finden.* Wie sollte mir das gelingen, wenn ich immer nur andere für mich sprechen ließ? Wenn niemand den Klang *meiner* Stimme kannte?

Meine Finger zitterten, als ich die Klingel betätigte. Vor Kälte, nicht vor Angst. Ängstlich war ich kein bisschen. Dafür schoss zu viel Adrenalin durch meinen Körper. Wenn ich jemals ich selbst sein wollte, wurde es Zeit, damit anzufangen, den Menschen zu zeigen, wer ich war und was ich empfand.

Heute war ich wütend. So schrecklich wütend, dass ich mir keine Gedanken darüber gemacht hatte, ob er überhaupt zuhause war.

Endlose Sekunden verstrichen. Die alte Annie wäre mit gesenktem Kopf nach Hause geschlichen. Die neue Annie klingelte erneut. Sechsmal hintereinander.

»Himmelherrgott, ich komme ja schon.« Unter lauten Flüchen wurde die Tür aufgerissen, und ich fand mich Adam gegenüber. Er trug Boxershorts und ein zerknittertes T-Shirt. Sein Haar war völlig zerzaust. Mit Besuch hatte er wohl nicht mehr gerechnet. Das war schade, aber darauf konnte ich keine Rücksicht nehmen.

»Hallo, Adam.«

»Annie?« Er blinzelte mehrmals, als könnte er nicht glauben, wer da vor seiner Tür stand. »Was machst du denn hier? Und warum bist du klatschnass?«

Entschlossen straffte ich die Schultern. Eine gerade Körperhaltung war wichtig, wenn man autoritär wirken wollte. »Ich würde gerne mit dir sprechen. Es dauert auch nicht lange.«

»Jetzt?«

»Ja, jetzt.«

Zögerlich trat er einen Schritt zur Seite und machte mir so viel Platz, dass ich an ihm vorbei in den Flur treten konnte.

»Carl ist in meinem Zimmer, falls du ihn sehen möchtest.« Adam schloss die Tür, und ich war mir seiner Nähe nur allzu bewusst. Schnell ging ich weiter. Ich war nicht hier, um mich von ihm ablenken zu lassen. »Ich hole dir eben ein Handtuch. Möchtest du auch trockene Sachen? Hannah hat sicher nichts dagegen, wenn ich dir etwas von ihr gebe.«

»Danke, das wird nicht nötig sein. Wie ich schon sagte, es dauert nicht lange.« Es lief besser, als ich erwartet hatte. Ich hatte ihn gesehen und war nicht in Tränen ausgebrochen. Damit war ich auf dem richtigen Kurs.

»Darf ich dir wenigstens einen Tee machen?«

»Keinen Tee. Danke.« Wir sprachen miteinander, als wären wir flüchtige Bekannte. Vielleicht waren wir das auch. Alles, was wir hatten, waren ein paar schräge Wochen, an die wir uns schon bald kaum noch erinnern würden. An diesen Gedanken klammerte ich mich, auch wenn ich wusste, dass Adam mir so viel mehr bedeutete und ich ihn niemals vergessen könnte.

»Okay, dann ...« Er wirkte unsicher. »Geh schon mal vor. Ich hole eben das Handtuch.«

Carl spurtete mir entgegen, kaum dass ich Adams Zimmer betrat. Er sprang aufgeregt an meinen Beinen auf und ab, bis ich ihn auf meine Arme hob, um ihn zu kraulen.

Auf dem großen Bett lag in einer Ecke eine Decke mit Pfotenmuster, die vor zwei Tagen noch nicht dagewesen war. »Schläfst du im Bett, kleiner Mann?«

»Ja, tut er.«

Erschrocken fuhr ich herum. Barfuß war Adam ungewöhnlich leise, ich hatte ihn nicht kommen hören. Er hielt mir ein flauschig aussehendes Handtuch entgegen.

»Lass mich dir bitte ein paar von Hannahs Klamotten leihen. Du holst dir in dem nassen Zeug noch eine Lungenentzündung.«

»Ich möchte keine trockenen Sachen.«

»Willst du damit irgendetwas beweisen?« Mit hochgezogener Augenbraue verschränkte er die Arme vor der Brust. »Falls ja, hast du nicht viel davon, wenn du dafür deine Gesundheit opferst.«

»Ich bin nicht hergekommen, um zu streiten.« Es war mir wichtig, ihm deutlich zu machen, was in mir vorging, doch es war nicht mein Ziel, uns in eine unnötige Diskussion zu verwickeln.

»Okay, Annie. Warum bist du dann hier?«

Mein Mut war ungebrochen. Ich würde ihm sagen, was ich loswerden musste. Doch es fiel mir schwer, meine Wut aufrecht zu erhalten, wenn ich mich unglaublich danach sehnte, von ihm umarmt zu werden. Vielleicht war genau das mein Problem. Ich machte mich zu abhängig von den Gefühlen und Handlungen anderer Menschen. Wie sollte ich jemals ich selbst sein, wenn ich so sehr an ihm hing, dass mir der Gedanke, ihn zu verlieren, die Luft abschnürte?

»Beantwortest du mir eine Frage?«

Adam zögerte einen Moment, bevor er nickte. »Okay.«

»Warum hast du nicht auf meine Nachricht von gestern geantwortet?« Das war ein guter Anfang und klang nicht so liebesbedürftig und mitleiderregend wie *Warum kannst du mich nicht so sehr mögen wie ich dich?*

»Oh, stimmt. Die Frage nach Carl.« Er machte eine Handbewegung, um zu unterstreichen, wie unwichtig ihm die ganze Sache war. »Muss ich vergessen haben. Sorry.«

Nichts erinnerte mehr an unseren letzten gemeinsamen Abend. An die Stelle des liebevollen, zärtlichen Mannes war ein Kerl getreten, der sich mit dem Rücken an sein Bücherregal lehnte, die Füße überschlug und mir das Gefühl gab, ihm die Zeit zu stehlen.

»Darf ich dich noch etwas fragen?«

»Sicher.« Seine Stimme war mindestens so kalt und unfreundlich wie das Wetter draußen vor dem Fenster.

Unter normalen Umständen hätte ich mich bereits mehrmals dafür entschuldigt, ihn ohne Vorankündigung überfallen zu haben, und wäre längst auf dem Weg nach Hause. Doch diese Annie wollte ich nicht mehr sein. Adam schuldete mir nichts, aber die Wahrheit hatte ich verdient. »Warum hast du mich geküsst?«

»Wann?« Wenn meine Frage auch nur die klitzekleinste Gefühlsregung in ihm auslöste, zeigte er das nicht. Er stand weiterhin starr wie eine Statue vor mir.

»Vor zwei Tagen.« Meine tapfere Fassade bröckelte. Ich hatte nicht erwartet, dass er mir um den Hals fallen würde, aber er reagierte so abweisend, als wäre ich eine Fremde. Sein Verhalten erinnerte mich schmerzhaft an unsere ersten Begegnungen. »Warum hast du mich vor zwei Tagen geküsst?«

»Du wolltest üben.« Adam zuckte mit den Schultern, bevor er mit dem Kopf kreiste, um die Muskeln in seinem Nacken zu lockern. Ich kannte diese Geste. Er machte sie nicht nur, wenn er Schmerzen hatte. Sie war auch ein Zeichen dafür, wie angespannt er war. »Das war doch der Sinn unseres Geschäfts, oder? Du übst mit mir, bis du so weit bist, dir einen anderen Typen zu angeln.«

Lange Sekunden betrachtete ich ihn. Nahm seinen Anblick in mich auf, zerlegte all die gemeinsamen Erinnerungen in Einzelteile, um sie zu einem neuen Bild zusammenzusetzen. »Ich glaube dir nicht.« Das Wasser tropfte von meinem Haar in einem stetigen Rhythmus auf seinen Teppich.

»Ob du mir das glaubst, kann ich nicht beeinflussen, Annie.« Lässig stieß er sich vom Regal ab und schlenderte zu seinem Kleiderschrank, öffnete ihn und nahm einen Hoodie heraus, den er sich über den Kopf zog. »Das Angebot besteht übrigens noch. Ich hole dir gerne Klamotten von Hannah, bevor du gehst.«

»*Willst* du, dass ich verschwinde?« Mein Herz schlug mir bis zum Hals. Wenn ich mich irrte, zerstörte ich gerade unsere Freundschaft.

»Es ist schon spät und wir müssen sicher beide morgen früh

raus.«

»Morgen ist Sonntag!« Das wusste er ganz genau. Keiner von uns hatte morgen Früh irgendwelche Vorlesungen.

»Ich bin zum Joggen verabredet. Deswegen«, er warf einen Blick auf die Uhr über seinem Schreibtisch, »sollte ich wirklich ins Bett.«

Es war gerade mal halb elf. Wen wollte er hier veräppeln? »Mit wem bist du verabredet?«

»Ich wüsste nicht, was dich das angeht.« Ohne mich weiter zu beachten, lief er zu seinem Bett, setzte sich auf den Rand und streichelte Carl, der sich auf seiner Pfötchendecke zusammengerollt hatte.

»Also soll es jetzt wieder so zwischen uns sein?« Seine Gleichgültigkeit verletzte mich, auch wenn ich versuchte, meine Gefühle zu überspielen.

»Annie«, er ließ von Carl ab und fixierte mich mit seinem Blick, »ich weiß nicht, was das alles hier überhaupt soll. Was zwischen uns passiert ist, war Teil unseres Deals. Das gibt dir nicht das Recht, nachts unangemeldet hier aufzutauchen und mich einem Verhör zu unterziehen.«

»Warum tust du das?« Ich spürte, wie meine Unterlippe mit jeder Silbe mehr zitterte. Vielleicht hatte ich mich auch schlicht geirrt und ich war ihm wirklich egal. Falls das zutraf, machte ich mich gerade schrecklich lächerlich.

»Dich an unsere Abmachung erinnern? Es scheint, dass wenigstens einer von uns beiden sie nicht vergessen sollte, oder?«

Seine Worte trafen genau da, wo es besonders wehtat. Sie trafen mein angeschlagenes Herz und gaben ihm den Rest. »Mister Hyde war doch keine Fassade. Du bist wirklich so gefühlskalt.« Ich biss mir auf die Unterlippe, um nicht vor ihm zu weinen. Der Schmerz lenkte mich von den aufsteigenden Tränen ab und sorgte dafür, dass ich mich nicht vollends blamierte. »War das alles nur ein Geschäft für dich?«

»Ich wusste, es war ein Fehler. Warum habe ich mich nur darauf eingelassen?« Ruckartig stand er auf. Carl wurde durch die plötzliche Bewegung geweckt, gähnte, hopste vom Bett und trottete aus dem Zimmer. Gerne wäre ich ihm gefolgt.

»Du kannst mich nicht dafür bezahlen, deinen Freund zu spielen, und erwarten, dass es ...« Er rieb sich über die Augen, als wäre er müde. Vielleicht war er auch nur unsere Unterhaltung leid.

»Dass es was?«

»Echt, Annie.« Adams Stimme klang fast trotzig. »Du kannst nicht erwarten, dass es echt ist.«

»Das habe ich nicht.« Die Lüge half, einen Rest meiner Würde zu bewahren. »Ich weiß, dass du sie liebst.« Es auszusprechen, tat schrecklich weh, aber vielleicht würde mir genau diese Portion bittere Realität dabei helfen, das weitere Gespräch zu überstehen.

»Das weißt du, ja?« Sein heiseres Lachen klang nach dem zynischen Adam, den er mir schon so lange nicht mehr gezeigt hatte. »Geh einfach nach Hause, Annie.«

»Ich bin sofort weg.« Nicht zu weinen, war unmöglich. War ich eben noch felsenfest davon überzeugt gewesen, dass er mich anlog, bewies mir seine stoische Haltung nun etwas anderes. Ich war wirklich nur ein Job für ihn.

Zitternd zog ich mein Notizbuch aus der Tasche und hielt es ihm entgegen. »Vierte Seite. Der letzte Punkt unten rechts.«

Wenn ich ehrlich war, hatte ich Protest erwartet. Doch entgegen meiner Vorstellung nahm er das Buch an sich. »Das ist deine Liste.«

»Richtig.« Es war schwer, zu sprechen, wenn sich das Herz wie ein tonnenschweres Gewicht anfühlte, das mich in die Tiefe zog. »Seite vier. Unten rechts«, wiederholte ich mit Nachdruck.

Adam sah zwischen dem Buch und mir hin und her. »Willst du mir das wirklich zeigen?«

Wollte ich das? Nein. Doch es war richtig. Wenn mir etwas so viel Angst machte, musste ich mich ihm stellen. Und es gab in diesem Augenblick nichts, wovor ich mich mehr fürchtete, als Adam meine Gefühle zu gestehen. »Lies es. Bitte. Danach gehe ich. Versprochen.« Das letzte Wort sprach ich so leise aus, dass er es garantiert nicht verstand.

Zögerlich schlug er das Notizbuch auf. Er hielt damit alles in seinen Händen, was ich war und sein wollte. Noch nie zuvor hatte ich mich so nackt gefühlt.

Während er las, widerstand ich dem Drang, einfach zu flüchten und all die Gefühle hinter mir zu lassen, die mir die Luft zum Atmen nahmen. Wie naiv ich doch gewesen war. Bei der Zusammenstellung der Liste hatte ich mich so cool und erwachsen gefühlt. *Man wusste nur, wie sich Liebe anfühlte, wenn einem mindestens einmal das Herz gebrochen worden war.* Das hatte nur jemand schreiben können, der keine Ahnung hatte, wie sich Liebe anfühlte – und wie verdammt weh sie tun konnte.

Adam schlug das Notizbuch zu und warf es auf das Bett zwischen uns. »Warum sollte ich das lesen?«

So ignorant und gefühlskalt, wie er dastand und mich anfunkelte, war er mir vollkommen fremd. Das war nicht der Mann, der mir hunderte Male gezeigt hatte, dass er ein gutes Herz besaß. »Ich dachte, es interessiert dich vielleicht.« Tränen verschleierten mir den Blick, als ich das Buch aufhob und zurück in meine Tasche stopfte. »Aber ich habe mich wohl geirrt.«

»Warum zur Hölle sollte mich interessieren, dass dir Blake das Herz gebrochen hat?« Mit einem Mal war nichts mehr von seiner eisigen Zurückhaltung übrig. Vielmehr erinnerte er mich an einen Vulkan, der kurz vor dem Ausbruch stand. »Wenn es mit euch nicht geklappt hat, tut mir das leid.« Er schnaubte verächtlich. »Aber ich bin nicht die Notlösung, Annie. Und unser Deal ist hiermit beendet.«

Nur langsam verstand ich, was er da sagte. Welch ein Dummkopf er war. »Du denkst, Blake hat mir das Herz gebrochen?« Kraftlos lehnte ich mich an die Tür. »Ich habe Blake genau zweimal gesehen.«

»Hat anscheinend ausgereicht.«

»Wie kommst du darauf?« Das konnte er nicht ernst meinen. Nicht nach allem, was zwischen uns passiert war.

»Wie ich darauf komme? Das könnte mit meiner Schwester zusammenhängen, die mir erzählt hat, dass du mit Blake ins

Kino gehst, nachdem wir beide ...« Unter normalen Umständen hätte ich es reizend finden können, wie sich die Spitzen seiner Ohren leicht röteten, weil er nicht wusste, wie er sich ausdrücken sollte. »Nachdem du die halbe Nacht in meinem Bett verbracht hast.«

»Dem Treffen mit Blake hatte ich schon vorher zugestimmt.«

Mit düsterem Gesichtsausdruck verschränkte er erneut die Arme vor der Brust. »Du hast ihm danach aber nicht abgesagt.«

»Ja, weil du mich plötzlich ignoriert hast.«

Kurz ließ er seine sorgfältig aufgebaute Fassade fallen. »Geh aus, mit wem du willst, das ist mir egal.« In diesem Moment war er wieder der kleine, sechsjährige Adam, der sich so sehr nach Liebe und Zuneigung sehnte, doch viel zu stolz war, um darum zu bitten.

»Du bist so ein Idiot!« Mit eiskalten Fingern streifte ich mir den nassen Mantel von den Schultern und ließ ihn achtlos zu Boden fallen. Ich würde erst nach Hause gehen, wenn er mir zugehört hatte. »Warum redest du nicht mit mir?« Ich streifte auch meine Schuhe ab, die sich wie Eisklötze an meinen Füßen anfühlten. »Ein Wort von dir und wir hätten uns das alles sparen können.«

Adam erwiderte nichts. Stattdessen verfolgte er jede meiner Bewegungen ganz genau.

Entschlossen umrundete ich das Bett und blieb vor ihm stehen. »Es war nicht Blake, der mir das Herz gebrochen hat. Blake ist mir vollkommen egal.«

»Wer soll es dann gewesen sein?«

So ignorant konnte nicht einmal er sein. »Du bist unglaublich. Ich laufe eine Stunde durch den strömenden Regen, nachdem ich Blake gesagt habe, dass ich ihn nicht mehr wiedersehen will, stehe in Tränen aufgelöst vor dir, und du fragst mich, wer mir das Herz gebrochen hat?« Wenn ich nicht so sehr in ihn verliebt wäre, hätte ich ihm am liebsten den Hals umgedreht – auch wenn mir solche Gedanken sonst fremd waren. »Könnte vielleicht der Typ gewesen sein, der mich küsst, aber für den das alles nur ein Job ist. Weil ich ihn angeheuert habe, mit mir diese

Liste abzuarbeiten, obwohl ich wusste, es würde böse enden.« Fahrig wischte ich mir die Tränen von den Wangen. »Und wenn ich dir schon endlich die Wahrheit beichte, dann kann ich dir auch gestehen, dass ich dich vom ersten Augenblick an mochte. Schon damals, als du mich wie der unhöflichste Mensch der Welt angefahren hast.«

»In der Sushi-Bar oder im Supermarkt?«

Fassungslos starrte ich ihn an. »Ist diese völlig unwichtige Frage dein Ernst?«

Er besaß tatsächlich die Frechheit mit den Schultern zu zucken. »Ja.«

»Du bist der unmöglichste Kerl, der mir jemals begegnet ist.« Das entsprach nicht einmal ansatzweise der Wahrheit, doch in diesem Moment durchlief ich ein Wechselbad der Gefühle.

Wieder zuckte er mit den Schultern. »Anscheinend magst du mich trotzdem.«

»Glaub mir, ich wundere mich selbst, warum ich jemals ...« Weiter kam ich nicht. Adam beugte sich nach vorn und küsste mich so plötzlich, dass ich nicht nur meine nächsten Worte vergaß. Er küsste mich so drängend, dass ich ebenfalls vergaß, wie traurig ich gerade noch gewesen war.

19. Kapitel

Es war noch nichts zwischen uns geklärt, doch das war mir vollkommen egal, als er sich auf das Bett setzte und mich auf seinen Schoß zog. Den Kuss unterbrachen wir keine Sekunde.

Ich schob meine Hände in seinen Nacken, um ihm noch näher zu sein und ihn so fest an mich zu drücken, wie es mir nur möglich war. Adam wieder küssen zu können, war so viel mehr als ich gehofft hatte.

Nach einer kleinen Ewigkeit hob er schwer atmend den Kopf. Ich rückte ein Stück von ihm ab, um ihm ins Gesicht zu schauen. Meinen Griff lockerte ich jedoch kein bisschen. Niemals würde ich ihn freiwillig loslassen.

Es lag ein angedeutetes Lächeln auf seinen Lippen. »Hey.«

»Hey.« Dafür, dass ich auf seinem Schoß saß und mich ohne jede Zurückhaltung an ihn presste, klang meine Stimme fast schon schüchtern.

»Bleibst du?«

»Über Nacht?«

»Hm.« Er nickte. »Ich habe keine Erwartungen, falls du das glaubst. Und ich weiß, dass wir über tausend Dinge reden müssen, aber können wir das morgen tun?«

»Ich kann nicht bleiben.«

Mit meiner Antwort verschwand sein Lächeln. »Geht dir das alles zu schnell? Natürlich tut es das.« Er versuchte, ein wenig Abstand zwischen uns zu bringen, indem er sich nach hinten lehnte.

»Nicht deswegen.« Grinsend sah ich dem Mann in die Augen, in den ich so fürchterlich verliebt war, dass mir mein Herz aus der Brust springen wollte. »Die nassen Klamotten sind wirklich unangenehm.«

»Dann suche ich dir doch Sachen von Hannah raus, okay?« Seine Hände wanderten tiefer und rieben über die eiskalte Haut an meinen Armen. »Du holst dir in dem Zeug noch den Tod.«

Ich war an diesem Abend mutig gewesen wie nie zuvor. Obwohl die Lage hoffnungslos erschien, hatte ich mich nicht aufhalten lassen, Adam meine Gefühle zu gestehen. Vielleicht versteckte sich noch mehr Mut in mir. Ohne meinen Blick von ihm abzuwenden, löste ich mit zitternden Fingern die Schleife an meinem Dekolleté, die den oberen Teil meines Kleids zusammenhielt.

Der Stoff glitt jedoch nicht elegant von meinen Schultern, wie man es aus Filmen kannte. Stattdessen klebte er an meiner nassen Haut. Es war wohl noch ein wenig mehr Mut notwendig. Langsam schob ich das Oberteil bis zu meiner Taille nach unten.

Mein einfacher schwarzer BH war nicht aufregend oder besonders sexy, aber trotzdem sah ich, wie Adam schwer schluckte. »Willst du das wirklich?«

Über diese Frage musste ich keine Sekunde nachdenken. »Ja.« Hundert Mal ja. In den letzten Wochen hatte ich mir so oft vorgestellt, wie es wäre, mit ihm auf jede erdenkliche Art zusammen zu sein. Um meine Worte zu bekräftigen, beugte ich mich vor und küsste ihn, bis uns beiden die Luft wegblieb.

Adam ließ die Hände zum Verschluss meines BHs wandern. »Du bist dir sicher?« Er murmelte die Frage zwischen zwei Küssen gegen meine Lippen.

Ich schob seine Finger zur Seite und öffnete meinen BH selbst. Wenige Augenblicke später hatte ich ihn abgestreift und hinter mich geworfen.

Die Vorstellung, mich vor einem anderen Menschen auszuziehen, hatte mir stets eine Heidenangst eingejagt. Immer war da diese Befürchtung gewesen, mich lächerlich zu machen, weil ich so viel weniger über körperliche Liebe wusste als andere Mädchen in meinem Alter. Ich zwang mich mit aller Kraft dazu, die Arme nicht vor meinen Brüsten zu verschränken. Mich ihm zu zeigen, wie ich war. Unsicher, ängstlich, nackt, unperfekt und einfach ich.

Adam zögerte eine Sekunde, bevor er sich Hoodie und T-Shirt gleichzeitig über den Kopf zog.

Durch das Footballtraining war sein Oberkörper definiert und nahezu makellos bis auf eine etwa zehn Zentimeter lange Narbe an seinem Oberarm. Zögerlich streckte ich die Finger aus und streichelte darüber. »Stammt das auch von der Verletzung?«

»Nein, die ist schon älter. Motorradunfall mit sechzehn.« Er grinste mich schief an. »Du lässt dich gerade mit einem echten Badboy ein. Ich hatte damals nicht mal einen Führerschein.«

»Ein Badboy?« In einer dramatischen Geste schlug ich mir seufzend den Handrücken vor die Stirn. »Das hättest du mir eher sagen müssen.«

Es war einfach, mit ihm zu lachen. Selbst halbnackt auf seinem Schoss sitzend, war es so leicht.

»Jetzt ist es zu spät. Ich habe dich bereits in mein Schlafzimmer gelockt.« Quälend langsam streichelte er über mein Schlüsselbein. »Ist es okay, wenn ich dich anfasse?«

»Tust du doch schon.«

»Stimmt. Dumme Frage.« Er beugte sich vor und gab mir einen flüchtigen Kuss. »Ist es okay, wenn ich weitermache?«

Bei seiner unverblümten Frage stieg mir Hitze in die Wangen. Doch ich wollte seine Berührungen so sehr, dass ich die aufkeimende Verunsicherung hinunterschluckte und nickte.

Kaum hatte er meine Zustimmung eingeholt, schloss er die Hände um meine Brüste. Meine Anspannung entlud sich in einem leisen Seufzer, als ich das Gesicht an seinem Hals vergrub. Adam wusste, was er tat. Er massierte meine Haut erst sanft, bis er sich auf die empfindlichen Spitzen konzentrierte, die sich ihm entgegenreckten.

Er hob den Kopf und hielt inne, bis ich ihn wieder ansah. »Darf ich sie küssen?«

Als ich wieder nickte, rutschte er mit mir ein Stück nach hinten. Im nächsten Augenblick drehte er uns nach links, bis ich mit dem Rücken auf der Matratze lag und er sich über mir abstützte.

Adam verlor keine weitere Zeit. Er küsste eine Spur von meinem Hals über mein Schlüsselbein bis zu meinen Brüsten. Mit den Lippen liebkoste er meine Haut, bevor er seine Zunge zu Hilfe nahm.

Es war neu und aufregend und so viel besser als in meiner Vorstellung. Ein warmes Gefühl breitete sich in meinem ganzen Körper aus. Unfähig, weiter still unter ihm zu liegen, vergrub ich die Finger in seinem weichen Haar.

»Können wir das ausziehen?« Er zupfte am Stoff meines Kleides, das immer noch die Hälfte meines Körpers bedeckte.

»Hm.« Ich wollte ihn so nah spüren, wie es nur möglich war. Nackte Haut an nackter Haut, ohne störende Stoffbarrieren zwischen uns. »An der Seite ist ein Reißverschluss.«

Er streifte mir das Kleid ab und auch die Strumpfhose, bevor er mich erneut küsste. Sanft, liebevoll und nicht halb so stürmisch, wie ich das gerne gehabt hätte.

Ich drängte mich ihm entgegen, bis sich seine Erektion durch den Stoff seiner Boxershorts gegen meinen Oberschenkel presste. Es war ein berauschendes Gefühl, zu wissen, dass ich für diesen Zustand verantwortlich war. Ich ließ meine Hand an seiner Brust tiefer gleiten. Immer tiefer. Bis Adam unseren Kuss unterbrach und mich kurz vor dem Ziel stoppte. »Wenn du das tust, ist das hier sehr schnell vorbei. Was vermutlich sogar besser wäre.« Sein Brustkorb hob sich unter tiefen Atemzügen, und in seinen Augen lag ein Ausdruck, den ich noch nie zuvor gesehen hatte. Leidenschaft, aber definitiv auch Sorge.

»Wenn du mich noch mal fragst, ob ich mir sicher bin, suche ich mir einen anderen.« Adam brachte eine Seite in mir zum Vorschein, die ich bisher nicht gekannt hatte. Ironie war mir normalerweise fremd, doch seit Adam hatte sich das schlagartig geändert. »Falls du das nicht willst, machen wir besser weiter.«

Er lachte kopfschüttelnd, bevor er mir einen flüchtigen Kuss auf die Nasenspitze gab. »Ich will weitermachen, aber wir sollten zuerst darüber reden.«

Reden war nicht das, wonach mir der Sinn stand. Ich war kurz davor, meine wohlbehütete Jungfräulichkeit zu verlieren, und das war ein beängstigendes, aber auch befreiendes Gefühl. Reden konnten wir später. Jetzt wollte ich Adam küssen, berühren und noch so viel mehr.

Langsam wanderte ich mit meinen Lippen an seinem Hals

entlang. An einer Stelle konnte ich Adams Puls deutlich spüren. Er schlug mindestens so schnell wie mein eigener.

»Wir sollten wirklich erst darüber sprechen, Annie.« Er klang gequält und nicht mehr halb so bestimmt wie gerade eben noch.

»Morgen ist dafür auch noch Zeit.« Es überraschte mich selbst, wie sicher ich mir meiner Sache war. Es gab keinen Zweifel, ich wollte mit ihm schlafen.

»Du machst es mir verdammt schwer.« Er stützte sich über mir ab, sodass sich unsere Oberkörper nicht mehr direkt berührten. »Und wenn du mich so ansiehst, ist das übrigens wenig hilfreich.«

Ich hatte keine Ahnung, was er damit meinte. »Wie sehe ich dich denn an?«

»Wie das hinreißendste Mädchen der Welt.«

Bei dieser sehr offensichtlichen Lüge rollte ich mit den Augen.

»Es stimmt.« Der spielerische Ton war vollständig aus seiner Stimme verschwunden. »Du bist hinreißend, Annie Martin. Äußerlich, aber auch hier drin.« Er küsste die Stelle an meinem Brustkorb, unter der sich mein Herz befand. »Und das hat dich so verdammt gefährlich für mich gemacht.«

In meinem ganzen Leben hatte noch nie jemand etwas Vergleichbares zu mir gesagt. Adam mochte mich, weil ich ich selbst war. Für jemanden, der nie genug gewesen war, fühlten sich diese Worte überwältigend an. Mit dem Handrücken wischte ich mir eine Träne aus dem Augenwinkel und versuchte, so gleichmäßig wie möglich zu atmen. Um vollends in Tränen auszubrechen, war dies definitiv der falsche Moment.

Adam beobachtete jede meiner Bewegungen, sagte jedoch nichts zu meinem leisen Schniefen. Er verstand, dass ich nicht traurig war.

Nach einer Weile hatte ich mich etwas beruhigt. Mein Hals fühlte sich nicht mehr wie zugeschnürt an. »Meinst du, wir könnten weitermachen?« Zu wissen, dass er mich hinreißend fand, hatte meinen Wunsch nach Sex nur noch verstärkt. Ich fühlte mich stark, sinnlich und schön. Zum allerersten Mal.

»Erst reden.« Adams Blick war flehend. »Bitte.«

»Okay. Sprich.« Ich fuhr mit den Fingern federleicht an seinen Armen auf und ab. Mit sehr viel Genugtuung bemerkte ich die Gänsehaut, die ich damit auslöste.

»Es ist dein erstes Mal, und es wird vermutlich nicht besonders toll für dich werden.« In seinen Augen lag so viel Sorge, dass sich mein Herz zusammenkrampfte. »Beim nächsten Mal mache ich das alles wieder gut. Versprochen.«

»Es ist jetzt schon gut.« Sanft zog ich ihn zu mir. »Weil es mit dir ist.«

Adams Zurückhaltung fiel in sich zusammen, als er mich so drängend küsste, bis alles um mich herum verschwamm. Es gab nur noch ihn und diesen perfekten Augenblick, auf den ich so lange gewartet hatte.

Mit einer Hand schob er meine Beine ein Stück weiter auseinander, um danach unerträglich langsam über die Innenseite meiner Oberschenkel zu streicheln. Immer wieder kam er dabei meiner Mitte gefährlich nah, nur um sich im nächsten Moment wieder zurückzuziehen. Dieses Spielchen trieb mich in den Wahnsinn. Als er mich zum wiederholten Mal nicht dort berührte, wo ich ihn am meisten brauchte, stöhnte ich unzufrieden in unseren Kuss hinein.

Ich spürte sein Lächeln, ohne dass ich es sehen musste. Er wusste genau, was er mir antat. »Darf ich?«

Mein Nicken war so heftig, dass wir mit der Stirn aneinanderstießen.

»Autsch. Du bist wilder im Bett, als ich angenommen habe.«

Der Kerl hatte Glück, dass ich unfassbar verliebt war, sonst hätte ich ihm etwas zu dieser blöden Bemerkung gesagt.

Als er federleicht über meinen Slip strich, sog ich zischend die Luft ein. Zu meiner großen Erleichterung hielt er sich nicht lange mit dem störenden Stoff auf, sondern schob ihn zur Seite.

Zuerst waren seine Berührungen sanft, fast zaghaft. Als hätte er alle Zeit der Welt.

Ich war kurz davor, ihn an die Stelle zu dirigieren, die sich so sehr nach mehr sehnte. Doch im nächsten Augenblick massierte er mit zwei Fingern mein Zentrum so geschickt, dass ich keine Gewalt mehr über meinen Körper hatte. Instinktiv drängte ich mich seiner Hand entgegen, die einen aufreizenden Rhythmus gefunden hatte. Schnell genug, um mich um den Verstand zu bringen, doch zu langsam, um mich zu erlösen.

Als ich es beinahe nicht mehr aushielt, drang er mit einem Finger vorsichtig in mich ein. Unsere Blicke trafen sich, und ich erkannte die Frage in seinen Augen. »Ja.« Ja. Ja. Ja. Es war neu, ungewohnt und fühlte sich seltsam an. Doch das hier war mein Adam, mit dem ich alles teilen wollte.

Ich konzentrierte mich auf seine Bewegungen und was sie in mir auslösten. Das Gefühl war angenehm, und das blieb es auch, als er seinen Finger vorsichtig vor- und zurückgleiten ließ.

»Ist das okay?«

Als Antwort umfasste ich seine Wangen und küsste ihn mit allem, was ich empfand. Mit all der Liebe für ihn, die wie ein Lauffeuer durch meine Adern schoss.

Dem ersten Finger ließ er einen zweiten folgen. Zuerst war es ein bisschen unangenehm, doch Adam gab mir Zeit, mich daran zu gewöhnen, bevor er seinen Rhythmus wieder aufnahm.

Es war die Intimität des Augenblicks, die mich überwältigte, nicht plötzliche Ekstase. Seine Liebkosungen fühlten sich gut an, waren jedoch nicht genug, um mich kommen zu lassen. Das spürte auch Adam, der seinen Daumen zu Hilfe nahm, um mich mit ihm zusätzlich zu massieren.

»Gut?« Seine Frage war nicht mehr als ein Flüstern an meinen Lippen.

»Hm.« Es war gut. Weil wir einander so nah waren wie nie zuvor. Doch ich war auch aufgeregt, und das zu sehr, um mich völlig fallen zu lassen.

»Darf ich etwas ausprobieren?« Es lag nichts als Zuneigung in seinem Blick. »Das steht auf deiner Liste, du könntest also direkt einen Punkt abhaken.«

Oh Gott, das war garantiert etwas, was Hannah aufgeschrieben hatte. »Welcher Punkt?«

Zum ersten Mal, seit ich nackt in seinen Armen lag, sprach er nicht aus, was er tun wollte. Stattdessen rutschte er ein Stück nach unten. In diesem Moment wurde mir schlagartig bewusst, welchen Punkt meiner Liste er meinte.

Adam hauchte zarte Küsse auf meine Oberschenkel, während er weiter seine Finger in mir bewegte. »Darf ich?«

Mehr als ein Nicken brachte ich nicht zustande. Doch mehr brauchte er auch nicht. Er ersetzte seinen Daumen durch seine Lippen, und ich spürte förmlich, wie ich mich um seine Finger krampfte.

Es war anders, doch so gut anders, dass ich vergaß, wie nervös ich eben noch gewesen war. Es gab nur noch Adams Zunge und seine Lippen, die mich im Einklang mit seinen Fingern immer höher fliegen ließen. Er beschleunigte stetig das Tempo, bis ich mich stöhnend verkrampfte und kam.

Als sich mein Puls langsam normalisierte, rutschte er wieder nach oben, um kleine Küsse auf meinem Hals, meinen Wangen und meiner Nase zu verteilen.

Wow. Jetzt wusste ich, warum Hannah darauf bestanden hatte, diesen Punkt auf meine Liste zu setzen. Sich einem anderen Menschen auf diese Art hinzugeben, war so unglaublich intim und erregend zugleich, mein Körper hatte Schwierigkeiten, all die Emotionen der letzten Minuten zu verarbeiten. Ich war aufgewühlt, verliebt, neugierig, ängstlich, erregt und befriedigt. Diese Mischung ergab vielleicht keinen Sinn, doch genau so fühlte es sich an.

Mit den Fingerspitzen strich ich über Adams Wangenknochen und malte die Konturen seines Gesichts nach. Ihn nicht zu berühren, war keine Option. Ich musste ihn anfassen – und am besten nie wieder loslassen.

»War das okay?« Sein zufriedenes Grinsen zeigte deutlich, dass er die Antwort kannte.

Ich schlang die Arme um seinen Nacken und genoss das Gefühl seines Körpers auf meinem. »Das war sehr okay.«

Er lehnte seine Stirn sanft gegen meine. Mehrere Herzschläge lang badeten wir in der Nähe des anderen, ehe ich meine Lippen für einen hauchzarten Kuss auf seine legte. »Ich will mehr.«

»Ganz sicher?«

»Ja.« Um ihm zu zeigen, wie ernst ich es meinte, küsste ich ihn erneut. Dieses Mal mit all den aufgestauten Gefühlen der letzten Wochen und Monate.

Ich hatte mir oft ausgemalt, wie es wäre, mit jemandem zu schlafen. Doch erst seit ich Adam kannte, hatte dieser Mann in meinen Vorstellungen ein Gesicht.

»Wir brauchen ein Kondom.« Voller neuem Selbstbewusstsein ließ ich meine Fingerspitzen über seine Brust und von dort aus immer tiefer gleiten.

Ohne ein weiteres Wort drehte sich Adam zur Seite, von wo er den Nachttisch erreichen konnte. Das Kondom hielt er fast schon triumphierend in die Höhe. »Ich ziehe das Ding an und du ziehst dich aus?«

Dieser Satz war so bezeichnend für alles, was wir taten. Ja, wir hatten Sex – oder würden Sex haben –, aber dennoch lachten wir gemeinsam im Bett. Ich verliebte mich noch ein wenig mehr in ihn, weil er immer wusste, was er sagen sollte. Was ich hören musste, um mich wohlzufühlen.

Die goldene Verpackung des Kondoms flog achtlos zu Boden, ich schlüpfte aus meinem Slip, und einen kurzen Atemzug später war er auch schon wieder über mir.

Ich hielt die Luft an, als ich seine Erektion spürte, die sich ein klitzekleines Stück in mich schob. Er war definitiv größer als seine zwei Finger zuvor.

»Ist das okay?« Natürlich versicherte er sich, ob es mir gut ging. Ich hatte nichts anderes erwartet.

»Ja. Alles gut.«

Die nächsten Zentimeter waren nicht schmerzhaft, aber unangenehm. Dieses Gefühl hielt eine Weile an, in der sich Adam nicht bewegte. Stattdessen studierte er mit angespanntem Gesichtsausdruck meine Mimik.

Nach einer Weile wurde es besser, und mein Körper hatte sich an ihn gewöhnt. Wortlos schlang ich die Beine um seine Hüften, um ihm zu verstehen zu geben, dass er weitermachen konnte.

In einer fließenden Bewegung drang er vollständig in mich ein und füllte mich so sehr aus, dass ich das Gefühl hatte, es nicht lange aushalten zu können.

»Bist du okay?« Er hauchte federzarte Küsse auf meine geschlossenen Lider. »Bitte sag mir, dass du okay bist.«

Ich schlug die Augen auf und sah dem Mann ins Gesicht, der mein perfektes erstes Mal war. So viele Dinge hatte ich mit ihm zuerst getan – und jedes einzelne war wundervoll gewesen. Adam war nicht mehr nur ein Punkt auf meiner Liste – er füllte sie mit dem Leben, nach dem ich mich so lange gesehnt hatte. »Es ging mir nie besser.«

Er verschloss meinen Mund mit seinen Lippen und zog sich gleichzeitig aus mir zurück, nur um sofort wieder in mich einzudringen. Mit jedem erneuten Vorstoß gewöhnte ich mich mehr an ihn – bis von dem unangenehmen Gefühl nichts mehr übrig war und es einer wohligen Wärme wich.

Er steigerte das Tempo, und seine Bewegungen wurden ungleichmäßig. »Es tut mir leid. Ich ...« Der Rest des Satzes blieb ungesagt. Adam vergrub den Kopf an meinem Hals, als sein Orgasmus ihm die Sprache verschlug.

Schwer atmend glitt er kurz darauf zur Seite und zog mich mit sich. Meinen Kopf an seine Brust gebettet, schlang ich den Arm um seine Taille und kuschelte mich so eng an ihn wie möglich.

Überwältigt von dem, was gerade passiert war, schloss ich die Augen. Ich hatte es mir anders vorgestellt. Sex war immer ein großes Mysterium für mich gewesen. In den ersten achtzehn Jahren meines Lebens hatte ich keinerlei Zugang zu Informationen über diesen *Akt der Sünde gehabt*, wie meine Großmutter es genannt hatte. Erst in den letzten beiden Jahren war meine Neugier durch Filme, Serien und Bücher geweckt worden. Eins wusste ich jetzt: Echter Sex war anders als der in Büchern. Multiple Orgasmen hatte ich nicht gehabt, und es reichte auch nicht aus, Teil A in Teil B einzuführen, um in einen ekstatischen Rausch zu verfallen.

Echter Sex war besser als in Filmen, weil ich diese Erfahrung mit dem Menschen gemacht hatte, für den mein Herz schlug. In den ich so sehr verliebt war, dass ich dieses Bett nie wieder verlassen wollte. Gähnend schob ich ein Bein zwischen seine, um ihm noch näher zu sein.

»Ich muss kurz ins Bad.« Seinen Worten folgte ein Kuss auf meinen Scheitel, der mich wohlig seufzen ließ.

»Nein. Das ist verboten.« Freiwillig würde ich ihn nicht loslassen.

»Wirklich nur ganz kurz.«

»Nein.« Wenn ich mich trotzig anhörte, war mir das egal. Ich hatte Adam endlich da, wo er hingehörte. In meinen Armen. »Wir stehen einfach nie wieder auf.«

»Glaub mir, nichts lieber als das, aber ich sollte das Kondom entsorgen.«

Oh, daran hatte ich nicht gedacht. »Du beeilst dich?«

»Versprochen.« Adam schob mich sanft von seiner Brust, richtete sich auf und schlüpfte aus dem Bett. Während ich unter die Decke kroch, konnte ich mir einen Blick auf seine nackte Kehrseite nicht verkneifen. Dass er ständig Joggen ging, war ihm deutlich anzusehen.

Er brauchte keine dreißig Sekunden im Bad und kam so nackt zurück, wie er das Bett verlassen hatte. Anstatt sich wieder neben mich zu legen, nahm er sich Boxershorts und ein Shirt aus dem Kleiderschrank und zog beides an. »Wir sollten reden, oder?«

»Müssen wir?« In unserer kleinen Blase hatte die Realität keinen Platz. Nicht jetzt. Nicht in dieser Nacht.

»Ja, ich denke schon.« Er setzte sich auf das Bett. Zu meinem Missfallen viel zu weit von mir entfernt.

»Okay. Dann reden wir.« Mit aller Kraft versuchte ich, ein möglichst neutrales Gesicht zu machen. Er sollte nicht denken, dass ich einen Antrag oder etwas ähnlich Überzogenes erwartete, nur weil er mit mir geschlafen hatte. Ich war erwachsen. Und erwachsene Menschen hatten Sex. Manchmal bedeutete er etwas, manchmal nicht.

»Könntest du mich bitte nicht so ansehen.« Sein Lächeln war so niedlich, ich wollte es ihm am liebsten von den Lippen küssen.

»Wie sehe ich dich denn an?«

»Du machst den Eindruck, als würdest du davon ausgehen, dass ich dir jetzt gestehe, in meiner Freizeit Hundewelpen zu quälen.«

So viel zu meinem Pokerface. »Das ist gelogen. Du bist tierlieb. Carl kann es bezeugen.«

»Okay, dann dass ich heimlich Mitglied im Ku-Klux-Klan bin. Oder irgendetwas anderes Absurdes.« Zu meiner Erleichterung griff er nach meiner Hand und nahm sie in seine. »Was wir gerade getan haben ...«

Bevor er den Satz beenden konnte, fiel ich ihm ins Wort. »Ich bin ganz cool. Keine Angst.« Meine zwei besten Freundinnen waren mit gutaussehenden Männern zusammen, und ich hatte genug mitbekommen, um zu wissen, wie es manchmal zugehen konnte. Schneller, unverbindlicher Sex. Und wenn ich ehrlich war, hatte ich mich Adam auch mehr oder weniger an den Hals geworfen. »So was passiert.«

»So was passiert?«

»Hm.« Ich zuckte mit den Schultern, und fast wäre mir dabei die Decke verrutscht, die ich mir unter die Achseln geklemmt hatte, um meine Brüste zu bedecken. Sie ihm jetzt in ihrer nackten Pracht vor die Nase zu halten, erschien mir trotz allem unangebracht. »Sex eben.«

»Sex eben.« Fast ungläubig wiederholte er meine Worte. »Was denkst du denn, worüber ich mit dir sprechen will?«

»Na ja«, ich wedelte mit meiner freien Hand hin und her, »über das hier.«

»Okay, das stimmt.« Er drückte meine Finger, die er immer noch fest mit seinen verschlungen hielt. »Über uns.«

Über uns. Was immer das zu bedeuten hatte. Ich wusste, dass Adam mich mochte. Daran hegte ich keinen Zweifel. Und er war auch ein bisschen eifersüchtig wegen meines Dates mit Blake gewesen, doch was das letztlich zu bedeuten hatte, stand in den Sternen. Vielleicht eine Affäre. Sex, wenn uns danach war. Würde ich damit leben können? Wäre mir das genug?

»Ich kann dich denken hören.« Adam ließ meine Hand los und rutschte näher an mich heran, bis unsere Gesichter nur noch wenige Zentimeter voneinander entfernt waren. »Was hat dir Hannah über Chloe erzählt?«

Bei der Erwähnung ihres Namens versteifte ich mich. »Dass ihr getrennt seid.«

»Stimmt. Mit Chloe ist endgültig Schluss.«

Erst jetzt bemerkte ich, dass ich vor Anspannung die Luft angehalten hatte. »Das ist gut, oder?«

»Ja, das ist gut.« Sein Atem tanzte bei jeder Silbe wie eine Liebkosung über meine Haut. »Es hat mir jemand dabei geholfen, zu erkennen, wie ungesund die Beziehung war.«

Wortlos starrte ich ihn an.

»Und bevor du jetzt fragst, ich meine dich damit.«

»Mich?« Wie konnte das sein? »Ich habe doch gar nichts getan.«

»Viel mehr, als du vielleicht denkst.« Endlich beugte er sich vor und küsste mich. Viel zu kurz und flüchtig, doch das war immerhin besser als nichts. »Hast du ernst gemeint, was du in dein Notizbuch geschrieben hast? Dass ich dir das Herz gebrochen habe?«

Es zu leugnen, wäre wohl zwecklos. Immerhin hatte er den Eintrag mit eigenen Augen gesehen. »Das war vielleicht etwas zu dramatisch.« In einer Ausgabe der Cosmopolitan hatte ich gelesen, dass Männer es nicht mochten, wenn man sie mit überzogenen Liebesbekundungen überschüttete. »Mach dir keine Gedanken darüber.« Ich zwang mich zu einem Lächeln – so unecht, dass meine Gesichtsmuskeln schmerzten.

»Und wenn ich mir Gedanken darüber machen will?«

Stumm starrte ich ihn an. Was sollte ich darauf antworten? Dass ich kompliziert war, hatte er gewusst, bevor er mit mir ins Bett gegangen war. Vielleicht war aber auch seine Gehirnleistung kurzfristig eingeschränkt gewesen. Das hatte ich in einem Film gesehen, dessen Titel mir nicht einfallen wollte. Wenn ein bestimmtes Körperteil besonders stark durchblutet wurde, konnte dadurch das rationale Denkvermögen beeinträchtigt werden. »Du kannst nichts dafür. Ich verstehe das.«

»Ich kann nichts ... *dafür*?« Er musterte mich mit hochgezogener Augenbraue.

»Laut dieses einen Films nicht.« Die Bettdecke drohte schon wieder zu verrutschen. Energisch rückte ich sie zurecht. »Es war körperlich, das ist mir klar.«

»Annie, ich kann ehrlich behaupten, keine Ahnung zu haben, wovon du sprichst.«

Oh Gott, jetzt musste ich es ihm auch noch erklären. »Wenn Männer ... erregt sind, setzt der Verstand aus. Das war jedenfalls das Fazit.«

»Das hast du aus dem Fernsehen?«

Ich nickte.

Adam legte die Hände an meine Schultern und sah mich durchdringend an. »Diesen Schwachsinn vergisst du bitte sofort wieder. Auch wenn die schönste Frau der Welt nackt vor uns steht, wissen wir noch genau, was wir tun. Männer sind nicht unzurechnungsfähig, nur weil sie eine Erektion haben.« Schnaubend schüttelte er den Kopf. »Von wann war dieses Machwerk? 1950?«

»Keine Ahnung.«

»Okay, egal.« Er ließ mich wieder los, und sofort vermisste ich seine Berührung. Es war hoffnungslos mit mir. »Wir brauchen dein Notizbuch.« Im nächsten Moment hatte er sich schon erhoben und meine Tasche in der Hand. »Darf ich?«

»Hm.« Er sah so entschlossen aus, dass ich nur zustimmen konnte.

Das Notizbuch flog aufs Bett, kurz darauf ein Kugelschreiber. »Seite vier. Unten rechts.«

»Ich weiß, was da steht.« Mittlerweile hatte ich die Liste so oft gelesen, sie hatte sich längst in mein Gedächtnis gebrannt.

Adam schlug das Buch auf, nahm den Kugelschreiber und strich den Haken durch, den ich hinter den Punkt *Mir das Herz brechen lassen* gemacht hatte. »So ist es richtig.«

Verständnislos blinzelte ich ihn an. »Was soll das bedeuten?«

»Dass ich dir niemals das Herz brechen werde, wenn ich es

verhindern kann.«

Plötzlich fühlte sich mein Mund staubtrocken an. »Es war keine einmalige Sache?«

»Annie.« Die Empörung stand ihm ins Gesicht geschrieben. »Glaubst du wirklich, ich bin so ein Kerl?«

Nein, das tat ich nicht. Aber ich wusste auch nicht mehr, was ich überhaupt denken sollte. Das alles war völlig neu für mich. Mit ihm zu schlafen, ohne vorher die grundlegenden Dinge zwischen uns besprochen zu haben, war vielleicht doch keine gute Idee gewesen.

Rastlos fuhr er sich mehrmals durch das Haar. »Wir hatten das anders geplant. Das weiß ich. Du gehst mit mir aus, um irgendwann einen anderen Kerl zu finden.«

Allein die Vorstellung bereitete mir Übelkeit. »Das will ich nicht mehr.«

»Daten oder einen anderen Typen?«

Es war noch einmal Mut nötig. So viel Mut, dass mir schwindelig wurde. »Ich will dich. Schon bevor wir überhaupt mit den Dates angefangen haben.«

Im nächsten Augenblick war er über mir. Ich fiel nach hinten, als Adam seinen Mund in einem verzweifelten Kuss auf meinen presste. »Warum hast du nichts gesagt?« Bevor ich antworten konnte, küsste er mich erneut.

Atemlos sah ich zu ihm auf. »Hätte das etwas geändert?«

»Keine Ahnung. Ich weiß nur, dass ich es nicht ertrage, wenn ich mir vorstelle, wie du mit einem anderen ausgehst.«

»Hm.« Ich tippte mir mehrmals nachdenklich gegen die Lippen. »Aber wir haben uns solche Mühe gegeben, damit ich einen Freund finde.«

»Den hast du. Wenn du willst.«

Ob ein Herz vor Glück platzen konnte? Meines stand kurz davor. »Klingt nach einem guten Angebot.«

»Gott sei Dank. Er wüsste auch nicht, was er tun sollte, wenn du ihn zurückweist. Ohne dich ist er ziemlich verloren.«

20. Kapitel

Zwei Arme hielten mich wie ein Schraubstock gefangen, als ich die Augen aufschlug. Ich brauchte einige Sekunden, um mich zu orientieren.

Die Digitaluhr auf dem Nachttisch zeigte fünf vor drei nachts an. Wirklich lange hatte ich nicht geschlafen. So vorsichtig wie möglich versuchte ich, mich aus Adams Klammergriff zu befreien, ohne ihn zu wecken. Er atmete kurz etwas lauter, wurde aber nicht wach. In der Dunkelheit meine Klamotten zu finden, war gar nicht so einfach, und als ich das Kleid endlich in Händen hielt, war es noch immer etwas feucht. Das Ding konnte ich definitiv nicht anziehen.

Über dem Schreibtischstuhl hing ein Hoodie, den ich mir stattdessen schnappte. Adam würde hoffentlich nichts dagegen haben.

Auf Zehenspitzen schlich ich aus dem Zimmer und zog die Tür leise ins Schloss. Ich war oft genug in der Wohnung gewesen, um den Weg im Dunkeln zu finden. Erst in der Küche schaltete ich das Licht ein, und wie zu erwarten gewesen war, dauerte es nicht lange, bis Carl um meine Füße strich. »Kannst du auch nicht schlafen?«

Seine Antwort war ein leises Miauen. Dieser Kater verstand jedes Wort, da war ich mir nahezu sicher.

Auf der Arbeitsplatte stand eine Dose mit Katzensnacks, von denen ich ihm ein paar fütterte, bevor ich mir eine Flasche Wasser aus dem Kühlschrank nahm. Meine Kehle war so trocken, als hätte ich seit Tagen nichts getrunken.

»Ich gehe wieder ins Bett und du zurück auf die Couch. Was hältst du davon?«

Der kleine Kerl legt den Kopf schräg und brummte.

»Du würdest lieber mit ins Bett, hm? Morgen wieder. Versprochen. Heute hätte ich ihn gern für mich allein.«

Da Carl eindeutig hochbegabt war, verstand er mich auch dieses Mal. Mit erhobenem Schwanz ließ er mich stehen und trottete zur Couch. Hochbegabt und schnell beleidigt.

Ich schnappte mir mein Wasser, löschte das Licht in der Küche und machte mich auf den Rückweg.

Adams Zimmertür lag nur noch wenige Meter vor mir, als ich hart mit jemandem zusammenstieß. »Fuck!« Eine dunkle Stimme, die mir seltsam bekannt vorkam. Im nächsten Moment wurde das Licht eingeschaltet und ich erkannte, mit wem ich kollidiert war.

»Ben?«

»Annie?«

Vor mir stand Ben Preston in einem Zustand, den ich noch nie zuvor bei ihm gesehen hatte. Seine normalerweise perfekten Locken waren verwuschelt, das Hemd steckte halb in seiner Hose und er trug nur einen Socken. Den anderen hielt er mit seinen Schuhen in der linken Hand. Waren das Kratzspuren an seinem Hals?

»Was machst du hier?«

Seine Augenbrauen schossen in die Höhe. »Wonach sieht es aus?«

»Ich weiß nicht, du ... Oh.« Er schlich mitten in der Nacht aus Hannahs und Adams Wohnung. Halb angezogen. Dafür konnte es nur eine Erklärung geben. »Oh!«

»Könntest du so tun, als hätten wir uns niemals hier getroffen?« Mit der freien Hand rieb er sich mehrmals über die Augen. »Dafür wäre ich dir sehr dankbar.«

»Du und Hannah?«

»Nein. Kein *Ich und Hannah*.« Umständlich versuchte er, sich den Socken anzuziehen und dabei nicht das Gleichgewicht zu verlieren. »Bleibt das unter uns?«

Er klang so flehend, dass ich ihm seine Bitte nicht abschlagen konnte. »Natürlich. Wenn du das möchtest.«

»Oh, und wie ich das möchte.« Sein Lachen war heiser und unecht. Diese Seite kannte ich nicht an ihm. Noah war der sarkastische der beiden Brüder. Ben war ausgeglichen und erweckte stets den Eindruck, als könnte ihn nichts aus der Ruhe bringen.

»Wieso bist du überhaupt hier?« Er war mit dem Socken fertig und schlüpfte in seine Schuhe.

Wie waren seine Worte gewesen? »Wonach sieht es aus?«

»Nach etwas, auf das ich nie im Leben gekommen wäre.« Dieses Mal war sein Lachen echt und herzlich. »Du und Baker, das ist überraschend.«

Wenn er nur wüsste. Wenn jemand überrascht war, dann vor allem ich. Dass Adam meine Gefühle erwiderte, erschien mir immer noch wie einer der idealisierten Tagträume aus meiner Kindheit. »Ich mag ihn.«

»Das freut mich für dich, Annie. Wirklich. Aber jetzt verschwinde ich.«

Er schlüpfte in seine Jacke, als ich ihn am Arm zurückhielt. »Einfach so?«

»Ich weiß, wie das aussieht.« Er versuchte erfolglos, seine Locken zu bändigen – ein eindeutig zweckloses Unterfangen. Hannah hatte ganze Arbeit geleistet. »Sie wird froh sein, wenn ich weg bin.«

Ihre Regeln für One-Night-Stands waren mir bekannt, aber das waren immer irgendwelche Typen gewesen. Niemand aus unserem Freundeskreis. »Bist du dir sicher?«

»Ganz sicher.« Ben zog mich in eine kurze Umarmung. »Wenn Baker nicht nett zu dir ist, sag es bitte Noah, nicht mir. Die Chancen, dass ich ihm den Arsch aufreißen kann, sind eher gering.«

»Quatschkopf.« Ich schlug ihm freundschaftlich gegen den Oberarm. »Hier wird niemand aufgemischt.«

Zurück in Adams Zimmer war ich überrascht davon, dass Licht brannte. Die kleine Nachtischlampe war eingeschaltet, Adam lehnte mit dem Rücken am Kopfende des Bettes, blätterte in einem Buch und hatte seine Brille auf der Nase. »Ich dachte schon, du wärst davongelaufen.« Am Ton seiner Stimme war deutlich zu erkennen, wie wenig ernst er diesen Satz meinte. Und er hatte recht damit. Davonlaufen wie Ben wollte ich wirklich nicht.

»Ich habe nach Carl gesehen und mir Wasser geholt.«

»Und du hast meinen Hoodie angezogen.«

»Mein Kleid war noch nass. Es stört dich hoffentlich nicht.« Leise schloss ich die Tür und überwand die kurze Distanz bis zum Bett.

»Ist es sehr klischeehaft, wenn ich sage, dass ich es mag, wenn du dir meine Klamotten leihst?«

Lachend kroch ich zu ihm unter die Decke. »Ich weiß nicht. Ist es das?«

»Vermutlich. Und wahrscheinlich ist es auch chauvinistisch.« Er drehte sich auf die Seite, stützte den Kopf auf seiner Hand ab und beobachtete, wie ich einen großen Schluck aus der Flasche nahm. »Wenn eine Frau die Klamotten eines Mannes trägt, könnte man unterstellen, dass er darauf steht, weil sie so gut sichtbar für alle Welt zu ihm gehört.«

Prustend verschluckte ich mich an meinem Wasser. Er konnte nicht einfach solche Sachen sagen, wenn ich völlig unvorbereitet war. »Wusstest du, dass Chauvinismus früher oft verkannt wurde und unbehandelt blieb, weil die Therapeuten ein ähnliches Denkmuster hatten? Das habe ich in einer Studie gelesen, die aber schon recht alt ist. Muss aus den Siebzigern gewesen sein.« Diesen unnützen Quatsch zu erwähnen, erschien mir leichter, als mich mit dem anderen Teil seiner Aussage auseinanderzusetzen. Dass ich zu ihm gehörte.

»Ich hatte keine Ahnung.« Sein Blick war so liebevoll, dass mir heiß und kalt zugleich wurde. Mir auszumalen, Adams Freundin zu werden, war eine Sache. Es tatsächlich zu sein, eine ganz andere. Was machte man mit einem Freund? Sex haben. So viel war mir klar. Gegen diesen Teil hatte ich definitiv nichts einzuwenden – schon gar nicht, wenn er diese Brille trug, die ihm den Sexy-Nerd-Look gab. Aber darüber hinaus war ich aufgeschmissen.

Adam räusperte sich mehrmals laut, bis ich den Kopf hob. »Du hast mir nicht zugehört, oder?«

Verwundert sah ich ihn an. »Hast du etwas gesagt?«

»Ja, aber du warst vollkommen in Gedanken.« Mit den Fingern seiner rechten Hand fuhr er unter der Decke an meinem

Oberschenkel auf und ab. Das war angenehm. Daran könnte ich mich definitiv gewöhnen. »Ich habe dich gefragt, ob du müde bist und ich das Licht ausmachen soll.«

»Schlafen kann ich nicht. Dafür bin ich zu aufgekratzt.« Obwohl ich körperlich erschöpft war, arbeitete mein Gehirn auf Hochtouren. So würde ich keine Ruhe finden.

»Sehr gut, dann kann ich dich weiter in meinem Hoodie bewundern.«

Ich sah garantiert fertig aus. Was aus meiner Wimperntusche geworden war, wollte ich lieber nicht wissen. Möglichst unauffällig drehte ich mich zur Seite und wischte unter meinen Augen herum. Wie machten andere Frauen das? Schminkten die sich immer vor dem Sex ab? Und wenn der wie in unserem Fall spontan passierte? Was tat man dann? Nachts aus dem Bett schleichen und sich das Zeug abwaschen? Ich musste dringend mit Emily oder Grace sprechen. Sehr dringend.

»Wir könnten es mit der nächsten Folge dieser Tier-Doku versuchen.« Wie aus dem Nichts zog er die Fernbedienung hinter seinem Rücken hervor und hielt sie mir hin. »Also du guckst dir die Doku an. Ich bin vollkommen zufrieden mit dem Ausblick, den ich gerade habe.«

Gab es auch Regeln dafür, wann man den eigenen Freund küsste? Falls ja, waren sie mir total egal. Ich schlang die Arme um seinen Nacken und tat genau das, bis jeder Gedanke an Tier-Dokus vergessen war.

Der Duft von Tee und Kaffee stieg mir in die Nase, und durch die Vorhänge fielen Sonnenstrahlen, die darauf schließen ließen, dass es längst nicht mehr Morgen war. Wir mussten irgendwann gegen fünf eingeschlafen sein. Nahm ich jedenfalls an. Wirklich zuverlässig war mein Zeitgefühl in Adams Nähe nicht.

Der Platz neben mir war leer und die Zimmertür stand einen Spalt breit offen. Langsam stieg ich aus dem Bett und machte mich auf den Weg in das angrenzende Bad. Mein Anblick im Spiegel war überraschend normal. Ich wirkte müde und meine

Haare waren eine Katastrophe, doch darüber hinaus sah ich fast so aus wie gestern. Was hatte ich auch erwartet? Ein Neonzeichen über meinem Kopf, das auf meine verlorene Jungfräulichkeit hinwies?

Kopfschüttelnd spritzte ich mir kaltes Wasser ins Gesicht und versuchte, so gut wie möglich, die Reste meines Make-ups zu entfernen. Die Haare waren ein größeres Problem. Zu meinem Leidwesen entdeckte ich keine Bürste, nicht einmal ein Kamm lag herum. Dann musste es anders gehen. So ordentlich wie möglich, drehte ich die wirren Strähnen an meinem Hinterkopf zusammen, bis ich einen Dutt geformt hatte. Weil natürlich nirgendwo ein Haargummi zu finden war, improvisierte ich mit zwei Bleistiften von Adams Schreibtisch, mit deren Hilfe ich mein Kunstwerk fixierte.

Zu meiner großen Erleichterung war meine Wollstrumpfhose mittlerweile getrocknet. Zusammen mit dem Hoodie sah das Outfit fast wie etwas aus, das ich auch zuhause tragen würde.

»Du verheimlichst mir was.« Ich hörte Hannahs Stimme bereits im Flur. »Du würdest so etwas niemals freiwillig frühstücken.«

»Tue ich auch nicht.« Wie erwartet sprach sie mit Adam. Oder beschwerte sich vielmehr. Bei Hannah gab es dabei manchmal keinen großen Unterschied.

Adam stand am Herd, seine Schwester saß an dem kleinen Tisch vor dem Fenster. Beide hatten mir den Rücken zugewandt und mich offensichtlich nicht kommen hören.

»Wenn du Chloe wieder angeschleppt hast, kannst du dir eine neue Bleibe suchen.«

Kopfschüttelnd rührte Adam weiter in dem Topf auf dem Herd herum. »Das mit Chloe ist vorbei.«

Seine Worte zauberten mir ein sehr breites Lächeln auf die Lippen. Nicht, dass ich an ihm zweifelte, doch zu hören, wie er Hannah bestätigte, was er auch mir gesagt hatte, war ein verdammt gutes Gefühl.

»Okay, es ist nicht Chloe. Erklärt aber immer noch nicht, warum du Frühstück für zwei machst.«

»Vielleicht will ich den armen Kerl nicht verhungern lassen, den du gestern mit nach Hause gebracht hast.« Woher Adam wusste, dass jemand die halbe Nacht bei Hannah verbracht hatte, war mir nicht klar. Anscheinend fehlte ihm jedoch die Information, wer dieser männliche Besucher gewesen war. Und dass dieser mitten in der Nacht überstürzt abgehauen war, schien er ebenfalls nicht zu ahnen.

»Du hast noch nie irgendeinem meiner Typen Frühstück serviert. Das ist unglaubwürdig.« Hannah hockte im Schneidersitz auf ihrem Stuhl und wippte leicht hin und her. Sie wirkte aufgekratzt und unruhig. »Du hast jemanden abgeschleppt, richtig?«

»Das würde ich so nicht sagen.«

»Was soll das schon wieder heißen?« Sie legte den Kopf in den Nacken und starrte sekundenlang an die Decke. »Diese Andeutungen treiben mich in den Wahnsinn.«

»Vielleicht geht es dich einfach nichts an.« Adam drehte sich um und schien wenig überrascht zu sein, mich im Türrahmen zu entdecken. Er zwinkerte mir zu, was dafür sorgte, dass sich meine Wangen augenblicklich unnatürlich warm anfühlten. »Du erfährst es noch früh genug.«

»Ich bin misstrauisch.« Auch ohne Hannahs Gesicht sehen zu können, war mir klar, dass sie ihren Bruder böse anfunkelte. »Dein Geschmack bei Frauen ist definitiv verbesserungswürdig.«

Grinsend verschränkte er die Arme vor der Brust. »Ich finde meinen Geschmack ganz hervorragend.«

»Du willst mich in ein viel zu frühes Grab bringen, oder? Erst bist du tagelang schlecht drauf, und jetzt stehst du fröhlich summend in der Küche, machst Frühstück und hast Geheimnisse vor mir.«

Das Gemecker seiner Schwester schien ihn keineswegs zu stören. Es stachelte seine gute Laune eher noch an, wenn ich dem Ausdruck in seinen Augen glauben durfte.

»Bist du fertig?«

»Nein.«

Langsam war es an der Zeit, mich zu erkennen zu geben – und zu beten, dass Hannah mir nicht die Freundschaft kündigte, weil ich sie in den letzten Wochen angelogen hatte.

»Guten Morgen.« Meine Stimme klang kratzig und tonlos, Hannah hatte mich dennoch gehört. Sie wirbelte auf ihrem Stuhl herum und starrte mich ungläubig an.

»Annie?«

»Ja?«

»Was tust du hier?«

Verlegen trat ich von einem Fuß auf den anderen. Was sollte ich darauf antworten? Mein Outfit sprach eigentlich für sich. Das sah auch Adam so. »Was glaubst du denn, was sie sonntagmorgens in meinem Hoodie in unserer Küche tut, Schwesterherz?«

Hannahs Blick flog von mir zu Adam und wieder zurück. »Ihr beide?«

»Jup. Wir beide.« Er machte sich erneut am Herd zu schaffen und füllte eine undefinierbare, dampfende Masse in zwei Schüsseln.

»Seit wann?«

»Das ist unsere Sache.«

Mit dieser Erklärung wollte ich Hannah jedoch nicht abspeisen. Sie war Adams Schwester, aber sie war auch meine Freundin. »Seit gestern, wenn man es genau nimmt.«

»Seit gestern?« Adams kritisch hochgezogene Augenbraue war Beweis genug, dass er anderer Meinung war.

»Na ja, wenn man es genau nimmt, stimmt das.« Vor der gestrigen Nacht waren wir nur Freunde gewesen. Jedenfalls theoretisch.

»Da man seiner Freundin immer recht geben soll, tun wir einfach so, als würde das stimmen.«

»Freundin?« Hannah, die unseren Dialog stumm verfolgt hatte, schreckte hoch. »Ihr seid jetzt zusammen?«

Leider half mir Adam bei dieser Frage nicht. Er widmete sich stattdessen wieder unserem Frühstück und überließ es mir, Hannah zu antworten. »Ich denke schon.« Vom Herd erklang ein unzufriedenes Schnauben. »Also, ja. Wir sind zusammen.« Es auszusprechen, machte es so real. In der letzten Nacht hatten wir in unserer kleinen, geschützten Blase gelebt. Jetzt galt es, sich der Welt zu stellen. Gemeinsam.

Hannah sprang von ihrem Stuhl auf, schnappte sich eine Flasche Saft und drückte sich an mir vorbei in den Flur. »Ich freue mich für euch, aber dass ihr mich belogen habt, ist eine verdammt miese Nummer.« Keine zehn Sekunden später hörten wir, wie die Tür ihres Zimmers krachend ins Schloss fiel.

»Sie beruhigt sich schon wieder.«

Ich hoffte inständig, dass er damit recht behalten würde. Die Hände tief in den Taschen meines – oder besser seines – Pullis vergraben, trat ich an den Herd, um diese graue Masse näher zu inspizieren, die mein Frühstück werden sollte. »Haferbrei?«

»Das heißt bei Hipstern Porridge.« Adam beugte sich vor, bis unsere Gesichter auf einer Höhe waren. »Guten Morgen.« Bevor ich mir darüber Gedanken machen konnte, dass ich mir die Zähne nicht geputzt hatte, lagen seine Lippen schon auf meinen. Er küsste mich, wie er das zuvor noch nie getan hatte. Süß, unschuldig und mit einer Selbstverständlichkeit, die mir den Atem raubte.

»Ich mag trotzdem keinen Haferbrei, auch wenn du versuchst, mich zu bestechen.«

»Meinen wirst du mögen.« Er hielt mir eine der dampfenden Schüsseln entgegen, die ich ihm skeptisch abnahm. »Und außerdem ist es keine Bestechung, wenn ich dich küsse.«

»Was ist es dann?«

»Absolut notwendig.«

Mein Herz schmolz dahin wie die kleinen Schokostückchen auf meinem Haferbrei. Um mir das gesunde Zeug schmackhaft zu machen, hatte er es mit Schokolade verziert. Ohne zu murren, aß ich den Inhalt meiner Schüssel bis auf den letzten Löffel auf, hielt dabei mit Adam Händchen und fühlte mich so glücklich, dass ich dieses Gefühl konservieren und in Schraubgläser für schlechte Zeiten abfüllen wollte.

21. Kapitel

»Sag mir, was ich tun soll, damit sie nicht mehr sauer auf mich ist.« Müde, aufgrund einer viel zu kurzen Nacht, ließ ich mich neben Grace auf die Couch fallen.

»Hast du ihr geschrieben?«

»Hm.« Viermal in einer Woche. So viel Zeit war nach unserem morgendlichen Aufeinandertreffen in ihrer Küche vergangen. Genau so lange sprach Hannah schon nicht mehr mit mir. »Ich habe sie noch mal gefragt, ob ich es ihr erklären darf. Keine Antwort.«

»Sie wird sich wieder einkriegen.« Grace schaltete den Fernseher stumm, auf dem irgendeine Reality Show lief, die uns beide nicht interessierte. »Gib ihr Zeit.«

»Das hat Adam auch gesagt.«

»Einen klugen Freund hast du da.«

Den hatte ich in der Tat, auch wenn ich mich noch nicht an meinen neuen Beziehungsstatus gewöhnt hatte. Mit Adam zusammen zu sein, war genau so, wie ich es mir vorgestellt hatte, und doch irgendwie ganz anders. Ich hatte an eine Harmonie geglaubt, bei der man sich ohne große Worte verstand. In der Worte unnötig waren. Doch mit Adam war das vollkommen anders. Er lockte mich oft aus meinem Schneckenhaus und gab erst Ruhe, wenn ich Gedanken aussprach und sie nicht hinunterschluckte. Im Gegenzug half ich ihm, die dunklen Wolken zu vertreiben, wenn er sich grübelnd in Zukunftsprognosen verlor. Ich hatte immer von einer ruhigen, unaufgeregten Beziehung geträumt – und genau das Gegenteil bekommen. Gestern Nacht hatte er unangemeldet um elf Uhr vor der Tür gestanden und mich geweckt. Nach gefühlt zwei Millionen Entschuldigungen war mir nichts anderes übriggeblieben, als ihn zu küssen, um ihn zum Schweigen zu bringen. Die restliche Nacht hatten wir mehr oder weniger schlafend in meinem für zwei Personen viel zu kleinen Bett verbracht. Die Schatten unter meinen Augen trug ich gerne, wenn ich dafür Zeit mit dem kompliziertesten, gleichzeitig aber auch wundervollsten Mann verbringen konnte.

»Hast du dir das mit Lillys Geburtstagsfeier überlegt?«

Gähnend kuschelte ich mich tiefer in die Polster. »Ja, ich bin dabei.« Die Geburtstagsfeier von Joshs Tochter würde natürlich in Philadelphia stattfinden. Vielleicht könnten wir alle zusammen fliegen. »Kommt Noah mit?«

»Natürlich. Als hätte er eine andere Wahl.« Grace nahm ihre Brille ab und rieb sich müde über die Augen. Sie hatte wohl nicht viel mehr geschlafen als ich. »Sich vor einem Kindergeburtstag zu drücken, kann er vergessen. Was ist mit Adam?

»Was soll mit ihm sein?«

»Na, ob du ihn mit nach Philly schleppst.« Sie sagte das mit absoluter Selbstverständlichkeit. Als wäre die Frage normal.

»Ich weiß nicht, was Josh und Emily davon halten würden.« Mir war der Gedanke schon gekommen, doch ich wollte meinen Freunden keine Umstände machen.

»Josh und Adam haben früher zusammen Football gespielt. Und Emily wird dich sowieso nötigen, ihn mitzubringen.«

»Meinst du?«

Grace schüttelte lachend den Kopf. »Sie wird mit eigenen Augen sehen wollen, ob er gut genug für dich ist.«

»Das ist er.« Daran gab es überhaupt keinen Zweifel. »Er wirkt manchmal abweisend und unfreundlich, aber sobald du ihn näher kennst, ist er ganz anders.«

»Das will ich ihm auch geraten haben.«

Wir gähnten synchron, was uns ein Kichern entlockte. Ein Zeichen dafür, dass wir das Stadium von Müdigkeit erreicht hatten, in dem selbst solche banalen Dinge lustig waren. Eigentlich gehörten wir ins Bett, doch mir brannte schon seit Tagen etwas unter den Nägeln. »Darf ich dich etwas fragen?«

»Natürlich. Immer.«

»Danke. Ich ...« Egal wie ich es in meinem Kopf formulierte, es klang schräg. Und unbeholfen. So, so unbeholfen.

»Hat es mit Adam zu tun?« Natürlich lag sie damit richtig, weil es schlicht immer um ihn ging.

»Ja.« Grace würde mich niemals verurteilen. Ich war mir sicher, mit ihr über alles reden zu können, dennoch fiel es mir schwer.

»Raus damit. So schlimm wird es schon nicht sein.«

»Ich habe Angst, mich falsch zu verhalten. Es ist das erste Mal, dass ich in einer Beziehung bin, und ich habe keine Ahnung, was ich da überhaupt tue.« Die Worte sprudelten so schnell aus mir heraus, dass Grace sicherlich Mühe hatte, mich zu verstehen. »Vielleicht versaue ich es unabsichtlich, aber das will ich auf keinen Fall.«

»Wovon sprechen wir?« Sie setzte sich auf und sah mich besorgt an. »Geht es um Sex? Hast du Angst davor?«

»Dafür ist es zu spät.« Ich kniff verschämt die Augen zusammen.

»Das heißt, ihr habt schon?«

»Hm.« Mehrmals.

»Und du behältst das für dich?« Entrüstet setzte sie sich ihre Brille wieder auf die Nase. »Her mit allen Details.«

»Ich weiß nicht, was ich dir erzählen soll.« Das war die reine Wahrheit.

»Behandelt er dich anständig?«

Anständig im Bett? »Was bedeutet das?«

»Na ja, er verlangt keine Dinge, die du nicht tun möchtest, und ist darum bemüht, dass es für euch beide gut ist.«

»Er ist wundervoll.« Was eine Untertreibung war. Ich hatte zwar keine Vergleichsmöglichkeiten, aber die drei Nächte, die wir in der letzten Woche miteinander verbracht hatten, waren jede auf ihre Art besonders gewesen. Adam hatte recht gehabt. Nach dem ersten Mal war es besser geworden. So viel besser, dass mir bei der Erinnerung ganz warm wurde.

»Also muss ich ihn nicht kastrieren?« Lachend zog Grace die Beine an und schlang die Arme darum. »Sehr gut.«

»Ich wäre dir sehr verbunden, wenn du das unterlassen würdest.«

»Hui. Dann muss es sehr gut gewesen sein.«

In einer kindischen Reaktion streckte ich ihr die Zunge heraus, was sie nur noch heftiger lachen ließ.

»Ich bohre nicht weiter. Das überlasse ich deinem Freund.«

»Oh Gott.« Dieses Wortspiel war so schrecklich. »Das hast du nicht wirklich gesagt.«

»Doch, habe ich. Und ich bereue nichts.« Sie wackelte mit den Augenbrauen, wie sie das in letzter Zeit oft tat, wenn es um Adam ging. »Aber du wolltest über etwas anderes reden, oder?«

»Wie ist es, eine Freundin zu sein?«

Grace musterte mich verständnislos. »Was meinst du damit?«

»Wie oft ruft man seinen Freund an? Was ist zu viel? Was ist zu wenig? Was ist mit Textnachrichten? Gibt es da ein Limit? Ein Minimum? Ist es okay, wenn ich ihn frage, was er macht, wenn wir nicht zusammen sind? Oder enge ich ihn damit ein? Gibt es Dinge, die ich auf keinen Fall tun darf? Andere, die ich tun muss?« Ich ratterte meine Bedenken herunter, ohne Luft zu holen, und stoppte erst, als Grace ihre Hände auf meine Schultern legte.

»Das sind Fragen, die du nicht mir stellen solltest.«

Wem dann? »Emily?«

»Nein, auch nicht Emily.« Grace zog mich fest an sich. Als ich ihre Arme um mich spürte, wurde mir erst bewusst, wie sehr ich das gebraucht hatte. »Du solltest sie Adam stellen.«

»Dann hält er mich doch für verrückt.« Mein Gemurmel war leise, Grace verstand mich dennoch.

»Annie, der Kerl ist verliebt in dich. Er hat so eine rosarote Brille auf, dass du ihm gestehen könntest, ein Alien zu sein. Ich wette, das wäre ihm auch vollkommen egal.«

»Meinst du?«

Sie löste sich von mir und bedachte mich mit einem strengen Blick. »Ich weiß es.«

Grace hatte recht. Wenn ich mit jemandem sprechen musste, dann war das Adam. Auch wenn ich mich damit vielleicht lächerlich machte.

Zu wissen, was ich tun musste, hinderte mich jedoch nicht

daran, nach der Unterhaltung mit Grace lange Zeit auf meinem Bett zu sitzen und mein Handy anzustarren. Es war bereits nach zwölf, und Adam hatte in der vergangenen Nacht genauso wenig geschlafen wie ich. Konnte ich ihn jetzt noch anrufen?

Genau wegen solcher Fragen musste ich mich ihm anvertrauen. Damit ich nicht wie eine Irre mein Telefon anstarrte und mir dabei die wildesten Dinge durch den Kopf schossen.

Weiteres Grübeln war zwecklos und keine große Hilfe. Ich gab mir einen Ruck und wählte seine Nummer. Bereits nach dem zweiten Klingeln nahm er ab.

»Hey, ich dachte, du schläfst längst.« Augenscheinlich hatte er ähnliche Gedanken wie ich gehabt. »Willst du mit mir sprechen oder mit Carl?«

»Mit Carl natürlich.«

»Davon bin ich ausgegangen.« Er seufzte laut und furchtbar schlecht geschauspielert. »Nach ein paar Tagen bin ich bereits abgemeldet.«

»Carl ist niedlich.«

»Das bin ich auch.«

Damit lag er durchaus richtig. Doch das musste ich ihm nicht direkt auf die Nase binden. »Gegen eine Babykatze hast du keine Chance.«

»Okay, da muss ich mich wohl geschlagen geben. Carl vermisst dich übrigens. Er liegt neben mir im Bett und meinte, dass hier durchaus noch Platz für dich wäre.«

Bei seinen Worten stahl sich unweigerlich ein Lächeln auf mein Gesicht. »Das hat Carl gesagt?«

»Oh ja, wenn wir unter uns sind, plappert er wie ein Wasserfall.«

Vielleicht hätte ich die beiden besuchen sollen. Doch genau das war der Grund meines Anrufs. »Versprichst du mir, dass du nicht lachst, wenn ich dich etwas frage?«

»Das klingt ernst.« Adams spielerischer Tonfall war augenblicklich verschwunden. »Muss ich mir Sorgen machen?«

»Weswegen?«

»Vielleicht willst du mir mitteilen, dass meine Schwester doch noch das perfekte Date für dich gefunden hat und du dir die Sache mit uns nochmal überlegt hast.«

»Deine Schwester ignoriert mich aktuell.«

Adam räusperte sich leise. »Dieses Argument beruhigt mich nur wenig.«

»Es geht nicht um irgendwelche Dates.« Das war längst vorbei. Ich wollte niemanden außer Adam. »Bin ich zu viel? Oder vielleicht zu wenig? Manchmal weiß ich nicht, was ich tue und ob es richtig oder falsch ist.« Wie schon bei Grace hatte ich keinen Filter. All meine Ängste platzten aus mir heraus, ohne dass ich sie besser formulieren konnte. »Ich habe heute den halben Abend überlegt, ob ich dich anrufen soll. Ob du das von mir erwartest oder ob ich mich damit aufdränge. Das ist alles so neu, ich habe keine Ahnung, wie ich mich verhalten soll.« Schwer atmend beendete ich meinen kleinen Monolog.

Adam brauchte unendlich lange Sekunden, bevor er mir antwortete. »Ich wäre jetzt wirklich gerne bei dir und würde das nicht über das Telefon besprechen.«

»Es ist okay, wir können auch morgen darüber reden. Oder übermorgen.« Oder niemals, falls ihn diese Fragen zu sehr einengten. Manchmal war es furchtbar anstrengend, ich zu sein.

»Annie, du kannst mich jederzeit anrufen. Wann immer du willst. Von mir aus auch mitten in der Nacht.« Mittlerweile kannte ich ihn gut genug, um zu wissen, dass er gerade die Stirn kräuselte. Ich wollte mit den Fingern darüberstreichen, bis die Sorgenfalten verschwunden waren. »Denkst du, ich würde bestimmte Dinge erwarten?«

Genau das war mein Problem. Ich hatte keine Ahnung. »Du bist meine erste Beziehung, und ich will es richtig machen.«

»Darf ich dir auch eine Frage stellen?«

Wie könnte ich ihm das abschlagen? »Natürlich.«

»Warum denkst du, bin ich mit dir zusammen?«

Meine spontane Antwort wäre *Ich weiß es nicht* gewesen, doch das war unfair. Mir und auch Adam gegenüber. »Du magst mich.«

»Ja, ich mag dich, Annie.« Das Wort *mag* betonte er dabei mit

Nachdruck. »Aber ich würde es anders nennen. Ich habe mich ein klitzekleines bisschen in dich verliebt, als wir gemeinsam in dieser Nacht auf der Couch gesessen haben und du dich unter der Decke versteckt hast, weil dir alles so unangenehm war.«

Damals schon? »Das kann nicht sein.«

»Oh doch. Und nach diesem Tag ist es stetig mehr geworden. Bis ich endlich darauf gekommen bin, dass es eine verdammt dämliche Idee war, dir dabei zu helfen, andere Kerle zu daten.«

»Warum hast du es dann getan? Warum hast du mir geholfen?« Meine Stimme war nur noch ein Flüstern. Ein absoluter Gegensatz zu den tosenden Gefühlen in meinem Inneren.

»Weil ich ein Idiot bin. Ein Idiot, der nicht wollte, dass du dich mit Typen wie dem Kerl aus der Mensa abgeben musst.«

Matthew Snyder. Das war keine gute Idee gewesen.

»Dabei war es so klar. Von Anfang an. Eigentlich schon, als wir uns im Supermarkt gestritten haben. Aber ich war zu blind, um es zu erkennen.«

Ich hatte keine Ahnung, wovon er sprach. »Was war dir klar?«

»Dass du besonders bist, Annie.« Bei seinen Worten lief mir ein Schauer über den Rücken. »Und das liegt nicht an deiner Vergangenheit oder deiner Liste. Du zitierst psychologische Fachstudien, interessiert dich für uralte Schwarz-Weiß-Filme, rettest Igel und Katzen und hast den höchsten Schokoladen-Konsum, den ich jemals bei einem Menschen erlebt habe.« Er lachte leise, während ich ihm lauschte. »Eine Freundin wie dich finde ich nie wieder. Also ruf mich an, wann immer du willst. Schick mir Textnachrichten, wenn dir danach ist, oder komm direkt vorbei. Es gibt keine Regeln, Annie. Ich möchte mit dir zusammen sein. Das hört nicht einfach auf.«

»Und du ...«

»Ja, ich bin mir sicher.«

»Das wollte ich gar nicht fragen.« Jedenfalls nicht so direkt.

»Doch, wolltest du.«

»Dafür hast du keine Beweise.«

»Ich kenne Methoden, mit denen ich dich zu einem Geständnis bringen kann.«

Oh Gott, was sollte ich dazu sagen? Flirtete er mit mir? War das die Stelle, an der ich beschrieb, welche Klamotten ich trug? Es war der ... Katzenpyjama. Der war bequem, im besten Fall süß, aber alles andere als sexy.

»Annie? Bist du noch da?«

»Natürlich.«

»Essen wir morgen zusammen? Um eins in der Mensa neben der Bibliothek?«

Erleichtert atmete ich aus. Seine Bemerkung war also kein Vorstoß in Richtung Telefonsex gewesen. »Sehr gerne. Grace wird sicher dabei sein.« Vielleicht auch Hannah, denn mit Grace redete sie immerhin noch.

»Dann sehen wir uns morgen um eins. Schlaf gut. Und Annie?«

»Ja?«

»Schreib Telefonsex auf deine Liste.« Im nächsten Moment hatte er aufgelegt. Ungläubig betrachtete ich das Display meines Handys, bevor ich mich lachend nach hinten in die Kissen fallen ließ. Manchmal war er einfach unmöglich.

»Könnt ihr bitte mit diesem Kinderkram aufhören?« Grace' Blick wanderte von mir zu Hannah und wieder zurück. Wir saßen in der Mensa an unserem üblichen Tisch, aßen unser Mittagessen und schwiegen uns an. »Annie hat einen Fehler gemacht, und ich bin mir sicher, es tut ihr leid.« Ich nickte, auch wenn Hannah in die andere Richtung sah. »Und du, Hannah, könntest dich fragen, warum Annie dir nicht die Wahrheit gesagt hat.«

»Ist es jetzt plötzlich meine Schuld, dass meine Freunde mich anlügen?« Ihre Augen funkelten, als sie die Arme trotzig vor der Brust verschränkte. »Du hast bei der ganzen Sache doch mitgemacht. Oder, Grace?«

»Ob ich wusste, dass Annie mit deinem Bruder ausgeht? Ja.« Hannah wollte zu einer Erwiderung ansetzen, doch Grace hob beschwichtigend die Hände. »Es war nie unsere Absicht, dich anzulügen.«

»Ach nein?«

Ich sollte meine Verteidigung wirklich nicht Grace überlassen. Das war eine Sache zwischen Hannah und mir. Grace war nur unfreiwillig zwischen die Fronten geraten. »Ich hatte Angst.«

Hannah wirbelte herum. Es lag Entsetzen in ihrem Blick. »Vor mir? Du hattest Angst vor *mir*?«

»Ja. Ein bisschen.« Wie sollte ich ihr meine Gefühle erklären, sodass sie mich verstand? »Ich weiß, dass du diese ganze Dating-Geschichte nur gut gemeint hast, doch es hat mich überfordert.«

»Blake Cooper, der netteste Typ an der ganzen *Ohio State*, hat dich überfordert?«

»Nein, nicht Blake.« Blake war so freundlich gewesen, wie Hannah es versprochen hatte. »Ich habe befürchtet, dass du dich zu sehr ... engagierst, wenn ich dir von Adam erzähle.«

»Wovon sprichst du?« Hannah klang immer noch wütend, doch weniger kalt als vorhin. »*Engagieren*? Was heißt das?«

»Annie meint ...«

»Nein, bitte«, ich legte Grace die Hand auf den Unterarm, »das muss ich Hannah selbst erklären.« Ich war schlecht darin, zu streiten, weil ich es schlicht nie gelernt hatte, doch das hier hatte ich verbockt, also würde ich es auch wieder hinbiegen. Hoffentlich. »Du hast mir so sehr helfen wollen. Mit der Liste und damit ich normaler werde. Das weiß ich zu schätzen. Wirklich. Aber bei Adam hatte ich Angst, dass du dich zu sehr einmischst. Dass du ihm unabsichtlich verraten könntest, was ich für ihn empfinde.«

Sie schwieg so lange, dass ich schon glaubte, sie würde jeden Moment aufspringen und mich ohne ein weiteres Wort sitzenlassen. Doch zu meiner Überraschung blieb sie, wo sie war. »Du hättest mir das sagen können. Ich weiß, wie anstrengend ich manchmal sein kann.« Bei diesem Satz verdrehte sie die Augen. »Glaubst du, ich hätte mit Adam über dich geredet, wenn du mich gebeten hättest, es für mich zu behalten?«

»Nein.« Hannah war impulsiv, aber sie war kein gemeiner Mensch. »Nicht mit Absicht, aber du hättest versucht, mich mit ihm zu verkuppeln.«

»Vielleicht hätte ich das.«

Grace schnaubte laut. »Vielleicht?«

»Okay, okay. Ja, ich hätte es versucht. Aber was wäre daran so schlimm gewesen? Du magst ihn doch, oder?«

Als ich nach den richtigen Worten suchte, um meine Gefühle für ihren Bruder auszudrücken, dauerte Hannah das anscheinend zu lang. »Sag mir bitte, dass du ihn wirklich magst und das nicht nur so ein Ding zwischen euch ist, damit du Erfahrungen sammeln kannst. Chloe hat ihm im vergangenen Jahr so oft das Herz gebrochen, er verdient etwas Besseres.«

Genau das Gegenteil war der Fall. »Ich mag ihn. Ich mag ihn wirklich.«

»Klingt nicht sehr enthusiastisch.« Sie hatte die rechte Augenbraue hochgezogen und musterte mich kritisch.

»Was willst du hören? Wie hoffnungslos verliebt ich in ihn bin?«

Ein breites Grinsen stahl sich auf Hannahs Lippen. »So genau musst du mir das gar nicht erklären. Aber der Typ hinter dir, den interessiert das vielleicht.«

Oh nein. Ohne mich umzudrehen, wusste ich, wer zumindest den letzten Teil des Gesprächs mitbekommen hatte. »Wie lang steht er schon da?«

»Lange genug.« Adam setzte sich auf den freien Platz neben mir und rückte so nah an mich heran, bis unsere Stühle direkt aneinanderstießen. »Hi.«

»Können wir so tun, als hättest du das überhört?« Mit ihm über meine Gefühle zu sprechen, hatte ich mir anders vorgestellt. Nicht so früh und nicht in der Mensa.

»Auf gar keinen Fall.«

Langsam wandte ich mich zu ihm um, nur um mich einem strahlenden Grinsen gegenüber zu finden.

»Ich weiß jetzt, wie *hoffnungslos* verliebt du in mich bist. Daran werde ich dich noch sehr oft erinnern.« Sein Lächeln wurde noch breiter und ich noch verlegener.

Seufzend ließ ich meinen Kopf gegen seine Brust fallen. Sein

– natürlich schwarzes – Langarmshirt war weich, kuschelig und roch unglaublich gut. »Wenn du mich magst, ignorierst du, was ich gesagt habe.«

»Weil ich dich mag, werde ich genau das nicht tun.« Im nächsten Moment legte er die Arme um mich. Mitten in der Mensa. Einfach so. »Ich habe dich vermisst.«

»Wir haben uns nur vierunddreißig Stunden nicht gesehen.« Mir war die ganze Sache immer noch unangenehm, sodass mir diese Ablenkung gelegen kam.

»Für jemanden, der *hoffnungslo*s verliebt ist, ist das eine Ewigkeit.«

So viel zum Thema Ablenkung. »Du quälst mich mit voller Absicht.«

»Wer hat gesagt, dass ich dich damit gemeint habe?«

Verwirrt hob ich den Kopf, um den Ausdruck in seinem Gesicht zu lesen. »Über wen solltest du sonst gesprochen haben?«

»Oh mein Gott.« Hannah schlug sich laut lachend eine Hand vor dir Stirn. »Er meint sich selbst damit. Das weiß Grace, das weiß ich und jede andere Person in einem Radius von einer halben Meile.« Sie schob ihren Stuhl laut quietschend nach hinten, stand auf und schulterte ihre Tasche. »Ihr seid ekelhaft süß zusammen.« Bei diesem Satz zwinkerte sie mir zu. Ihr Zeichen, dass sie mir nicht mehr böse war. »Ich muss los, ich habe noch eine Verabredung.«

Grace schien genauso verwundert wie ich. »Du hast mittags ein Date?«

Mein erster Gedanke galt Ben, doch Hannahs nächste Worte zeigten, wie falsch ich mit dieser Vermutung lag.

»Er arbeitet in der Nähe des *Capitol Squares* und hat gleich Mittagspause.« Sie ratterte diese Informationen mit einer Selbstverständlichkeit herunter, als wäre es vollkommen normal, sich mit einem Kerl zu treffen, der im Finanzdistrikt von Columbus arbeitete.

»Sag mir bitte, dass er noch keine fünfzig ist.« Grace bedachte Hannah mit einem flehenden Blick. »Bitte.«

»Ich kann dich beruhigen, *Mom*, er ist noch nicht einmal vierzig.« Ohne eine weitere Erklärung drehte sie sich auf dem Absatz um und verschwand Richtung Seitenausgang.

Adam, der mich immer noch in den Armen hielt, war seltsam schweigsam. »Alles okay?« Während ich sprach, streifte ich mit den Lippen die Haut an seinem Hals. Zu meiner großen Genugtuung stellte ich fest, wie er sich der Berührung entgegenlehnte.

»Ja, sicher.« Er klang jedoch wenig überzeugend.

»Hannah weiß, was sie tut.« Hoffte ich jedenfalls. Die Sache mit Ben vor einer Woche ließ mich nicht los. Ich hatte ihm versprochen, mit niemandem darüber zu reden, und daran würde ich mich auch halten. Aber seine Flucht war seltsam gewesen. Mehr als seltsam. Auch wenn Hannah keine langen Beziehungen wollte, war es sicher ungewöhnlich, wenn sich die Typen nachts aus ihrem Bett schlichen.

»Was sie gesagt hat, stimmt übrigens.«

Ich hätte so tun können, als wüsste ich nicht, was er meinte. Doch das tat ich. Bei der Erkenntnis, dass er ebenfalls *hoffnungslos* verliebt war, musste ich ihn küssen. Mitten in der Mensa – und es war mir vollkommen egal, wer uns dabei sah.

22. Kapitel

Eine Freundin zu sein, war nicht so schwierig, wie ich angenommen hatte. Mit Adam lernte ich, wie einfach es war, wenn man sich nur genug mochte.

Seit mindestens drei Wochen hatte ich keine Nacht mehr allein verbracht. Meistens schlief ich bei ihm, weil er und Hannah mehr Platz hatten und ich so auch Carl besuchen konnte. Doch ab und an quetschten wir uns in mein kleines Bett. In diesen Nächten war an Schlaf meist nicht zu denken, doch es gab durchaus interessantere Dinge, wenn ich ihn für mich allein hatte.

»Möchte die holde Maid gleich noch mit zu mir und Carl kommen?«

»Holde Maid?« Lachend stieß ich ihn mit der Schulter an. »Wie alt bist du? Achtzig? Selbst ich weiß, wie vorsintflutlich das klingt.«

»Mindestens genauso sehr wie das Wort *vorsintflutlich*.«

»Stimmt. Du magst mich trotzdem.« Genau das hatte er einmal zu mir gesagt. *Du magst mich trotzdem*. Und es stimmte. Es gab in meiner Vorstellung nichts, das er tun konnte, was etwas an meinen Gefühlen für ihn verändern würde. Dass ich diese Sicherheit bei ihm auch verspürte, war das größte Geschenk. Ein Geschenk, für das ich jeden Tag unendlich dankbar war.

»Damit könntest du recht haben.« Mit einem schnellen Schritt trat er vor mich, versperrte mir den Weg und beugte sich zu mir herunter, bis unsere Gesichter auf einer Höhe waren. »Dass du wirklich mit mir einen Nachmittag auf einer Tauschbörse für Baseballkarten verbracht hast, ist nicht selbstverständlich. So etwas tun nur sehr coole Freundinnen.«

»Es hat Spaß gemacht.« Das war nicht einmal gelogen. Ich hatte zwar absolut keine Ahnung von Baseball, aber Adam dabei zu beobachten, wie er leidenschaftlich nach Schätzen für seine Sammlung suchte, war die ganze Sache wert gewesen. »Wenn du mich entschädigen willst, könntest du mir aber etwas zu essen besorgen.« Wir waren seit Stunden unterwegs und ich mittlerweile nicht nur durchgefroren, sondern auch halb verhungert.

»Das sollte ich hinkriegen.« Er gab mir einen flüchtigen Kuss auf die Nasenspitze, der mich unzufrieden eben diese Nase rümpfen ließ. Adam verstand, was ich ihm damit sagen wollte, und küsste mich richtig. »Besser?«

»Viel besser.«

Zitternd schob ich die Hand zurück in seine Jackentasche. Die Temperaturen waren in den letzten Wochen noch einmal merklich gefallen, und es wurde sogar Schnee für die kommenden Tage vorausgesagt.

»Worauf hast du Hunger?«

»Egal, ich esse alles.«

Er räusperte sich gut hörbar. »Das ist nicht wahr.«

Wir dachten eindeutig beide an das letzte Wochenende und daran, was Adam gekocht hatte. »Gut, ich esse *fast* alles. Bis auf Tofu.« Es war nicht einmal der Geschmack gewesen, vielmehr die Konsistenz. Tofu und ich würden keine Freunde werden.

»Er ist gesund.«

Langsam setzten wir unseren Weg fort. Eine heiße Dusche wäre ein Traum. Vielleicht würde ich dann meine Zehen wieder spüren. »Hot Dogs sind auch gesund.«

»Die Gurke darauf, der Rest ist fragwürdig.«

»Isst du trotzdem einen mit mir?« In einer Entfernung von etwa zwanzig Metern befand sich am Straßenrand ein knallbunter Hot-Dog-Stand, den ich noch nie zuvor hier in der Gegend gesehen hatte.

»Habe ich eine Wahl?« Adam blickte gequält von mir zu dem Stand und wieder zurück. Es war ein verdammter Glücksfall, dass er kochen konnte, doch meine Liebe zu allem, was ungesund war, würde er wohl nie teilen.

»Komm schon, ein Hot Dog bringt dich nicht um.«

»Dafür gibt es morgen wieder Tofu.«

Lachend zog ich ihn in Richtung unseres Abendessens. »Das würdest du mir nicht antun.«

»Bist du dir da wirklich sicher?«

»Bin ich. Du willst bestimmt nicht riskieren, dass ich den Abend lieber mit Grace verbringe.«

»Gutes Argument.«

»Sage ich doch.« Wir machten vor dem Stand halt und warteten, bis der Kunde vor uns seine Bestellung entgegennahm. Auf einer großen Tafel waren alle Hot-Dog-Varianten aufgelistet. Es war mit Abstand die seltsamste Speisekarte, die ich jemals gesehen hatte.

Es gab Hot Dogs mit den verrücktesten Namen. *Yin & Yang*, *Mystic Dog*, *Eternal Love*, *Star Dog* und – in meinen Augen das Highlight – ein Hot Dog, der *Snoopy* hieß. Auf der Karte standen keine Preise und auch keine näheren Angaben zu den jeweiligen Hot Dogs.

Der Mann vor uns bezahlte sein Essen, indem er Geld in ein Marmeladenglas auf der Theke stopfte. Die Verkäuferin schenkte dem Schein keinerlei Beachtung. Es hätte ein Dollar sein können, aber genauso gut auch hundert. Stattdessen musterte sie uns eingehend. »Du«, sie zeigte auf Adam, »bist ein *Star Dog*. Und du ...«, ihr Blick wanderte zu mir, »bist ein *Mystic Dog*, ganz eindeutig.«

Das war definitiv die seltsamste Verkäuferin, die ich jemals gesehen hatte. Sie trug einen weiten, orangefarbenen Rock, der von glitzernden Goldfäden durchwoben war und besser in den Hochsommer gepasst hätte. An ihren Handgelenken klimperten unzählige Armreifen, und um den Kopf hatte sie sich mindestens ein halbes Dutzend bunte Tücher geschlungen. Unter der Stoffpracht lugten ihre langen, dunkelblonden Locken hervor, die ihr fast bis zur Taille fielen.

»Ich *bin* ein *Star Dog*?« Adam hatte seine Sprache zuerst wiedergefunden.

»Ja, auf jeden Fall.« Sie strahlte ihn an, während sie in einem Schälchen eine mysteriöse, dunkle Flüssigkeit anrührte. »Zuerst war ich verwirrt, weil die Farbe deiner Aura ein bisschen in Richtung *Yin & Yang* tendiert, aber auf den zweiten Blick war es unverkennbar.«

Sein Gesichtsausdruck lag irgendwo zwischen genervt und irritiert. »Woraus besteht dieser *Star Dog*?«

»Oh, das ist ein Betriebsgeheimnis.«

»Und wenn ich ihn nicht mag?«

Bei dieser Frage lachte die Verkäuferin laut auf. »Du wirst ihn lieben. Ich mache diesen Job nicht erst seit gestern.«

Adam gab sich geschlagen und verdrehte die Augen, als sie sich kurz einem weiteren Schälchen widmete. Er hielt sie für durchgeknallt, ich hingegen fand unsere Hot-Dog-Frau ganz wunderbar.

»Und warum ist der *Mystic Dog* für mich richtig?«

Adam stöhnte bei meinen Worten leise auf, doch mir machte das hier zu viel Spaß, um die Verkäuferin nicht zu löchern. »Ich hätte mich selbst für einen *Snoopy* entschieden.«

»Oh, nein, nein, nein, nein, nein.« Sie schüttelte so heftig den Kopf, dass die schweren Goldketten um ihren Hals von rechts nach links flogen. »Für einen *Snoopy* ist deine Aura zu gelb.«

»Meine Aura ist gelb?« Ungläubig wiederholte ich ihre Aussage. »Was bedeutet das?«

»Ich zeige es dir.« Sie stellte einen Pappteller auf die Theke und legte drei Gurkenscheiben darauf. »Entscheide dich für eine.«

»Du willst diesen Blödsinn doch nicht etwa ...«

Bevor Adam seinen Satz zu Ende gebracht hatte, zeigte ich auf die Gurke ganz links. »Die hier.«

»Eine sehr gute Wahl.« Sie nahm das Schälchen mit der ominösen, dunklen Flüssigkeit, tauchte die Gurke kurz ein, bevor sie das tropfende Gemüse mit spitzen Fingern in die Höhe hielt. »Willst du es wissen?«

Ich hatte keine Ahnung, was sie damit meinte. »Wissen?«

»Wie deine Zukunft aussieht. Die Zukunft deiner Aura.«

»Lady, wir wollten hier nur etwas essen.« Adam legte den Arm um mich, als würde er mich vor ihr schützen wollen. »Diese Nummer ist wohl eher etwas für den Zirkus.«

Sie schenkte ihm und seinem harschen Kommentar keinerlei Beachtung. Stattdessen schaute sie zwischen der Gurke und mir hin und her. »Willst du?«

Was konnte es schon schaden? Ich nickte und kuschelte mich enger an Adam.

Sie drehte die Gurkenscheibe mehrmals, schnalzte mit der Zunge und ließ sie achtlos zurück auf den Pappteller fallen. »Ich sehe ein kleines Pferd und großes Glück.«

Ein Pferd? Ein kleines Pferd? In meinem ganzen Leben war ich diesen Tieren noch nie nahegekommen. Katzen, Hunde und von mir aus auch Igel, aber Pferde? »Okay, das klingt ... gut?«

»Tut es, Schätzchen. Tut es. Die Gurke hat nicht für jeden eine Botschaft.« Sie zeigte mit der Wurstzange auf Adam. »Die Gurken sagen mir nichts über dich, wenn du aber möchtest, frage ich die Röstzwiebeln nach dir.«

»Danke, ich verzichte.«

»Bist du sicher? Das sind geschwätzige, kleine Dinger, die so manche Überraschung parat haben.« Sie angelte zwei dampfende Hot-Dog-Würstchen aus einem großen Behälter und platzierte sie in Brötchen. »Mich haben sie vor meiner ersten Ehe gewarnt, aber ich wollte nicht hören. Diesen Fehler mache ich nicht noch einmal.«

»Wir möchten einfach nur unsere Hot Dogs.« Als sie mürrisch eine Augenbraue hochzog, schob er ein gemurmeltes *Bitte* hinterher.

Ich dachte immer noch über das kleine Pferd und das große Glück nach. Ob es eine Anspielung auf einen Film war? Vielleicht ein Song? Das würde ich unbedingt googeln müssen.

Mit wenigen Handgriffen hatte sie unsere Hot Dogs mit teils bekannten, teils undefinierbaren Zutaten belegt. Auf meinem *Mystic Dog* befanden sich Gurken, Senf und eine zähflüssige schwarze Soße. Adams *Star Dog* war mit Käse, Senf und Röstzwiebeln belegt. Alles ganz normal, wenn sie nicht noch ein rosafarbenes Pulver über die Komposition gestreut hätte.

Ich hielt unser Essen, Adam zog ein paar Dollarscheine aus der Tasche. Wir würden dringend darüber reden müssen, uns solche Ausgaben in Zukunft zu teilen. Doch hier und jetzt war nicht der richtige Ort, um seine prekäre Finanzlage zu besprechen. »Was macht das?«

Die Antwort unserer Verkäuferin war ein glockenhelles Lachen. »Was immer es dir wert ist.«

Mit diesem Konzept würde sie garantiert früher oder später pleitegehen.

Adam deponierte die Geldscheine wie der Kunde vor uns in dem Marmeladenglas, das wohl so etwas wie die Kasse darstellte.

Die sonderbare Hot-Dog-Frau rief uns hinterher, wie überaus dunkel Adams Aura plötzlich wäre, kurz bevor wir an der nächsten Straßenecke abbogen.

»Damit hat sie recht. Du hast eine dunkle Aura.« Kichernd biss ich in meinen Hot Dog. Oh. Mein. Gott. »Du musst probieren. Ich habe noch nie etwas Besseres gegessen.« Was auch immer sie auf dem Würstchen kombiniert hatte, es ergab pure Perfektion.

»Wir sollten das beide nicht essen.« Kritisch beäugte er seinen eigenen Hot Dog. »Das rosa Zeug sieht giftig aus.«

»So ein Quatsch.« Sie war vielleicht überdreht gewesen, doch ich bezweifelte, dass sie mitten in Columbus mit ihrem Imbisswagen darauf wartete, arglose Passanten zu vergiften. Auffordernd hielt ich ihm meinen *Mystic Dog* unter die Nase. »Ein kleines Stück nur.«

Er biss ab, kaute und wirkte dabei nicht halb so begeistert wie ich. »Ist okay.«

»Du hast keine Ahnung von gutem Essen.« Das war gelogen, dass er jedoch nicht erkannte, wie unglaublich gut der Hot Dog war, ließ mich kurz an seinem Geschmack zweifeln. »Und jetzt probiere deinen.«

Weil er vermutlich wusste, dass ich keine Ruhe geben würde, schob er sich vorsichtig ein kleines Stück in den Mund. »Das ist richtig gut.« Überraschung und Verwunderung lagen in seiner Stimme. Dem ersten Bissen folgte ein zweiter. »Willst du?«

Das ließ ich mir nicht zweimal sagen, doch Adams *Star Dog* war eine echte Enttäuschung gegen meinen *Mystic Dog*. »Sie hatte recht.«

Fragend und kauend zugleich sah er mich an. »Womit?«

»Sie hat für uns beide die richtige Wahl getroffen.« Vielleicht war auch an der Sache mit dem Pferd etwas dran.

»Mir ist immer noch eiskalt.« Ich trug bereits einen von Adams dicken Pullovern, der mir fast bis zu den Knien reichte, doch mir wollte einfach nicht warm werden. Unser Weg nach Hause war mir endlos vorgekommen, und mit jedem Schritt war der Wind gefühlt eisiger geworden. »Vielleicht gehe ich wirklich duschen.«

Adam saß auf dem Bett und kraulte Carl, dem immer wieder die Augen zufielen. Bei der Erwähnung einer Dusche hob er den Kopf und suchte meinen Blick. »Mir ist auch kalt.«

Bis jetzt hatte er nicht den Eindruck erweckt, aber vielleicht war das so ein Männerding. *Sich keine Schwäche anmerken lassen* oder so ein Unsinn. »Willst du zuerst? Ich kann warten oder mich beeilen und du gehst nach mir. Wie du möchtest.«

»Du musst nicht warten.«

»Okay, dann mache ich ganz schnell.« In Adams Kleiderschrank gab es mittlerweile auch eine kleine Ecke, in der ich einige Klamotten von mir aufbewahrte. Ich nahm mir ein Top und Shorts heraus. Beides nicht besonders wärmend, doch zusammen mit Adams Hoodie wäre das Outfit okay.

»Ich habe eine bessere Idee.« Er ließ von Carl ab, der mittlerweile eingeschlafen war, und stand auf. »Wir könnten zusammen duschen.«

In den vergangenen Wochen war ich oft genug in dieser Wohnung gewesen, um zu wissen, dass sie nur eine Dusche besaß. Jene, die zu Adams Bad gehörte. Hannahs Zimmer war das mit der Wanne.

Mir wurde heiß und kalt zugleich. Auch wenn ich eben noch gedacht hatte, ein lebender Eiswürfel zu sein, schoss mir die Hitze in die Wangen. Mit ihm zu schlafen, war eine Sache. Mit ihm zu duschen, eine ganz andere – alltäglicher und auf eine verrückte Art fast noch intimer.

Adam kam auf mich zu und hob mich auf seine Arme. Damit hatte ich nicht gerechnet. Erschrocken schlang ich die Beine um seine Mitte und verschränkte die Hände in seinem Nacken, um mich festzuhalten.

»Was sagst du zu einer gemeinsamen Dusche?« Er drückte seine Lippen an meinem Hals, verteilte dort kleine Küsse und verursachte mir eine Gänsehaut. »Ich verspreche, dass dir danach warm ist.«

»Steht auf meiner Liste.« Das war einer der Punkte, die Hannah hinzugefügt hatte. Doch welche Rolle spielte das in diesem Moment?

»Und da ich versprochen habe, zu helfen ...« Mit beeindruckender Zielsicherheit steuerte er sein Bad an, obwohl ich ihm die Sicht versperrte. Kaum war die Tür hinter uns ins Schloss gefallen, hatte er mich auf meine Füße gestellt und sich sein Shirt ausgezogen.

Seine Socken folgten, dann die Jeans und seine Boxershorts. Es dauerte nur wenige Sekunden, bis er vollkommen nackt vor mir stand. »Du bist dran.«

Mit diesen Worten ließ er mich stehen, trat unter die zum Glück sehr geräumige Dusche und drehte das Wasser auf.

Ich schlüpfte aus dem Hoodie, während sich Adam unter den Strahl stellte.

Wenn sein Haar nass war, konnte er seine Ohren nicht verstecken. Ein Grund mehr, nicht wie eine Salzsäule rumzustehen. Ohne weiter darüber nachzudenken, gab ich mir einen Ruck und streifte auch die restlichen Klamotten ab.

Das Wasser war schon fast zu heiß auf meiner kalten Haut. Ich brauchte kurz, um mich daran zu gewöhnen. Zeit, die Adam nutzte, um mich an seine Brust zu ziehen. Er hatte sich dabei so weit vorgebeugt, dass sein Kopf auf meiner Schulter lag. »Ist das okay?«

»Hm.« Mittlerweile fühlte sich die Temperatur angenehm an. »Mehr als okay.« Ganz langsam entspannte ich mich.

Was für ihn selbstverständlich schien, war für mich oft ein kleines Wunder. So wie diese gemeinsame Dusche. Ich war mir sicher, dass täglich Millionen von Mädchen mit ihren Freunden duschten und nichts bedeutsam daran fanden. Für jemanden, der von solch einer emotionalen Nähe immer nur geträumt hatte, war es jedoch überwältigend.

Mit der linken Hand hielt er mich weiter fest umschlungen, als er mit der rechten nach dem Duschgel griff. »Du hast hoffentlich nichts dagegen, gleich nach mir zu riechen.«

»Es gibt schlimmere Schicksale.«

»Na dann.« Mit einer Hand öffnete er die Flasche und gab eine große Portion des Inhalts auf meinen Oberkörper. Danach verteilte er das Duschgel mit sanften, ruhigen Bewegungen. Auf meinen Armen, meinem Schlüsselbein, den Brüsten. Es wäre einfach gewesen, etwas Sexuelles hineinzuinterpretieren, doch Adams Berührungen waren eher fürsorglich. Ich schloss die Augen und lehnte mich an seine Brust. Vielleicht war das hier mein eigenes, kleines Stück vom Glück, das ich mir verdient hatte. Momente voller Zärtlichkeit und Liebe – auch wenn wir uns diese großen Worte bis jetzt noch nicht direkt gesagt hatten.

Nachdem wir uns gegenseitig eingeseift und abgetrocknet hatten, lagen wir eng aneinander gekuschelt in Adams Bett. Carl spielte auf dem Teppich mit einem raschelnden Bällchen, das ihm Hannah geschenkt hatte, und beachtete uns nicht weiter.

»Das war ein schöner Tag.«

Adam stimmte mir brummend zu. »War es. Baseball, Hot Dogs und eine nackte Frau in meinen Armen. Was will ich mehr?«

»Die nackte Frau ist längst wieder angezogen.«

»Das ließe sich ändern.« Er gähnte leise an meinem Ohr. Wir waren beide todmüde und wussten, dass sich heute niemand mehr ausziehen würde.

»Ich bin morgen mit Grace und Ben zum Frühstück verabredet. Willst du mitkommen?« Den ganzen Tag über hatte ich ihn fragen wollen, es jedoch immer wieder vergessen. »Um zehn im Coffeeshop.«

»Das könnte knapp werden. Um neun treffe ich mich mit Coleman.«

Coleman. Der Name kam mir bekannt vor. »Er spielt für die Bucks, oder?«

»Genau. Wir waren früher Trainingspartner. Wenn du im Fitnessraum mit den Gewichten hantierst, sollte immer jemand in der Nähe sein.«

Das klang vernünftig. »Na gut, dann habe ich die ganzen Schokodonuts wenigstens für mich allein.«

»Die hätte ich dir sowieso nicht streitig gemacht, wie du sehr genau weißt.«

Pizza war seine Schwachstelle, das hatte ich mittlerweile herausgefunden. Der ganze süße Kram reizte ihn nicht und blieb für mich. In dieser Hinsicht passten wir perfekt zusammen. »Mittags wollte ich in die Bibliothek.«

»Dann treffen wir uns da?«

»Klingt wunderbar.«

»So wunderbar wie die Hausarbeit für Stevens, an der ich immer noch sitze.«

»Immer noch?« Bereits vor zwei Wochen hatte er davon erzählt. »Ich dachte, du bist längst fertig damit. Hast du dich zu sehr von mir ablenken lassen?«

»Du darfst mich immer ablenken.« Zur Bestätigung zog er mich noch enger an sich.

Lange Augenblicke sagten wir nichts, lauschten den Atemzügen des anderen und beobachteten Carl, wie er seinen eigenen Schwanz jagte.

»Gestern kam Post von der *Cincinnati State*.«

Bei der Erwähnung seiner zukünftigen Uni zuckte ich zusammen. Das Thema Cincinnati hatten wir bis jetzt stets ausgeklammert, auch wenn wir irgendwann sicher darüber reden mussten. »Was haben sie geschrieben?« Ich bemühte mich darum, neutral zu klingen. Ob mir das gelang, war fraglich.

»Ich kann zum nächsten Semester wechseln.«

Das Frühlingssemester begann im Januar. In fast exakt zwei Monaten. Bei der Vorstellung, ihn nicht mehr jeden Tag um mich zu haben, fühlte ich mich elend und egoistisch zugleich. »Wirst du? Wechseln, meine ich.«

»Das ist die einzige Option. Die *Ohio State* kann ich mir spätestens im Sommer nicht mehr leisten.« Ich spürte seine Lippen in meinem Nacken, bevor er weitersprach. »Wir kriegen das hin, Annie.«

Cincinnati lag etwa zwei Fahrtstunden entfernt. Das war keine unüberwindbare Entfernung. Dennoch war mir zum Heulen zumute. Wir hatten uns gerade erst gefunden, da wollte ich ihn nicht schon wieder gehen lassen. »Was wird aus Carl?« Die Frage nach dem Kater war unverfänglicher als alles, was mir sonst durch den Kopf schoss.

»Hannah hat sicher nichts dagegen, wenn er erst einmal hierbleibt.«

Ich hoffte, er hätte recht. Falls nicht, würde ich mir eine Wohnung suchen, auch wenn ich es liebte, mit Grace zusammen zu leben. Carl abzugeben, war keine Option.

»Nächste Woche wollte ich rüberfahren und mir das Wohnheim ansehen. Hast du Lust, mitzukommen?«

Mein Herz fühlte sich tonnenschwer an, dennoch stimmte ich zu. Dass Adam nach Cincinnati ging, hatte ich von Anfang an gewusst. Es ihm jetzt vorzuwerfen, wäre nicht fair. »Natürlich.«

»Es sind nur zwei Jahre.« Bei jedem Wort streifte sein warmer Atem über meine Haut. Ich würde ihn schrecklich vermissen. »Wenn ich fertig bin, suche ich mir hier in der Nähe irgendwo einen Job.«

Auch wenn ich es mit aller Macht verhindern wollte, fehlte nicht viel, und ich wäre in Tränen ausgebrochen. Er plante wirklich schon, was in zwei Jahren wäre – obwohl wir erst ein paar Wochen zusammen waren. »Oder ich wechsle auch nach Cincinnati.«

»Du liebst die *Ohio State*.«

Aber dich liebe ich mehr. Fast hätte ich es ausgesprochen. Aber hier und jetzt war nicht der richtige Zeitpunkt.

Es lag zu viel Melancholie und Traurigkeit in der Luft, um mein Herz unwiederbringlich zu öffnen.

23. Kapitel

Der Umschlag in meiner Tasche wog Tonnen. So fühlte es sich jedenfalls an. In ihm steckte meine Vergangenheit und hoffentlich auch meine Zukunft. Ich war langsam gelaufen und dennoch außer Atem. Die Anspannung schnürte mir die Luft ab.

Es war gerade einmal viertel vor zwölf; ich hatte nicht annähernd so viel Zeit gebraucht wie angenommen. Unsicher, was ich tun sollte, warf ich immer wieder einen Blick auf mein Handy. Adams Vorlesung würde in zwanzig Minuten enden. So lange musste ich noch ausharren. Am liebsten wäre ich in das Gebäude gestürmt, hätte Raum 039c gesucht und sofort mit ihm gesprochen.

Stattdessen lief ich auf und ab und versuchte dabei, mir die richtigen Worte zurechtzulegen. Ich kannte ihn gut genug, um mir ungefähr vorstellen zu können, was er zu meinem Angebot sagen würde. Begeistert wäre er nicht, doch vielleicht würde ich ihn überreden können. Es war die einfachste Lösung für unser Problem – die einfachste und einzige.

Mit jeder verstreichenden Minute wurde ich nervöser. Wenn er ablehnte, was er sicher tun würde, musste ich einen Weg finden, um ihn zu überzeugen. Doch Adam war meist schrecklich stur und dazu stolz. Dieser Stolz bereitete mir die größten Sorgen.

Um kurz nach zwölf wurden die Flügeltüren aufgestoßen, und die ersten Studenten verließen die *Mansfield Hall.* Ich musste weitere fünf Minuten warten, bis er endlich ins Freie trat. Mit seiner schwarzen Hose, der schwarzen Winterjacke und dem grauen Schal war er der Inbegriff von *groß, dunkelhaarig und gutaussehend.* Lediglich seine Schuhe waren wie so oft ein Stilbruch. Heute trug er orangefarbene Chucks, die ich noch nie an ihm gesehen hatte.

Ich wollte gerade seinen Namen rufen, als er mich entdeckte. »Was machst du denn hier?« Bevor ich antworten konnte, legte er seine Lippen auf meine. Dass wir von unzähligen anderen Studenten umgeben waren, störte ihn nicht.

Auch wenn ich eher zurückhaltend war, liebte ich ihn dafür, wie offen er seine Zuneigung zeigte. Das war eine der großen Überraschungen gewesen. Adam war nicht halb so verschlossen oder reserviert, wenn es um seine Gefühle ging, wie ich angenommen hatte.

»Wolltest du mich abholen? Ich habe zwei Stunden Zeit. Wir könnten zusammen essen.«

Die Nervosität war wieder da. Ich trat einen Schritt von ihm zurück, um mich zu sammeln. In Adams Armen war es schwierig, klar zu denken. »Können wir reden?«

Bei meiner Frage verschwand das Lächeln aus seinem Gesicht und wich Besorgnis. »Das klingt ernst.«

»Ist es nicht. Nicht wirklich.« Ich umklammerte den Umschlag in meiner Tasche. »Aber ich würde gern etwas mit dir besprechen.«

»Hier?«

»Vielleicht gehen wir ein Stück spazieren?« Auf den Stufen vor dem Gebäude wollte ich ihm meinen Vorschlag sicher nicht unterbreiten. Die Menschen um uns herum machten mich noch nervöser, als ich es ohnehin schon war.

Adam griff nach meiner Hand, lief mit mir die Treppe nach unten und bog nach links auf den langen Weg ab, der zum Stadion führte. Das war passend. Oder auch nicht. Je nachdem, aus welchem Blickwinkel man die Sache betrachtete.

Wir waren erst wenige Minuten gelaufen, als ich abrupt stehen blieb und Adam dazu zwang, ebenfalls anzuhalten. »Ich habe heute etwas getan und ich hoffe, du bist mir nicht böse. Aber es hilft uns. Du kannst nämlich nicht einfach nach Cincinnati, wenn ich dich gerade erst gefunden habe. Du musst bleiben. Hier an der *Ohio State*. Bei mir.«

Adam sah mich mit großen Augen an, während er meinen wirren Ausführungen lauschte. An seiner Stelle hätte ich mir auch keinen Reim auf meine Worte machen können. »Cincinnati? Darum geht es? Das hatten wir doch schon diskutiert,

Annie.«

»Das weiß ich, aber es gibt eine Lösung.« Könnte es jedenfalls, wenn er meinen Vorschlag annahm.

»Welche? Soll ich auf dem Schwarzmarkt eines meiner Organe verkaufen? Darüber habe ich in der Tat nachgedacht.«

»Keine Organe.« Welch eine absurde Idee. »Das hier ist die Lösung.« Mit zitternden Fingern zog ich den Umschlag aus meiner Tasche und drückte ihn Adam in die Hand. »Damit kannst du in Columbus bleiben.«

In Sekundenbruchteilen las ich aus seiner Mimik ab, was in ihm vorging. Verständnislosigkeit. Verwunderung. Verstehen. Die Erkenntnis, was sich in dem Umschlag befand.

»Ist das dein Ernst?« Sein Ton war ruhig. Viel zu ruhig. So ruhig, dass ich Angst bekam. »Ist das wirklich dein Ernst?«

Schwer atmend straffte ich die Schultern. Ich musste ihn einfach überzeugen. »Damit sind all deine Probleme gelöst. Du kannst an der *Ohio State* deinen Abschluss machen und brauchst nicht nach Cincinnati wechseln. Hannah muss sich keinen neuen Mitbewohner suchen, Carl vermisst nicht seine wichtigste Bezugsperson und ...« Gott, das war schwer. »Und du würdest bei mir bleiben.«

»Wie viel ist da drin?« Er hatte den Umschlag noch keines Blickes gewürdigt. Stattdessen hielt er ihn mit den Fingerspitzen fest als wäre er ein ekliges Insekt.

»Fünfzigtausend.« Meine Stimme war nur noch ein Flüstern. »Fünfundvierzigtausend für das nächste Semester und fünftausend für die letzten Wochen. Ich habe es ausgerechnet, das wäre ungefähr die Summe gewesen, die du im Supermarkt verdient hättest.« So ganz stimmte meine Rechnung nicht. Ich hatte die Summe großzügig aufgerundet.

»Wow. Ich muss gut gewesen sein.« Adam warf mir verächtlich den Umschlag entgegen, den ich mit Mühe und Not auffing. »Fünfzigtausend für ein paar Wochen. Das ist kein schlechter Stundenlohn.«

»Du kannst es mir zurückzahlen. Wenn du willst.«

»Wenn ich will.« Kopfschüttelnd wiederholte er meine Worte.

»Die ganze Summe?«

»Du wusstest, dass wir darüber reden müssen. Unser Deal ...«

»Unser Deal war Geschichte, als ich mit dir geschlafen habe.« Er verschränkte die Hände im Nacken und schloss die Augen. »Das dachte ich jedenfalls.«

»Trotzdem hast du deinen Job aufgegeben, um mir zu helfen.« Wir hatten eine Abmachung gehabt, mit der er einverstanden gewesen war.

»Und deswegen bezahlst du mich jetzt? Wie einen verfluchten Gigolo?«

Wieso war er bloß so irrational? »Du weißt, dass es nicht so ist.«

»Tue ich das?« Er ging zwei Schritte nach links, zwei nach rechts und wieder zurück. »Wie würdest du dich fühlen, wenn ich mit dir schlafe und dir danach Geld anbiete?«

»Das Geld ist nicht dafür.« Manchmal war er so verdammt schwierig. »Ich gebe es dir, damit du nicht nach Cincinnati ziehen musst.«

Adam bleib stehen und funkelte mich herausfordernd an. »Vielleicht will ich nach Cincinnati.«

Damit brachte er mich aus dem Konzept. Mit seiner Wut konnte ich umgehen, doch Ablehnung war etwas, womit ich mich schwertat. Zu lang war sie mein täglicher Begleiter gewesen. »Tust du das? Willst du weg von hier?«

Seine Antwort war eisiges Schweigen, und ich begriff, dass ich bei all meinen Überlegungen die wichtigsten Parameter nicht bedacht hatte.

»Ich bin nicht wie er.« Wir wussten beide, von wem ich sprach. Adams Vater. »Du musst nichts dafür tun. Ich helfe dir, weil ich dir helfen will. Ohne irgendwelche Bedingungen. Wenn du dich morgen von mir trennst, ist das okay.« Möglichst gefasst, zuckte ich mit den Schultern. »Es ist nicht meine Absicht, dich zu kaufen.«

»Ich will deine Almosen nicht.

»Es sind keine Almosen!« Ich machte einen Schritt auf ihn zu und stopfte den Umschlag in die Tasche seiner Jacke. »Mach damit, was du willst.«

»Hast du mich deswegen ausgesucht?« Von meinem warmherzigen, liebevollen und zärtlichen Freund war nichts mehr übrig. An seine Stelle war ein Mensch getreten, der mich voller Verachtung anfunkelte. Unter seinem Blick fühlte ich mich klein und unbedeutend. So wie ich mich achtzehn Jahre lang gefühlt hatte. »Hast du, Annie?«

»Was soll das ...« Ich kam nicht dazu, meinen Satz zu beenden.

Adam fiel mir so harsch ins Wort, dass ich zusammenzuckte. »Du wusstest von Hannah, wie es um mich steht. Du wusstest, dass mir das Stipendium gestrichen worden ist, ich keine Krankenversicherung mehr habe und die *Ohio State* verlassen muss.«

»Ja, aber ...«

»Vermutlich hat sie dir auch erzählt, wie abgefuckt die Sache mit Chloe läuft.«

All das war mir bekannt gewesen, doch welche Rolle spielte das? »Und?«

»*Und?*« Er schnaubte verächtlich. »Dachtest du wirklich, du könntest mich kaufen? Erst mit diesem beschissenen Deal und jetzt mit fünfzigtausend Dollar?« Er kam näher, sodass uns nur noch wenige Zentimeter trennten. »Manche Dinge sind aber nicht käuflich, Annie.«

Nicht weinen. Nur nicht weinen. In Gedanken wiederholte ich immer wieder dieses Mantra, während ich ihn stumm anstarrte. Ich prägte mir jedes Detail seines Gesichtes ein, weil ich insgeheim wusste, wohin das hier führte – und ich keine Ahnung hatte, wie ich die Katastrophe noch verhindern konnte.

»Willst du wissen, was man nicht für Geld bekommt?«

Ich ignorierte diese rhetorische Frage. Wir kannten beide die Antwort. »Du hast angeboten, mir zu helfen. Freiwillig.«

»Weil ich auf diese lächerliche Scharade hereingefallen bin.« Als würde er mit einem Mal realisieren, wie dicht wir uns gegenüberstanden, wich er einen halben Meter zurück. »Hast du nur einen Typen mit Geldsorgen gesucht oder gab es noch andere Kriterien?«

Was zum Teufel redete er da für einen Quatsch? »Du reagierst vollkommen über. Ich will dir helfen.«

»Nein, du willst dir selbst helfen. Indem du Menschen mit deinem beschissenen Geld manipulierst.« Mit einem weiteren Schritt brachte er noch mehr Abstand zwischen uns. Das fühlte sich falsch an. So unglaublich falsch. »Ich habe bereits eine Person in meinem Leben, die glaubt, sie könnte mich kaufen.«

»Du glaubst wirklich, ich bin wie dein Vater?«

»Was soll ich denn sonst denken?« Er zog den Umschlag aus seiner Tasche und warf ihn mir ein zweites Mal entgegen. »Du hast gerade mit den gleichen Mitteln wie er versucht, deinen Willen zu bekommen.«

»Das ist unfair.«

»Weißt du, Annie«, Adams Blick wurde für einen kurzen Herzschlag weich, und ich erkannte unter der Fassade wieder den Mann, den ich liebte, »du hättest mich bitten können, gemeinsam mit dir eine Lösung zu finden. Ich habe gestern mit dem Coach gesprochen, ob es vielleicht doch noch irgendeine Möglichkeit für ein Stipendium gibt. Er hat mich gefragt, warum ich erst jetzt zu ihm komme. Willst du meine Antwort wissen?«

Mein Puls rauschte so laut in meinen Ohren, dass ich Adam kaum verstand. Das hier war nicht gut. Gar nicht gut. Es würde passieren, wovor ich am meisten Angst hatte. Ein Gefühl absoluter Hilflosigkeit überrollte mich wie eine riesengroße Welle.

»Ich habe ihm gesagt, dass es da ein Mädchen gibt, von dem ich nicht getrennt sein will. Welch ein Idiot ich doch war.« Er vergrub die Hände tief in den Taschen seiner Jacke. Vielleicht, um sich vor der Kälte zu schützen. Vielleicht aber auch vor mir. »Viel Glück mit deiner Liste.«

Ich blieb wie angewurzelt stehen und sah ihm dabei zu, wie er sich umdrehte und mich stehen ließ. Wie er einfach so aus meinem Leben verschwand, als wäre er nicht der Mittelpunkt davon.

Nachdem man ein gewisses Maß an Tränen geweint hatte, waren sie aufgebraucht. Egal, wie traurig ich mich heute auch fühlte – ich hatte keine Tränen mehr übrig. Was blieb, war ein lähmendes Gefühl von Ohnmacht und ein Schmerz, der sich mit jedem Atemzug zu verdoppeln schien.

Ich saß auf meinem Bett, hielt mein Kopfkissen wie einen Rettungsanker an meine Brust gepresst und schaute aus dem Fenster in den Himmel. Erst war er blau gewesen, mittlerweile fast schwarz. Neben mir lag mein Handy, das seit Stunden keinen Ton von sich gegeben hatte. Mit jeder Minute starb ein kleines Stück Hoffnung. Die Hoffnung, dass sich Adam melden würde, um noch einmal mit mir zu reden. Damit wir eine Lösung finden konnten. Gemeinsam. Doch mein Telefon blieb stumm.

Der Umschlag mit den fünfzigtausend Dollar lag auf dem Boden neben meinem Schreibtisch. Achtlos zur Seite geschoben, genauso wie Adam das mit uns getan hatte. *Uns.* Daran hatte ich geglaubt. An ihn und mich und uns. Anscheinend hatte ich mich furchtbar geirrt. Mein Vertrauen in seine Gefühle war stärker gewesen als meine Vorsicht. Ich hatte gewusst, wie sensibel er auf dieses Thema reagierte und auch, dass sein Vater ihn zu manipulieren versuchte. Erst mit hingeworfenen Brocken aus Zuneigung, die berechnet gewesen waren, später mit finanziellen Mitteln.

Er hatte tatsächlich mit seinem ehemaligen Football-Coach gesprochen. Um an der *Ohio State* bleiben zu können. Um bei mir bleiben zu können. Wie viel Überwindung ihn das gekostet haben musste, wollte ich mir nicht ausmalen. Nach seiner Verletzung mied er alles, was mit Football zu tun hatte und ihn daran erinnerte, was er hätte haben können. Doch für mich hatte er sich diesen Dämonen gestellt. Hinter meinen Augen spürte ich einen unangenehmen Druck. Das waren die Tränen, die ich weinen wollte, wenn ich noch welche übrig gehabt hätte.

Irgendwann stand ich auf, ging ins Bad, fütterte Monty, putzte mir die Zähne und legte mich wieder hin. Die Decke zog ich mir dabei wie einen Schutzschild über den Kopf. Doch auch sie konnte mich nicht vor all den dunklen Gedanken retten.

Ich war so unfassbar traurig und gleichzeitig wütend. Wütend auf Adam. Wütend auf die Tatsache, dass ich nicht mehr weinen konnte. Wütend auf mich selbst. Ich hätte es kommen sehen müssen.

»Annie?« Erst hörte ich, wie die Wohnungstür ins Schloss fiel, dann Grace aus dem Nebenzimmer. »Bist du da? Ich habe Pizza mitgebracht.«

»Hier drüben.« So gut es ging, rappelte ich mich auf und lehnte mich mit dem Rücken an die Wand hinter meinem Bett.

Es dauerte nur wenige Sekunden, bis Grace im Türrahmen erschien. »Schläfst du schon? Es ist erst kurz nach neun.« Sie schaltete das Licht ein und erstarrte. Wow, ich musste noch schrecklicher aussehen, als ich mich fühlte. »Was ist passiert?« Die Pizzaschachtel stellte sie auf den Boden ab, bevor sie ihre Schuhe auszog und zu mir auf die Matratze kletterte. »Willst du reden?«

Ich schüttelte vehement den Kopf. Reden wollte ich nicht. Nicht darüber, wie dumm ich gewesen war – oder dass es einen weiteren Menschen gab, nach dessen Liebe ich mich sehnte, für den ich jedoch nicht genug gewesen war.

»Okay, dann schweigen wir. « Sie setzte sich neben mich, sodass sich unsere Schultern berührten. »Wenn Adam für deinen Zustand verantwortlich ist, knöpfe ich ihn mir allerdings persönlich vor.«

Bei der Erwähnung seines Namens krampfte sich mein Herz zusammen. Das war vielleicht anatomisch unmöglich, aber es fühlte sich so an. Grace schien zu spüren, dass sie ins Schwarze getroffen hatte. Sie hielt mich minutenlang einfach nur fest.

»Er hat sich von mir getrennt.« Entgegen meiner festen Absicht begann ich zu erzählen. Weil ich sonst schier verrückt werden würde und sich darüber zu reden vielleicht besser anfühlte, als nur darüber zu weinen. »Ich habe etwas sehr Dummes getan.«

»Das glaube ich nicht.« Grace sagte genau das, was eine gute Freundin in dieser Situation sagen musste. Sie hielt zu mir, obwohl sie keinerlei Details kannte.

»Ich habe ihm Geld angeboten. Damit er bleiben kann.« Laut ausgesprochen, hörte es sich so naiv an.

»Du wolltest ihm die letzten beiden Semester bezahlen? Das sind Tausende.«

»Fünfzigtausend.«

Bei meinem Geständnis sog sie scharf die Luft ein. »Das ist verdammt viel Geld.«

Ich löste mich aus ihrer Umarmung, um sie anzusehen. Ich musste wissen, ob Grace mein Angebot auch so absurd fand wie Adam. »Du weißt, dass ich geerbt habe.«

»Aber fünfzigtausend?« Die Brille rutschte ihr wie so oft von der Nase. Unwirsch schob sie diese wieder hoch. »Die würde ich von Noah auch niemals annehmen.«

Das konnte nicht stimmen, da war ich mir sicher. »Du würdest von ihm kein Geld annehmen, wenn du es brauchst und weißt, dass er genug hat?« Seit er in der NFL spielte, musste sich ihr Freund um seine Finanzen sicher keine Sorgen mehr machen. Ich hatte keine Ahnung, wie viel er verdiente, aber fünfzigtausend Dollar wären für Noah bestimmt kein Problem, wenn Grace sie benötigte.

»Ehrlich?« In ihrem Blick lagen Mitleid und Sorge. Ich musste ein erbärmliches Bild abgeben. »Wenn es absolut notwendig wäre, würde ich es annehmen. Du hast recht. Aber Noah und ich kennen uns auch schon lange.«

»Macht das einen Unterschied?« In meinen Augen war es vollkommen egal, seit wann wir zusammen waren. Wenn ich jemanden liebte, würde ich alles in meiner Macht Stehende tun, um ihm zu helfen.

»Glaubst du, Adam hätte die Beziehung beendet, wenn er nach Cincinnati gewechselt wäre?«, stellte sie mir eine Gegenfrage, über die ich nicht lange nachdenken musste. Trotz allem, was heute passiert war, vertraute ich ihm.

»Nein, hätte er nicht.« Bis vor einigen Stunden hatte es keinen Zweifel daran gegeben, dass Adam mit mir zusammen sein wollte.

»Warum hast du ihm dann das Geld angeboten?«

»Weil Cincinnati zwei Stunden entfernt liegt.« Das war doch offensichtlich. »Wir müssten keine Fernbeziehung führen, wenn er weniger stur wäre.«

Grace musterte mich nachdenklich. »Also ging es dabei um dich.«

»Es ging um uns. Er will nicht einmal nach Cincinnati.«

»Aber anscheinend möchte er auch nicht um jeden Preis hierbleiben.«

Was sollte das bedeuten? »Meine Hilfe anzunehmen, ist eine Bürde?«

»Quatsch. Aber du hast gehört, was Hannah erzählt hat. Wie schwierig es mit seinem Dad gewesen ist.«

Wenn selbst Grace, die Adam kaum kannte, wusste, wie dumm mein Angebot gewesen war, musste ich der ignoranteste Mensch der Welt sein. »Ich wollte ihn nicht verlieren.«

»Darf ich etwas sagen und du versprichst mir bitte, nicht böse zu sein?«

»Wenn es darum geht, wie idiotisch ich mich verhalten habe, ist mir das mittlerweile selbst klar.« Ich ließ den Kopf nach hinten gegen die Wand sinken und schlug die Hände vor das Gesicht.

»Idiotisch ist das falsche Wort. Du hattest Angst, das verstehe ich.« Sie griff nach meinen Händen, damit ich mich nicht vor ihr und der unschönen Wahrheit verstecken konnte. »Ihr habt beide überreagiert.«

»Das stimmt nicht.« Mein erster Instinkt war es, zu protestieren und mich zu verteidigen. »Ich habe meinem Freund in einer Notlage angeboten, ihm zu helfen. Das ist doch kein Verbrechen.«

»Nein, aber du hast impulsiv eine Entscheidung über seinen Kopf hinweg getroffen. Weil du Angst hast.«

In ihrem Blick lag mehr Mitleid, als ich ertragen konnte.

»Natürlich habe ich Angst.« Panische Angst sogar. Mein Leben lang hatte ich mich an jegliche Zuneigung geklammert. »Du weißt nicht, wie das ist.« Grace war mit einem Vater aufgewachsen, der sie abgöttisch liebte. Sie würde nie verstehen, wie es war, nachts nicht schlafen zu können, weil die Einsamkeit einen wie ein Schattengespenst heimsuchte. Sie einen mit ihrer hässlichen Fratze stets aufs Neue daran erinnerte, nicht genug zu sein. Nicht genug, um geliebt zu werden. Nicht genug, um gemocht zu werden. Nicht einmal genug für freundliche Worte.

»Du hast recht. Ich weiß nicht, wie es ist.« Sie wartete, bis ich sie ansah, bevor sie weitersprach. »Aber ich weiß, dass ihr beide verletzt wurdet. Jeder auf eine andere Weise.«

Wenn man sich schrecklich traurig fühlte, war die Wahrheit schwer zu akzeptieren. Statt mir anzuhören, wie Grace die Situation analysierte, hätte ich mich lieber bei ihr ausgeheult und mit ihr gemeinsam Adams irrationales Verhalten verflucht. Dass sie mir offen ins Gesicht sagte, dass die Schuld bei uns beiden lag, stachelte mein dumpfes Gefühl, den größten Fehler meines Lebens gemacht zu haben, nur noch mehr an.

»Du hast Pizza erwähnt?« Mir war zwar immer noch schlecht, wenn ich jedoch verhungerte, würde das niemandem helfen.

»Das habe ich. Sekunde.« Grace sprang aus dem Bett und holte die Schachtel, die sie vorhin so achtlos beiseitegestellt hatte.

Salami und Peperoni. Adams liebste Pizza. Während ich an meinem Stück kaute, tropften einzelne Tränen auf den fettigen Teig. Ich musste einen fast schon poetischen Anblick abgeben. *Weinendes Mädchen an Pizza,* das klang wie ein Gedicht von einem dieser Typen, die ihre Werke im Internet veröffentlichten.

Nachdem die Pizza aufgegessen und Grace ins Bett gegangen war, schrieb ich Adam eine Nachricht.

Ich: *Können wir bitte reden?*

24. Kapitel

Meinem ersten Text an Adam ließ ich in den nächsten Stunden noch zwei weitere folgen.

Ich vermisse dich und *Bitte tu das nicht.*

Nachdem einige Tage ohne eine Antwort von ihm verstrichen waren, begriff ich, dass er anscheinend wirklich mit uns abgeschlossen hatte. Diese Erkenntnis verhinderte jedoch nicht, dass ich jedes Mal den Atem anhielt, wenn mein Handy einen Laut von sich gab. Mein erster Gedanke galt immer Adam, der es sich vielleicht doch anders überlegt hatte. Der mich vielleicht nicht mehr für die schrecklichste Egoistin der Welt hielt.

Es war fast auf den Tag genau vier Wochen her, seitdem ich ihn zuletzt gesehen hatte. Wie ein Zombie schlich ich durch den Supermarkt, in dem alles begonnen hatte. Den Gang mit den Frühstücksflocken ließ ich dabei aus. Dort hatten wir zum ersten Mal wirklich miteinander gesprochen, diese Ecke hielt zu viele Erinnerungen für mich bereit. Auf der anderen Seite war ich genau deswegen hier. Um mich Adam näher zu fühlen. Ansonsten hätte ich auch woanders einkaufen können. Es war albern und pathetisch, doch immerhin besser, als heulend vor seiner Tür zu stehen. Darüber hatte ich in der Tat mehrmals nachgedacht. Einfach zu ihm zu gehen und ihn zu konfrontieren, doch ich wollte nicht betteln. Das hatte ich mein ganzes Leben lang getan, nur um ein bisschen Zuneigung zu erhaschen.

Mit Adam war es anders gewesen. In wenigen Wochen hatte er mir gezeigt, dass ich mehr wollte. Dass ich mehr brauchte. Die kleinen Brocken Zuneigung genügten nicht, wenn man einmal erfahren hatte, wie es sich anfühlte, geliebt zu werden.

Liebe. Leise seufzend steuerte ich die Gemüseabteilung an. Vermutlich hatte ich es mir nur eingebildet. Adam liebte mich nicht, sonst hätte er sich nicht einfach so aus meinem Leben verabschieden können. Wenn man jemanden liebte, kämpfte man um ihn. So war jedenfalls meine Vorstellung. Aber was wusste ich schon davon? Mein erster Freund hatte es kaum länger als ein paar Wochen mit mir ausgehalten.

Immer wieder schlich sich eine dunkle Wolke aus meiner Vergangenheit in die Gegenwart. Vielleicht war ich das Problem. Vielleicht lag es an mir, dass mich niemand lieben konnte. Diesen Gedanken hatte ich Grace gegenüber einmal ausgesprochen. Ihre Standpauke klingelte jetzt noch in meinen Ohren.

Brokkoli, eine Gurke und frische Bohnen landeten in meinem Einkaufskorb. Noch nie zuvor hatte ich Bohnen gekauft. Ich wusste nicht einmal, wie man sie zubereitete. Doch Adam tat das. Durch ihn war ich überhaupt erst auf den Geschmack gekommen. Bohnen waren okay, auch wenn diese armen Exemplare in unserem Kühlschrank dahinvegetieren würden, bis ich sie irgendwann entsorgen musste. Dennoch legte ich sie nicht zurück und lief weiter, um Haferflocken zu suchen. Haferbrei – *Porridge* – war gar nicht so übel, wenn man sich einmal daran gewöhnt hatte. Jeden Morgen gab ich einen großen Löffel Kakao hinein, der mich an die Schokostückchen erinnerte, mit denen Adam mein Frühstück dekoriert hatte. Meistens schaffte ich es sogar, das Zeug herunterzubekommen, ohne in Tränen auszubrechen. Das passierte nur, wenn ich zu intensiv über unseren ersten gemeinsamen Morgen nachdachte.

Das Handy in meiner Tasche vibrierte, und es passierte, was immer passierte: Ich erstarrte, bevor ich es so schnell wie möglich mit zitternden Fingern hervorholte. Erst als ich sah, wer der Anrufer war, beruhigte sich mein Puls.

»Hey, Hannah.« Obwohl sie natürlich mittlerweile wusste, was geschehen war, verhielt sie sich mir gegenüber immer noch wie eine Freundin. Mehr als einmal hatte ich mir anhören müssen, dass Adam und ich uns idiotisch benahmen, doch ansonsten mischte sie sich zum Glück nicht ein.

»Wo bist du?«

»Im Supermarkt.«

»Hast du danach schon was vor?«

Mich in mein Bett legen, die Decke anstarren und deinen Bruder vermissen. Doch diese Wahrheit behielt ich lieber für mich.

»Nicht direkt.«

»Das trifft sich hervorragend. Ich dachte, wir könnten den Abend miteinander verbringen.« In ihrer Stimme schwang viel zu viel Enthusiasmus mit. »Ich habe Wein.«

»Ich muss erst nach Hause und meine Einkäufe verstauen.« Mit Glück würde sie nicht warten wollen und jemand anderen anrufen. Es gab gute und schlechte Tage. Tage, an denen ich trauriger war als an anderen. Heute war so einer. Mein Plan war es, mir die Decke über den Kopf zu ziehen und mein schmerzendes Herz so gut es ging zu ignorieren.

»Kein Problem. Dann warte ich. Blöd, dass Grace nicht da ist. Sie hätte mitkommen können.«

»Sie ist heute früh nach Chicago geflogen.« Noah hatte ein wichtiges Spiel, das sie sich unbedingt ansehen wollte. Als sein größter Fan war es ihre Pflicht, ihn zu unterstützen. So hatte sie es jedenfalls ausgedrückt.

»Natürlich ist sie das.« Hannah schnaubte wenig damenhaft. »Wenn ich sie nicht so gernhätte, müsste ich sie für diese Beziehung hassen. Und Emily gleich mit.«

Damit hatte Hannah leider recht. Sowohl Grace und Noah als auch Emily und Josh waren immer noch so verliebt wie am ersten Tag. Ich warf einen traurigen Blick in meinen Einkaufskorb, dessen Inhalt auf klägliche Weise meine eigene gescheiterte Beziehung widerspiegelte.

»Die beiden haben sich die letzten anständigen Kerle geangelt.«

Irritiert hörte ich Hannah zu, die normalerweise nicht viel zu Emily, Grace und ihren Freunden zu sagen hatte. »Willst du jetzt doch plötzlich, was sie haben?«

»Ich?« Entrüstet schnappte sie nach Luft. »Natürlich nicht. Sich auf einen Typen festzulegen, klingt verdammt langweilig.«

Wie gerne ich langweilig gewesen wäre! Es landeten drei Flaschen von dem Duschgel in meinem Korb, dessen Duft Adam an mir gemocht hatte. Ich wusste, dass ich damit aufhören musste, jede Erinnerung immer wieder aufleben lassen zu wollen. Dass es nicht gesund war und mir nicht dabei half, ihn zu vergessen. Doch heute war ich nicht stark genug. Vielleicht morgen.

»Soll ich noch etwas mitbringen?« Bis jetzt hatte ich ausschließlich gesunde Sachen zusammengesucht, damit würde Hannah nicht viel anfangen können. Sie war Schokolade genauso verfallen wie ich.

»Nope, ich habe alles, was wir brauchen.«

»Okay, gut. Ich beeile mich.«

Und genau das tat ich. Auch wenn ich den Abend eigentlich alleine verbringen wollte, sollte Hannah nicht unnötig auf mich warten. Meine Gemütslage war schließlich nicht ihre Schuld. Es war meine – und die ihres Bruders.

Eine knappe Stunde später stand ich vor Hannahs Wohnungstür und zögerte. Seit Adam vor zwei Wochen nach Cincinnati gezogen war, hatte ich Hannah nur einmal besucht, um Carl zu sehen. Es war ein Desaster gewesen.

Am Ende des Nachmittags war das Fell des Katers nass geweint gewesen, meine Augen rot und verquollen und mein Herz hatte sich tausend Tonnen schwerer angefühlt.

Auch jetzt wollte ich diese Wohnung mit all ihren unzähligen Erinnerungen nicht betreten. Gleichzeitig vermisste ich jedoch Carl ganz schrecklich. Der kleine Kerl konnte nichts dafür, dass Adam und ich uns getrennt hatten. Ob es so etwas wie ein geteiltes Sorgerecht auch für Haustiere gab?

Kopfschüttelnd klopfte ich und wurde wenige Sekunden später von einer freudig strahlenden Hannah in eine enge Umarmung gezogen.

»Schneller ging es leider nicht, der Bus kam zu spät und ...«

»Annie«, sie legte die Arme um mich und zog mich an ihre Brust, »es ist alles gut. Ich will es besser machen, nicht schlimmer. Aber dafür musst du mit mir mindestens die zwei Flaschen Wein vernichten, die in der Küche stehen.«

Da ich nach wie vor nicht viel vertrug, würde dieses Unterfangen schwierig werden. Es sei denn, Hannah übernahm den Löwenanteil des Alkohols. »Vielleicht sollte ich erst einmal etwas essen.«

»Sehr gute Idee.« Sie nickte enthusiastisch. »Ich habe auch Donuts gekauft. Zwölf von den Dingern sollten reichen, oder?«

»Auf jeden Fall.« Ein Dutzend Donuts konnte ich nicht einmal mit dem schlimmsten Liebeskummer der Welt herunterbekommen. Im Flur streifte ich meine Schuhe ab, und Hannah verschwand in Richtung Küche, vermutlich um den Wein und die versprochenen Donuts zu holen. Ich hatte meine Jacke kaum aufgehängt, als Carl wie eine Rakete auf mich zuschoss und versuchte, an meiner Jeans nach oben zu klettern. Seine kleinen, scharfen Krallen bohrten sich unangenehm in meine Wade. Schnell bückte ich mich und nahm ihn auf den Arm. »Hey, du. Hast du mich vermisst?«

Seine Antwort war ein tiefes Schnurren, bevor er seinen Kopf an meinem Kinn rieb. Mein Herz schmolz dahin, als er mit seiner rauen Zunge über meinen Hals leckte.

»Willst du mich putzen? Ich bin aber keine Katze.«

Das schien Carl vollkommen egal zu sein. Er machte einfach weiter, und ich ließ ihn gewähren. Dabei versuchte ich, Gedanken an Adam und den Abend, an dem wir Carl gefunden hatten, so gut es ging zu unterdrücken.

Mit dem Kater auf dem Arm folgte ich Hannah in die Küche. Vielleicht war Wein keine so schlechte Idee. »Kann ich dir helfen?«

»Bin schon fertig.« Sie hielt zwei Gläser in der einen und einen Teller mit regenbogenbunten Donuts in der anderen Hand. »Sollen wir uns einen Film ansehen?«

Filme erinnerten mich an Adam. Genauso wie Bohnen, Haferflocken, Riesenräder, Katzen, die Farbe Pink, Hoodies und Ratatouille. Wenn ich ehrlich war, erinnerte mich schlicht alles an ihn. »Kein Drama.«

»Natürlich nicht. Vielleicht irgendeinen Superhelden-Film.«

»Ist mir egal, such du etwas aus.« Solange ich nicht zu einer romantischen Komödie oder, noch schlimmer, zu einem Liebesdrama gezwungen wurde, war mir alles egal.

Hannah entschied sich nach kurzer Überlegung für *Thor – The Dark Kingdom.*

»Keine Ahnung, wie man diese Comic-Verfilmungen mögen kann.«

Wir befanden uns etwa in der Mitte des Films, und sie hatte bis jetzt kaum ein gutes Haar an dem Streifen gelassen. Carl lag derweil auf meinem Schoß und schlief tief und fest.

»Findest du das nicht auch alles schrecklich unrealistisch?« Sie saß neben mir auf der Couch im Schneidersitz, hielt ein Weinglas in der Hand und echauffierte sich zum wiederholten Mal über nahezu alles. Einzig mit Chris Hemsworth als *Thor* schien sie kein Problem zu haben. »Die Kostüme wirken irgendwie billig.«

»Warum wolltest du ihn überhaupt sehen?« Ein großer Marvel-Fan war sie augenscheinlich nicht.

»Um herauszufinden, was Menschen an dem Kram mögen.«

»Menschen?«

»Hm.« Sie nickte. »Comic-Nerds halt.«

Ich kannte nur eine Person, die alle Filme des *Marvel Cinematic Universe* nahezu mitsprechen konnte und auch die dazugehörigen Comics las. Zufällig, oder eher nicht zufällig, war das genau der Typ, der nachts aus ihrem Zimmer geschlichen war. Ben Preston. Grace' bester Freund und vermutlich größter Marvel-Fan in ganz Ohio.

»Triffst du dich aktuell mit so einem?« Vielleicht hätte ich sie direkt nach Ben fragen sollen, dann müsste ich jedoch verraten, dass ich von ihrer gemeinsamen Nacht wusste. Und das wollte ich nicht. Immerhin hatte ich es ihm versprochen.

»Mit einem Nerd?« Die Empörung stand ihr ins Gesicht geschrieben. »Die entsprechen nicht meinem Typ.«

Der Film lief weitere fünf Minuten, in denen ich nicht auf die Handlung achtete und Hannah ein halbes Weinglas leerte.

»Wie kommst du überhaupt darauf, dass ich einen Nerd daten könnte?« Sie griff nach der Flasche und füllte unsere Gläser fast bis zum Rand. »Das ist doch absurd.« Das Thema beschäftigte sie anscheinend immer noch. »Hast du mich jemals mit so einem gesehen? Am besten noch ein Kerl mit Hornbrille und Cordhosen.«

»Nur weil jemand Comics mag, muss er keine Cordhosen tragen.«

Mein Einwand ließ sie verächtlich schnauben. »Kein Mann, der etwas auf sich hält, würde auf diesen Kram stehen.«

Ich war mir ziemlich sicher, dass sie sich gewaltig irrte. Selbst ich wusste, wie erfolgreich diese Streifen in den letzten Jahren gewesen waren. Millionen von Filmfans liebten die Abenteuer der Superhelden. Diese Menschen waren zum Großteil sicher keine Nerds.

»Außerdem haben die alle Komplexe. Heimlich wollen sie sein wie er da.« Sie zeigte auf den Bildschirm, wo gerade der berühmte Hammer geschwungen wurde. »Oder wie der daneben.«

»Wie Thor oder Loki?«

»Genau. Und weil sie das nicht sein können und einfach nur Loser sind, tapezieren sie ihre Zimmer mit Superhelden-Postern oder schlafen in Superhelden-Bettwäsche.« Mit einem großen Schluck leerte sie ihr Glas zur Hälfte. »Und wenn es darauf ankommt, versagen sie.«

Ich konnte Hannah absolut nicht mehr folgen. Irgendwo zwischen Thor, Loki und Bettwäsche hatte ich den Faden verloren. »Wer versagt?«

»Diese Nerds.«

»Wobei?« Was auch immer Hannah erzählte, ergab vielleicht keinen Sinn, doch es lenkte mich immerhin etwas von meinem gebrochenen Herzen und den Gedanken an ihren Bruder ab.

»Na *dabei*.« Sie verdrehte die Augen, als wäre es vollkommen offensichtlich, was sie meinte. »Kannst du dir vorstellen, dass so einer gut im Bett ist? Ich nicht.«

Ich mochte kein Sherlock Holmes sein, doch wenn man die Indizien betrachtete und zusammensetzte, konnte man nur zu einem Schluss kommen. »Du hast mit einem Nerd geschlafen und es war schlecht?«

»*Schlecht* wäre noch eine zu nette Umschreibung. Es war grauenhaft.«

Oh. Mein. Gott. Sie sprach von Ben. Sie musste von Ben

sprechen. Das würde auch erklären, warum er aus ihrer Wohnung geflüchtet war.

»Man hätte glauben können, der Typ wäre noch Jungfrau.« Ihr Kopf schnellte zu mir herum. »Sorry, das war nicht böse gemeint.«

»Schon okay.« Mein eigener, ehemaliger Jungfrauenstatus war allseits bekannt. Immerhin den Punkt hatte ich dank Adam von meiner Liste streichen können. So war die ganze Sache zu irgendetwas gut gewesen. Sarkastische Gedanken, die nur verstecken sollten, wie unendlich traurig ich war.

»Nach fünf Minuten war es vorbei. Dafür lohnt es sich nicht einmal, sich auszuziehen.«

Was sollte ich dazu sagen? Jedes Wort hätte sich wie ein Verrat an Ben angefühlt, den ich wirklich gut leiden konnte. Er war ein netter Kerl, und dass er vielleicht nicht unbedingt ein Sexgott war, ließ ihn in meiner Achtung kein Stück sinken. Man konnte alles lernen. Das wusste ich selbst besser als jeder andere. Hannah echauffierte sich weiter über ihren One-Night-Stand, der mit großer Wahrscheinlichkeit Ben war.

»Als ich ihn aufgegabelt habe, dachte ich echt, er hätte Potenzial.« Sie griff nach den Chips und stopfte sich eine Hand voll davon in den Mund. »Er ist eigentlich ganz süß.«

Ben sah gut aus. Auch wenn er nicht mein Typ war, konnte ich das unumwunden zugeben. Er war vielleicht nicht so muskulös wie sein Bruder Noah, aber ich hatte mehr als einmal miterlebt, wie er von Frauen angesprochen wurde.

»Aber kaum habe ich ihn mit nach Hause genommen, wurde es schräg.« Weitere Chips wanderten krümelnd in ihren Mund. »Ich dachte, wir sind uns einig. Wie würdest du es interpretieren, wenn du mit jemandem in einer Bar knutschst und danach mit zu ihm gehst?« Hannah sah mich erwartungsvoll an. Als hätte ich Ahnung davon.

»Ähm.«

»Richtig. Es geht um Sex. Und nicht darum, einander kennenzulernen oder so einen Quatsch.« Kopfschüttelnd machte sie sich über die Schokolade her. »Nachdem er endlich nackt war, wurde es noch schlimmer. Willst du das alles überhaupt hören?«

Ich war mir nicht sicher, ob ich eine Wahl hatte. »Ist schon okay. Erzähl ruhig.«

»Na gut, wenn du darauf bestehst.« Ihr Zwinkern verriet, was uns beiden durchaus bewusst war. Es ging hier nicht darum, dass ich die Geschichte ihres One-Night-Stands unbedingt hören wollte. Vielmehr musste sich Hannah Luft machen. »Also, wir waren irgendwann nackt und er hat einfach nichts gemacht. Zwischendurch dachte ich, er wäre eingeschlafen.«

»Ist er das? Eingeschlafen?«

»Nein, eben nicht. Er hat einfach nur dagelegen und mich angesehen.«

Das klang wirklich seltsam. »Und er hat nichts gesagt?«

»Kaum. Irgendwann habe ich die Initiative ergriffen, und fünf Minuten später war alles vorbei.«

Gequält schlug ich mir die Hände vor die Augen. So etwas wollte ich über Ben wirklich nicht wissen.

»Als ich morgens aufgewacht bin, war er zum Glück weg. So hat er uns beiden die Peinlichkeit erspart.«

»Und seitdem hast du nichts von ihm gehört?«

Lachend hielt sie mir die Schokolade hin. »Genau. Aber so funktionieren One-Night-Stands. Und was sollte ich auch mit einem Mann anfangen, der so mies im Bett ist?«

Ben hatte hundert andere Qualitäten. Er war freundlich, klug, loyal, witzig. Es gab unzählige Dinge, die für ihn sprachen. War es da wirklich ausschlaggebend, wie er im Bett war? Mit ein bisschen Übung ... Gott, was reimte ich mir da zusammen? Ben Preston hatte in seinem Leben sicher hundertmal öfter Sex gehabt als ich selbst. Ich war wahrlich keine Expertin auf dem Gebiet und sollte mich auch nicht so aufspielen – nicht einmal in Gedanken.

»Auf guten Sex und miese Kerle. Oder umgekehrt.« Sie streckte mir kichernd ihr Weinglas entgegen. »In welche Kategorie mein Bruder gehört, möchte ich übrigens nicht wissen.«

Seufzend stieß ich mit ihr an und nippte an meinem Wein. Jede Erwähnung seines Namens tat weh. So poetisch, wie Liebeskummer in Songs beschrieben wurde, war er in der Realität nicht. Nicht einmal ansatzweise. Die Melodie meines Herzschmerzes war keine wohlklingende Ballade, sondern vielmehr ein lauter Heavy-Metal-Song. Jeder Ton dröhnender als der zuvor.

»Du musst nicht antworten, wenn du nicht willst, aber …« Ich stockte. Die Frage brannte mir auf den Nägeln, auch wenn mir die Antwort nicht mehr zustand. »Geht es ihm gut?«

»Keine Ahnung. Seit er ausgezogen ist, habe ich kaum mit ihm gesprochen. Und wenn ich ihm schreibe, antwortet er meistens erst Tage später.«

Immerhin ignorierte er Hannah nicht so wie mich. Meine wirren Hirngespinste, die sich um kaputte Handys, verlorene Telefonnummern, Außerirdische, die ihn entführt hatten und viele andere Gründe, aus denen er mir nicht schrieb, drehten, lösten sich in Luft auf. Natürlich wusste ich, dass Adam nur aus einem einzigen Grund keinen Kontakt zu mir suchte: Er wollte nichts mehr mit mir zu tun haben. Es war so simpel wie schmerzhaft.

Nur vage nahm ich wahr, dass Hannah näher an mich heranrückte und die Arme um mich legte. »Irgendwann kommt er zur Besinnung. Da bin ich mir sicher.«

»Wieso sollte er?« Adam hatte genug Zeit gehabt, es sich anders zu überlegen. Er hätte nur auf eine meiner Nachrichten reagieren müssen. Einige Sekunden, mehr Zeit nahm eine simple Textnachricht nicht in Anspruch. Stattdessen hatte er seinen Umzug geplant und war gegangen, ohne auch nur einen Gedanken an mich zu verschwenden.

»Weil ihr ziemlich perfekt zueinander gepasst habt und er in dich verliebt ist. Deswegen.«

»Und weil er mich so sehr mag, hat er sich von mir getrennt?« Hannah wollte nur nett sein, doch es half nicht, wenn sie mich anlog, um mich zu beruhigen. Adam war weg und mit ihm das letzte bisschen Hoffnung auf ein Happy End. Doch das gab es sowieso nur im Märchen. Oder in schlechten Superhelden-Filmen. Auf dem Bildschirm küsste Thor gerade seine neue Freundin.

25. Kapitel

Irgendwann zwischen *Thor* und *Spiderman* war Carl von meinem Schoß gesprungen und in Adams Zimmer getrottet.

Mittlerweile hatte ich genug Rotwein getrunken, um mich zu fragen, ob es sehr seltsam wäre, wenn ich mich einfach zu ihm auf Adams Bett legen würde. Aber das wäre wohl die Spitze der Erbärmlichkeit.

Hannah rutschte rastlos neben mir hin und her, während sich *Spiderman* über den Bildschirm schwang und die Welt rettete. Immer wieder warf sie dabei einen Blick auf ihr Handy. »Wartest du auf eine Nachricht?«

»Nein, nein.« Sie schüttelte so heftig den Kopf, dass ihre dunklen Locken durcheinanderwirbelten. »Allerdings habe ich Hunger. Was hältst du von Pizza?«

»Jetzt noch?« Es war bereits Mitternacht und wir hatten von den zwölf Donuts gemeinsam acht vernichtet. Hungrig war ich kein bisschen mehr. »Du willst wirklich noch etwas essen?«

»Auf jeden Fall.« Erneut zog sie ihr Telefon hervor, sah kurz darauf, bevor sie es wieder wegsteckte. »Auf dem Tisch in der Küche liegen Flyer von Lieferdiensten. Wärst du so lieb und würdest sie holen? Ich muss kurz ins Bad.« Hannah sprang auf, und ehe ich antworten konnte, war sie auch schon im Flur verschwunden. Kurz darauf hörte ich, wie die Badezimmertür ins Schloss fiel.

Erst hatte sich Carl aus dem Staub gemacht, jetzt Hannah. Ich nahm noch einen Schluck von meinem Wein und schlich in die Küche.

Auf dem Tisch lag ein halbes Dutzend Flyer, die ich mir der Reihe nach anschaute. Hannah wollte Pizza, also konnte ich die Karte des *Bombay Delhi* und des *Sushi Plaza* aussortieren.

Plötzlich entdeckte ich zwischen den ganzen Flyern einen handbeschriebenen Zettel, den ich zuerst für eine Einkaufsliste hielt. Als ich genauer hinsah, stockte mir der Atem. Es handelte sich um eine Liste. Eine Liste mit der Überschrift *Annie.*

Weil meine Beine drohten nachzugeben, setzte ich mich auf den Küchenstuhl, ehe ich zu lesen begann.

- *meine Noten auf die Reihe bekommen, mein Studium abschließen und mir einen Job in Columbus suchen (in Annies Nähe)*
- *ein Footballspiel ansehen können, ohne dabei wütend zu werden (mit Annie)*
- *nach Europa reisen (mit Annie)*
- *die negativen Gefühle für meinen Dad in den Griff kriegen (mit Annies Hilfe)*
- *Ballonfahren (mit Annie)*
- *Carl ein gutes Zuhause geben (mit Annie)*
- *nicht immer nur Schwarz tragen (Annie fragen, welche Farben sie mag)*
- *alle Filme mit Cary Grant chronologisch ansehen (mit Annie)*
- *ein Buch von Tolstoi lesen, vollständig, und nicht nur die ersten zehn Seiten (es Annie vielleicht vorlesen, wenn sie nicht schreiend davonläuft)*
- *einen Weg finden, wie Annie mir verzeiht*
- *meine Freundin glücklich machen (-> Annie)*

Je mehr Punkte ich las, desto stärker verschwammen die Buchstaben vor meinen Augen. Kaum war ich am Ende der Liste angekommen, las ich sie noch einmal. Und noch einmal. Und ein weiteres Mal. Meine tränenverschleierte Sicht wurde von Sekunde zu Sekunde schlechter, doch die Sätze blieben gleich. Egal wie lange ich das Papier betrachtete, ich hielt Adams Wünsche und Träume in den Händen.

Meine Freundin glücklich machen (-> Annie). Wann hatte er diese Liste geschrieben? Und warum hatte er sie mir nie gezeigt?

Ich sprang auf und lief zurück in das Wohnzimmer, die Liste hielt ich dabei fest in der Hand. »Hannah?« Keine Antwort. Im Flur brannte jedoch Licht, und die Tür zum Bad stand einen Spalt offen. »Da lag diese Liste in der Küche und ...« Das Bad war genauso leer wie das Wohnzimmer. »Hannah?« Vielleicht war sie in ihrem Zimmer.

Im nächsten Moment hörte ich, wie ein Schlüssel in die Wohnungstür gesteckt und aufgeschlossen wurde. »Wo bist du denn hin...« Jedes weitere Wort blieb mir im Hals stecken, als ich bemerkte, wer durch die Tür trat. Das war eindeutig nicht Hannah.

Ich erstarrte, und ihm schien es genauso zu gehen.

Wie immer war er beinahe völlig in Schwarz gekleidet – heute mit knallroten Chucks. Adam sah gut aus, genauso wie ich ihn in Erinnerung hatte. Die Haare waren ein wenig länger, aber ansonsten hatte er sich nicht verändert.

»Hi.« Seine Stimme klang heiser, so als würde er sich bemühen, besonders leise zu sprechen. »Ich hatte keine Ahnung, dass du ...« Er brach ab und räusperte sich.

Natürlich. Wenn Hannah ihm erzählt hätte, dass ich hier sein würde, wäre er nicht vorbeigekommen. Hatte sich der Liebeskummer vorhin noch wie ein dumpfer Schmerz angefühlt, drohte ich in diesem Moment innerlich zu verbrennen. Alles in mir schrie danach, mich Adam in die Arme zu werfen. Ihn festzuhalten und nie wieder loszulassen. Doch dazu hatte ich kein Recht mehr.

»Ich wollte noch meine restlichen Klamotten abholen.« Er schob die Hände tief in die Taschen seiner Jeans. Es war die mit dem Riss am Knie, die er bei unserem ersten Gespräch im Supermarkt getragen hatte.

Natürlich war er mir keinerlei Rechenschaft schuldig. Immerhin war das hier seine Wohnung – oder ehemalige Wohnung –, und ich war nur die Freundin seiner Schwester. Seiner verschwundenen Schwester.

»Ich wollte sowieso gerade los.« Wenig erfolgreich versuchte ich, meinen Puls unter Kontrolle zu bekommen, während er die Tür leise schloss. »Es ist schon spät, und ... ich wollte gerade los.« Das hatte ich schon gesagt, doch meine Gedanken drehten sich wie ein Tornado um sich selbst, und ich war nicht zu klugen Sätzen fähig, wenn ich ihm so unerwartet gegenüberstand.

»Das musst du nicht. Nicht meinetwegen. Ich bin gleich wieder weg.«

Als würde ich es ertragen, ihm dabei zuzusehen, wie er seine Klamotten packte und die letzten Reste seines alten Lebens nach Cincinnati trug. Nur eine Masochistin wäre dazu fähig.

»Willst du deine Sachen mitnehmen?«

Seine Frage erwischte mich genauso unvorbereitet wie sein plötzliches Auftauchen. »Welche Sachen?«

»Das Schlafzeug und der andere Kram, den du bei mir deponiert hattest.«

Ich wollte nicht, dass er mir mein Zeug zurückgab. Es war eine lächerliche Vorstellung, wieder in einem Shirt zu schlafen, das mich an ihn erinnerte. An die wenigen gemeinsamen Wochen. An die glücklichste Zeit meines Lebens. Doch abzulehnen, wäre albern gewesen. »Okay, wenn wir schon mal beide hier sind.« Meine halbherzige Zustimmung wurde von ihm mit einem Nicken beantwortet.

Ich war vernünftig und rational – das versuchte ich mir jedenfalls einzureden, als ich ihm langsam in sein Zimmer folgte. Die Liste in meiner Hand schien mit jedem Schritt schwerer zu werden. Er musste sie geschrieben und es sich danach anders überlegt haben. Adam hatte sich gegen mich entschieden. Gegen eine Versöhnung und für ein Leben ohne mich. Mit zitternden Händen stopfte ich das Stück Papier in die Tasche meiner Jeans.

Als ich das Zimmer mit weichen Knien betrat, stand Adam vor seinem Kleiderschrank und hatte bereits begonnen, meine Shirts in eine Sporttasche zu packen. »Im Bad ist auch noch was von dir, ich hole es eben.«

Bevor ich ihn daran hindern konnte, war er im angrenzenden Raum verschwunden und kam kurz darauf mit meinem Duschgel und Shampoo zurück. Beide Flaschen waren noch fast voll. Ein Zeichen dafür, wie wenig Zeit wir gemeinsam gehabt hatten.

»Hier.« Er hielt mir die Sporttasche hin, nachdem er sie ordentlich verschlossen hatte.

Mit zitternden Fingern nahm ich sie an mich. Peinlich genau darauf bedacht, ihn nicht zu berühren. Sobald das passierte, würde meine Fassade in sich zusammenfallen. Ich konnte nur so lange gelassen und distanziert wirken, wie ich Abstand zu ihm hielt.

»Danke.« Zwei einfache Silben, die mich unglaubliche Kraft kosteten.

»Ich nehme Carl mit nach Cincinnati.« Adam nickte in Richtung des schlafenden Katers auf dem Bett. »Willst du dich noch von ihm verabschieden?« Bei dieser Frage wippte er auf seinen Fußballen vor und zurück. Vermutlich wollte er das hier nicht unnötig in die Länge ziehen.

»Du nimmst ihn mit?« Ich setzte mich auf das Bett, nahm Carl auf den Arm und schmiegte mich eng an sein weiches Fell.

»Hm. Ich bin in einer WG untergekommen. Da sind Tiere erlaubt.«

Das würde bedeuten, dass ich Carl heute wirklich zum letzten Mal sah.

»Danke, dass du ...« Der Rest des Satzes ging in einem unterdrückten Schluchzen unter. Carl auch noch zu verlieren, zwang meine Selbstbeherrschung in die Knie.

In diesem Raum befand sich alles, was ich jemals gewollt hatte, und in wenigen Minuten würden Adam und Carl für immer aus meinem Leben verschwinden. Es war zu viel. Zu viele Emotionen, zu viele unterdrückte Gefühle, zu viel Liebe und Angst.

»Annie.« Adam nahm mir Carl vorsichtig aus der Hand und setzte sich neben mich. Er war mir plötzlich so nah, dass ich die Wärme seines Körpers spüren konnte. »Wenn du möchtest, schicke ich Hannah regelmäßig Fotos von ihm.«

Dass er nicht einmal auf die Idee kam, mir diese Bilder direkt zu senden, ließ mich vor lauter Enttäuschung erzittern.

Ich stand hastig auf, machte einen Schritt nach hinten und stieß dabei unsanft gegen das große Bücherregal.

Im nächsten Augenblick war Adam da und zog mich in seine Arme. Zu schwach, um mich gegen die plötzliche Nähe zu wehren, vergrub ich das Gesicht in seinem Shirt und weinte stille Tränen um all das, was wir hätten haben können. Um eine gemeinsame Zukunft, die ich mir in den schillerndsten Farben ausgemalt hatte, und um all die Liebe, die ich ihm nicht mehr zeigen durfte.

Nach einer kleinen Ewigkeit, die kaum länger als wenige Sekunden gedauert haben konnte, löste ich mich wieder von ihm. Mich von Adam trösten zu lassen, war falsch. Er war hergekommen, um seine Sachen zu holen, nicht um sich um seine weinende Ex-Freundin zu kümmern.

»Ich war in den vergangenen zwei Wochen in Cincinnati, um alles zu regeln.« Er schaffte es nicht einmal, mir direkt ins Gesicht zu sehen. Stattdessen hatte er den Blick stur auf einen Punkt über meinem Kopf gerichtet. »Aber das hat Hannah dir sicher erzählt.«

Hatte sie nicht, aber das spielte keine Rolle. »Hm.« Ich nickte. »Und Cincinnati ...«, mir fiel es schwer, den Namen dieser Stadt überhaupt auszusprechen, »ist es schön dort?« Wenn ich ehrlich war, wollte ich hören, wie wenig es ihm dort gefiel. Dass er es genauso verabscheute wie ich.

Doch Adam zuckte fast gleichgültig mit den Schultern. »Es ist okay. Die Uni ist ein bisschen kleiner als die *Ohio State*. Aber es ist ... okay.«

»Gut.« Mehr brachte ich nicht hervor. Dabei war das hier alles andere als *gut*. Je länger wir wie zwei Fremde voreinander standen und Small Talk betrieben, desto unerträglicher wurde es. Ihn nicht zu sehen, war schlimm. Aber mit ihm in einem Raum zu sein und so zu tun, als wäre nie etwas zwischen uns passiert, war viel schlimmer.

»Kann ich noch etwas sagen?« Auf der verzweifelten Suche nach Stabilität in diesem Gefühlschaos schlang ich die Arme um meinen Oberkörper. »Bevor ich gehe?«

»Das ist nicht nötig.« Er klang so liebevoll, dass ich mich mit aller Kraft zusammenreißen musste, um nicht in Tränen auszubrechen.

»Ich möchte aber.« Das hier war immerhin meine letzte Chance, also sollte ich sie nutzen, wenn ich es nicht für immer bereuen wollte.

»Annie, ich ...«

»Nein, lass mich, bitte.« Mein flehender Ton ließ ihn verstummen. Ich straffte die Schultern, wie ich es immer tat, wenn ich mir Mut machen wollte, atmete zweimal tief ein und wieder aus, hob den Blick und sah ihn an. Adams Gesichtsausdruck war eine undurchsichtige Maske. Mittlerweile wusste ich jedoch, was sich dahinter verbarg. Was ich früher für Arroganz und schlechte Manieren gehalten hatte, war in Wahrheit sein Schutzschild. »Ich weiß, dass ich einen Fehler gemacht habe. Einen riesigen, sehr, sehr dummen Fehler.« Meine Stimme zitterte. Vielleicht bildete ich mir das aber auch nur ein. »Ich hätte deine Entscheidung respektieren müssen und mich nicht aufdrängen sollen.«

»Es ist nicht nötig, mir das zu erklären.« Adam klang genauso gequält wie ich.

Doch darauf konnte ich keine Rücksicht nehmen. Die Worte wollten gesagt werden, und wenn es das Letzte war, was ich tat. »Die Vorstellung, dich zu verlieren, hat mir furchtbare Angst eingejagt. Ich wollte dich nicht kaufen, das musst du mir glauben. Das war nie meine Absicht, auch wenn diese Rechtfertigung nach allem unglaubwürdig erscheint. In den vergangenen Jahren habe ich viel gelernt. Wie man sich nicht verzweifelt an jeden Brocken Zuneigung klammert, muss ich aber noch üben.« Als ich meinen kleinen Monolog beendet hatte, fühlte ich mich weder erleichtert noch befreit. Es war alles raus, doch die Last war nicht weniger geworden. Ich war genauso traurig und unglücklich wie zuvor.

Lange sah er mich einfach nur an und blinzelte nicht einmal. Es dauerte eine kleine Unendlichkeit, bis er endlich etwas erwiderte. »Ich habe auch überreagiert. Du kennst die Geschichten von meinem Dad. Er hat immer versucht, alles mit Geld zu regeln und mich damit zu manipulieren.«

»Das war niemals meine Absicht.«

»Mittlerweile weiß ich das. In der Situation war mir das aber nicht klar.« Er schob die Hände in den Nacken und schüttelte sacht den Kopf. »Wir sind beide ein Produkt unserer abgefuckten Kindheit und haben es deswegen versaut.«

Er hatte recht, das hatten wir. Wie waren bereits nach kurzer Zeit gescheitert, obwohl mein Herz noch immer vor Liebe für ihn überquoll. Vielleicht waren wir uns zum falschen Zeitpunkt begegnet. Einige Jahre später, wenn wir unsere Vergangenheit weiter hinter uns gelassen hätten, wäre Liebe vielleicht genug gewesen.

Ich dachte an seine Liste in meiner Hosentasche, die ich vermutlich niemals hätte zu Gesicht bekommen sollen. Kurz überlegte ich, ob ich ihn darauf ansprechen sollte. Doch welchen Sinn würde das ergeben? Wenn Adam irgendetwas von dieser Liste ernst meinte, würde er die Gelegenheit nutzen und nicht nur vor mir stehen und mich mit dieser distanzierten Höflichkeit behandeln, die so unendlich falsch war.

In der Vergangenheit hatte ich mir immer gewünscht, erwachsen zu sein und erwachsene Entscheidungen zu treffen. Also machte ich ganz erwachsen einen Schritt auf ihn zu und streckte die Hand aus. »Viel Erfolg in Cincinnati.« Ich versuchte mich sogar an einem gespielten Lächeln.

Adams Blick wanderte von meinem Gesicht zu meinen Fingern und wieder zurück. Er machte jedoch keinerlei Anstalten, meine Hand zu ergreifen und sie zu schütteln.

Verschämt zog ich sie nach unangenehm langen Sekunden zurück und vergrub sie tief in der Tasche meiner Jeans. Vorhin hatte er mich noch umarmt, dann konnte er jetzt wenigstens so viel Anstand zeigen und sich verabschieden.

»Sind wir darüber nicht hinaus?« Er klang kalt, so kalt wie bei unseren ersten Begegnungen.

Hilflos zuckte ich mit den Schultern. Was sollte ich dazu sagen? Nichts. Weil es nichts gab, das ich sagen konnte.

Im nächsten Augenblick gab er mir das ultimative Zeichen. Er griff nach meiner Tasche mit meinen Klamotten und hielt sie mir zum zweiten Mal in dieser Nacht entgegen.

»Gib sie Hannah.« Es erschien mir unerträglich, auch nur eine Sekunde länger in seiner Nähe zu sein. Ohne ein weiteres Wort drehte ich mich um und ließ ihn stehen.

Ich musste es nur bis zur Tür schaffen, ohne erneut in Tränen auszubrechen. Wenige Schritte, dann hatte ich Adam für immer hinter mir gelassen. Die Gefühle für ihn würden mich ein Leben lang verfolgen. Sie abzuschütteln, würde bedeuten, einen Teil von mir selbst zu verlieren.

Als ich die Wohnungstür fast erreicht hatte, spürte ich seine Hand an meinem Arm, mit der er mich in meiner Bewegung stoppte und zu sich umdrehte.

Ehe ich auch nur einen klaren Gedanken fassen konnte, presste er seine Lippen auf meine. Nichts an diesem Kuss war sanft. Adam küsste mich mit der Verzweiflung eines Ertrinkenden, der nach Sauerstoff rang. Die Hände vergrub er in meinem Haar und zog mich noch näher an seine Brust. Ich schlang die Arme um seinen Nacken und erwiderte den Kuss mit der gleichen fieberhaften Leidenschaft.

Ich war gefangen zwischen der Tür in meinem Rücken und dem Mann vor mir, der mir die Welt bedeutete. Erst als er abrupt von mir abließ, bemerkte ich die Tränen auf meinen Wangen.

Adam trat einen Schritt zurück und starrte mich schwer atmend an. »Ich hätte das nicht tun sollen.«

Mit jedem dieser sechs Worte zerstörte er ein kleines Stück der aufgekeimten Hoffnung. Kurz hatte ich tatsächlich angenommen, der Kuss hätte eine Bedeutung gehabt. Doch es war nur seine Art des Abschieds gewesen. »Besser als ein Händeschütteln.« Meine Stimme war tonlos und heiser, als hätte ich bereits stundenlang geweint.

»Pass auf dich auf, Annie.«

Die gefühlsduselige Ex, die mit der Trennung nicht klarkam, wollte ich nicht sein, aber ich konnte es nicht verhindern. Mein Herz war so schwer, es brauchte ein Ventil in Form von Tränen, um nicht unter der Last des Abschiedes zu zerspringen. Mit dem Handrücken wischte ich mir über die Wange, ehe ich ihn ein letztes Mal ansah, mich umdrehte und aus der Wohnungstür schlüpfte.

Erst als mich vor dem Haus die kühle Nachtluft empfing, hatte ich das Gefühl, wieder atmen zu können. Kraftlos setzte ich mich auf die Treppenstufen, zog die Knie an und schlang die Arme darum.

Wie lange ich einfach nur dasaß und in die Dunkelheit starrte, wusste ich nicht. Zehn Minuten. Zwanzig. Vielleicht auch länger. Es spielte keine Rolle.

Mit zitternden Händen zog ich irgendwann das Handy und Adams Liste aus der Tasche. Im schwachen Schein des Displays las ich sie wieder und wieder und wieder.

Einen Weg finden, wie Annie mir verzeiht.

Meine Freundin glücklich machen (-> Annie)

Verziehen hatte ich ihm längst, doch ich war weder glücklich noch seine Freundin. Wie schnell er es sich anders überlegt hatte. Er musste diese Liste irgendwann in den vier Wochen seit unserer Trennung geschrieben haben. Achtundzwanzig Tage und seine Gefühle hatten sich völlig gewandelt. Wie konnte er behaupten, mit mir zusammen sein zu wollen, um kurz darauf alles wegzuwerfen? Wie viel waren Worte wert, wenn sie keinen Monat überdauerten?

Je länger ich darüber nachdachte, umso wütender wurde ich. Adam wusste von meiner Vergangenheit. Ihm musste klar sein, wie schwierig es für mich war, überhaupt eine Beziehung zu führen. Er kannte all meine versteckten Ängste und hatte sich dennoch auf mich eingelassen, ohne es wirklich ernst zu meinen. Wenn man jemanden liebte, löste sich dieses Gefühl nicht einfach nach ein paar Wochen in Luft auf. Vielleicht war er wirklich davon ausgegangen, dass es funktionieren könnte. Als es dann jedoch schwierig wurde, hatte er mich im Stich gelassen. Ich hatte einen Fehler gemacht, einen großen Fehler. Doch war das genug, um uns aufzugeben? Um nach Cincinnati abzuhauen und mich zurückzulassen?

Dann küsste er mich auch noch, obwohl ihm sehr wohl bewusst war, dass er damit den Abschied für mich noch schwieriger machte.

Ich liebte diesen Kerl mit jeder Faser meines Herzens, doch in diesem Moment mochte ich ihn nicht besonders.

Also tat ich, was ich tun musste, um jemals wieder ruhig schlafen zu können. Ich rappelte mich auf und sprintete die Treppen hinauf zurück zu Hannahs Wohnung. Vor der Tür klopfte ich mehrmals laut. Wartete kurz. Und klopfte erneut.

Es dauerte endlos lange Augenblicke, bis die Tür aufgerissen wurde und Adam wieder vor mir stand.

»Wann hast du das geschrieben?« Ich hielt seine Liste in die Höhe, damit er sehen konnte, wovon ich sprach.

»Woher hast du das?«

»Ich habe zuerst gefragt.«

»Annie, ich ...«

Bevor er seinen Satz beenden konnte, drängte ich mich an ihm vorbei. Wir standen uns wie vor einer halben Stunde erneut im Flur gegenüber. Doch dieses Mal war ich nicht mehr nur todtraurig. Dieses Mal wollte ich Antworten.

Adam schloss die Tür und verschränkte die Arme vor der Brust. Diese abwehrende Haltung hätte ich ihm abnehmen können, wäre da nicht dieser Sturm gewesen, der in seinem Blick lag.

»Wann hast du das geschrieben?« Ich faltete das Papier auseinander und überflog die Liste erneut, obwohl ich alle Punkte mittlerweile auswendig kannte.

»Du willst mit mir zu einem Footballspiel?« Ich schnaubte verächtlich. »Wenn du nicht auf dem Feld stehst, will ich kein Spiel sehen.«

Der nächste Punkt war genauso absurd. »Ballonfahren? Wirklich? Du weißt, dass ich Höhenangst habe.«

»Ich ...«

Doch ich ließ ihn nicht zu Wort kommen. Seine Ausflüchte konnte er sich sparen. »Du willst Carl ein gutes Zuhause mit mir zusammen geben? Könnte schwierig werden, wenn du nach Cincinnati abhaust, oder?«

»Annie, bitte gib mir die Liste zurück.«

»Gleich. Sobald wir die einzelnen Punkte durchgegangen sind.« Mein Blick glitt über den Zettel. »Du willst Farben tragen, die ich mag? Na, dann viel Spaß in Pink.«

»Ich habe pinkfarbene Chucks.«

Seinem Einwand schenkte ich keinerlei Beachtung. Dafür war ich viel zu aufgebracht. »Die Filme von Cary Grant habe ich mittlerweile alle gesehen.« Dass ich dabei quasi durchgehend geweint hatte, behielt ich für mich.

»Oh. Jetzt kommt mein liebster Punkt.« Ich schaute auf und ihm direkt in die Augen. »Du willst mich glücklich machen? Das hast du nicht mal ansatzweise geschafft. Ich bin gerade sehr, sehr unglücklich.«

»Du wirkst eher wütend.«

»Unglücklich *und* wütend.« Ich imitierte seine Pose und verschränkte die Arme vor der Brust. »Warum das alles? Wenn du es doch nie ernst mit mir gemeint hast.«

Adam murmelte ein Schimpfwort, das mir unter normalen Umständen die Röte ins Gesicht hätte schießen lassen. »Wie kommst du darauf, dass ich es nicht ernst gemeint habe?«

Ihm gegenüberzustehen und zu wissen, was hätte sein können, war pure Folter. Ich hielt meine Zukunft in Form eines abgenutzten Zettels in der Hand. Unsere Zukunft, die wir hätten haben können. »Was soll ich denn denken, wenn du solche Sachen schreibst und es dir kurz darauf anders überlegst?«

»Annie.« Mein Name klang wie eine Liebkosung. So sanft und zaghaft wie die Erinnerung an seine Berührungen auf meiner Haut. »Ich habe die Liste in dem Glauben geschrieben, dass wir all diese Sachen zusammen tun werden.«

Auch wenn es fast unmöglich war, trafen mich diese Worte härter als alles, was er zuvor gesagt hatte. »Deine Gefühle haben eine erschreckend kurze Halbwertzeit.«

»*Meine* Gefühle?« Der liebevolle Ton war einem erbosten gewichen. »Deine waren wohl eher das Problem.« Ohne mich eines weiteren Blickes zu würdigen, drängte er sich an mir vorbei in das Wohnzimmer.

»Was soll das heißen?« Ich blieb im Türrahmen stehen und beobachtete, wie er auf und ab ging.

»Du musst mir nichts vorspielen. Hannah hat mir alles erzählt.« Adam setzte sich auf die Couch und drehte mir damit den Rücken zu. »Ich hoffe, er macht dich glücklich.«

Es gab niemanden, der mich glücklich machte. Aktuell war da nur jemand, der mich verdammt unglücklich machte. Dieser jemand saß vor mir und erzählte irgendeinen kryptischen Blödsinn. »Wovon redest du?«

Adam drehte sich zu mir. »Der Typ, mit dem du dich triffst natürlich.« Sein Blick war eiskalt.

»Der Typ, mit dem ich mich treffe?« Ungläubig wiederholte ich seine Worte. »Hannah hat dir erzählt, ich würde mich mit jemandem treffen?«

»Du bist mir keine Rechenschaft schuldig und kannst tun und lassen, was du willst. Es ist okay.«

Nichts war okay. Rein gar nichts war okay, wenn Adam dachte, ich hätte einen neuen Freund. »Glaubst du wirklich, ich würde mich nach wenigen Wochen mit irgendeinem anderen treffen?« Ich umrundete die Couch und baute mich vor ihm auf. »Glaubst du das?«

»Deine Liste war lang ...« In seinen Augen fand ich Trotz, Stolz, aber vor allem Verletzlichkeit. »Es gibt noch viele Punkte, für die du einen Partner brauchst.«

Ohne darüber nachzudenken, ob es in diesem Moment angebracht war, legte ich die Hände an seine Wangen. Bis er mich ansah. Wirklich ansah. »Seit ich dir zum ersten Mal begegnet bin, wollte ich immer nur dich. Es war egal, dass du eine Freundin hattest oder der unfreundlichste Mensch der Welt warst. Ich wollte dich. Sonst keinen.« Meine Stimme überschlug sich bei meinen halb gesprochenen, halb geweinten Sätzen. »Diese lächerliche Liste kann mir gestohlen bleiben. Wenn ich sie nicht mit dir abarbeiten kann, dann mit niemandem.«

»Aber Hannah hat gesagt ...«

»Hannah hat dich angelogen. Es gibt keinen anderen. Wie ich deine Schwester kenne, dachte sie, sie könnte dich damit dazu bringen, mit mir zu reden. Offensichtlich hat sie auch dafür gesorgt, dass ich deine Liste finde und wir uns heute hier über den Weg laufen.« Meine Wut war verraucht und dem drängenden Gefühl gewichen, ihm irgendwie klarzumachen, was ich empfand. Es ihm so zu vermitteln, dass der sture Kerl es auch glaubte. »Ich liebe dich.«

»Du liebst mich?«

Die Verwunderung in seiner Stimme war so greifbar, dass sich ein verzweifeltes Lachen in meine Tränen mischte. »Natürlich liebe ich dich.«

Eine Millisekunde später küsste er mich mit solch einer Verzweiflung, dass mir nichts blieb, als mich an ihn zu klammern und von ihm mitreißen zu lassen.

Ich stolperte gegen seine Brust, und wir küssten uns, bis uns der Sauerstoff ausging. Bis meine Tränen versiegt waren und ich mir sicher war, nicht zu träumen.

»Es tut mir so leid, Annie. Es tut mir so schrecklich leid.« Adam lag mir gegenüber, sodass wir einander ansehen konnten. Mit den Fingern strich er in einem gleichmäßigen Rhythmus über meine Hüfte. Fast so, als würde er befürchten, ich könnte mich jeden Moment in Luft auflösen, sobald er damit aufhörte.

Ich hauchte einen Kuss auf seine einsame Sommersprosse. »Die habe ich vermisst.«

»Meine Nase?«

»Auch.« Grinsend kuschelte ich mich enger an ihn. »Ich habe alles vermisst.«

Seine Brust hob und senkte sich in gleichmäßigen, beruhigenden Intervallen. »Es tut mir so unfassbar leid. Dir wehzutun, war das Letzte, was ich wollte.«

»Wir haben uns gegenseitig wehgetan.«

»Ich liebe dich, Annie Martin.«

Bei seinen Worten stockte mir der Atem. Es war das erste Mal, dass er sie laut aussprach. Mein Herz fühlte sich so voll an, es drohte zu zerspringen.

»Aber auch wenn ich dich liebe, bin ich ein Idiot und werde es sicher in Zukunft auf die eine oder andere Art noch mal versauen.«

»Ich behalte dich trotzdem.«

Er schenkte mir ein schiefes Lächeln und wärmte mein Innerstes, das ohne ihn schrecklich kalt gewesen war.

»Sehr beruhigend.« Die Worte flüsterte er gegen meine Lippen, bevor er mich erneut küsste.

Endlich war es echt. Ohne Geheimnisse, ohne versteckte

Gefühle, ohne unangenehme Wahrheiten, die wir voreinander verbargen.

Einfach nur er und ich. Adam und Annie. So wie es von Anfang an hätte sein müssen.

Lächelnd löste ich mich von ihm. »Das mit der Liste, das habe ich ernst gemeint.« Dieser Gedanken war mir bereits vor einer Weile gekommen. »Ich brauche sie nicht mehr.«

»Aber all die Sachen, die du noch erleben willst.« Er griff nach meinen Fingern und verschränkte sie mit seinen. »Ich kann dir dabei helfen.«

»Oh, nein. Das hatten wir schon einmal. Beim zweiten Versuch will ich es richtig machen. Ohne Listen und ohne Pläne.« Weil ich nicht widerstehen konnte und es mir endlich wieder möglich war, beugte ich mich vor und küsse ihn. Viel zu kurz und flüchtig. »Du hast mir bereits geholfen, den wichtigsten Punkt abzuhaken. Mehr brauche ich nicht.«

Ein jungenhaftes Grinsen erhellte sein Gesicht. »Du meinst den Sex, oder?«

Lachend vergrub ich den Kopf an seiner Halsbeuge. »Du bist so ein Spinner.«

»Dein Spinner.«

Ja, das war er. Und noch so viel mehr. Er hatte mir den größten aller Wünsche erfüllt. Ich fühlte mich geliebt. Zum ersten Mal. Das bedeutete so viel mehr als Punkte auf irgendwelchen Listen.

»Meinst du, Hannah taucht heute noch mal auf?« Er murmelte die Frage gegen meinen Scheitel, was mich wohlig seufzen ließ. Von Adam im Arm gehalten zu werden, fühlte sich an, wie nach einer endlos erscheinenden Reise nach Hause zu kommen.

»Sie hat das alles geplant. Wir haben die Wohnung garantiert für uns.« Was gar nicht so schlecht war, wenn man darüber nachdachte.

»Dann sollten wir das Beste daraus machen.« Seine Worte wurden von einem Zwinkern begleitet. Wir dachten definitiv in dieselbe Richtung.

Wie hatte ich es nur vier Wochen ohne ihn ausgehalten?

Ohne sein Lächeln, seinen Witz, seine Küsse, seinen Sarkasmus, seinen scharfen Verstand und vor allem ohne sein riesengroßes Herz, das er meistens vor der Welt versteckte.

Ich hatte gehofft, mich selbst an der *Ohio State* zu finden. Zu der Annie zu werden, die ich immer sein wollte. Das war mir gelungen. Teils allein, teils mit Hilfe der Menschen um mich herum.

Dornröschen hatte ihr Happy End bekommen. Aber nicht mit dem freundlichen Prinzen auf dem weißen Pferd. Nein, dieses Dornröschen war stattdessen über den grummeligsten Prinzen aller Zeiten gestolpert, der nie vorhatte, der holden Maid in Nöten beizustehen. Und es war so viel besser, als sie es sich jemals hätte ausmalen können ...

Epilog

4 Monate später

»Irgendetwas stimmt nicht.« Grace musterte Ben mit gekräuselter Nase, während sie in einer Hand ihren Hot Dog hielt und in der anderen ein Weinglas.

»Das ist mir auch schon aufgefallen.« Emilys Blick war nicht weniger skeptisch. »Er verheimlicht uns etwas.«

Ich hustete unauffällig in meine Serviette und versuchte, mir nicht anzumerken zu lassen, dass ich sehr wohl wusste, warum Ben mit versteinerter Miene neben dem Grill stand und so aussah, als würde er sich am liebsten in Luft auflösen. Der Grund für seine miese Stimmung kickte zehn Meter entfernt lachend mit Lilly einen Ball hin und her. Hannah war mit uns nach Philadelphia geflogen, um den Geburtstag der Kleinen zu feiern. Das alleine wäre vermutlich für Ben schon unangenehm genug gewesen, doch sie hatte auch noch jemanden mitgebracht. Jean war Austauschstudent aus Frankreich, ein furchtbar netter Kerl und Hannahs aktueller Mann des Monats.

»Ben hat nie Geheimnisse vor mir.« Die Entrüstung in Grace' Stimme war nicht zu überhören. »Erst musste ich ihn zwingen, mitzukommen, und jetzt sagt er seit Stunden kaum ein Wort.«

»Na ja, er war noch nie der redselige Typ.« Vielleicht würde meine Bemerkung dabei helfen, Grace und Emily davon abzubringen, den armen Ben unentwegt zu beobachten. Wenn ich richtig lag, war er eifersüchtig auf Jean, der in diesem Moment die Arme um eine übermütig quietschende Hannah legte.

»Vielleicht weiß Noah mehr.« Emily knabberte an ihrem Hot Dog, während sie den Blick durch den Garten schweifen ließ. »Wo ist der überhaupt?«

»Er musste noch etwas erledigen. Mit Josh.« Grace verdrehte theatralisch die Augen. »Die beiden wollten mir nicht verraten, was sie vorhaben.«

»Oh, deswegen habe ich Josh seit einer Stunde nicht gesehen.

Irgendetwas hecken sie sicher aus.« Seelenruhig biss Emily ein weiteres Stück von ihrem Würstchen ab. Dass ihr Freund mit Noah verschwunden war, schien ihr nichts auszumachen. Seit sie nach Philadelphia gezogen war, hatte sich so viel verändert. Ihre Beziehung zu Josh war nicht mehr ein ständiges Auf und Ab, sondern von der Sicherheit geprägt, jenen Menschen gefunden zu haben, mit dem sie alt werden wollte.

»Was immer es ist, ich entschuldige mich vorsorglich für Noah.« Lachend stieß Grace mich mit dem Ellenbogen an. »Warum ist dein Freund nicht so unberechenbar wie die beiden?«

Automatisch wandte ich den Kopf. Adam saß seit einer ganzen Weile etwas abseits auf einem Gartenstuhl und balancierte ein Buch auf den Knien. Zu seinem Unmut und meiner großen Freude hatte er seine Kontaktlinsen vergessen, sodass er seine Brille tragen musste. In Kombination mit dem verwuschelten Haar und einem zerknitterten, schwarzen Hemd verlieh sie ihm diesen Sexy-Professor-Look.

»Annie.« Dieses Mal war es Emilys Ellenbogen, der mich unsanft traf. »Du guckst ihn schon wieder so an.«

»Gar nicht wahr.« Mein Protest war lediglich halbherzig, denn vermutlich hatte sie recht. Manchmal fühlte es sich immer noch unwirklich an, dass der wundervollste Mensch der Welt zu mir gehörte.

»So ganz komme ich damit immer noch nicht klar. Ausgerechnet Adam Baker.« Emily war Zeugin meiner ersten Begegnung mit Adam. Sie hatte miterlebt, wie unglaublich unfreundlich er gewesen war. »Wenn mir damals jemand gesagt hätte, dass er dein Freund wird und ich das auch noch befürworte, hätte ich die Person ausgelacht.« Sie war eine gute Freundin und hatte Adam damals an meiner Stelle zum Teufel gewünscht, wie sich das gehörte.

»Für mich kam das auch überraschend.«

Diese Bemerkung entlockte Grace ein lautes Schnauben. »Man musste euch nur fünf Minuten zusammen sehen, und schon wusste man, wie verrückt ihr nacheinander seid.«

»Sagt die Frau, die jahrelang ihre Gefühle für Noah geleugnet hat.« Emily eilte mir heroisch zu Hilfe.

Doch Grace wäre nicht Grace, wenn sie diese flapsige Bemerkung einfach geschluckt hätte. »Wie war das nochmal mit dir und Josh?«

»Ja, ja.« Emily hob abwehrend die Hände. »Wir waren alle drei ziemlich blind.«

»Ich nicht.« Man konnte mir viel vorwerfen, aber blind war ich nie gewesen. »Mir war vom ersten Moment an klar, was ich für Adam empfinde.«

»Die Story könnt ihr irgendwann euren Enkeln erzählen.« Grace hatte ihren Hot Dog aufgegessen und lehnte ihren Kopf an meine Schulter. »Weil sie so romantisch ist.«

»Um irgendwann Enkel zu haben, bräuchten wir erst mal Kinder.« Ich war einundzwanzig, an Familienplanung dachten weder ich noch Adam.

»Grace hat mir erzählt, dass ihr fleißig übt.« Kichernd leerte Emily ihr Weinglas in einem großen Schluck. »Aber du musst auch einiges nachholen, also nur weiter so.«

Ruckartig hob ich den Kopf und funkelte Grace an. Ich brauchte keinen Spiegel, um zu wissen, dass meine Wangen knallrot waren. Der *Vorfall*, wie ich ihn in Gedanken nannte, war mir immer noch unangenehm.

»Es weiß nur Emily davon, ich schwöre. Sonst habe ich es niemandem erzählt. Nicht einmal Noah.«

Vor einigen Wochen hatte Grace Adam und mich in flagranti erwischt. Wir waren so dumm gewesen, bei einer gemeinsamen Dusche die Badezimmertür nicht abzuschließen. Dank eines blickdichten Duschvorhangs hatte sie zwar nichts gesehen, doch es war sonnenklar gewesen, wobei sie uns unterbrochen hatte.

Wer hätte gedacht, dass ich einmal Freundinnen in meinem Leben haben würde, mit denen ich über solche Ereignisse lachen konnte? Die sich für mich freuten, aber auch mit mir weinten, wenn es nötig war? Manchmal war es überwältigend, wie viel sich in den letzten zwei Jahren für mich verändert hatte. Die meisten guten Dinge hingen auf die eine oder andere Art mit Emily und Grace zusammen. »Ich habe euch lieb.«

»Und wir dich.« Zuerst schlang Grace die Arme von rechts um mich, einen Sekundenbruchteil später folgte Emily von links.

Liebe kannte viele Formen. Freundschaft war eine davon.

»Hey.« Beim Klang meiner Stimme schreckte Adam auf. Er musste so vertieft in seine Lektüre gewesen sein, dass er mich nicht hatte kommen hören.

Behutsam klappte er das Buch zu und legte es ins Gras. Ohne zu zögern, nutzte ich die Gelegenheit, um mich auf seinen Schoß zu setzen. »Ich habe dich vermisst.«

Lachend lehnte er sich nach hinten, bis ich halb auf ihm lag »Wie viel Wein hast du mit Emily und Grace getrunken?«

»Nur ein bisschen.« Betrunken war ich sicher nicht, doch der süße Apfelwein war mir schon ein wenig zu Kopf gestiegen.

»Genug, um mich zu vermissen, obwohl ich die ganze Zeit nur ein paar Meter entfernt war.«

»Das tue ich sowieso immer.« Wohlig seufzend, kuschelte ich mich enger an ihn. »Du bist viel zu oft viel zu weit weg.«

Mit den Lippen strich er sanft über meine Schläfe, während er mich noch enger an sich zog. »Ich weiß, aber das ist nicht für immer.«

Mittlerweile lebte Adam seit vier Monaten in Cincinnati und wir führten eine Fernbeziehung. Bis jetzt hatten wir es fast immer geschafft, uns am Wochenende zu treffen, auch wenn es mühsam war. Meistens fuhr ich zu ihm, um auch Carl sehen zu können. Die Bahnstrecke *Columbus – Cincinnati* war zu meinem zweiten Zuhause geworden. Mein erstes und viel wichtigeres war der Mann, der mich festhielt, als wäre ich unendlich kostbar. »Was hast du gelesen?«

Sein Brustkorb vibrierte unter seinem Lachen. »Du machst dich nur über mich lustig.«

Empört richtete ich mich auf. »Würde ich das jemals tun?«

»Natürlich würdest du. *Tolstoi*, mal wieder.«

»Warum tust du dir das an?«

»Weil es auf meiner Liste steht, und Dinge auf Listen sind wichtig.« Adam nutzte die Gelegenheit und gab mir einen zuckersüßen Kuss, der erst endete, als Hannah uns zurief, ob wir uns nicht ein Zimmer nehmen wollten.

Murrend löste ich mich von ihm. »Eigentlich hatte ich gehofft, ihr schlechtes Gewissen würde länger anhalten.«

»Sie hat es nicht eine Sekunde bereut, das ist uns doch beiden klar.«

Vermutlich hatte er damit recht. Hannah war der festen Überzeugung, dass sie Adam mit ihrer Lüge in die richtige Richtung geschubst hatte. Ihm zu erzählen, ich würde längst einen anderen daten, war ihrer Meinung nach einen Versuch wert gewesen.

Adam und ich wussten jedoch, dass sie sich irrte. Er besaß viele Eigenschaften, die ich liebte, doch er war stolz, dickköpfig und zu sehr von seiner Vergangenheit geprägt. Darin waren wir uns ähnlich. Um Zuneigung zu betteln, war uns beiden zuwider. Daher traf es sich ganz wunderbar, dass wir sie uns freiwillig im Überfluss schenkten.

Ich musste keine Maske tragen, um gemocht zu werden. Adam liebte mich auch an den schlechten Tagen, wenn ich in einem knallbunten Pyjama mit ihm auf der Couch hockte und mit verquollenen Augen und leise schluchzend einen Disney-Film ansah. Animationsfilme waren meine neue Obsession. Da musste er durch, ob er wollte oder nicht.

»Meinst du, Hannah kriegt das mit Ben auf die Reihe?«

Überrascht schaute ich ihn an. »Du weißt davon?«

»Es ist offensichtlich.«

Das glaubte ich nicht. Ben war ungewöhnlich launisch und verschlossen, aber Hannah schien so fröhlich und unbeschwert wie sonst auch. Niemand außer Adam schien Verdacht geschöpft zu haben. »Was auch immer zwischen den beiden ist, es wirkt sehr schräg.«

»Das sind die guten Sachen immer, oder?« Er nahm seine Brille ab und deponierte sie auf seinem *Tolstoi*. »Wir beide sind das beste Beispiel dafür.«

»Für gut oder für schräg?«

»Beides. Du bist das Schrägste und Beste, was mir jemals passiert ist.«

Wenn er solche Sachen sagte, konnte ich nicht anders. Enthusiastisch presste ich meine Lippen auf seine. Adam küsste mich nicht weniger enthusiastisch zurück.

Dieses Mal war es nicht Hannah, die uns unterbrach. Unter großem Getöse bahnten sich Noah und Josh einen Weg in den Garten und trugen dabei eine Figur aus Pappmaché. Eine bunte Piñata in Form eines Einhorns.

Lilly tanzte aufgeregt um die beiden herum, während Grace und Emily ihre Freunde kopfschüttelnd beobachteten. Das hatten die beiden also noch erledigen müssen.

Schnell war das Einhorn am Gestell von Lillys Schaukel befestigt, und die Kleine hielt eine Art Baseballschläger in der Hand. Mit großem Eifer begann sie, unter den Anfeuerungsrufen der anderen auf die Piñata einzuschlagen.

»Ursprünglich sollten diese Dinger Glück bringen.« Vorsichtig zog Adam meinen Rücken an seine Brust und legte den Kopf auf meine Schulter. »Die zerschlagenen Einzelteile wurden verbrannt, und die Asche war ein Glücksbringer für das kommende Jahr.«

»Hast du das gelesen?« Adam war ein unerschöpflicher Quell an unnützem Wissen, womit ich ihn manchmal aufzog. Er wäre der perfekte Kandidat für eine Quizshow.

»Nein, das habe ich mir gerade ausgedacht.« Es war unnötig, ihn anzusehen. Ich kannte diesen Tonfall. Er verdrehte mit Sicherheit gerade die Augen. »Natürlich habe ich das gelesen.«

»Ich brauche keine Piñata. Mehr Glück würde ich nicht ertragen, glaube ich.«

»Du hast auch schon den besten aller Glücksbringer.«

Grinsend wandte ich mich zu ihm um. »Meinst du dich damit?«

»Natürlich nicht. Ich habe von Carl gesprochen.«

»Er ist eben niedlicher als du.« Keinen der beiden würde ich jemals wieder hergeben, weder den Kater noch Adam.

»Da kann ich dir nicht widersprechen. Dafür bin ich überzeugt, dass ich dich mehr liebe als er.«

Wenn er die berühmten drei Worte aussprach, machte mein Herz immer noch einen Sprung. Ich würde mich niemals daran gewöhnen, zu hören, dass ich geliebt wurde. Und es von jemandem gesagt zu bekommen, der mir die Welt bedeutete, war atemberaubend.

Lillys Lachen hallte durch den Garten, als das Einhorn zersprang und Süßigkeiten auf den Boden regneten.

Oh. Mein. Gott. »Sie hat recht gehabt. Das ist unfassbar, sie hat wirklich recht gehabt.« Aufgeregt drehte ich mich in Adams Armen, bis ich rittlings auf seinem Schoß saß und wir uns in die Augen sahen. »Es stimmt, was sie prophezeit hat.«

»Wer hat was prophezeit?«

»Na, die Hot-Dog-Verkäuferin. Sie hat von einem kleinen Pferd und dem großen Glück gesprochen.«

»Und?« Es war deutlich in seiner Miene abzulesen, wie wenig er mich verstand.

»Das Einhorn, die Piñata. Das ist ein kleines Pferd. Und das große Glück sitzt vor mir und wirkt etwas verstört. Keine Angst, ich bin nicht verrückt geworden. Aber genau das hat sie mir vorausgesagt.«

Lachend schüttelte er den Kopf. »Wie konnte ich länger als fünf Sekunden brauchen, um zu erkennen, wie außergewöhnlich du bist.«

»Das weiß ich nicht, Mister. Aber du hast viele Jahre Zeit, um das wiedergutzumachen.«

»Das wird meine leichteste Aufgabe.«

Catching
HIM
HOW TO
CATCH
AN ALPHA
AB SEPTEMBER 2021 IM HANDEL

HYDE & SEEK: JAKE
von Layla Frost

ISBN-Taschenbuch: 978-3-903278-92-9
ISBN-EPUB: 978-3-903278-93-6

Piper Skye ist die Definition von Rock'n'Roll. Sie führt ein wildes, freies Leben. Feiert durch die Nacht und verschläft den ganzen Tag. Oder zumindest würde sie das, wenn sie die Zeit dafür hätte. Und die Energie. In sozialen Situationen nicht ganz so seltsam zu sein, wäre vielleicht auch von Vorteil.

Als Besitzerin eines aufstrebenden Backwaren-Business wälzt Piper am Tag ihre Schulbücher und steckt nachts ellenbogentief in Teig und Kuchenglasur. Sie ist überzeugt, dass sich die harte Arbeit und all die Opfer lohnen werden, solange sie sich an ihren Plan hält. Richtig? Nope, denn seit sie Jake Hyde in dessen Werkstatt begegnet ist, läuft nichts mehr nach ihren Vorstellungen. Sie wollte ein paar Extras für ihren Van, keinen Workaholic mit zynischem Blick aufs Leben. Noch weniger die Funken, die nur so sprühen, jedes Mal, wenn ihr der launische Mechaniker über den Weg läuft. Doch wie so oft hat das Schicksal andere Pläne. Und in diesem Fall einen unglaublichen Sinn für Humor. Das muss sich auch Piper eingestehen, als ihr ach so sorgfältig geplanter Alltag auf Jakes Harleysattel eine verdammt scharfe Linkskurve einschlägt ...

UNTIL US: CECE
von K.D. Robichaux

ISBN-Taschenbuch: 978-3-903278-76-9
ISBN-EPUB: 978-3-903278-77-6

Ein Neustart mit Hindernissen.
Ein heißer Barbesitzer, der genau weiß, was er will.
Zwei Welten, die mit einem Boom kollidieren.

Cece Willimsons Leben bricht entzwei, als sie von der Affäre ihres Mannes erfährt. Als Mutter zweier Mädchen muss sie nach dem Tiefschlag wieder ganz von vorne beginnen. Unterstützung findet sie in ihrer Schwester Mia, aber auch in Winston Schmidt, der nicht nur als lebensechter Held, sondern auch als Boss eine unglaublich gute Figur macht. Cece ergreift die Chance, die er ihr bietet, schwört sich jedoch, sich kein weiteres Mal zu verlieben. Doch Winston ist anders. Ein Mann, der seine Ziele verfolgt und eins davon scheint die Eroberung ihres Herzens zu sein. Doch auch er hat eine Vergangenheit und diese möchte ihr Happy End offenbar um jeden Preis verhindern ...

Until Us: Cece ist der dritte Teil der Spin-Off-Serie aus der Welt der Mayson Familie und dem Boom Factory Verlag von Aurora Rose Reynolds.

FLY HIGH WITH ME
von Lillemore Full

ISBN-Taschenbuch: 978-3-903278-90-5
ISBN-EPUB: 978-3-903278-91-2

Ein verrückter Roadtrip. Eine Urne im Gepäck. Ein charmanter Musiker, der sich als perfekte Mitfahrgelegenheit entpuppt ...

Nach dem Tod ihres geliebten Opas glaubt Belle, es könnte nicht schlimmer kommen. Doch sie hat nicht mit seinem letzten Wunsch gerechnet, der ihren strukturierten Alltag durcheinanderwirbelt wie nichts zuvor. Belle stellt sich der Herausforderung und begibt sich auf eine ungewöhnliche Reise, auf der sie Phil kennenlernt. Abenteuerlustig, spontan, ein Lebemensch – alles, was Belle nicht ist. Er überlässt ihr nicht nur den Beifahrersitz seines VW-Käfers, sondern zeigt ihr auch, wie viel das Leben zu bieten hat ...